LE MANUSCRIT VENU D'AILLEURS

Audrey Degal

LE MANUSCRIT VENU D'AILLEURS

ROMAN

 Audrey Degal commence à imaginer des récits dès l'âge de douze ans. Elle est aujourd'hui titulaire d'un doctorat de Lettres modernes et enseigne dans un lycée de l'Académie de Lyon. Elle est aussi l'auteure de publications universitaires dans son domaine de spécialité : la littérature médiévale des XIIe et XIIIe siècles. Actuellement, elle se partage entre son métier de professeure et l'écriture romanesque à laquelle elle consacre de plus en plus de temps, poussée par l'irrésistible envie de partager avec ses lecteurs le fruit de son imagination. Le suspense est toujours au rendez-vous et le lecteur est emporté de pages en pages. Les dénouements de tous ses romans et de toutes ses nouvelles sont particulièrement travaillés, riches, exceptionnels.

Elle a obtenu le prix du policier lors du salon d'Attignat en 2017.

Le Manuscrit venu d'ailleurs est son **quatrième livre**. Dans ce roman, le Moyen Âge, qu'elle connaît bien, s'immisce dans le présent pour créer une atmosphère étrange et particulièrement originale. Le suspense et les rebondissements nourrissent chaque chapitre.

Rencontre avec l'impossible sera son **cinquième livre**, suivi d'un roman policier en cours d'écriture.

Vous pouvez suivre toute l'actualité d'Audrey Degal en vous rendant sur son site officiel :

deshistoirespourvous.com.

Du même auteur

Aux éditions BoD : (à commander chez votre librairie ou sur internet. Livres disponibles en ebook ou version papier)

LE LIEN, janvier 2015 (roman à suspense)

DESTINATIONS ÉTRANGES, août 2015 (recueil de 12 nouvelles à suspense)

LA MURAILLE DES ÂMES, mars 2017 (roman policier)

À paraître prochainement :

RENCONTRE AVEC L'IMPOSSIBLE, recueil de 4 nouvelles, comme 4 romans courts mais aux intrigues destinées à vous passionner.

(Tous les résumés sont en fin de ce roman)

Je remercie Guy, mon époux, pour son travail auprès de moi, son aide précieuse, son soutien, sa patience et ses idées.

Chaleureuses pensées à mes parents, Marie Rose et Sigismond Galdéano mais aussi à tous ceux qui m'entourent : Virginie, Mickaël, Thibaut, Raphaël, Nathan et Chloé.

1 LIBRE

La pierre tombale glissa très lentement sur le soubassement qui la retenait depuis des siècles.

Le bruit du frottement se répercuta en un écho lugubre dans la crypte sans déranger les hôtes endormis depuis longtemps en ce lieu.

L'air vicié le prit aussitôt à la gorge. Il avait l'impression d'étouffer. Les moisissures, la poussière, les insectes et l'humidité s'étaient emparés de cet endroit de repos éternel pour l'envahir. Les petits vitraux censés laisser passer un peu de lumière étaient presque totalement occultés par le lierre qui s'y était accroché et avait prospéré.

Tout autour de lui, le silence, le vide, la mort, l'éternité.

Il s'assit quelques instants sur le rebord de la sépulture, histoire de reprendre ses esprits, de faire le point sur la mission à mener. Leurs vies en dépendaient, la vie de ceux qu'il avait appris à aimer et qui, prisonniers, ne pouvaient agir.

Il regarda le gisant de la reine, qui souriait, celui du roi, impassible. Il se rappela le tribunal de l'Inquisition qui voulait l'exécuter. La cause ? Une simple difformité qui faisait de lui un être différent, trop grand pour l'époque donc ensorcelé. Un prétexte, un mensonge, des témoins achetés qui jurèrent qu'ils l'avaient vu adorer le diable et le bûcher était dressé. Alors que tout semblait perdu, le souverain était intervenu pour le sauver. Sa Majesté en personne jura sur la croix qu'elle était avec lui à la chasse ce jour-là et que ses accusateurs mystifiaient le tribunal. On ne conteste pas la parole du *Christomimetes*[1]. Il fut relâché et remercia son sauveur.

Il mènerait à bien sa mission, avec d'autant plus de ferveur qu'il devait la vie à la famille royale.

C'était écrit désormais.

Sa promesse serait exaucée bien au-delà de ce qu'il imaginait.

Mais il était seul dans cette chapelle et personne d'autre que lui ne pouvait infléchir leurs destinées.

Il savait que là, dans le passé, ils attendaient, ils l'attendaient.

Il savait que le moment de leur mort était en sommeil, qu'il pouvait encore intervenir mais que le temps était compté.

Il savait qu'ici, dans ce présent, les autres ne se doutaient encore de rien, qu'ils ignoraient ce qui allait arriver. Comment auraient-ils pu imaginer ?

Dehors le vent soufflait comme pour lui rappeler ce qu'était la vie.

Il devait partir.

Il s'étira pour réveiller son corps encore engourdi, se leva, prit un levier qu'il laissait toujours là au sol et gravit les cinq marches. Il poussa ensuite la lourde porte de la crypte. L'air frais provenant de l'extérieur ne se laissa pas prier. Il s'engouffra en quelques secondes alors que lui sortait.

Il faisait nuit noire.

Il était libre.

Il est celui qui retient le temps.

---

[1] Christomimetès : personnification du Christ. Le roi était considéré comme le représentant du Christ sur Terre.

2 LE POISON

« *Le roi Gaétan venait d'être empoisonné !*

Qu'allaient-ils devenir désormais ? se demanda Richard alors que la souveraine s'éloignait. Leurs mains venaient de se séparer. Il ne serrait à présent plus que le vide entre ses doigts. Elle lui manquait déjà.

Il la regarda quitter la salle baignée par l'obscurité. Personne ne devait savoir qu'ils se voyaient.

Sa longue traîne de soie bleue glissait sur le marbre et le bruit de ce frôlement d'étoffe lui était devenu familier et agréable. Il l'entendait à chacune de leurs rencontres secrètes. Tel un ange, on aurait dit qu'elle flottait au-dessus du sol. Elle était si gracieuse, si belle ! Tous les seigneurs s'étaient disputé sa main. Mais les alliances nécessaires à la paix avaient choisi à sa place. Elle avait dû épouser Gaétan Le Puissant.

Ainsi, elle était devenue reine.

Son chien, un berger de Beauce, à la robe aussi noire que le tréfonds des enfers, ouvrait toujours la marche devant elle. L'animal ne la quittait jamais, plus proche de sa maîtresse que son ombre. Tel un cerbère, le regard sombre et inquiétant, il veillait sur elle. Nul ne pouvait se tenir près de la reine sans être scruté par son regard de braise qui traquait les moindres pensées hostiles de ceux qui l'approchaient.

Ce soir-là, dans le palais, un silence pesant et étouffant régnait en maître. Le doute et la suspicion s'étaient emparés de tous. Le roi Gaétan venait de succomber, empoisonné, emporté dans l'au-delà après d'atroces souffrances ! Depuis, des rumeurs couraient, plus folles les unes que les autres. Il fallait se méfier de tous les sujets même des plus proches.

Dès le lendemain, les Inquisiteurs de l'Ordre Divin, particulièrement craints, envahirent le royaume pour interroger ceux qui avaient rencontré le roi avant la tragédie. C'était aussi pour eux une façon d'asseoir leur autorité que Gaétan mettait à mal quand il était vivant. Ce roi les gênait ! Et s'ils avaient eux-mêmes fomenté cet assassinat !

Tout était possible !

Quelqu'un avait pu approcher le roi suffisamment près pour verser le poison dans sa coupe de vin ou dans sa nourriture.

Quelqu'un savait que le goûteur ne décèlerait rien, que les premiers symptômes se manifesteraient longtemps après.

Quelqu'un voulait se débarrasser de ce roi trop bon, trop juste.

Quelqu'un voulait créer le chaos et s'emparer du pouvoir.

En attendant, les Inquisiteurs suspectaient tout le monde et une fois retrouvé, le régicide serait impitoyablement soumis à la question puis châtié.

— Dame Flore, vous devriez vous reposer ! Vous êtes pâle. J'ai préparé votre lit et j'ai placé entre vos draps une chaufferette garnie de tisons pour que vous n'ayez pas froid ! dit Aénor, la première servante, dès qu'elle vit la souveraine pénétrer dans la chambre.

La reine, qui venait de pleurer, essuya ses larmes pour retrouver la dignité imposée par son rang. Elle répondit simplement :

— Tu as raison, je dois me reposer ! Les jours prochains seront difficiles.

Elle commença à se dévêtir, aidée par deux autres servantes. Son corps longiligne apparut progressivement dans le pâle reflet de la fenêtre. Ses dames de compagnie étaient toujours éblouies par sa beauté. Ses cuisses parfaitement dessinées s'étiraient interminablement donnant à sa silhouette une élégance incomparable. Sa poitrine galbée et ferme se devinait, en transparence, sous sa chemise de dentelle et ondoyait au rythme de ses mouvements. Lorsque son dernier vêtement tomba au sol, sa chevelure blonde infiniment longue vint caresser sa toison couleur d'or.

Aénor aimait cet instant éphémère où la féminité et la sensualité de sa reine côtoyaient l'austérité des lieux. Bien des seigneurs auraient donné leur vie pour avoir le privilège d'assister à ce moment unique, hors du temps.

Sa suivante brossa délicatement ses cheveux face à un miroir impassible qui réfléchissait sa grâce, sans parvenir à consoler sa peine, à atténuer sa douleur.

— Vous n'avez pas dîné majesté ! remarqua Aénor qui fit signe aux servantes de se retirer.

— Je n'ai pas faim !

Les deux femmes étaient seules à présent, dans l'immense chambre à peine éclairée par quelques bougies et un feu de cheminée. Leurs silhouettes dansaient sans joie sur les murs ornés de tapisseries tendues contre la pierre froide. Elles calquaient leurs ondulations sur les flammes qui s'agitaient doucement.

— Ne vous inquiétez pas, madame. Quand les Inquisiteurs de l'Ordre Divin m'interrogeront, je ne parlerai pas du seigneur Richard ! Je serai muette comme un tombeau.

— Je sais que je peux compter sur toi, Aénor. Tu m'as toujours été dévouée. La mort de Gaétan est terrible et si soudaine ! Elle fragilise le royaume et tant que nous ne saurons pas qui est l'auteur de ce crime, la marche des Inquisiteurs ne

s'arrêtera pas. Ils feront peser des soupçons sur chacun d'entre nous.

Elle s'arrêta un instant, fixa sa propre image lasse, abattue, et reprit :

— C'était un homme brave, qui savait rendre la justice. Je n'aurais jamais imaginé que quelqu'un puisse l'assassiner. Le peuple l'adorait. Maintenant, je tremble pour Richard, car je crains que notre liaison ne soit révélée. J'ai si peur, Aénor, si peur ! Dieu seul sait à présent ce qui va arriver.

La dame de compagnie serra affectueusement la reine dans ses bras et déposa un baiser délicat sur son front.

— Je suis là madame, n'ayez pas peur et Richard...

— ... Richard est en danger Aénor. Je viens de le rencontrer. Comme le roi, il a reçu des menaces de mort qu'il refuse de prendre au sérieux. Gaétan pensait lui aussi que rien ne pouvait lui arriver et regarde où nous en sommes aujourd'hui. Des conspirateurs l'ont lâchement empoisonné. Que Dieu nous vienne en aide, Aénor ! Oui, il n'y a que Dieu pour nous venir en aide, répéta-t-elle pensive.

— Inutile de ressasser ces sombres idées ! Vous êtes épuisée. Allongez-vous ! Dormir vous fera le plus grand bien. Tenez, je vous ai apporté un livre. Je l'ai choisi moi-même.

— Que ferais-je sans toi, douce Aénor ?

La dame de compagnie déposa le manuscrit sur les draps de satin. Elle superposa deux gros oreillers sous la tête de la reine, ajusta les étoffes et borda le lit.

— Voilà, vous serez bien ! fit-elle satisfaite.

— Emmène Rainouart en promenade. Je l'ai négligé aujourd'hui !

L'animal avait posé sa tête sur le bord du lit, proche de la main de sa maîtresse qui machinalement se mit à le caresser. Ses doigts parcouraient la douceur de son pelage et la chaleur de son poitrail l'apaisait.

— Bien, Madame. Je vais le sortir et je le ramènerai aussitôt près de vous. On ne sait jamais !

Elle regretta immédiatement ses dernières paroles.

— Que crains-tu ? demanda la reine.

— Vous êtes notre souveraine et désormais vous seule avez tous les pouvoirs. Mais Rainouart est là. C'est votre garde le plus fidèle et le plus sûr. Il ne vous trahira jamais.

— Tu crois que quelqu'un voudrait aussi me tuer ?

Pour masquer son inquiétude et éviter de répondre, Aénor s'employa à ranger les objets épars qui se trouvaient sur la coiffeuse. Elle aligna inconsciemment les peignes et les brosses aux poils de soie, les flacons de parfum et les onguents. Comme au garde-à-vous, ils ressemblaient à une petite armée dont le coffret à bijoux, bien plus volumineux que les autres, aurait été le quartier général. Puis elle quitta la pièce. Le molosse la suivait.

Elle revint quelques instants plus tard et lorsqu'elle pénétra dans la chambre de la reine, celle-ci s'était endormie. Son visage reposait sur un oreiller mouillé des larmes qu'elle avait versées. Le chien n'attendit aucun ordre pour aller se coucher sur la peau de bête placée au pied du lit.

— Rainouart ne vous quittera pas cette nuit, chuchota-t-elle en la regardant tendrement. Dormez en paix, madame !

Les oreilles droites, le chien veillait. Si son regard noir au fond duquel brillait une lueur féroce se perdait dans la pénombre de la chambre, le beauceron n'en demeurait pas moins vigilant et redoutable. Rien ne lui échappait. Son flair était aussi aux aguets. Il tourna la tête vers la servante comme s'il comprenait les mots qu'elle venait de prononcer et qu'une menace pesait sur sa maîtresse. Lentement, il laissa aller sa puissante mâchoire entre ses pattes avant, ressemblant à un crocodile parfaitement immobile, comme mort mais à l'affût, le *regard orienté vers la porte. Il monterait la garde toute la nuit, prêt à donner sa vie pour celle qu'il aimait.*

En partant, Aénor referma délicatement la porte derrière elle tandis que les deux soldats, postés devant, s'écartèrent pour la laisser passer. À peine avait-elle fait un pas que déjà ils se replaçaient, leurs armes croisées interdisant l'accès à la chambre royale. Sur leurs flancs droit et gauche, une épée et un redoutable fléau avec lesquels ils n'hésiteraient pas un instant à pourfendre les ennemis qui oseraient s'aventurer jusque-là. »

*

Annabelle abaissa quelques instants son livre. Cette histoire d'empoisonnement l'intriguait. Elle aimait les romans médiévaux, car elle avait l'impression de parcourir les châteaux aux côtés des personnages, de découvrir avec eux les passages secrets, de déjouer les complots… Cet univers la fascinait et plus particulièrement ce manuscrit, trouvé sur un banc, abandonné par son propriétaire sans doute parti trop précipitamment.

Songeuse, elle se demandait qui avait assassiné le roi, qui en voulait à présent à la reine et qu'allait devenir Richard, l'amant de dame Flore. Elle voulait en savoir davantage sur la menace qui pesait sur ce couple. Le drame qui se déroulait dans ces pages prenait vie comme si elle-même appartenait à cette histoire, comme si sa propre vie en dépendait, comme si elle avait un rôle majeur à jouer dans cette intrigue. S'identifiait-elle tout simplement à un des personnages ? Probablement ! Mais elle avait le sentiment que c'était plus que cela.

Décidément ce livre lui plaisait vraiment ! Trop peut-être !

3 JONATHAN

Jonathan était content.

Il avait envoyé plusieurs courriers importants au même destinataire, courriers restés sans réponses, et il commençait à désespérer. Mais ce jour-là, en ouvrant sa boîte aux lettres, la couleur particulière de l'enveloppe et le cachet apposé dessus l'intriguèrent. Il n'osait plus y croire et pourtant !

Fébrile, il décacheta le pli sans plus de précautions, déplia la missive et après une lecture rapide ne put s'empêcher de s'écrier, seul dans le hall de son immeuble :

— *Yes, yes, yes* !

Le poing de la main droite fermé, il sembla tirer à trois reprises une poignée invisible descendue du plafond.

La gardienne de l'immeuble, alertée par les cris qui provenaient de l'accès au bâtiment, entrebâilla prudemment sa porte et hasarda sa tête à l'extérieur de son modeste appartement.

— Eh bien, monsieur Gentil, que vous arrive-t-il ?

— Oh rien, juste une excellente nouvelle, lança-t-il sans plus de commentaire.

Il escaladait déjà les marches deux à deux pour s'envoler vers les étages. Il habitait au troisième.

Il n'entendit pas la porte se refermer au rez-de-chaussée ni la gardienne marmonner des menaces inutiles en pestant contre le bruit qu'il faisait.

— Les jeunes d'aujourd'hui sont mal élevés... Aucun respect pour leurs aînés ! C'est qu'ils sont bruyants ! Toujours en train de contredire leurs parents et paresseux en plus...

L'énumération de ses griefs se perdit dans son logement, couverts par les sons trop forts qui émanaient de son propre téléviseur. Elle n'était que la gardienne, elle était relativement âgée et n'avait pas fait d'études mais elle citait inconsciemment l'un des plus grands philosophes, Platon, lors du discours qui met en scène Socrate et Adimante dans un passage de la *République*. Déjà, les anciens pestaient contre le comportement exécrable de la jeunesse.

Deux époques mais des mœurs identiques.

De son côté, Jonathan était déjà devant son ordinateur pour réserver en ligne un billet de train et un instant plus tard, il préparait ses bagages.

*

Bercé durant des heures par le bruit feutré et continu du TGV, il avait eu tout le temps de ressasser les multiples démarches entreprises pour obtenir cette autorisation inespérée.

Arrivé à destination, le temps était particulièrement maussade mais il s'y attendait. Il avait quitté la région languedocienne où la journée s'annonçait radieuse et voilà qu'il foulait le pavé des rues de Lille, à la recherche d'un taxi qui le conduirait à l'adresse notée sur le bout de papier qu'il tenait en mains.

— C'est loin ! fit remarquer un chauffeur hésitant.

L'homme connaissait bien la région. Il ne put s'empêcher d'ajouter cette réflexion :

— À part les corbeaux, et encore s'ils volent sur le dos pour ne pas voir la misère, personne ne va là-bas ! C'est un trou perdu. Vous ne venez certainement pas faire du tourisme !

Jonathan sourit à cette image populaire avant de reprendre :

— À l'accueil de la gare, l'hôtesse m'a dit qu'aucune compagnie de cars ne desservait le secteur. J'ai bien pensé à louer un véhicule mais il n'y a pas de voiture disponible dans l'immédiat. À croire que nous étions voués à nous rencontrer, monsieur.

Comme le prix de la course serait conséquent et que le client paraissait honnête, le chauffeur accepta sans rechigner davantage.

Le taxi quitta la ville puis la banlieue lilloise, ses tours, ses zones industrielles, et se retrouva assez rapidement en rase campagne. Seuls les terrils, véritables collines érigées par l'activité humaine, apportaient un peu de relief à ce paysage plat.

Confortablement installé à l'arrière du puissant véhicule, Jonathan commençait à s'assoupir. Il imaginait son arrivée, l'accueil dont il serait l'objet, les lieux... Son esprit construisait d'immenses bibliothèques où des milliers de livres l'attendaient impatiemment. Sa gourmandise intellectuelle serait rassasiée, ses recherches approfondies, sa curiosité naturelle étanchée car il avait soif de connaissances depuis qu'il était né.

Calé dans le siège de la berline, il n'avait pas vu le temps passer et il s'était édifié un univers privilégié qui n'attendait plus que lui. Il se voyait tel un VIP : *very important person*. Il n'allait pas tarder à déchanter.

Il sentit que le chauffeur venait de ralentir. L'homme stoppa le véhicule, passa au point mort, tira le frein à main et lui dit :

— Voilà, on y est !

Jonathan se redressa un peu sur le siège dans lequel il s'était progressivement enfoncé et il regarda les alentours, désorienté.

— Mais il n'y a rien ici !

— Je sais mais le GPS est formel, on est arrivé ! Une belle invention le GPS sinon j'aurais eu des difficultés pour trouver cet endroit. Vous avez de la famille dans le coin ?

— Non, mais il devrait y avoir une abbaye.

— Une abbaye ! s'étonna le chauffeur qui confirma néanmoins après avoir consulté la carte électronique sur le tableau de bord. Effectivement mais je crois que vous n'êtes pas encore arrivé. Il va falloir marcher un peu. Je pense que c'est au bout d'un de ces petits chemins mais ma voiture n'est pas adaptée. Je ne peux pas vous accompagner.

Sans plus de détails, l'homme annonça le prix que son compteur affichait et comme la somme était rondelette, il accepta le règlement par chèque.

Un nuage de poussière s'éleva lorsque la berline fit demi-tour, laissant Jonathan seul en pleine campagne, face à une forêt de charmes, de bouleaux, d'érables et de frênes encore nus. Plus loin, des sapins les remplaçaient, plus nombreux, plus denses.

Il avait vu, sur le GPS du taxi, que deux directions s'avéraient être des culs-de-sac. Il n'en restait plus qu'une : droit devant ! Il saisit sa valise et se mit à marcher sur le chemin qui s'enfonçait progressivement dans les bois.

Même s'il n'y avait rien autour de lui, il n'était pas inquiet. La joie qui l'animait depuis l'ouverture de son courrier était telle qu'elle ne laissait aucune place à la morosité. Il savait qu'au bout de cette allée forestière il y avait quelque chose : l'abbaye où on l'attendait et peut-être plus.

Son bagage, prévu pour rouler sur une surface plane, résistait à toute avancée. Comme un enfant capricieux, il refusait d'aller plus loin, campé sur ses deux petites roulettes. Les lanières qui entouraient le corps de la valise ressemblaient à s'y méprendre à des bras croisés sur une poitrine en signe de désapprobation. Si la tête manquait, il était évident que le gamin boudait tout de même.

Le jeune homme dut déployer une énergie considérable pour tracter le bagage récalcitrant et finalement, alors que le jour déclinait de plus en plus, il perçut une lueur, à travers les arbres. De longues minutes s'étaient écoulées et, même s'il faisait froid, Jonathan transpirait.

Il se retrouva à l'orée d'une clairière. Au milieu de celle-ci, un immense bâtiment gris particulièrement austère dominait, érigé là depuis des siècles. La nuit sans lune, qui baignait maintenant les alentours, ne parvenait pas à dessiner les contours du bâtiment. Le silence s'était aussi emparé des lieux. Même les oiseaux semblaient intimidés. Ils avaient cessé de chanter.

Jonathan progressa dans le noir vers la masse sombre qui grossissait au fur et à mesure qu'il avançait. Où était l'entrée de la bâtisse ? Il pensait l'avoir repérée de loin, juste à la sortie du bois, comme il croyait avoir entrevu une immense porte. Mais plus il approchait, moins il en était sûr. Peut-être avait-il dévié de son cap. Peut-être qu'il ne s'agissait que de murs en ruine plus ou moins noirs. Peut-être que l'entrée se trouvait de l'autre côté…

Il comprit tout le sens de l'expression « se trouver au pied du mur » lorsque ses mains heurtèrent une paroi en pierre particulièrement froide. Il savait pertinemment que celle-ci courait de part et d'autre sur des centaines de mètres. Il avait évalué la hauteur considérable des murs devant lesquels il se trouvait. Franchir l'obstacle en passant par-dessus était impossible. Il n'avait pas d'autre alternative que d'avancer à tâtons pour suivre cette sorte de barrière défensive.

Gauche ou droite ? Par où commencer ? Avec un peu de chance…

Il repensa furtivement à l'arrivée qu'il avait imaginée quand il était dans le taxi. Malgré la situation, il eut presque envie de rire. Les croassements sinistres de corbeaux lui clouèrent le bec. Il n'était pas rassuré.

Sa valise était devenue un boulet et il avançait péniblement pourvu de cette entrave.

Peu de temps après, alors que des gouttes de pluie commençaient à s'échouer sur son visage, il sentit sous ses doigts un décrochement. Après quelques tâtonnements, il bénéficia d'une éclaircie fugace dans le ciel où les nuages masquaient la lune jusqu'alors. Ce laps de temps inespéré lui permit d'entrevoir une porte, une porte monumentale.

Jonathan frappa plusieurs coups à l'aide du marteau dont le relief représentant un visage tourmenté semblait être un avertissement. Il aurait préféré ne pas le voir mais la lune en avait décidé autrement, avant d'être à nouveau dévorée par les nuages. Les sons résonnèrent longuement, comme un roulement de tambour, avant d'abdiquer sous la pression étouffante du calme profond qui régnait juste avant. Le silence s'imposa à nouveau. La pluie redoubla mais personne ne semblait pressé de venir lui ouvrir. Derrière cette porte impressionnante, aucun bruit de pas en approche.

Il s'apprêtait à frapper à nouveau quand il entendit un bruit de clé dans la serrure. Pourtant, l'immense paroi de bois de l'entrée ne s'ouvrit pas. Seule une plus petite ouverture, imbriquée dans la première et presque dissimulée, grinça, se déploya, lui cédant le passage. Un moine en robe de bure, capuche sur la tête, lanterne à la main tenue à bout de bras s'adressa au visiteur :

— Que désirez-vous ?

Jonathan n'eut pas le temps de répondre que déjà, son interlocuteur à la mine peu avenante poursuivait :

— Que venez-vous faire ici ?

— Bonsoir ! Je m'appelle Jonathan Gentil. J'ai été invité par le prieur. En fait, je suis chercheur et je prépare une thèse sur…

— Entrez ! rétorqua sèchement le moine sans même le laisser finir.

À peine eut-il franchi le seuil qu'il entendit la porte se refermer derrière lui. Le moine donna deux tours de clé et poussa deux énormes verrous. Jonathan se sentit pris dans un piège.

Sans un mot, son guide s'éloigna. Le jeune chercheur dut lui emboîter rapidement le pas pour ne pas rester seul, égaré dans cette enceinte lugubre. Ainsi, l'un derrière l'autre, ils traversèrent une grande cour sombre surplombée de murs élancés apparemment dépourvus de fenêtres. L'endroit n'était pas rassurant. Au centre, une masse se détachait. Il s'agissait probablement d'une fontaine comme le gargouillis de l'eau qui s'en échappait pouvait le laisser supposer.

Quelques instants plus tard, ils pénétrèrent dans la bâtisse principale. On le pria de s'asseoir sur un long banc en bois brut patiné, plaqué contre la pierre noircie par le temps. C'était le seul mobilier de cette pièce froide. À ce moment-là, Jonathan comprit qu'il était vraiment seul, loin de la civilisation, à la merci de ses hôtes. Trop heureux, il n'avait pris aucune précaution avant de partir et personne ne savait où il était allé. Il avait conscience qu'il se trouvait dans la situation exacte qui fait trembler les lecteurs de romans policiers, quand un témoin suit une piste dangereuse en oubliant de dire où il s'est rendu. On le découvre généralement mort, quelques pages plus loin, assassiné et son corps abandonné au milieu de nulle part où personne ne le retrouve jamais. Cette seule idée lui glaça le sang. Personne ne s'inquièterait de sa disparition avant longtemps. En temps normal, l'atmosphère glauque des lieux et l'accueil glacial de son hôte l'auraient poussé à rebrousser chemin sans demander son reste. Mais il n'avait pas fait tant d'efforts pour renoncer si près du but.

— Attendez-là ! fit le moine avant de quitter la pièce par une seconde porte que Jonathan n'avait pas remarquée.

Quand on revint le chercher, il lui sembla qu'il était resté là une éternité. Seules les aiguilles de sa montre lui confirmèrent que le temps ne s'était pas arrêté.

Il franchit à nouveau une succession de corridors obscurs, quelque peu inquiet, se demandant où on l'amenait. Enfin, son guide frappa avec le plus grand respect à une porte sous laquelle un rai de lumière tentait de se glisser comme pour s'échapper. Qui se trouvait de l'autre côté ? Une voix éraillée répondit en les priant d'entrer.

— Monsieur Jonathan Gentil, je suppose ! Asseyez-vous, je vous prie, fit le religieux présent dans la pièce, sur un ton particulièrement calme. Nous vous attendions plus tôt !

L'homme était installé à son bureau placé au beau milieu de la pièce et n'avait pas encore levé les yeux. Il finissait d'écrire.

Il s'agissait d'un individu âgé dont la tonsure dessinait une couronne blanche sur le pourtour de son crâne. Sa main droite tremblotait mais lorsqu'il redressa la tête, il plongea son regard bleu perçant dans celui de Jonathan. Il semblait lire en lui à livre ouvert.

— Comme vous l'avez peut-être deviné, je suis le prieur de cette abbaye.

Il marqua une pause, délaissa la feuille qu'il tenait entre ses doigts flétris par l'âge et reprit :

— Jeune homme, j'ai accédé à votre demande à titre tout à fait exceptionnel, car j'ai été sensible à votre motivation, à votre persévérance et bien sûr à vos diplômes d'archéologie et de littérature médiévale. Vous êtes une des rares personnes que j'autorise à franchir ces murs et vous comprendrez qu'il vous faudra obligatoirement respecter nos règles de vie même si elles vous paraissent parfois contraignantes et moyenâgeuses. Tout d'abord, la journée commence le matin généralement à 4 heures par la prière et s'achève le soir, à 22 heures, de la même façon. Le reste du temps, chacun vaque à ses activités. Vous prendrez vos repas avec les moines, dans la salle à manger, et une cellule vous sera assignée que vous ne devrez pas quitter sans notre autorisation. Pour tous vos déplacements au sein de l'abbaye, qui est immense, vous serez accompagné du frère que l'on va vous présenter. Bien entendu, il vous faudra faire preuve de la plus grande discrétion quant à l'existence de notre monastère et de ce que vous allez y découvrir. Sachez que je ne tolérerai aucune entorse à nos usages sans quoi vous seriez aussitôt reconduit hors de nos murs, sans possibilité d'y revenir jamais ! J'espère que vous avez bien compris.

Les propos du prieur résonnaient comme un avertissement. Jonathan avala bruyamment sa salive puis resta sans voix, décontenancé par cette entrée en matière abrupte à laquelle il ne s'attendait pas. Elle ne détonnait pas avec l'atmosphère austère de l'abbaye.

Il acquiesça finalement d'un timide mouvement de tête, impressionné par l'assurance et le charisme de son interlocuteur. Il pensait quitter la pièce quand il entendit le mécanisme d'une imprimante à laser. Le prieur fit ensuite glisser un document sur la table, jusqu'à lui, avant d'ajouter :

— J'ai confiance en vous jeune homme mais par les temps qui courent je me dois de prendre des précautions. Aussi, je vous demande de signer cette lettre de confidentialité. Vous voyez, nous vivons en dehors du temps mais nous sommes au fait des nouvelles technologies et des usages en cours.

Jonathan, un peu surpris, allait rapidement constater que la fée électricité, seule présence féminine en ces lieux, avait réussi à s'inviter dans cet endroit retiré du monde. Elle n'était cependant destinée qu'à quelques salles privilégiées, dont le bureau du doyen qui disposait d'un des rares ordinateurs. C'était une fenêtre ouverte sur les temps modernes tandis que les bibliothèques exceptionnelles que recelait le prieuré permettaient au passé de jaillir et de se refléter comme dans des miroirs.

L'invité venait de comprendre que, pendant le peu de jours qu'il passerait dans l'abbaye, il n'aurait librement accès qu'à la salle dans laquelle il prendrait ses repas et à l'endroit où il dormirait. Il espérait malgré tout qu'on l'autoriserait à se rendre dans les bibliothèques où il aurait enfin à sa disposition des manuscrits rares qu'il pourrait consulter. Après tout, c'était sur ce dernier point que portait sa demande.

*

Lorsqu'il sortit du bureau du prieur, un moine l'attendait, debout au milieu du couloir éclairé par un globe si haut perché que la lumière qui en émanait ne formait qu'un pâle halo lui-même dévoré par la noirceur des murs. Autour de lui, tout était sombre et il était difficile de discerner quoi que ce soit.

— Je suis frère Bastien, je serai votre guide pour la durée de votre séjour, se contenta-t-il de dire sèchement.

Sans même le regarder, il lui fit signe de le suivre.

Apparemment, les codes habituellement en usage dans la vie moderne n'étaient pas parvenus jusque-là. Les « bonjour ! », les « je vous en prie », les « sourires »… semblaient proscrits de la vie monacale.

Après une rude journée passée dans les transports, une approche interminable et laborieuse sur le chemin, la nuit qui s'était invitée et l'accueil glacial qu'il avait reçu, même s'il avait envie d'un bon bain chaud et d'une table bien garnie, il se contenterait d'une simple paillasse et d'un bol de soupe s'il le fallait. Le jeune chercheur était prêt à tout endurer pour parvenir à ses fins. Rien ne le ferait renoncer.

Il s'en suivit une marche dans un dédale de couloirs et d'escaliers tous aussi froids et obscurs les uns que les autres. Enfin, frère Bastien s'arrêta devant une porte qu'il ouvrit. Il s'écarta pour laisser entrer Jonathan.

— C'est votre cellule. Posez vos bagages, on repart tout de suite. Il est l'heure de dîner.

Jonathan pénétra dans la petite pièce. Comme il n'y avait aucune lumière, il attendit quelques instants, le temps que ses yeux s'accoutument à l'obscurité qui régnait. Au bout d'un moment, il découvrit un mobilier sommaire : un lit au-dessus duquel trônait un crucifix, des couvertures irréprochablement pliées et dans un coin une table en bois accompagnée d'une chaise.

— Et pour la lumière ? demanda Jonathan.

— Nous n'avons pas l'électricité dans l'abbaye sauf dans quelques pièces. Dans votre cellule, vous n'en aurez pas besoin. Pour prier et dormir, c'est inutile ! Mais vous trouverez une bougie et des allumettes dans le tiroir de la table. Vous devrez les économiser. On ne vous en fournira pas d'autres.

Décidément, ce que le chercheur vivait ne correspondait en rien à ce que son esprit avait échafaudé. Le VIP qu'il avait imaginé en venant était relégué au rang de simple figurant.

— Dépêchez-vous, si vous voulez souper ! Le service est à heure fixe ensuite la cuisine sera fermée jusqu'à demain matin.

Dans la grande salle, on lui servit le repas : un potage, une assiettée de pâtes, une portion de maroilles tartinée sur une tranche de pain et un fruit à peler. Il aurait aimé poser toutes les questions qui se pressaient depuis des années dans sa tête mais son guide lui fit comprendre qu'il devrait patienter.

4 LES TRÉFONDS DE LA TERRE

Le lendemain matin, le soleil était encore couché quand frère Bastien vint le réveiller. Jonathan n'aimait pas se lever aux aurores mais il n'avait que peu de jours pour trouver des réponses à ses questions et de nouvelles pistes à explorer afin d'approfondir ses recherches. En un instant il fut prêt.

À table, installé auprès des moines, il prit la rapide collation qu'on lui proposa. Frère Bastien était assis à sa droite et en face de lui, un frère plus jeune que les autres déjeunait en le dévisageant. Apparemment plus avenant, il semblait vouloir engager la conversation mais paraissait gêné ou empêché de le faire. Jonathan prit les devants :

— Bonjour, Jonathan Gentil ! Je suis ici pour approfondir mon sujet de thèse. Vous…

L'autre lança un regard furtif en direction de frère Bastien et aussitôt après il baissa la tête sans dire un mot.

— Excusez-le ! Nous n'avons pas l'habitude de recevoir des étrangers et la plupart des moines ont fait vœu de silence, intervint frère Bastien. Frère Guillaume aussi. Depuis que je suis là, vous êtes le premier visiteur. Cela peut surprendre, voire déranger les novices ou les plus fragiles d'entre nous. Il y a entre ces murs des mystères et des secrets bien gardés sur lesquels nous veillons tous, sous l'autorité du prieur. Il a dû vous dire que certaines choses que vous verrez devront rester secrètes et conservées dans ces vieilles pierres.

Le moine débarrassait déjà son écuelle et Jonathan comprit qu'il devait faire de même.

— Faites bien attention à ce que vous écrirez dans votre thèse, ajouta le religieux. Tous vos mots devront être pesés. Nous y veillerons, comme notre Seigneur !

Décidément le discours qu'il tenait était bien rôdé et résonnait comme un écho, reproduisant parfaitement celui du prieur. Jonathan le reçut cinq sur cinq, tel un second avertissement, presque comme une menace.

Pourquoi tous ces mystères ? Il était venu consulter de vieux manuscrits afin de donner à ses recherches un accent insolite et surtout évoquer des œuvres dont certains universitaires ignoraient l'existence même. Il était enfin dans les lieux mais de toute évidence exhumer des manuscrits rares serait plus complexe qu'il l'avait imaginé. Les moines lui opposaient déjà une certaine résistance. Il craignait désormais qu'on ne lui montrât pas les joyaux qu'il espérait voir lorsqu'il avait franchi les portes de ce monde du silence. Il mettrait cependant tout en œuvre pour parvenir à ses fins. Déjà, une opportunité se dessinait en la personne de frère Guillaume.

Il avait remarqué qu'en quittant la pièce, ce dernier s'était retourné pour le regarder comme s'il voulait lui faire comprendre qu'ils se reverraient. Voulait-il lui parler ?

— Au fait, fit le guide juste avant de quitter la grande salle désormais vide dans laquelle sa voix résonna, comment avez-vous eu connaissance de notre existence et de la présence de certains manuscrits dont personne n'a jamais parlé ?

Jonathan s'interrogea : n'avait-il pas été admis là pour leur donner des informations plus que pour se documenter lui-même ?

L'homme se frottait le menton, lequel était aussi lisse que sa tonsure. De l'autre main, il agitait doucement la longue corde blanche qui nouait sa tenue comme le balancier d'une horloge égrenant les secondes.

— Oh, c'est en effectuant des fouilles dans un château. J'ai découvert des écritures datant du Moyen Âge sur le tombeau d'une crypte. Jusque-là, personne ne les avait remarquées, car elles étaient en partie dissimulées au-dessous du niveau du sol actuel. Il faut dire aussi que les inscriptions étaient partiellement effacées par endroits et qu'il manquait des mots. Ça a aussitôt piqué ma curiosité et comme je suis paléographe je me suis penché sur ce message d'outre-tombe. Il m'a fallu longtemps pour comprendre ce qui était écrit et même si je n'ai pas pu tout déchiffrer, j'en ai découvert suffisamment pour en saisir à peu près le sens. Une chose était certaine : pour poursuivre mes investigations, il fallait que je vienne ici. Le nom de cette abbaye était gravé sur la pierre. Il me reste à établir le lien entre ici et là-bas.

— Intéressant, rétorqua frère Bastien qui paraissait baisser un peu sa garde.

Le travail mené par le chercheur semblait capter son attention, voire l'intriguer. Mais les consignes du prieur étaient strictes et le moine retrouva rapidement le ton peu engageant qui le caractérisait.

Lors de cette première journée, Jonathan s'ennuya quelque peu ou plus exactement il s'exaspéra. Il avait l'impression que si on l'avait accepté au sein de l'abbaye, on hésitait à lui montrer les perles que dissimulaient certainement les nombreuses salles dont on semblait lui interdire l'accès. Toujours accompagné de son garde du corps, il passait devant des portes closes derrière lesquelles le silence s'imposait comme une réelle présence. Si elles étaient ouvertes, on les refermait vite sur son passage. Il empruntait des couloirs au bout desquels il découvrait de magnifiques lieux et des bibliothèques bien garnies où il ne pouvait pas entrer. Il brûlait d'envie d'accéder à l'antre de l'abbaye de Saint Ambroisius, là où se trouvaient vraisemblablement les scriptoria[2]. Il désirait plus que tout avoir accès à ces lieux secrets, à ces œuvres anciennes qui ne verraient jamais plus la lumière du jour et dont les yeux des néophytes ne parcourraient jamais les lignes couchées, des centaines d'années auparavant, par des copistes tombés depuis longtemps dans l'oubli. Pour donner la touche finale à sa thèse, il avait besoin de ressusciter momentanément ces livres inconnus, ces manuscrits interdits mais la communauté de Saint Ambroisius ne semblait pas prête à cet ultime sacrifice.

Quand tôt le soir il regagna sa cellule, il bouillait intérieurement, certain qu'il tournait en rond, que frère Bastien lui faisait perdre son temps et lui cachait l'essentiel.

Sa chambre était loin de toutes les autres et s'il lui prenait l'envie d'éclairer la pièce pour chasser les démons blottis dans la pénombre, il devrait retrouver la bougie à tâtons ainsi que la boîte d'allumettes. Frotter le souffre sur le grattoir ne produirait qu'une faible lueur qui réveillerait les spectres redoutés plus qu'elle ne les chasserait au-delà des murs sombres et épais de la cellule monacale. S'endormir dans cette atmosphère lourde et spartiate était compliqué. Le crucifix au-dessus de sa tête, rassurant quant à la foi qu'il représentait, l'inquiétait, car il lui rappelait les films d'horreur qu'il avait vus au cinéma, tels que *L'Exorciste* ou *Carrie, la vengeance,* quand l'héroïne est enfermée dans le placard. Autour de lui, le silence était pesant et il lui semblait entendre des bruits qui n'existaient probablement que dans son esprit.

---

[2] Scriptoria : Ateliers de copistes, d'enlumineurs. (scriptorium au singulier).

Au petit matin, comme la veille, son guide frappa lourdement à la porte de sa cellule. Jonathan se réveilla en sursaut ne sachant plus trop où il se trouvait mais rapidement, tout lui revint en mémoire. Il se sentait épuisé, il avait peu dormi. Il jeta un rapide coup d'œil à sa montre. Les aiguilles phosphorescentes qui indiquaient à peine 4 heures lui arrachèrent un soupir.

Derrière la porte, une voix autoritaire qui ne lui laissait aucune alternative résonna, finissant de le réveiller.

— Vous avez une demi-heure pour vous préparer, faire votre prière et nous rejoindre dans la salle des repas. Vous trouverez votre chemin ? Sinon je reviens vous chercher !

Jonathan se frotta énergiquement le visage et, même s'il avait envie de dormir encore un peu, il résista. La nécessité de respecter les usages de l'abbaye sur lesquels le prieur avait bien insisté ainsi que l'importance de sa présence ici ne lui laissaient pas l'embarras du choix. Il trouva l'énergie nécessaire pour répondre :

— Je suis prêt dans deux minutes. Attendez-moi !

Il enfila ses vêtements en un temps record et quelques instants après, tout en bouclant la ceinture de son jean, il surgit dans le couloir. Comme pris en faute, frère Bastien tressaillit. Il ne s'attendait pas à le voir sortir si vite. Il essaya de dissimuler sa surprise en adoptant, cette fois, un ton badin :

— Ah ! Vous voilà déjà !

Le moine, qui s'était aussitôt ressaisi, lâcha une remarque susceptible d'indisposer son hôte :

— Et vous ne priez pas, le matin !

Jonathan, loin d'être déstabilisé par sa réflexion, ne put s'empêcher de plaisanter :

— Ce n'est pas parce que je ne prie pas le matin que j'invoque le Diable !

Choqué, frère Bastien porta une main à sa poitrine et son visage s'assombrit de telle façon qu'on aurait pu croire qu'il essayait de se confondre avec l'environnement lugubre des lieux.

La réplique fut percutante :

— Ne prononcez jamais ce nom ici. Venez !

De toute évidence, le moine était outré par cette réflexion blasphématoire. Le ton cassant sur lequel il avait répondu freina toute velléité chez Jonathan qui ne regrettait cependant pas ses paroles. Frère Bastien croisa ses doigts en prière devant lui et commença à psalmodier des oraisons à l'intention de Dieu en se signant. Sans attendre son invité, il tourna les talons et s'éloigna en marchant d'un bon pas. Il précédait le jeune homme d'une bonne longueur, imprimant à sa marche un rythme rapide comme s'il avait à ses trousses Satan en personne auquel Jonathan avait fait allusion auparavant. Il semblait si courroucé que le jeune chercheur imagina un instant qu'il allait le reconduire à la porte principale pour lui signifier de partir sans délai. Mais au détour d'une travée, les deux hommes se retrouvèrent devant la grande salle des repas où ils pénétrèrent.

Rassuré, Jonathan crut bon d'éclairer le moine quant à ses convictions personnelles.

— Vous savez, dit-il, le seul fait d'entrer à Saint Ambroisisus est une prière en soi qui me rapproche de Dieu.

Le moine lui adressa un bref regard qui signifiait « j'ai entendu mais cela n'efface pas ce que vous avez dit. »

Si d'ordinaire le jeune homme pesait toujours ses mots, le contexte particulier dans lequel il se trouvait embrumait son esprit et, en même temps qu'il prononçait une nouvelle phrase, il comprit qu'il aurait mieux fait de se taire :

— Cela m'éloigne aussi du Diable bien que la nuit on ne sache plus vraiment qui est qui.

Il était trop tard !

Frère Bastien s'était arrêté net et pendant un instant son visage devint écarlate comme s'il allait exploser. Il reprit finalement ses esprits et désigna autoritairement du doigt un banc où ils prirent place, en face d'un bol de café fumant.

Jonathan resta coi. Il ouvrit le pot de miel qui se trouvait sur la table pour sucrer sa boisson et alors qu'il cherchait des yeux de quoi manger, un moine s'approcha et lui tendit une corbeille pleine de tranches de pain. Il se retourna pour le remercier et au moment où leurs regards se croisèrent, le jeune homme reconnut frère Guillaume. S'il lui sembla à nouveau percevoir dans l'expression du moine un désir d'échanger quelques mots, il était évident qu'il se méfiait. On devait le surveiller. Assurément, ce novice n'avait pas encore totalement endossé la réserve imposée par son sacerdoce.

Jonathan aurait voulu apprécier un peu plus longtemps ce moment de quiétude matinal mais Frère Bastien commençait à s'impatienter et le lui faisait sentir. Il n'y avait plus personne dans la salle. Ils débarrassèrent rapidement, se levèrent et quittèrent le réfectoire.

— Qu'avez-vous prévu au programme ce matin ? demanda l'étudiant impatient. J'espère que je pourrai enfin accéder à la grande bibliothèque ! C'est essentiel pour mes recherches.

La question était claire mais le moine se contenta de répondre de façon toujours aussi laconique :

— Suivez-moi !

Ils empruntèrent à nouveau un dédale de couloirs avant de déboucher sur un cloître dont les dimensions étaient proportionnelles à l'immensité de l'abbaye. Il était entouré de hautes colonnes particulièrement ouvragées qui soutenaient un toit destiné à abriter une coursive. Celle-ci courait en hauteur sur tout le pourtour d'un jardin carré lui-même entrecoupé de chemins étroits, pavés. À chaque intersection, des statues blanchâtres, vierges, saints, martyrs, semblaient veiller sur ce lieu. Une atmosphère de recueillement régnait, propice à la méditation. Jonathan ressentit à ce moment-là un léger frisson. Heureusement, la nature omniprésente lui permit de reprendre rapidement le dessus. Des arbres aux essences variées, sur lesquels des feuilles récalcitrantes résistaient encore aux assauts de la saison, l'agrémentaient. Ils montaient en flèche vers le ciel comme s'ils voulaient escalader les murs en quête d'un peu de lumière ou bien s'évader. L'atmosphère pesante de ces lieux semblait les incommoder eux aussi.

Jonathan, qui s'était largement documenté avant de venir, devina qu'il venait de pénétrer dans le Saint des Saints, partie habituellement réservée au prieur et aux copistes, comme c'était le cas dans la plupart des monastères. La bibliothèque principale et il l'espérait le scriptorium étaient sans doute proches. Il sentit son pouls accélérer. Il allait peut-être bientôt admirer ce pour quoi il s'était tant battu ces dernières années, à coups d'arguments, d'attestations, de courriers, ce pourquoi il luttait contre la peur qu'il ressentait dans cette abbaye, convaincu d'être à un tournant important de sa vie.

Il pensait qu'ils allaient descendre mais au contraire, ils gravirent quelques marches pour parvenir de l'autre côté du péristyle où le moine bifurqua brusquement à droite comme s'il venait de prendre une décision hâtive. Ils se retrouvèrent dans une salle intermédiaire relativement petite, au mobilier restreint. Là, frère Bastien discuta un instant avec un moine installé derrière un pupitre. Il était plongé dans la lecture d'un manuscrit qui, à première vue, et à lui seul, aurait récompensé n'importe quel chercheur en visite à l'abbaye mais pas Jonathan. Ce dernier entendit qu'on prononçait son nom. Après un temps de réflexion qui parut durer longtemps, le moine lui décocha un regard méfiant et griffonna à la va-vite quelque chose sur un calepin. Il plongea ensuite une main dans un tiroir, en sortit une clé digne d'une nouvelle des *Contes de la crypte* et se leva pour ouvrir une porte dérobée située juste derrière lui, porte que l'étudiant n'avait pas remarquée. Elle était aussi grise que les murs de la pièce et se confondait avec eux. L'homme n'attendit pas davantage pour retourner s'asseoir. Il semblait déjà les avoir oubliés.

Le guide poussa lentement la porte qui s'écarta dans un grincement tel que Jonathan associa le bruit à l'ouverture d'un sarcophage. Il était toujours aussi désireux de découvrir les trésors de cette abbaye mais ce n'était pas sans crainte. Il se demandait si sa soif de connaissances n'allait pas l'emmener dans un endroit interdit au commun des mortels duquel il ne reviendrait jamais. Au-delà, le noir absolu régnait en maître et un courant d'air frais provenant des profondeurs de la Terre, remonta, tourbillonna autour de lui, l'enveloppa tel un drap mortuaire, pour finalement le glacer. Le jeune homme s'efforçait, tant bien que mal, de masquer la frayeur qu'il éprouvait à l'idée de descendre dans cet abîme. Et s'il s'agissait d'un aller simple ! Mais pourquoi se débarrasserait-on de lui ? Pour continuer d'avancer, il devait chasser cette idée saugrenue de son esprit. Mais, tenace, elle s'y accrochait.

— Suivez-moi ! ordonna encore une fois le guide comme si c'étaient les seuls mots qu'il connaissait.

Et il s'engouffra dans l'obscurité.

Frère Bastien introduisit sa main dans une sorte de niche, pressa un interrupteur invisible et le pâle faisceau lumineux d'une ampoule fendit le noir, permettant d'apercevoir un escalier qui s'enfonçait dans les tréfonds de l'abbaye. On aurait dit l'antre du diable, entité à laquelle il avait fait allusion en quittant sa cellule et qui avait profondément choqué le moine. Et si Lucifer existait ! Et si le moine s'apprêtait à guider ce blasphémateur jusqu'à lui, pour le punir !

La peur faisait divaguer le chercheur.

Les deux hommes se glissèrent dans le passage étroit, mal éclairé et commencèrent la descente. Elle parut durer, s'éterniser même, car l'escalier abrupte n'en finissait pas de s'enfoncer. Il semblait n'aboutir nulle part. Jonathan devinait les marches plus qu'il ne les voyait. Celles-ci d'abord larges, droites mais irrégulières, probablement taillées dans la roche, se rétrécissaient au fur et à mesure qu'ils progressaient.

— Tenez-vous à la corde ! Certaines marches sont piégeuses et si vous en manquez une...

Il s'interrompit avant de poursuivre :

— La verticalité de l'escalier n'est guère propice à un sauvetage !

Il parlait d'expérience mais sa réflexion tenait plus de l'ordre que du conseil, car sa voix n'avait rien d'agréable. Prisonnière de cet espace confiné, elle résonnait de façon rauque et ténébreuse. Elle n'était en aucun cas rassurante.

Le niveau du cloître était déjà loin au-dessus de leur tête quand la pierre céda la place au bois et à un escalier en colimaçon cette fois qui craquait sous les pas des visiteurs. Il descendait lui aussi de façon raide en même temps qu'une odeur de cave montait et que la température baissait. Les rares ampoules censées l'éclairer se contentaient de projeter des ombres inquiétantes qui s'allongeaient puis diminuaient au rythme de la progression des deux hommes comme si deux spectres les précédaient ou les suivaient.

— Où sommes-nous ? osa demander Jonathan en chuchotant.

Ce lieu oppressant l'intimidait autant qu'il l'inquiétait.

— Sous l'abbaye !

C'était si évident qu'il se serait passé de cette réponse. En revanche, il comprit que son guide lui en disait le moins possible. N'était-ce pas pour qu'il soit docile et obéissant et qu'il se dirige lui-même vers son lieu de sacrifice ? Dans ce cas, il y aurait forcément un autel tout en bas ! Rien dans cette descente aux enfers ne le rassurait.

Si les moines étaient mal intentionnés, il leur serait facile de se débarrasser de lui et de faire disparaître son corps dans un des innombrables recoins que cet immense prieuré comportait. Il était de plus isolé du monde et, curieusement, aucun document officiel ne le mentionnait.

Jonathan se sentit ridicule d'avoir de telles pensées mais quand le moine s'arrêta en tournant vers lui un visage impassible, il tressaillit.

— On y est mais avant d'entrer, je dois vous rappeler la clause de confidentialité que vous avez signée. Si vous ne comptez pas la respecter, dites-vous que nous avons les moyens de vous y contraindre. Voulez-vous continuer ?

Devant l'ambiguïté du discours, la mise en garde latente et le ton sans équivoque qu'il avait employés, Jonathan avala sa salive et ne put qu'acquiescer. Les ultimatums successifs qu'on lui assénait depuis son arrivée supposaient des mesures répressives s'il rompait son engagement. Mais que pouvaient ces moines contre lui ? Essayaient-ils simplement de l'impressionner ou étaient-ils dotés d'un pouvoir qu'il ne soupçonnait pas ? Le prieur devait avoir des connaissances haut placées.

Une nouvelle porte s'interposa entre le jeune chercheur et sa destinée, une porte imposante que la pénombre ambiante lui avait maquée jusque-là, une porte sur laquelle des visages torturés d'effroi étaient sculptés, surmontée d'un fronton, une lourde porte que le moine poussa avec difficulté. Les yeux du jeune homme, désormais habitués à l'obscurité, parvinrent cependant à discerner des sculptures qui se trouvaient de part et d'autre de l'entrée d'une immense salle. Sur son passage, Jonathan ne put résister à la tentation de promener une main sur l'une d'entre elles pour effleurer son relief et tenter de deviner ce qu'elle représentait. Il ne réussit qu'à sentir, sous le bout de ses doigts, le bois poli par les âges. Mais il lui fut impossible de cerner les détails des scènes sculptées.

Soudain, l'espace s'éclaira pour révéler ce qui restait caché. Frère Bastien venait de presser le commutateur.

Les reliefs que Jonathan n'avait pu élucider étaient maintenant visibles. Ils représentaient des formes humaines, finement taillées, incroyablement préservées et bien moins sombres que ce qu'il avait imaginé. Il n'eut pas le temps de les détailler davantage.

— Entrez ! ordonna frère Bastien.

Devant lui une immense pièce et plus loin un autel, l'autel redouté.

La panique saisit aussitôt Jonathan. Ses craintes étaient fondées mais il se sentait impuissant. Que faire ? Reculer ! Bousculer le moine, s'engouffrer dans l'escalier, remonter à toute vitesse et…

Mais brusquement l'effroi s'estompa. Il eut conscience que ses appréhensions étaient ridicules. Il avait souhaité être là. Il y était enfin ! Alors, il prit une profonde inspiration, oublia ses craintes, fasciné par les proportions infinies du lieu dans lequel il pénétrait. Jamais il n'aurait imaginé de telles dimensions et autant de clarté. Il songea alors à ce qu'avaient dû ressentir les inventeurs des grottes de Lascaux lorsque l'électricité était venue mettre en valeur les joyaux qu'elles contenaient. Il voulut parler mais ne put que bafouiller :

— Une bibli… Une biblio… Un scrip...

Le moine moqueur compléta aussitôt :

— Non : la bibliothèque et le scriptorium !

Jonathan, happé par l'immensité de l'endroit, nez en l'air et paumes des mains plaquées de chaque côté de la tête, tourna une fois, deux fois, trois fois sur lui-même, ne sachant où regarder. Il était subjugué.

De part et d'autre de la salle, des rayonnages particulièrement anciens, en bois massif, s'étiraient à perte de vue tandis que des échelles plus modernes, métalliques et robustes, grimpaient soit vers des voûtes d'arêtes soit vers d'autres plus majestueuses et plus hautes en encorbellement. Le plafond semblait flotter. Bien rangés sur les étagères, des manuscrits par centaines, par milliers... L'étudiant semblait rêver, oubliant totalement l'autel sur lequel il redoutait d'être sacrifié quelques instants avant. Jamais, même dans son imaginaire, il n'aurait pu soupçonner l'existence d'un tel trésor, enfoui sous terre. Il se trouvait enfin, et pour la première fois, dans le temple où l'écriture asservit la parole, où les mots enracinent l'éternité, où le silence est d'or.

Au centre de la salle, des tables individuelles, inclinées, étaient alignées par dizaines où des scribes avaient dû travailler, à la lueur d'une bougie, des jours durant, pour reproduire fidèlement des livres d'heures[3], des textes liturgiques ou des chansons de geste. De longues et larges tables communes trônaient au centre de ces espaces d'écriture individuels. Jonathan y reconnut, bien rangés les uns à côté des autres, des flacons contenant des encres aux couleurs lumineuses, de véritables plumes d'oiseaux, des couteaux, des éponges, des calames[4], des papyrus, des parchemins vierges, des tablettes de cire et des bâtonnets à graver. Il repéra aussi d'autres ustensiles dont il ignorait l'usage.

Une chose l'intrigua cependant. L'endroit était désert comme si les moines, qui devaient sans doute encore travailler dans ce lieu voilà un instant, l'avaient précipitamment

---

[3] Livres d'heures : livres de prières destinés aux laïcs.
[4] Calames : roseaux taillés.

abandonné. Quelques pupitres semblaient encore chauds de la présence des scribes qui venaient de les quitter. Ici, des pinces apposées aux quatre coins d'un parchemin le maintenaient encore fermement. Là, la pointe d'une plume toujours gorgée d'encre paraissait impatiente d'écrire comme si elle attendait une main avide de s'exprimer. Ailleurs, une ardoise de cire à la surface rayée venait vraisemblablement d'être effacée, peut-être pour dissimuler quelque secret aux yeux de l'inconnu exceptionnellement admis dans le scriptorium.

— Où sont-ils donc ?

— Qui ?

— Les moines, les scribes ?

— La salle n'est pas utilisée en permanence. Pour éviter que les livres ne s'abiment à cause du gaz carbonique que nous dégageons ou de la pollution que nous pouvons amener malgré nous. L'occupation du lieu est strictement réglementée.

Jonathan ne sut si frère Bastien lui disait la vérité ou s'il mentait. En revanche, les scribes semblaient bien avoir déserté les lieux précipitamment et peu de temps avant sa venue.

Le moine entretenait sans doute une relation affective avec le scriptorium, car sans que le jeune homme le lui demande, il se laissa aller, pour la première fois, à une confidence. Il paraissait ému.

— C'est un endroit unique, et tous ces volumes constituent un trésor inestimable sur lequel nous veillons, une véritable encyclopédie sur le monde. Jamais on n'a trouvé son équivalence du moins à ma connaissance. C'est la raison pour laquelle il est si protégé, coupé de l'extérieur. Peu de gens connaissent son existence. Il doit absolument être protégé !

Il affichait un degré de conviction quasi viscéral. Il ne fallait surtout pas le contredire. Puis il redevint lui-même, direct, sec et autoritaire.

— Bon, vous n'avez que deux heures à passer ici alors si vous voulez consulter le maximum d'ouvrages, je vais vous expliquer succinctement comment la bibliothèque est organisée.

Jonathan l'écouta attentivement et quelques minutes plus tard, il se plongeait dans un premier manuscrit, sous l'œil inquisiteur du moine installé sur une chaise, à proximité.

Le jeune homme prenait des notes, faisait des croquis puisque les photos étaient interdites. Il s'enivrait de l'esprit de ces livres anciens, ébahi par la finesse des pages et la beauté des enluminures.

Il mit à profit chaque instant pour réunir des informations nécessaires à sa thèse, conscient du privilège qu'on lui accordait. Il avait fini par oublier la présence de son gardien qui épiait pourtant chacun de ses déplacements, chacun de ses gestes, chacun des manuscrits qu'il consultait. Il tournait les pages précautionneusement, connaissant leur fragilité et la valeur inestimable du savoir contenu dans ces ouvrages qui avaient traversé le temps. Il s'agissait d'exemplaires uniques irremplaçables.

L'étudiant s'arrêta plus longuement devant un pan de mur couvert de manuscrits datant de l'époque carolingienne, fasciné par leur diversité et la beauté des couvertures. Il se hissa sur la pointe des pieds et choisit un ouvrage, attiré par le titre. Alors qu'il s'émerveillait devant des enluminures hautes en couleur et en subtilités, son regard fut attiré par un petit couloir, peu profond, qu'il n'avait pas remarqué jusque-là au bout duquel il aperçut une sorte de cage de verre timidement éclairée. Il abandonna son livre pour se diriger vers elle quand le moine intervint.

— Le temps qui vous a été imparti est écoulé. Nous devons remonter.

— Vous vous trompez, fit-il en consultant sa montre, il me reste encore dix minutes.

Voyant le moine inflexible qui se dirigeait déjà vers la sortie, Jonathan insista. Il savait qu'il ne reviendrait jamais dans ce scriptorium :

— Mais dites-moi, qu'est-ce que c'est là-bas ?

— Rien qui pourrait vous intéresser.

— Mais je vois…

Le jeune chercheur, intrigué, commençait à se diriger vers l'étrange lueur, irrésistiblement attiré par elle et poussé par la curiosité. Le moine, revenu sur ses pas, l'arrêta aussitôt en s'interposant entre lui et le petit couloir. Il était assez corpulent et bien décidé à ne pas laisser passer ce fureteur. Il avait probablement reçu des ordres qu'il appliquait à la lettre. Il ajouta cependant :

— Ce scriptorium recèle des ouvrages uniques par leur ancienneté mais aussi par leur qualité de conservation. Depuis des décennies, notre ordre s'est assigné la tâche de les référencer mais nous n'avons pas eu le temps de faire un tour exhaustif de la richesse qui s'étale devant vous aujourd'hui. Nous avons malgré tout déjà répertorié de nombreux manuscrits dont le contenu ne peut pas être révélé au grand jour. Ils contiennent des secrets susceptibles de faire basculer la raison de beaucoup !

— Je comprends mais vous ne m'avez pas dit ce qu'il y a là-bas.

— J'ai pourtant été clair : rien qui vous concerne. Il faut partir maintenant !

Jonathan perplexe dut céder car frère Bastien se dirigeait à nouveau vers la sortie, prêt à couper la lumière. C'était une façon comme une autre de l'obliger à quitter le scriptorium. Ainsi il n'aurait pas d'autre choix et devrait partir.

Ils n'échangèrent aucun mot pendant tout le temps que dura la remontée et après un rapide déjeuner, le chercheur s'installa dans une salle où des moines travaillaient. Certains le dévisagèrent avant de se remettre à leur tâche.

Il parcourut ses notes et s'imprégna de ses esquisses auxquelles il apporta quelques rectifications. Puis il resta un moment seul. Les moines s'étaient retirés pour prier. Il ne vit pas la nuit tomber.

Frère Bastien vint le chercher pour le conduire dans la salle des repas. L'atmosphère était toujours aussi sinistre et les seules conversations que l'on entendait entre ces murs étaient celles des cuillères avec les assiettes et les cris du pain qu'on coupait ou émiettait sans ménagement. Personne ne regardait jamais personne comme il l'avait déjà remarqué lors des précédents dîners. Pourtant, quelques places plus loin, de l'autre côté de la longue tablée, Jonathan remarqua que frère Guillaume était là et qu'il l'observait par intermittences. Chaque fois que leurs regards se croisaient, il baissait les yeux vers son assiette. Il semblait craindre quelque chose.

En fin de journée, frère Bastien accompagna le jeune homme devant sa cellule. Il ne le quittait pas d'une semelle, tel un garde du corps, et durant toute sa mission il avait observé chacun de ses gestes. C'était le parfait cerbère, plus collant qu'une ombre, car même en l'absence de soleil, il était là.

Le départ était prévu pour le lendemain. Avant de l'abandonner, il ajouta :

— Ah, j'oubliais. Nous avons commandé un taxi pour vous ramener mais comme nous sommes loin de tout ça n'a pas été facile et la seule voiture qui a accepté de vous prendre vous attendra vers 8 heures à la croisée des chemins où l'on vous a sans doute déposé l'autre jour. Je vous reconduirai moi-même au-delà de l'enceinte de l'abbaye.

Jonathan approuva d'un mouvement de tête avant de tirer la porte derrière lui. Il se sentit soulagé de savoir qu'il ne serait plus épié, ni suivi, qu'il serait libre de ses gestes une fois dehors. Il alluma la bougie et s'installa au petit bureau pour travailler encore.

Longtemps après, ses paupières commencèrent à se fermer et il bâillait par moments. Il allait souffler sur la flamme quand il entendit un grattement. Il songea à une souris ou à un rat mais la propreté rigoureuse des lieux, en dépit de leur ancienneté, lui fit comprendre que ce n'était pas cela. Puis le bruit recommença, accompagné cette fois d'un murmure si faible qu'il était à peine audible.

— Monsieur Gentil, ouvrez-moi vite s'il vous plaît !

Jonathan repoussa sa chaise, se dirigea vers la porte et l'ouvrit. Stupéfait, il découvrit devant lui frère Guillaume.

Il semblait impatient et son regard fuyant présageait sa crainte de voir surgir du noir quelqu'un ou quelque chose.

Sans demander son reste, il pénétra dans la modeste cellule et referma précipitamment derrière lui le lourd pan de bois, bousculant presque Jonathan sur son passage. Ce dernier le regarda sans savoir quoi dire, sans savoir quoi faire. Il allait lui demander ce qu'il faisait là quand l'autre l'interrompit par un « chut ! », en écarquillant les yeux. Il colla une oreille à la porte, attendit un instant, aux aguets, puis se détendit un peu. Son attitude ne laissait place à aucun doute. Cette visite nocturne imprévue était interdite.

« Chut ! » réitéra le moinillon surveillant ses arrières comme s'il pouvait voir à travers le bois épais qui l'isolait du couloir.

— Il ne faut pas qu'on nous entende, poursuivit-il d'une voix à peine perceptible obligeant Jonathan qui se penchait vers lui à être particulièrement attentif.

— Mais qu'est-ce que vous voulez ?

« Chut » insista nerveusement frère Guillaume qui semblait de plus en plus mal à l'aise. Je veux vous parler mais je n'ai pas le droit d'être ici. Si le prieur venait à savoir que je suis là, avec vous, je n'ose même pas penser ce qu'il adviendrait de nous.

— Me parler ! reprit tout doucement Jonathan étonné.

Le novice était particulièrement inquiet et ses joues pâles témoignaient de sa peur intérieure.

— Alors, votre séjour a été intéressant ?

Jonathan hésita.

— Euh… oui ! Mais je repars demain.

— Je sais ! C'est court pour se rendre compte de toutes les richesses de notre abbaye !

Il marqua une pause, comme s'il essayait de percer le silence de la nuit puis il reprit.

— Vous l'avez vu ?

Où voulait-il en venir ? Il parlait par énigmes mais le chercheur était convaincu que si le moine était devant lui à cette heure tardive, c'était pour lui révéler quelque chose.

— Vu qui ? demanda Jonathan de plus en plus surpris.

— Pas qui mais quoi !

— Le scriptorium ?

— Oui, bien sûr mais dans le scriptorium.

— J'ai pu consulter des manuscrits particulièrement anciens mais j'ai l'impression que vous me parlez d'autre chose.

— Ben oui, le livre !

— Quel livre ?

— J'en étais sûr ! fit frère Guillaume en se faisant la réflexion à lui-même. J'aurais parié qu'ils ne vous le montreraient pas.

— Mais de quel livre parlez-vous ?

— De celui qui est protégé, à l'écart des autres, au fond du petit couloir, dans la boîte en verre.

— Ah, c'est un livre !

— Bien sûr, se moqua-t-il gentiment. Que voulez-vous que ce soit d'autre ?

— J'ai insisté mais je n'ai pas pu le voir.

Le regard du novice s'éclaira et sa voix s'enthousiasma même s'il continuait à chuchoter.

— Ça ne m'étonne pas !

Pareille rencontre, dans cette cellule sordide, vaguement éclairée par la seule flamme d'une bougie, semblait totalement irréelle en plein XXIe siècle.

Tout à coup, le moinillon cessa de parler. Il retint sa respiration comme pour mieux entendre un bruit que Jonathan ne percevait pas.

Alors que ce dernier s'apprêtait à lui demander ce qui l'inquiétait, il lui appliqua une main ferme sur la bouche, geste que l'étudiant surpris n'apprécia pas.

— Mm… quoi ? parvint-il à murmurer entre les doigts de l'autre.

— J'ai cru entendre quelqu'un approcher !

Son visage qui s'était crispé se décontracta un instant plus tard. Il relâcha la pression de sa main et s'excusa auprès de son interlocuteur.

— Mais enfin, que craignez-vous ? demanda Jonathan. On n'est plus à l'époque du tribunal de l'Inquisition tout de même !

— Je crois que vous n'avez pas saisi à quel point les frères sont prêts à tout pour que les secrets de cette abbaye restent entre ces murs.

Il le regardait droit dans les yeux comme pour le convaincre qu'il était en danger. Pour le rassurer et peut-être plus encore pour se rassurer lui-même, le jeune chercheur ajouta :

— Mais vous faites bien partie de cette communauté ! Dites-moi, vous n'êtes pas retenu ici contre votre gré !

Le moine ne lui répondit pas et se contenta d'esquisser un léger sourire.

— Ne vous inquiétez pas, je pars demain matin, ajouta Jonathan, mais je crois que je vous l'ai déjà dit. Frère Bastien sera heureux de se débarrasser de moi. J'ai l'impression qu'il ne m'apprécie pas du tout !

— Il n'apprécie personne et si vous partez, moi je reste !

Embarrassé par les propos de son visiteur visiblement inquiet, Jonathan s'assit sur le lit et se frotta les mains. La cellule était fraîche et son geste ne choqua pas le moine qui prit place juste à côté de lui. La faible lueur de la bougie projetait de curieuses ombres mouvantes sur le mur d'en face.

— Bon, dites-moi pourquoi vous êtes venu me voir ! C'est pour ce livre ?

— Oui, mais je n'ai pas le droit d'en parler.

— Alors pourquoi êtes-vous là ? Vous avez déjà trop parlé. Il faut m'en dire plus maintenant !

Plongé dans une semi-pénombre, Jonathan dévisageait son interlocuteur. Ce n'était pas un beau jeune homme mais il n'était pas repoussant non plus. Son visage était plutôt banal et vêtu différemment, on aurait pu le croire sorti d'un lycée ou d'une discothèque, un samedi soir.

Mais qu'est-ce qui avait bien pu le pousser à franchir les portes de cette abbaye pour embrasser la vie monacale ? Quelles vicissitudes l'avaient orienté dans cette voie ? Quel secret l'avait détourné de la vie au soleil ? Peut-être que la foi avait tout simplement guidé son choix ! De toute façon, ce n'était pas le problème de Jonathan qui, pour l'instant, devait surtout savoir pourquoi ce moine était là, à cette heure avancée de la nuit, dans sa chambre.

— Je suis chargé d'ouvrir et de trier le courrier qui arrive à l'abbaye. C'est moi qui ai lu le premier vos demandes et je les ai transmises au secrétaire du prieur.

— Ah, c'est vous !

— Oui. Étant donné le nombre de lettres, votre persévérance et parce que je suis curieux, je dois bien l'avouer, je me suis finalement penché sur vos travaux. Ça n'a pas été facile. Comme vous l'avez remarqué, l'accès à internet est très limité et contrôlé. Ici, nous vivons déconnectés du monde. Enfin bref. Ce que j'ai découvert sur vos recherches, dans différentes publications, est passionnant ! Je m'y connais un petit peu. Avant de venir à Saint Ambroisius, j'étais déjà captivé par l'époque médiévale. Je le suis toujours d'ailleurs ! J'ai effectué plusieurs stages comme guide notamment dans des châteaux. Bref ! À un moment, j'ai décidé de vous aider. J'ai dérogé à nos règles en demandant une entrevue au prieur et je lui ai parlé de votre requête. J'ai expliqué que vos recherches pourraient peut-être nous aider dans le travail de traduction. Je suppose que c'est pour ça qu'il a exigé une copie de tout ce que vous trouveriez pendant votre séjour. Mais passons sur les détails ! Malgré ça, le prieur a refusé que vous veniez, jusqu'au jour où dans l'une de vos lettres vous évoquiez des fouilles dans un château. Bien sûr, il ne l'a appris que bien plus tard, un peu par hasard, lors d'un entretien qui portait sur l'avancée de mon travail au sein de l'abbaye et les vœux que je n'ai pas encore prononcés.

— Eh bien merci ! Mais je suppose que ce n'est pas ça qui vous a amené ici ce soir, en pleine nuit, qui plus est la veille de mon départ.

— Effectivement. Ce qui m'amène c'est le manuscrit, le fameux manuscrit que frère Bastien ne vous a pas montré.

— Qu'a-t-il de spécial ? Quand je lui ai demandé ce qu'il y avait dans ce coin du scriptorium il a répondu : « rien qui pourrait vous intéresser ! »

— Écoutez, j'ai déjà trop parlé mais ce que je peux vous dire c'est que parmi tous les manuscrits que vous avez pu consulter, celui qui en vaut le plus la peine, c'est sûrement celui-là.

— Mais qu'est-ce qu'il a d'original ? insista-t-il.

— Je ne suis même pas censé l'avoir eu entre les mains.

— Alors comment savez-vous qu'il est exceptionnel ?

— Parce que je vous l'ai dit, je suis curieux. Alors une nuit, pendant que tous les frères dormaient...

La montre de Jonathan émit soudain un *bip bip* aigu en même temps que le rétroéclairage se déclencha pour faire apparaître l'heure. Minuit pile !

Frère Guillaume tressaillit en voyant le cadran. Il paraissait terrifié comme s'il venait de voir la queue du Diable danser dans les reflets que projetait la bougie.

— Mon Dieu, fit-il en accompagnant ses paroles d'un signe de croix, c'est l'heure à laquelle les frères qui veillent sur l'abbaye font leur ronde.

Il se leva brusquement pour se ruer sur la porte.

— Ils ne vont quand même pas ouvrir chaque cellule pour vérifier si les moines sont endormis, ironisa Jonathan.

— Celle des novices, si !

— Que voulez-vous qu'ils vous fassent si vous n'êtes pas dans votre lit ?

— Vous n'avez toujours pas compris de quoi ils sont capables. Adieu !

Il tourna la poignée et avant de franchir le seuil, il se retourna vers Jonathan :

— Surtout, ne parlez de ma visite à personne. Je vous en supplie ! Je regrette d'être venu ce soir !

Jonathan acquiesça d'un mouvement de tête tandis que le moine disparaissait, comme avalé par l'obscurité.

À nouveau seul, le jeune chercheur se laissa retomber sur le lit. Que devait-il comprendre ? Que devait-il faire ? Il fixait la flamme de la bougie, comme hypnotisé par elle. Il ne restait que peu de cire autour de l'extrémité de la mèche. Un quart d'heure de lumière tout au plus. Il demeura là, inerte, les yeux levés vers le plafond, à réfléchir, essayant de faire le point. Soudain, il pinça le bout du filament brûlant et une volute de fumée, qu'il ne vit pas tant il faisait noir, s'éleva dans l'air. Il retint sa respiration comme on le fait quand on prend son courage à deux mains. Il venait d'entendre des pas feutrés devant sa porte.

*

Au petit matin, Frère Bastien entra seul dans le réfectoire, les avant-bras repliés devant son corps, glissés dans chacune des grandes manches de sa soutane. Il paraissait tourmenté. Frère Guillaume suivit chacun de ses pas, chacun de ses gestes. Il guetta aussi l'apparition de Jonathan dans la salle des repas. Normalement, les deux hommes auraient dû entrer en même temps. Il attendit, traînant plus que d'habitude, se reservant du pain plus que de raison. Il essuya le regard réprobateur de certains moines plus âgés qui se demandaient pourquoi il mangeait autant et pourquoi il prolongeait ainsi ce moment. Peut-être voyaient-ils dans son attitude un péché de gourmandise ou de paresse théoriquement proscrits de la vie monacale. Il s'attarda encore un peu mais Jonathan ne vint pas.

La matinée s'écoula, puis l'après-midi sans que l'étudiant refît surface. Chacun vaquait à ses occupations sans se préoccuper de cette absence inquiétante. Chacun, sauf frère Guillaume qui essayait de dissimuler au mieux ses craintes.

Même si le jeune homme devait quitter l'abbaye, il aurait dû paraître aux côtés de frère Bastien pour prendre un petit déjeuner. Demander aux autres où il était ! Impensable ! S'enquérir de l'heure à laquelle il avait quitté l'abbaye ! Inconcevable ! Pourtant il s'était bel et bien évanoui.

Ce jour-là et les jours suivants, frère Bastien succomba étrangement et plus que de mesure au péché de colère que nul ne lui connaissait au sein de cette abbaye. Qu'avait-il fait pour se laisser aller ainsi ?

5 MARC ET ANNABELLE

Depuis toujours, Annabelle aimait visiter les monuments historiques et plus particulièrement les châteaux du Moyen Âge.

Justement, la lecture de ce livre lui rappela une histoire racontée par un guide lors de la visite d'une forteresse dont elle avait oublié le nom.

Il était question d'une châtelaine admirée de tous pour sa beauté et sa gentillesse qui, pour être maintenue à l'écart de son amant, avait été enfermée dans une tour. Mais sa réclusion ne parvint jamais à lui faire oublier celui qu'elle aimait. Chaque jour, munie d'une épingle d'étain, elle gravait patiemment le mur de sa chambre. Elle en était certaine : la pierre témoignerait de son amour éternel mais impossible bien après sa mort. Elle ne revit jamais son amant et mourut empoisonnée dans d'étranges circonstances. Mais le château conserva le message que la dame avait minutieusement et inlassablement creusé dans la roche. La légende voulait qu'en l'effleurant, les visiteurs trouvent l'amour et le bonheur que la vie avait refusés à la châtelaine.

Annabelle venait souvent dans ce parc pour se détendre mais surtout pour prendre l'air. Son métier l'isolait chaque jour un peu plus et elle se sentait seule devant son ordinateur, dans son bureau, enfermée dans son appartement. Travailler en *freelance* était à la fois un avantage et un inconvénient. Elle organisait son temps comme elle le voulait, sans supérieur à qui rendre des comptes. Elle était sa propre patronne et sa petite société, lancée sur internet voilà deux ans, lui permettait de vivre confortablement. Mais il y avait un revers à cette médaille : elle travaillait trop, en tête-à-tête avec son PC qui paradoxalement était une véritable fenêtre ouverte sur le monde entier. C'était le prix à payer pour son indépendance et elle ne s'en plaignait jamais.

Comme il fallait rompre avec cette solitude, elle avait pris l'habitude de se rendre quotidiennement dans un petit parc situé à l'angle de sa rue et du boulevard Léopold. Là, elle se ressourçait en observant la vie des autres, en essayant d'imaginer qui ils étaient et ce qu'ils faisaient : leurs professions, leurs habitudes, leurs loisirs... Tout n'était que supposition, car chacun vivait sa propre vie sans se préoccuper des autres. Le temps où les bancs publics des parcs assuraient un lien entre les hommes et les femmes était révolu. Il avait laissé place à l'ère des réseaux sociaux sur lesquels tous se retrouvaient, les yeux braqués sur les écrans des téléphones, l'échine courbée tels des esclaves de la Rome antique devant leurs maîtres. De toute façon, trop timide elle n'abordait jamais personne.

Parfois, elle s'évadait intellectuellement et se projetait dans l'avenir. Elle imaginait que sa petite société s'était développée, qu'elle avait désormais pignon sur rue et qu'elle brillait au firmament des marchés boursiers. Des kyrielles d'employés sous sa responsabilité officiaient dans des ateliers et des bureaux ultramodernes. Pendant ce temps, elle parcourait le monde pour ses affaires comme pour le plaisir. Malheureusement, ce n'était qu'un rêve et le retour à la réalité était difficile. Il lui restait toutefois ce parc où les oiseaux prenaient leur envol pour des destinations qui étaient hors de sa portée. Et puis, avec qui voyagerait-elle ?

Il y avait bien Marc mais il était toujours très occupé. Certains week-ends ils allaient au cinéma, mais ça n'allait guère plus loin. Parfois, ils partaient skier quelques jours mais même sur les pistes il restait un homme d'affaires très occupé. Comme les cow-boys de la conquête de l'Ouest américain, il dégainait son smartphone aussi vite qu'un colt, prêt à répondre non à tirer. Un vrai professionnel mais pas vraiment sentimental du moins pas autant que l'aurait souhaité Annabelle.

— Les affaires reprennent ! disait-il dès qu'on l'appelait, comme pour s'excuser et pour détendre l'atmosphère.

Puis il s'isolait et entrait en grande conversation avec son smartphone qui partageait tous ses secrets.

Il était sincère, vraiment embarrassé par le fait de de devoir abandonner Annabelle de façon soudaine. Elle finissait alors la descente seule, quand ce n'était pas le séjour lui-même. Elle s'était habituée à cela.

Cela faisait désormais deux ans qu'ils se fréquentaient et finalement cet accord tacite, même imparfait, la satisfaisait. Ils étaient en couple et en même temps ils étaient libres. Ce n'était pas la situation idéale mais c'était un bon compromis, la trentaine voire la quarantaine sonnées !

Marc était plutôt beau gosse, le type même du quadragénaire bien emballé. C'était la vision qu'elle avait de lui, toujours tiré à quatre épingles, dans ses costumes aux plis parfaits, avec ses chaussures à bouts carrés impeccablement cirées et ses cravates assorties à ses complets. Il était un peu comme un merveilleux paquet cadeau tombé du ciel. Tombé du ciel, c'était le mot juste !

Elle l'avait rencontré dans la galerie marchande du centre commercial de Lyon La Part-Dieu, alors qu'elle faisait des emplettes. Elle s'était arrêtée un instant au bas d'un Escalator quand tout à coup une masse gesticulante s'était écrasée sur ses paquets. Une immense bousculade l'avait projetée par-dessus la rampe. Cette masse, c'était Marc qui avait préféré sauter, malgré la hauteur, plutôt que de se retrouver coincé avec ceux qui le précédaient et que l'escalier roulant continuait d'avaler sans comprendre. Une valise encombrante, bloquée entre deux marches, obstruait l'arrivée de l'Escalator et plus personne ne pouvait s'échapper de ce piège. Le mécanisme, inconscient de la catastrophe tragicomique qu'il provoquait, déversait en vrac son trop-plein de passagers comme s'il les vomissait ou qu'une éruption volcanique éjectait son excès de lave. Et les badauds affolés s'affalaient les uns sur les autres, incapables de fuir, incapables d'arrêter ce flot irrémédiable, incapables de résister. Ils criaient, vociféraient, juraient mais rien n'y faisait. Ils s'agglutinaient en tas et commençaient à former une montagne ridicule entremêlée de jupes, de pantalons, de chaussures qui parfois avaient perdu leurs pieds, de sacs à main et de bras qui tentaient désespérément de s'accrocher quelque part. La scène assurément comique était digne des *Temps modernes* de Charlie Chaplin.

— Je suis désolé, mademoiselle ! s'excusa Marc en atterrissant malgré lui sur les achats d'Annabelle.

Et il pouvait l'être, car parmi ses paquets écrasés il n'y avait pas que des vêtements !

Il lui offrit donc de réparer ce dommage et le soir même, ils se retrouvaient autour d'un repas fin, dans un restaurant gastronomique du cinquième arrondissement, chez Christian Têtedoie que le *business-man* connaissait personnellement.

Après une timide résistance, aidée par quelques verres de bons vins, elle succomba au charme de cet inconnu concrètement tombé des cieux. Il la troublait et elle aimait ça.

Il était sensuel, beau, encore jeune, intelligent et avait de bonnes manières. Pour couronner le tout, il était drôle.

Comment résister à cet éphèbe qu'un concours de circonstances avait placé dans ses bras ?

La chambre d'hôtel dans laquelle ils finirent la soirée était sublime et la nuit fut torride. Cet homme, encore inconnu quelques heures auparavant était allongé dans le même lit qu'elle et son corps chaud plaqué contre sa poitrine l'enivrait.

Sans être une nymphe, Annabelle était une jeune femme pulpeuse à la peau légèrement blanche. De son côté, Marc était de toute évidence un sportif avéré, à la musculature saillante, au teint hâlé. Ils s'abandonnèrent l'un à l'autre, sans aucune retenue, portés à chaque étreinte un peu plus loin à la recherche du plaisir.

À trois heures du matin, épuisée par un début de nuit torride, Annabelle s'était levée pour se rafraîchir. Lui, allongé à plat ventre, semblait dormir. Pudiquement, elle noua une serviette autour de sa poitrine avant de s'approcher du lit, le regarda, amusée, conquise et resta ainsi, quelques instants. Son amant ouvrit finalement un œil, lui sourit, tendit un bras et agrippa d'une main la serviette qui s'effaça voluptueusement sous la traction.

Ce soir-là, Annabelle mesura une nouvelle fois son pouvoir de séduction sur les hommes. Mais pas seulement ! Elle avait compris qu'elle pouvait les retenir, qu'ils l'appréciaient, elle, au travers de ses rires, de ses craintes, de sa conversation… Auprès de Marc, elle avait découvert une autre façon d'être aimée et il lui faisait l'amour comme elle n'en avait jamais rêvé avant.

Sept heures du matin. Le *room-service* leur livra un petit déjeuner raffiné qu'ils avaient commandé. Les viennoiseries étaient signées Christophe Michalak : brioches au chocolat et à la framboise, tarte au sucre, *kughelof* alsacien parfumé au citron et à la fleur d'oranger, le tout servi avec un chocolat chaud à l'ancienne, du thé, du café et une salade de fruits frais.

Après les plaisirs de la chair, ceux des papilles s'annonçaient merveilleusement.

Planté devant la fenêtre, Marc était pensif. Il regardait la ville, une tasse en main.

— Je te ramène ? proposa-t-il.

Elle lui répondit tout en commençant à regrouper ses vêtements.

— Tu dois être pressé et tu as peut-être mieux à faire !

— Non, il n'y a pas d'urgence ! J'ai fait appeler un taxi mais on a encore un moment.

Il se retourna. Il était nu et son sexe en érection parlait pour lui. Elle frissonna, émue, émoustillée et lorsqu'il la plaqua brutalement contre lui elle sut qu'elle ne lui résisterait pas.

Le taxi devrait attendre.

Quand ils s'engouffrèrent dans la voiture, elle était légèrement décoiffée. Il arrangea ses cheveux en y glissant délicatement ses doigts. Il était tendre, attentionné. Elle adorait.

Le chauffeur, peut-être envieux ou avide lui aussi de bonheur, ne put s'empêcher de leur jeter un regard dans son rétroviseur.

— L'adresse s'il vous plaît !

*

Ils s'étaient revus, d'abord irrégulièrement puis plus souvent, lui piégé par la dictature de son calendrier d'homme d'affaires et elle, accaparée par son PC, confinée dans son appartement.

Entre deux rendez-vous, le parc lui permettait de se détendre. Elle avait toujours avec elle son smartphone, un ami fidèle sur lequel elle pouvait écouter ses musiques préférées.

Parfois, elle amenait un livre, oubliant presque de rentrer quand il la passionnait. Elle avait ses habitudes et s'installait systématiquement sur le même banc qui semblait l'attendre. C'était une sorte de rituel, un rendez-vous galant sauf que personne ne s'asseyait à côté d'elle. C'était le seul banc en bois dans tout le parc. Il n'était donc jamais glacé, même en hiver. Elle l'avait adopté ou peut-être était-ce l'inverse. Comment savoir ?

Puis il y eut ce fameux jour. Un de ces jours qui change une vie à jamais sans que l'on s'y attende !

6 LE SERMENT DES OUBLIÉS

Fatiguée d'avoir les yeux rivés sur son écran depuis des heures, Annabelle quitta son poste de travail, attrapa son manteau à la volée dans la penderie du couloir et l'enfila rapidement tout en tirant derrière elle la porte d'entrée. Une fois dans la rue, elle se dirigea nonchalamment en direction du parc. Elle n'était pas en retard, elle n'était pas pressée mais sur le trottoir, elle dépassait pourtant tout le monde, ne prêtant aucune attention aux vitrines qui rivalisaient de couleurs et de lumières à l'approche des fêtes de Noël.

Quelques minutes plus tard, elle poussa enfin le portillon du parc qui gémit en s'ouvrant. Tandis que cette marche l'avait revigorée, une bouffée d'air frais lui fouetta le visage.

Après la grande allée, elle bifurqua à droite, sur un chemin de traverse et comme elle se rapprochait du petit bosquet derrière lequel elle pourrait enfin s'asseoir, elle fourra les mains dans ses poches pour sortir le livre qu'elle emportait toujours. Elles n'étaient pas très profondes si bien qu'en une fraction de seconde elle comprit qu'elles étaient vides.

— Zut, mon livre !

Elle se retourna machinalement pour vérifier qu'il n'était pas tombé. Précaution inutile.

Dans la précipitation, elle avait même oublié son téléphone. Elle ralentit alors le pas. Pourquoi se dépêcher ?

Soudain, à l'angle d'épais buissons elle s'arrêta net. Un homme était là, assis au beau milieu d'un banc, sur SON banc, les jambes croisées.

— Décidément ! Ça commence mal !

Mais, dans son for intérieur, elle espérait qu'il finirait par partir.

Embarrassée face à cet imprévu, Annabelle fit quelques pas sur place. Elle erra ensuite dans les allées passant et repassant à distance raisonnable devant l'individu qui ne semblait pas l'avoir remarquée. D'autres bancs demeuraient vides mais elle ne voulait pas s'y asseoir. Ils étaient en métal et en cette saison particulièrement froids, trop froids pour s'y installer. De toute façon, elle avait ses habitudes et il était hors de question de déroger à ce principe.

Elle se mit alors à arpenter machinalement les allées désertes les plus proches. Que pouvait-elle faire d'autre ? Sans même s'en apercevoir, elle repassait au même endroit, marchant parfois dans ses propres traces tout en échafaudant des plans aussi délirants les uns que les autres pour que cet individu parte. Celui qui avait sa préférence, et l'amusait intérieurement, consistait à approcher l'intrus pour lui demander purement et simplement de lui rendre sa place. Elle lui dirait :

— Monsieur, je viens souvent dans ce parc et je m'assois toujours ici. Vous êtes à ma place. Voudriez-vous avoir la gentillesse de quitter mon banc, s'il vous plaît ?

Il répondrait en souriant :

— Oh ! Je suis désolé, mademoiselle. Je n'avais pas vu que vous étiez arrivée. Je pars immédiatement !

Non ! C'était vraiment grotesque ! Cela ne se passerait malheureusement pas comme ça ! Au pire, cet homme serait un pervers qui profiterait de la situation pour lui faire des propositions indécentes. Au mieux, il éclaterait de rire devant tant de naïveté et la renverrait à ses fourneaux, selon les stéréotypes féminins bien ancrés. Dans un cas comme dans l'autre, elle serait ridicule. Prétendre que c'était son banc à elle ! Il y avait effectivement de quoi se moquer.

Alors elle se résolut à attendre, seule, debout, clouée sur place non loin de là, immobile, gelée mais surtout contrariée. Elle ne pourrait pas rester ainsi indéfiniment.

Progressivement, le froid s'était insinué dans son manteau sans parvenir à entamer sa volonté. Son irritation avait fait place à la curiosité. Elle grelottait mais elle dévisageait du coin de l'œil ce rival assis là, à sa place, à une dizaine de mètres à peine d'elle. Il semblait grand, mal fagoté dans des vêtements trop amples. Une légère brise faisait flotter les longs pans de son manteau. Ses mains fines et plissées à la peau presque transparente paraissaient statufiées. Le froid y était sûrement pour quelque chose ou alors cet homme était plus âgé qu'il ne paraissait. Elle crut un instant qu'il allait enfin se lever. Mais non ! Ses jambes interminables s'étaient seulement dénouées pour changer de position. Il prit ensuite une profonde inspiration avant de se replonger dans la lecture de son livre. Elle supposa un instant qu'il avait conscience de sa présence et qu'il la défiait. Mais dans quel but aurait-il bâti une telle mise en scène ?

À un moment, il leva tout de même les yeux, fixa étrangement Annabelle avant de se remettre à lire, le visage dissimulé sous un chapeau de feutre noir démodé.

— Il m'a repérée, pensa-t-elle. Je dois avoir l'air vraiment idiote, plantée ici comme un piquet !

Afin de se donner une contenance, elle fit mine de chercher quelque chose au sol, tournant sur elle-même, retenant ses cheveux dans ses mains, le regard braqué sur les graviers. Elle s'accroupit finalement et fit semblant de ramasser un objet. Elle avait conscience que ce petit sketch sonnait faux, destiné à un spectateur qui ne s'y intéressait pas le moins du monde.

— Ah, enfin, je l'ai retrouvé ! fit-elle à haute voix en serrant fort le vide entre ses doigts, comme s'il voulait s'échapper.

Elle espérait malgré tout que son subterfuge donnerait le change et elle lança un regard en direction du banc, l'air de dire : « vous voyez, j'avais bien perdu quelque chose ! ».

En un instant, elle comprit que toutes ces précautions étaient devenues inutiles, le stratagème superflu car le banc était libre. L'homme avait disparu.

Comme si quelqu'un risquait à nouveau de lui voler sa place, elle allait se précipiter pour reprendre possession de son bien quand, posé au beau milieu des planches de bois vernies, elle aperçut un livre. Il s'agissait apparemment d'un ouvrage ancien, car la couverture en cuir marron semblait tannée par le temps. Probablement un livre de valeur. Ne sachant que faire, elle le prit délicatement et chercha du regard son propriétaire ou du moins celui qui, quelques minutes plus tôt, occupait les lieux.

Mais autour d'elle, il n'y avait personne. Il n'était peut-être pas très loin et si elle l'appelait, il l'entendrait sans doute.

— Monsieur, monsieur ! fit-elle assez fort. Vous avez oublié votre livre !

Elle attendit un instant mais elle n'obtint aucune réponse et l'homme ne reparut pas. Il était parti aussi vite qu'un éclair et il s'était comme évaporé.

Indécise dans un premier temps, elle se demanda comment il avait pu s'éclipser aussi vite. Puis, comprenant qu'il était vain de s'acharner à le chercher et poussée par la curiosité, elle s'intéressa alors à ce qu'elle tenait dans ses mains : un livre magnifique. Sa couverture en cuir repoussé mettait en valeur le titre : *Le Serment des oubliés*. Elle l'examina avec attention. Il n'y avait aucun résumé, pas plus que le nom de l'auteur. Sur le dos, deux lettres, couleur or : FR. Qu'est-ce que cela pouvait bien signifier ?

Annabelle finit par s'asseoir, posa le livre à côté d'elle et étendit les deux bras sur le dossier du banc, savourant sa victoire et le butin qui l'accompagnait. La tête en arrière, le visage face au ciel, elle se laissa aller, se moquant du froid. Elle avait attendu ce moment, elle l'avait mérité et elle voulait en profiter. C'était comme si elle reprenait possession d'un territoire qu'on lui avait volé et pour lequel elle avait âprement lutté. Elle avait mené le siège de cette place forte en experte et Vauban en personne l'aurait félicitée. L'ennemi, en se volatilisant, lui avait même abandonné un trésor et elle comptait bien tirer profit de ce butin.

Elle avait toutefois décidé de revenir le lendemain pour tenter de retrouver cet étranger afin de lui rendre son bien. Et puis, peut-être qu'il reviendrait dans quelques minutes, quand il s'apercevrait qu'il avait oublié son livre. Mais en attendant, pourquoi ne pas savourer cette victoire en lisant l'ouvrage qui ne pouvait pas arriver de façon plus opportune ? Une chance !

C'est ainsi qu'Annabelle se prit de passion pour un roi empoisonné, pour une reine, dame Flore et pour son amant, Richard.

C'est ainsi que cette femme moderne s'invita dans les tourments de cette famille royale du Moyen Âge dans laquelle elle aurait bien aimé avoir une place de choix.

C'est ainsi qu'elle poussa la porte du *Serment des oubliés,* abandonné sur le banc d'un parc.

Était-ce un hasard ?

*

En fin d'après-midi, il lui fallut écarquiller les yeux pour pouvoir lire. Les mots s'estompaient tant il faisait sombre. Elle n'avait pas vu le temps passer. Quand elle lisait, elle oubliait tout : le froid, ses problèmes... Le soleil était sur le point de se coucher et les nombreux nuages qui encombraient le ciel avaient précipité la fin du jour, cédant progressivement la place à la nuit, transpercée à chaque réverbère, par l'éclairage public. L'hiver mordait ses doigts engourdis et il n'était plus raisonnable de rester ainsi malgré les précautions vestimentaires qu'elle avait prises.

Elle regarda sa montre et devina l'heure plus qu'elle ne la lut.

— Oups, il est tard !

Le Serment des oubliés était trop volumineux pour tenir dans ses poches. Annabelle ajusta son manteau, noua la ceinture à sa taille et, le livre serré contre sa poitrine, bien à l'abri de ses bras refermés sur lui, elle prit le chemin du retour.

Comme à l'aller, le portillon grinça semblant souffrir à chaque poussée que les visiteurs lui infligeaient sur leurs passages. La jeune femme s'éloigna rapidement. Derrière, elle entendit les gongs gémir à nouveau. Quelqu'un venait probablement de quitter le parc. Méfiante, elle jeta un œil par-dessus son épaule mais ne vit personne dans l'espace dégagé. Un frisson balaya son corps, amplifié par l'air glacé qui tentait de s'infiltrer insidieusement dans son manteau. Avec l'arrivée de la nuit, la température baissait progressivement.

— Allons, un peu de courage ! pensa-t-elle.

Comme à l'aller elle pressa le pas pour rentrer chez elle, au chaud et en sécurité. Associé à l'obscurité ambiante, un léger brouillard commença à tomber s'immisçant peu à peu dans les moindres recoins de la ville, si bien que les silhouettes des rares passants semblaient fantasmagoriques. Les couleurs, noyées dans cette atmosphère cotonneuse, étaient privées de leur éclat. Autour d'elle, tout paraissait curieusement vert-de-gris comme les pierres tombales ou les statues inexorablement rongées par l'empreinte du temps. Elle avait l'impression de traverser un cimetière dont les morts seraient sortis de leur sépulture pour reprendre place parmi les vivants et les tourmenter.

Comme à l'aller, elle ne prêta pas la moindre attention aux vitrines de fêtes, aux sons des cloches agitées par des pères Noël improvisés, aux odeurs appétissantes de pains chauds, de dindes rôties et de marrons glacés qui s'exhalaient des boutiques encore éclairées. Elle se sentait épiée et n'avait qu'une obsession : rentrer.

Comme à l'aller, elle ignora les sapins et les guirlandes électriques qui scintillaient. Leurs étoiles filantes étaient autant d'invitations à partir, à décoller, à quitter ce monde triste pour celui des rêves. Mais elle n'avait nullement le cœur à la fête. Était-ce cette histoire d'empoisonnement qui la perturbait ? Était-ce la ville défigurée par la nuit et le brouillard qui l'oppressait ? Était-ce ces ombres mouvantes qui la précédaient dans la rue, dues aux halos des réverbères ? Était-ce cette crainte indéfinissable qui l'étreignait et qui martelait un message dans son crâne : rentre vite et enferme-toi à clé !

Elle s'efforçait cependant de rester calme malgré le trouble inexplicable qui s'était emparé d'elle. Elle serrait inconsciemment la couverture de cuir de ce livre comme si le manuscrit allait lui échapper ou qu'une des silhouettes qui l'entouraient allait le lui dérober. Ses doigts crispés à l'extrême sur *Le Serment des oubliés* ressemblaient à une ancre jetée dans les flots s'accrochant désespérément pour ne pas quitter le mouillage et sombrer pendant la tempête.

Elle n'imaginait pas que le retour chez elle serait si inquiétant.

Elle était certaine qu'une fois en sécurité dans son appartement, ce stress incompréhensible s'atténuerait.

Pourtant ce n'était que le début d'un bouleversement qu'elle ne soupçonnait pas. Sa vie allait changer et rien ne serait pareil désormais. Mais elle ne le savait pas encore ! Tout ce qu'elle avait patiemment construit, tous les repères qui jalonnaient son existence, allaient se déliter. Ce long fleuve tranquille dans lequel elle existait allait sortir de son lit emportant tout sur son passage dans une crue incontrôlable, dans un déferlement qui l'obligerait à modifier le cap !

Contrairement à ce que pensait Annabelle, son destin n'était pas tracé. Il était plutôt en train de s'écrire.

7 LA CRYPTE

Lorsqu'ils ne se retrouvent pas entre amis au restaurant, les soirées des célibataires se limitent souvent à une soupe chinoise et à d'autres préparations instantanées en sachets du même type. « Prête en 2 minutes au micro-ondes », assurait la notice qui figurait sur le paquet qu'Annabelle avait en mains. Elle se conforma à la règle mais ce soir-là, elle agrémenta son repas de deux clémentines qu'elle avala d'un trait.

Elle se remit ensuite au travail pendant quelques heures puis, comme rien ne l'intéressait à la télévision et qu'elle ressentait la fatigue de la journée, elle décida de se coucher.

Célibataire ne signifie pas nécessairement ermite, bien au contraire. Les réseaux sociaux et la téléphonie mobile sont passés par là. L'icône orange de son téléphone portable lui indiquait que Marc l'avait appelée et qu'il lui avait laissé un message. Elle l'écouta, sourit à ses plaisanteries puis décida qu'elle ne le rappellerait que le lendemain en raison du décalage horaire. Il était dans un autre pays, peut-être en voyage d'affaires, peut-être pas ! Elle savait qu'il menait des négociations importantes et qu'à ces moments-là il n'aimait pas être dérangé. Elle l'imagina aussi pris au milieu des glaces, au fin fond de la Norvège, devant un verre d'akvavit, une eau-de-vie nordique fortement alcoolisée ou un *Glögg* chaud accompagné selon la tradition de biscuits à la cannelle. Il pouvait aussi se trouver en charmante compagnie – ce qu'elle appréciait moins – dans un pays du Maghreb, ou encore aux antipodes, en Nouvelle-Zélande. L'esprit d'Annabelle faisait le grand-écart avec la géographie. En fait, elle ignorait ce qu'il faisait exactement mais elle cherchait à s'en accommoder. Elle voulait avoir confiance.

Volets fermés, réveil matin programmé à sept heures, elle se faufila dans son pyjama en satin qui froufrouta lorsqu'elle se glissa dans son lit. Elle s'allongea sur le côté et ouvrit le livre trouvé le jour même sur le banc du square. Les personnages du *Serment des oubliés* s'étaient figés dans le temps, attendant impatiemment le retour de la lectrice qui les ramènerait à la vie en se passionnant pour leur histoire.

« — Silence, on pourrait nous entendre ! chuchota Richard.

Dame Flore ne pouvait plus se taire. Elle tournait comme un lion en cage, à la fois en colère et bouleversée.

— Où est Lancelin ? Je veux voir mon fils ! Il a disparu après la mort de Gaétan et si vous avez appris quelque chose, dites-le-moi, je dois savoir où il est !

Elle arpentait de long en large la pièce sombre au centre de laquelle deux tombeaux surplombés de gisants régnaient. Les doigts croisés sur leur poitrine de pierre, l'un à côté de l'autre, un homme et une femme semblaient dormir.

À l'extérieur de la crypte, Aénor surveillait les alentours. La menace pouvait surgir de toutes parts. L'Inquisition était à leurs trousses.

Comme la souveraine avait élevé la voix, Rainouart couché jusque-là s'était brusquement redressé. Il était attentif au moindre bruit suspect, conscient qu'un danger planait. Il colla son puissant poitrail noir contre la robe de sa maîtresse, à l'affût, tandis que son museau cherchait sa main. Il donnerait sa vie pour la défendre. Elle se sentait en sécurité auprès de

Richard mais la présence du beauceron l'avait toujours rassurée.

— Quand j'ai appris la mort du roi, j'ai dû agir vite, précisa Richard. Il n'y avait pas une minute à perdre ou Lancelin risquait d'être enlevé et peut-être même tué. Je l'ai éloigné du palais et de tous ceux qui pouvaient lui nuire. Quelqu'un aurait pu l'utiliser pour faire pression sur vous et vous obliger à abdiquer.

— J'y ai pensé mais vous auriez dû me le dire, fit-elle quelque peu rassérénée. Mais sachez que je n'ai aucunement l'intention d'abandonner le royaume à ceux qui ont lâchement assassiné mon époux ! Savoir mon fils en sécurité est indispensable pour que j'aie les mains libres et tant que je serai vivante personne ne s'emparera du trône. Je suis assez forte pour gouverner et ceux qui m'en croient incapables n'ont qu'à bien se tenir où ils l'apprendront à leurs dépens !

— Vous savez que vous pouvez compter sur ma fidélité et sur mon épée. D'autres gentilshommes vous sont toujours dévoués, sachez-le. Un mot de vous et... Mais là n'est pas le sujet pour l'instant. Quand la vérité verra le jour, les instigateurs de ce complot seront punis comme il se doit ! Ils seront pendus haut et court.

— Maintenant, dites-moi où est mon fils !

— Il vaut mieux, pour le moment, que vous l'ignoriez. Ayez confiance !

— J'ai confiance en vous mais s'il lui arrive quoi que ce soit vous devrez en répondre !

— Ma vie vous appartient, madame !

Dame Flore demeurait immobile, plongée dans ses réflexions. Elle attendait une réponse qui ne venait pas. Le froid de la crypte traversait progressivement l'étoffe de ses vêtements et, sans s'en apercevoir, la reine se laissait gagner par *l'atmosphère sinistre des lieux. Après quelques minutes d'égarement, elle reprit brutalement ses esprits :*

— *Pardonnez-moi, je ne vous ai pas demandé ce que devenait votre fille, Béatrix. Je suppose que vous avez fait en sorte de la mettre aussi à l'abri. La savoir auprès de Lancelin me rassurerait.*

— *Ma fille est avec lui, en lieu sûr. Mais je persiste à croire qu'il vaut mieux, pour l'instant, que vous n'en sachiez pas plus.*

La reine se résigna.

— *Jusqu'à quand pourrez-vous nous protéger, Richard ? Nos ennemis, ceux qui ont empoisonné le roi, avancent masqués, ce qui nous rend plus vulnérables. Comment lutter contre des ombres ? Pendant ce temps, les Inquisiteurs de l'Ordre Divin sont à votre recherche, vous obligeant à vous terrer. Ils vous soupçonnent d'avoir empoisonné Gaétan ou du moins d'être l'instigateur du complot.*

— *Je me moque de leurs accusations !*

L'humidité rampante, maîtresse des lieux, s'infiltrait partout, même dans les tombeaux. Leurs hôtes, allongés-là depuis plusieurs générations, restaient indifférents à cet ennemi sournois et invisible occupé à putréfier les corps pour mieux les jeter dans l'oubli.

La reine frissonna, conséquence de l'endroit sordide et du tourment qui l'envahissait depuis le meurtre du roi.

Rompant le calme, le chien se dressa subitement sur ses pattes, le corps tendu, prêt à bondir, les oreilles droites dirigées vers la porte de la crypte. Il se mit à gronder et ses babines retroussées sur ses crocs blancs fendirent l'obscurité. Son comportement annonçait une menace.

— *Rainouart a flairé quelque chose. Il ne se trompe jamais ! susurra la reine.*

Elle s'était instinctivement rapprochée de Richard qui venait de sortir son épée avec d'infinies précautions pour ne faire aucun bruit.

Au même moment, Aénor surgit dans l'entrebâillement de la porte.

— Vous devez partir, Majesté. On vient ! Faites vite !

— Qui est-ce ?

— Je ne sais pas mais vous ne pouvez prendre aucun risque.

— Quand vous reverrai-je, monseigneur ?

Malgré l'épaisseur des murs de la crypte, on entendait déjà des chevaux hennir et le métal des harnais claquer comme autant de coups de fouet.

— Ils sont nombreux. Dépêchez-vous !

Richard prit la reine dans ses bras et la serra à l'étouffer puis il la repoussa délicatement.

— Nous nous reverrons bientôt, je vous le promets mais pour l'instant nous devons partir, vite ! Suivez-moi !

Ils se dirigèrent vers une porte dérobée et quand les sept hommes de la garde de l'Ordre Divin firent irruption, ils ne trouvèrent dans la crypte que des gisants. L'expression apaisée des visages sculptés dans le tuffeau semblait les défier et, comme un parfum royal de jasmin et de myrrhe flottait encore dans l'air, ils comprirent que leurs cibles venaient de s'échapper. L'un des poursuivants, fou de rage, extirpa son épée, la saisit à deux mains, la brandit au-dessus de sa tête et l'abattit violemment sur un des gisants. La pierre éclata. La statue de l'homme ne hurla pas mais elle n'esquisserait plus jamais ce sourire. Elle présenterait désormais à ceux qui viendraient prier pour leur âme une large balafre en travers de la joue ».

8 DEUX TÉMOINS PARMI LES TÉMOINS

Le lendemain matin, Annabelle n'entendit pas la musique de son réveil programmé la veille. Un mal de tête lancinant l'avait cueillie dans son sommeil et il ne cessait d'augmenter. Elle se sentait fiévreuse. Son pyjama était trempé de sueur et le moindre de ses gestes était une épreuve. Elle ne savait plus si elle avait pris froid la veille, en lisant sur le banc dans le parc ou si elle ressentait encore l'atmosphère glacée et humide de la crypte où se trouvait dame Flore. Elle avait le sentiment de n'être séparée du Moyen Âge et de l'intrigue que par la porte ténue des pages de ce manuscrit déconcertant. Ses pensées vagabondaient aléatoirement entre les deux époques, entre la réalité et la fiction mais finalement la douleur lancinante qui martelait l'intérieur de son crâne la ramena à son quotidien.

Elle couvait quelque chose.

Du fond de son lit, elle décida de contacter un médecin. Il lui fallut insister longuement auprès de la secrétaire pour obtenir un rendez-vous dans la matinée. Les rhinopharyngites, les angines, les bronchites et les grippes qui battaient le pavé s'étaient invitées dans tous les foyers. Les plus jeunes transmettaient allègrement leur pathologie aux plus grands qui tentaient en vain de se protéger. Tous les cabinets médicaux pris d'assaut affichaient complet et les ventes de mouchoirs, d'antalgiques et de médicaments avaient explosé.

Elle se leva péniblement à neuf heures et envoya un SMS lapidaire à Marc étonné de rester sans réponse.

« Malade. Pas envie de parler ! Ne t'inquiète pas, je gère. »

Elle ne pouvait s'empêcher de trembler. Elle avait froid. Il lui semblait que la ville de Lyon était prisonnière des glaces et un coup d'œil par la fenêtre lui confirma que tous les thermomètres devaient afficher une température largement négative. En effet, depuis quelques jours les chaînes de télévision et de radio répétaient inlassablement dans leur spot météo qu'on était bien en dessous des normales saisonnières.

« Moins cinq », clignotait en vert sur le panneau lumineux de la pharmacie d'en face. C'était pire que leurs prévisions.

La perspective de devoir sortir dans cette atmosphère glaciale la pétrifiait mais aucun médecin ne pouvait se rendre à son chevet dans un délai raisonnable. Presque à tâtons, elle s'habilla, repéra son sac, ravie d'avoir simplement jeté son manteau sur le dossier d'un fauteuil du salon la veille et d'y trouver les clés de sa voiture.

Elle sortit toute chancelante de son appartement, s'engouffra dans l'ascenseur, pressa sur le bouton du sous-sol et quelques instants plus tard elle poussait la porte du parking. Elle se dirigea en titubant vers son véhicule, guidée par le *bip* qu'elle venait d'actionner puis, une fois la portière ouverte elle se laissa tomber sur le siège du chauffeur. Essoufflée comme après un marathon, elle pria intérieurement pour avoir la force de faire le trajet sans encombre.

— C'est une bonne grippe, Annabelle ! Il va falloir vous reposer, déclara le docteur Molinier une heure plus tard. Vous allez être HS pendant une bonne dizaine de jours !

Il la connaissait depuis quelques années.

— Impossible docteur ! Quand on est à son compte, on ne peut pas s'arrêter, vous le savez aussi bien que moi !

— Que vous dites, jeune fille ! plaisanta-t-il. La grippe en a maté des plus forts que vous ! Du repos encore du repos, de toute façon vous n'aurez pas le choix !

Il accentuait chacune des syllabes pour insister et être parfaitement compris.

— De toute façon, vous n'aurez pas le choix ! Déjà, je me demande comment vous avez fait pour venir jusqu'ici. Ce n'est pas sérieux ! Vous devriez appeler un taxi et rentrer chez vous sans attendre.

Les yeux rivés sur l'écran de son PC, il rédigeait une ordonnance :

— Bon, pour faire tomber la fièvre vous prendrez deux sachets de…

Le dos voûté, les mains coincées entre ses cuisses, la bouche ouverte pour mieux respirer, le regard fiévreux, elle l'écoutait détailler les phases du traitement qu'il lui préconisait. Il apposa sa signature au bas de la feuille qu'il lui tendit, elle lui remit un chèque qu'elle avait rempli sans trop savoir ce qu'elle écrivait et elle se retrouva dans la rue avec une seule hâte : rentrer et se recoucher. Le martèlement lancinant du marteau-piqueur, qui s'était invité le matin même dans sa tête, était devenu insupportable.

Elle conduisait prudemment et l'arrêt au premier feu rouge lui permit de se détendre un peu. Se concentrer était très éprouvant. Elle redémarra doucement, faisant à chaque fois craquer les vitesses. La voiture semblait souffrir mais, docile, elle cahotait sur le chemin de la maison. Autour d'elle, quelques automobilistes impatients la klaxonnaient, l'invectivaient, bien installés au chaud dans leurs voitures. Comme elle sentait la fièvre monter, elle regretta de ne pas avoir suivi les conseils du médecin. Elle aurait dû rentrer en taxi. Conduire était une épreuve au-dessus de ses forces.

Sur le volant, ses mains étaient moites. Elle s'y cramponnait tel un naufragé à une bouée. Malgré le chauffage qu'elle avait poussé à fond, elle grelottait et ses yeux vitreux balayaient l'asphalte pour diriger le véhicule. Heureusement, elle connaissait la route par cœur, ce qui l'aidait. Plus que deux intersections et elle serait en vue de son immeuble. Elle mit son clignotant pour tourner, roula encore sur cinq cents mètres et parvint à un rond-point où elle avait priorité sur les véhicules arrivant sur la gauche. Elle s'y engagea.

Bang !

Un chauffard venait de la percuter, immobilisant son véhicule en plein milieu de la chaussée. Le bruit des tôles froissées alerta les passants et en un instant un attroupement se forma sur les lieux de l'accident. Comme des voitures arrivaient en flux continu de toutes parts, rapidement la circulation fut bloquée dans chaque direction créant un embouteillage monstrueux.

— J'espère que ce n'est rien ! fit un témoin.

Autour d'Annabelle, tout semblait tourbillonner. Les voix, les visages, les bruits, tout se mélangeait, tout était confus. Des inconnus s'étaient approchés. Ils tentaient de lui parler. Mais une voix plus insistante sortit du lot : « mademoiselle, mademoiselle, comment vous sentez-vous ? » « Avez-vous mal ? Parlez-moi ! ».

Quelqu'un lui tapotait la main.

Elle regardait les visages flous comme s'ils se trouvaient dans un épais brouillard.

— Y a-t-il un médecin ? demanda la même voix.

Les témoins parlaient entre eux et chacun y allait de sa réflexion, déclinant son métier pour se dédouaner de toute aide : une institutrice et le boulanger du coin étaient venus voir ce qui se passait. Comme la conductrice était en état de choc, la voix chercha encore dans la foule quelqu'un susceptible de lui prodiguer des soins.

— Et vous monsieur ?

— Moi je suis libraire. Je n'y connais rien !

Le concert de klaxons des automobilistes bloqués ajoutait encore à la confusion.

Soudain, tout le monde s'écarta pour laisser place à un jeune homme au crâne rasé, élancé, à la barbe impeccablement taillée. Il avait de grands yeux bleus mais Annabelle n'était pas en mesure de s'attarder à ces détails-là.

— Laissez-moi passer ! Je suis pompier, dit-il.

Il prit aussitôt la situation en main, donnant des ordres autour de lui.

— Écartez-vous ! Laissez-la respirer, elle a besoin d'air !

Le conducteur de l'autre véhicule était sorti indemne de l'accident mais choqué. Le jeune sapeur-pompier s'assura rapidement de son état puis retourna auprès d'Annabelle, lui prodiguant les premiers secours en attendant l'arrivée du SAMU.

Il lui parlait sans cesse, essayant de la maintenir éveillée :

— Comment vous appelez-vous ? Moi, c'est Mickaël. Ne vous inquiétez pas, tout va bien se passer. Vous n'avez pas grand-chose ! Quelques bobos sur le front, c'est tout. Quel est votre nom ? Vous m'entendez ?

Il n'avait pas son pareil pour dédramatiser la situation même si elle n'était sensible à aucun de ses propos rassurants. Elle sentit qu'il lui prenait la main mais elle avait du mal à la serrer. Il approcha aussi une oreille de son visage pour apprécier sa respiration. À ce moment-là, elle perçut un parfum, probablement Kenzo, mais elle n'en était pas certaine et puis ça n'avait pas d'importance. Elle restait sans réaction, aussi passive et malléable qu'une poupée de chiffon ou qu'une poupée vaudoue en raison des picotements épars qui parcouraient son corps. Fort heureusement, si elle était à la merci de tous, elle n'était victime d'aucun rituel maléfique créole.

Bien que rassurée par la voix douce du secouriste, elle ne parvenait pas à répondre à ses questions. Elle était comme égarée et avait l'impression d'être un pantin qu'un marionnettiste avait trop secoué. Tout ce qui l'entourait semblait baigner dans un écrin de ouate qui étouffait les sons. Elle entendait qu'autour du véhicule on parlait d'elle et des paroles fusaient de toutes parts : « Qui est-ce ? », « Vous la connaissez ? Est-ce que quelqu'un pourrait apporter une couverture ? »…

Malgré son hébétude, une réflexion plus incongrue que les autres attira son attention : « Il l'a encore manquée ! »

Qui avait manqué qui ? Qui avait prononcé ces paroles étranges ? Pourquoi voulait-on l'agresser ?

Toujours coincée derrière le volant, Annabelle avait une vision déformée de la situation. Le bruit du marteau-piqueur battait toujours la chamade dans sa tête et diverses douleurs s'étaient ajoutées, liées à la collision. Elle cligna des yeux pour tenter d'entrevoir ceux qui l'entouraient mais elle n'avait pas encore les idées suffisamment claires pour reconnaître qui que ce soit. Elle n'était qu'une étrangère parmi des étrangers. Impossible de savoir qui était là et qui parlait. Les gens qui s'agitaient lui semblaient à la fois proches et lointains, déformés, presque monstrueux. Elle luttait pour ne pas sombrer et ses paupières lourdes se refermaient inexorablement. La fièvre et ce maudit mal de tête, conséquence de la grippe, étaient désormais amplifiés par le choc de l'accident. Son front avait violemment heurté le volant, anéantissant le peu de lucidité qui lui restait.

Au bout d'un moment qui lui parut interminable, une silhouette se détacha vaguement parmi les autres. Elle était différente et se tenait à côté du pompier qui continuait de parler à la blessée pour qu'elle reste consciente. Sa tête était couverte d'un chapeau sombre qui lui parut excentrique comme s'il provenait d'une autre époque. Mais peut-être avait-elle tout simplement une vision déformée des choses qui l'entouraient. Elle ne parvenait ni à réfléchir, ni à raisonner. Elle se laissait aller, incapable de réagir.

Tout était si différent, si bizarre ! Tout était surdimensionné, tout bougeait ou tournait. Son esprit lui jouait-il des tours ?

Finalement, comme il n'y avait rien de sensationnel à voir, avec la même rapidité qu'ils s'étaient attroupés, une grande partie des badauds s'était dispersée. Il ne restait plus auprès d'elle que le pompier et quelques curieux qui auraient quelque chose à raconter plus tard, au travail. Au loin des sirènes hurlaient. Une ambulance et un véhicule de police approchaient tentant de se frayer un passage dans le bouchon créé par l'accident.

Quelques instants plus tard, le chauffeur qui avait refusé la priorité répondit aux questions des officiers de police avant d'apposer sa signature au bas du procès-verbal qu'on lui tendait. Très embarrassé, il s'inquiétait sincèrement pour la jeune femme. Il ne cessait de s'expliquer et de bafouiller des excuses auprès de qui voulait l'entendre :

— Je ne comprends pas ce qui s'est passé. Je ne l'ai pas vue. Pourtant je connais parfaitement ce carrefour, je l'emprunte tous les jours. C'est comme si quelque chose m'avait... J'en sais trop rien... C'est comme si je n'étais plus maître de mon véhicule et...

Il ne parvint pas à achever sa phrase et se contenta de dire qu'il espérait qu'elle se rétablirait vite.

Avant de l'abandonner, Mickaël toujours sur place, tenta de le rassurer. Puis l'homme s'éloigna de la scène, visiblement préoccupé, remonta dans son véhicule qui pouvait encore rouler et partit.

Après avoir échangé avec le pompier, les urgentistes arrivés sur les lieux de l'accident immobilisèrent Annabelle sur un brancard, et une fois les portes de l'ambulance fermées, ils se dirigèrent, sirène hurlante, vers l'hôpital le plus proche.

— Où va-t-on ? demanda Annabelle à la femme en combinaison blanche assise auprès d'elle. Ramenez-moi chez moi !

Ses propos, pourtant sensés, n'étaient pas très clairs. Sa voix était éraillée et ses lèvres tuméfiées ne lui permettaient pas d'articuler.

— J'ai juste une bonne grippe et je sors de chez le docteur, continua-t-elle. Je veux rentrer.

— Ça, ça m'étonnerait, mademoiselle ! Vous avez été drôlement secouée par l'accident ! Mais ne vous inquiétez pas, on s'occupe de vous maintenant On vous conduit au CHU.

Elle voulut protester mais les forces lui manquaient. Les efforts déployés pour prononcer ces quelques phrases l'avaient épuisée.

Plongée dans un état semi-comateux, elle ne s'aperçut de rien : ni du scanner pratiqué dans l'urgence, ni des radiographies pour vérifier qu'elle n'avait rien de cassé, ni des prélèvements sanguins effectués…

Elle resta quelques jours en observation et, comme les derniers examens pratiqués étaient parfaits, le médecin l'autorisa à regagner son domicile.

— Vous pouvez rentrer, vous allez mieux ! Quelqu'un peut-il venir vous chercher ?

La solitude sociale dans laquelle elle s'était involontairement enfermée lui apparut soudain. Personne ne viendrait ! Le seul qui aurait pu répondre présent à son appel était absent, comme à son habitude, en déplacement à l'étranger.

— Avant de partir, pensez à régler les formalités administratives et à appeler un taxi ! ajouta l'infirmière. Je vous souhaite un bon rétablissement mais reposez-vous pour finir de soigner cette vilaine grippe sinon nous risquons de vous retrouver bientôt. Passez de bonnes fêtes !

Au bureau des sorties de l'hôpital de Lyon sud il y avait foule, comme toujours. Elle prit donc un ticket et attendit son tour. Numéro 197.

88…, 121…, 148…, 179... L'attente était longue. Par moments, Annabelle jetait un œil sur les chiffres affichés en rouge qui défilaient trop lentement à son goût ! Elle luttait pour ne pas s'endormir. Les antalgiques administrés faisaient encore leur effet.

Pour tuer le temps, elle observait autour d'elle les gens singuliers qui se trouvaient là, en essayant d'imaginer leurs vies comme lorsqu'elle se rendait au parc. Pour certains, la raison de leur présence était évidente : pansements, plâtres, attelles… Mais pour la majorité, on aurait aussi bien pu se croire dans une file d'attente, à la poste. Quelques-uns, impatients ou pressés, arpentaient nerveusement la salle tandis que d'autres patientaient résignés, les yeux braqués sur l'écran qui égrenait les numéros.

Une vieille dame dormait profondément en face d'elle. Elle manquerait probablement son tour et rouspéterait ensuite. Sur sa droite, un couple parlait trop fort, ravi de faire profiter l'entourage d'une conversation glauque. Plus loin, un gamin évoluait à quatre pattes sur le carrelage sale et collant. Sa mère le regardait, totalement indifférente. Toutes les catégories sociales se croisaient dans ce hall d'attente immense et impersonnel. Entre deux microsommeils, d'autres personnes attirèrent vaguement le regard de la jeune femme sans qu'elle leur prête plus d'attention. Soudain, légèrement sur sa gauche, loin au fond de la salle, quelque chose l'interpella. Perdue au milieu d'un conglomérat de personnes une tête surmontée d'un chapeau dépassait largement des autres. Comme l'individu était de dos, Annabelle ne pouvait pas voir son visage mais ce chapeau lui disait quelque chose. Elle n'eut pas le temps d'y réfléchir davantage. Le chiffre tant attendu s'afficha sur le tableau lumineux, accompagné d'un son grave.

197, box C.

— C'est moi ! se surprit-elle à dire à haute voix en se levant, brutalement tirée de ses pensées.

Elle se rapprocha du guichet derrière lequel un homme austère la fixa. Elle lui tendit sa carte d'assuré social et le bulletin de sortie.

— Bonjour, je viens régler ce que je vous dois !

— Nom, prénom, date de naissance, carte vitale et billet de sortie, fit l'employé sans même la regarder.

Annabelle s'exécuta, intérieurement offusquée de la froideur de cet homme. Elle ne put néanmoins s'empêcher d'adresser à l'impoli un léger sourire qui, tel un coup de baguette magique, sembla détendre l'atmosphère. Un instant plus tard il faisait le point sur son ordinateur.

Toujours un peu fébrile, elle avait malgré tout hâte de quitter les lieux. Au fond d'elle-même, elle craignait que quelqu'un ne la retienne *in extremis* et qu'il lui faille réintégrer sa chambre pour de nouveaux examens. C'était stupide mais plus fort qu'elle.

— C'est tout bon ! annonça familièrement l'employé installé de l'autre côté, dans son box.

Annabelle le fixa étonnée. Elle n'osait approcher davantage son visage, car la lumière qui se reflétait sur la surface vitrée soulignait d'innombrables postillons.

Elle choisit de parler un peu plus fort :

— Comment ça ?

— Tout est réglé !

— Même le forfait hospitalier ?

— Oui.

— Ah bon ! Mais par qui ?

— Quelqu'un s'est déjà présenté à un guichet et il a tout réglé. Votre solde est à zéro.

— Quelqu'un ? Qui ? Quel est son nom ?

— Attendez, je regarde sur l'ordinateur.

L'employé tapota sur son clavier et s'arrêta sur les informations affichées à l'écran.

— Je suis désolé mais je ne vois aucun nom enregistré. Il a dû payer en espèces. Apparemment, c'est mon collègue à côté qui a saisi l'encaissement.

— Pouvez-vous lui demander s'il se souvient de la personne ?

L'employé se propulsa vigoureusement en poussant des deux mains sur le rebord de son comptoir et en levant simultanément les pieds. La chaise à roulettes sur laquelle il était assis traversa en un clin d'œil la distance qui le séparait du bureau le plus proche. Il semblait avoir l'habitude de procéder ainsi.

Il échangea quelques mots avec un employé qui semblait acquiescer de la tête sans interrompre sa tâche pour autant.

— Mon collègue s'en souvient parfaitement. Il a fait l'encaissement il y a un quart d'heure à peine. Il me dit que c'était un homme plutôt âgé. Ce n'est pas votre père ?

— Impossible !

Annabelle, perplexe, réfléchit un instant.

— Et vous n'avez pas un document qui vous permettrait de savoir qui est cet homme ?

— Non mais il a forcément complété et signé un document. C'est la règle. Attendez !

L'homme affable fouilla dans une corbeille de rangement commune à plusieurs box. Il écartait les bulletins jaunes et rouges et vérifiait systématiquement les bleus. Finalement, il sembla trouver celui qu'il cherchait et il le tendit à Annabelle.

— Le voilà ! Il correspond à votre dossier.

Elle reconnut son nom, sa date de naissance, son adresse, son numéro de sécurité sociale, le numéro de la chambre où elle avait été admise mais à côté de la somme à régler l'identité de l'homme était impossible à déchiffrer.

— C'est illisible ! remarqua-t-elle. J'ai même l'impression que ce n'est pas écrit en français.

— Faites voir !

L'employé fronça les sourcils pour tenter à son tour de lire quelque chose.

— Vous avez raison. Il devait être pressé, il a mal écrit. Mais en ce qui nous concerne, tant que la note est réglée et que le récépissé est rempli… Enfin bref, je ne peux pas faire plus pour vous. Maintenant, excusez-moi mais il y a du monde qui attend ! Alors si vous voulez bien vous écarter !

Sans plus attendre, il pressa un bouton. Le numéro 212 s'éclaira, accompagné d'un *cling* et un monsieur qui poussait un landau s'avança, faisant comprendre à Annabelle qu'elle devait laisser sa place et s'en aller.

Quelques instants plus tard, elle s'installait à bord d'un taxi qui la déposa devant l'entrée de son immeuble. Elle était lasse mais heureuse de retrouver son intérieur.

Comme elle l'avait fait tant de fois, elle appela l'ascenseur qui la hissa jusqu'au cinquième étage. Elle poussa difficilement la lourde porte métallique qui faillit se refermer sur elle tant les forces lui manquaient. Elle avait quelque peu maigri lors de son hospitalisation et flottait à présent dans son jean. Elle fit deux pas sur le palier et s'arrêta d'abord intriguée puis inquiète.

La porte de son domicile était entrouverte.

9 INTRUSION

Étrange !

Ne l'avait-elle pas fermée à clé en quittant son appartement ? Annabelle fouillait en vain dans sa mémoire. Elle se sentait si mal à ce moment-là qu'elle avait peut-être oublié de tirer la porte derrière elle ! Bizarre ! Plus elle tentait de se souvenir, plus elle était convaincue qu'elle n'avait pas pu la laisser ouverte à tous les vents.

Et s'il y avait quelqu'un dans son appartement ! Les idées les plus noires inondaient son esprit, les scénarios les plus sombres l'envahissaient inexorablement.

Avancer ? Faire demi-tour ? Appeler la police ?...

Annabelle se rappela les conseils de prudence que Marc lui prodiguait souvent. Combien de fois lui avait-il suggéré d'installer une alarme dans son appartement ou de mettre un système de fermeture de meilleure qualité ? D'ailleurs où était-il, Marc, en ce moment ? Jamais là quand on avait besoin de lui finalement.

Elle était inquiète, qui plus est amère.

Alors que ces pensées se bousculaient dans sa tête, elle choisit de tendre une oreille avant de s'aventurer plus loin. C'était plus prudent ! Elle s'attendait à chaque instant à ce qu'un individu surgisse.

La porte de l'ascenseur se referma totalement derrière elle dans un bruit sourd, ce qui la fit sursauter. Particulièrement attentive et sur ses gardes, elle fut à nouveau surprise lorsqu'elle entendit un claquement provenant des étages supérieurs. Soudain la lumière s'éteignit, plongeant les lieux dans l'obscurité. Les éléments semblaient se liguer contre elle. Angoissée, elle retint sa respiration, à l'affût, comme si quelque chose allait surgir de la pénombre. Au même moment, l'ascenseur redémarra, probablement appelé par un résident. Après être redescendu jusqu'au bas de l'immeuble, il remonta avant de s'immobiliser au quatrième étage. Annabelle prêta l'oreille mais personne ne sortait de la cabine. C'est alors qu'un flot de jurons provenant d'un appartement situé plus haut brisa le silence. Un couple se disputait violemment. Mais l'objet exact de leur discussion restait inaudible. Dans la montée d'escalier, les rares vasistas situés en hauteur diffusaient une légère lumière à laquelle la jeune femme s'était peu à peu accoutumée. Malgré cette semi-obscurité, elle s'approcha de la rambarde et se pencha précautionneusement dans la cage d'escalier pour tenter de voir ce qui se passait sur le palier du dessous. Elle entendait quelqu'un marcher et il ou elle devait farfouiller dans un sac pour prendre quelque chose. Et s'il cherchait un revolver ! Pourquoi n'allumait-il pas ? Peut-être voulait-il la surprendre ! Annabelle recula instinctivement, ne se sentant plus du tout en sécurité ni à son étage, ni à un autre. Ses mains étaient moites, sa respiration s'accélérait inconsciemment et son cœur frappait de façon inconsidérée dans sa poitrine.

Finalement, elle entendit une porte s'ouvrir puis se refermer presque aussitôt. Un voisin venait sans doute de rentrer chez lui. Elle aurait pu lui demander de l'aide, lui dire qu'elle était inquiète, que quelqu'un avait pénétré par effraction chez elle en son absence… Mais elle était à nouveau seule et devait faire face à la situation.

Elle allait se retourner quand elle sentit une main peser lourdement sur son épaule. Elle ne put s'empêcher de pousser un cri strident tandis que ses jambes se dérobaient sous elle.

L'instinct de conservation prit les commandes et en un éclair, elle fit volte-face et se cramponna fermement à la rampe qui courait le long du mur, craignant que son agresseur ne veuille l'attraper pour la précipiter dans le vide. Et la lumière revint, presque éblouissante, clignota à plusieurs reprises avant de s'éteindre à nouveau dans un claquement sec. L'ampoule venait de griller. Durant le bref instant de clarté, elle eut le temps d'apercevoir un homme imposant, la mine peu avenante qui la fixait, le regard noir, les sourcils froncés. Il n'avait pas l'air commode du moins pour ce qu'elle avait pu en voir. Son visage, faiblement éclairé par la lumière verte du bloc lumineux qui signalait l'issue de secours, paraissait cadavérique. La jeune femme étouffa un second cri avant de comprendre ce qui se passait.

Dans les meilleurs polars, c'est à ce moment précis que la pause publicitaire crève l'écran, laissant le spectateur en proie à un suspense inouï mais palpitant. Dans la réalité, il n'y a pas de répit, il faut agir vite et au mieux. Alors qu'elle s'attendait à voir sa vie basculer, elle sentit son poing droit se fermer et elle le brandit, tel un marteau prêt à s'abattre, menaçant l'individu de le frapper. Sa détermination associée à la peur et à son état fiévreux l'avait métamorphosée. Elle faisait peur.

— Oh la, mademoiselle. Police nationale ! fit l'individu d'un ton grave et autoritaire, avant de décliner son nom.

Le cœur de la jeune femme s'emballa et des gouttes de sueur roulèrent sur son front. Elle avait chaud, elle manquait d'air et craignait de s'effondrer.

— Oh la, mademoiselle, fit-il à nouveau en la soutenant. Ça ne va pas ?

Assisté de son collègue qui l'avait rejoint, il aida Annabelle à marcher et la guida jusqu'à son appartement. Là, elle prit place dans un fauteuil, hébétée, encore sous le coup du stress intense qu'elle venait de vivre. L'espace d'un instant, elle comprit ce que pouvait ressentir les nombreuses victimes anonymes qui faisaient la une de la presse quotidienne à la rubrique des « Faits Divers ».

— Vous m'avez fait une de ces peurs ! balbutia-t-elle. Police ? Mais que se passe-t-il ?

— C'est votre appartement ?

— Bien sûr, j'habite ici ! Mais qu'est-il arrivé ? Que faites-vous chez moi ?

Elle regarda autour d'elle. La pièce dans laquelle elle se trouvait ne ressemblait plus vraiment à celle qu'elle avait quittée quelques jours auparavant.

— Un voisin a trouvé votre porte de palier ouverte. Il nous a appelés. C'est récent !

Tout était retourné, sens dessus dessous. Ses effets personnels jonchaient le sol, les tiroirs béaient, les coussins étaient éventrés, les cadres décrochés quand ils n'étaient pas brisés.

Atterrée, Annabelle contemplait le champ de bataille qui s'étalait devant elle.

— Et c'est comme ça de partout ? s'entendit-elle demander d'une voix fluette. Que s'est-il passé ?

Aucun des deux hommes ne lui répondit. Ils avaient plutôt des questions à lui poser.

— À quelle heure avez-vous quitté votre appartement ?

— Je ne sais pas. Je suis partie il y a quelques jours et je rentre juste de l'hôpital. J'ai eu un accident !

— Eh bien, dites-moi, vous n'avez pas de chance !

— On peut dire ça comme ça !

— Vous semblez encore bien fatiguée.

— Oui, je sors aussi d'une grippe, fit-elle résignée.

Le policier la regarda avec compassion en reculant d'un pas.

— On est au pic de l'épidémie à ce que j'ai entendu dire mais vous, vous les cumulez !

Encore sous le choc, Annabelle ne répondit rien. Assise dans son fauteuil, les mains croisées sur les genoux, elle ne savait que faire.

— Bon, on ne va pas vous embêter plus longtemps étant donné votre état. Nous avons déjà vu ce qu'il fallait voir. Par mesure de précaution, comme il y a eu récemment plusieurs cas semblables dans le secteur, nous avons procédé à des relevés d'empreintes.

— Ah bon !

— Oui. Sans vouloir vous alarmer, sachez qu'un individu sévit en ce moment dans les environs. Nous n'avons pas de signalement précis en revanche, il a déjà agressé plusieurs jeunes femmes après s'être introduit dans leur appartement. Voyons le bon côté des choses. Si c'est lui qui est entré chez vous, vous avez peut-être eu de la chance d'être à l'hôpital, conclut le brigadier en souriant.

Annabelle l'écoutait avec attention. Peut-être avait-il raison.

— Faites rapidement l'inventaire de ce qui a disparu ou qui a été détérioré. Ensuite, vous passerez au poste pour établir une déclaration. Nous dresserons, à ce moment-là, un procès-verbal. Votre assurance l'exigera probablement. Ça va aller ?

— Oui, je crois, s'efforça-t-elle de répondre encore sous le choc.

Alors qu'ils allaient partir, l'un des deux hommes ajouta :

— En tout cas, le ou les voleurs ne sont pas des connaisseurs !

— Pourquoi dites-vous ça ?

— J'ai pu voir que vous aviez un vieux livre posé bien en évidence au milieu de votre lit. Sans être un expert, je m'y connais un petit peu. J'adore les vieux bouquins et je pense que le vôtre doit valoir son pesant d'or ! Ils n'y ont même pas touché. C'est surprenant !

Annabelle avait l'esprit ailleurs mais elle s'étonna de la remarque :

— Un vieux livre ?

— Oui, épais, couverture en cuir marron... Il me semble que le titre est *Le Serment*... de quelque chose ou un truc comme ça. Il est vraiment magnifique. Bon, ce n'est pas tout. Nous avons beaucoup à faire. Les délinquants ne nous laissent pas vraiment de temps libre et avec les manifestations des gilets jaunes, chaque samedi, on est sur tous les fronts. Bon rétablissement, mademoiselle, et n'oubliez pas de passer au poste pour faire votre déclaration !

Il lui tendit un papier détaché d'un carnet à souches !

— Tenez, tout est indiqué ici !

— Je n'oublierai pas ! Merci messieurs.

Elle allait pousser la porte derrière eux quand l'un des policiers se retourna :

— Un conseil : appelez tout de suite un serrurier. Votre porte n'a pas été forcée. C'est bizarre. Il faut faire changer tout ça au plus vite, on ne sait jamais !

— Oui, vous avez raison, fit-elle intriguée. Je vais m'en occuper !

Désormais seule chez elle, elle prit progressivement conscience de l'étendue des dégâts. Une table en verre brisée, le contenu des tiroirs d'une commode répandu sur le parquet, les placards béants et, à l'intérieur, le linge retourné comme s'il n'avait jamais été rangé. Même sa pharmacie personnelle avait été visitée et les antalgiques prenaient un bain dans un sirop pour la toux renversé sur la desserte de la machine à laver. Ils ne paraissaient pas apprécier cette baignade forcée et certains commençaient déjà à se déliter. Dans la cuisine, des bocaux étaient ouverts, la boîte de sucre se demandait ce qu'elle faisait dans l'évier tandis que la plaquette de beurre et quelques yaourts expulsés du réfrigérateur, mais entiers, se réchauffaient sur la table, à température ambiante.

En entrant dans sa chambre, Annabelle s'attendait au pire : que son matelas soit éventré. Mais curieusement, les voleurs avaient simplement rabattu les draps au sol et le *Serment des oubliés* avait migré de sa table de nuit, où elle était certaine de l'avoir posé, vers le centre du lit, ce qui confirmait les propos du policier. Il était impossible qu'elle l'ait déposé là.

Une odeur singulière planait aussi dans la pièce, à la fois boisée et chargée d'un parfum d'oranges amères. Pas vraiment désagréable, pas non plus engageante. Plutôt surprenante. Une odeur ancienne, aurait pu préciser un connaisseur !

Annabelle s'empressa d'ouvrir les vitres pour faire entrer de l'air frais. De l'air froid à vrai dire. L'hiver rigoureux qui sévissait cette année-là n'était pas décidé à céder sa place au printemps.

Trop exténuée par toutes ces péripéties et encore fiévreuse, elle décida qu'elle remettrait de l'ordre le lendemain. Après tout, l'appartement était encore vivable. La chambre l'était tout du moins ! Elle ramassa deux trois bricoles qui gênaient le passage ici ou là, balaya les débris de verre épars et comme du salon elle sentait le froid arriver jusqu'à elle, elle referma la fenêtre avant que tout l'intérieur ne soit glacé.

Dehors il faisait gris et des nuages plombaient le ciel. Dans la rue, la circulation était dense et les trottoirs animés. L'activité habituelle rythmait cette journée : sortie des écoles, piétons pressés, livreurs garés en double file pour leurs ultimes livraisons. Le brouhaha ponctué de coups de klaxon qui montait de cette fourmilière lui confirmait qu'elle était bien revenue chez elle. La fleuriste réorganisait les plantes installées sur le devant de sa boutique pour les protéger et un employé de la voirie ramassait des papiers abandonnés sur la chaussée. Ce n'était pas un chevalier mais il maniait avec dextérité une sorte de longue lance dont la pointe était pourvue d'une pince. Si son destrier n'était pas dans les parages, il aurait néanmoins pu passer pour un combattant apprêté pour un tournoi. Un véhicule était arrêté devant la pharmacie. « Urgence médicaments ». Plus loin un chien apparemment seul déambulait, cherchant sans doute quelque chose à manger. Il marqua un arrêt, attentif au petit roquet qui arrivait en face, emmailloté dans un manteau ridicule et perdu au bout d'une laisse trop longue. Sa maîtresse le tracta violemment alors qu'il contemplait son congénère vagabond. Un gamin en patinette poussait vigoureusement sur un pied pour propulser son engin vers une destination inconnue. Vraisemblablement pressé, comme on l'est parfois sans raison à son âge, il évita de justesse le petit chien avant de s'arrêter net devant un piéton. Dans son mouvement pour éviter d'être percuté, l'homme fit tomber son chapeau, un chapeau qui aurait probablement rappelé quelque chose à Annabelle si elle avait été témoin de la scène. Sans rien dire, il le ramassa, l'épousseta légèrement et, lorsqu'il le remit sur sa tête, il jeta un œil en direction d'un immeuble, vers une fenêtre, celle que venait se refermer Annabelle. Malgré le froid, il s'adossa à un arbre dépourvu de guirlandes de Noël et lorsque, tard dans la nuit, il vit la lumière de la chambre de la jeune femme s'éteindre, il tourna les talons et bifurqua dans la première rue où il hâta le pas avant de disparaître.

Dès l'aube, il serait de nouveau en faction, malgré le froid, là, de l'autre côté de la rue.

10 LE BRIGADIER MARTIN

La nuit fut difficile.

Comme un hôte dont on ne veut plus mais qui s'incruste, la fièvre moindre mais toujours présente s'était associée à des cauchemars. Annabelle s'était réveillée en sursaut à plusieurs reprises. Assise sur son lit, elle essayait alors de se convaincre que ces rêves horribles n'existaient pas. On aurait dit que son corps versait des larmes tant elle transpirait pour lutter contre cet ennemi invisible mais tenace. Elle espérait qu'au matin les symptômes de la grippe s'atténueraient comme le lui avait dit l'interne à l'hôpital, et que tout rentrerait enfin dans l'ordre. Mais chaque fois qu'elle se recouchait, l'angoisse revenait, reprenant son rôle de sape au détriment du sommeil. Fragilisée par l'accident en plein épisode grippal, elle peinait à se rétablir. Elle n'avait plus la force de lire même si *Le Serment des oubliés* qu'elle avait déposé sur sa table de chevet l'appelait inconsciemment. Elle tremblait.

Le lendemain matin, un coup de klaxon appuyé retentit dans la rue et la tira des songes auxquels elle avait finalement succombé. La seconde partie de la nuit avait été moins agitée, sans doute grâce à l'effet des antalgiques prescrits par le docteur Molinier quelques jours auparavant. Elle n'était pas en grande forme mais elle se sentait moins faible. Après une rapide collation qu'elle n'apprécia guère et une douche qui effaça les stigmates nocturnes, elle s'habilla, décidée à se mettre au travail.

— Voyons où en sont les contrats en attente ! se dit-elle.

De nombreux messages s'étaient accumulés dans sa boîte mail. Elle comprit alors qu'il lui faudrait du temps pour en venir à bout. Elle soupira mais se mit à la tâche. Ses yeux commencèrent à balayer l'écran de l'ordinateur.

— La Société « Informatique et concept » n'a pas encore validé le contrat, « Surf-informatique » n'a toujours pas répondu et « Web publishing services » est… ah, je ne le trouve pas… est toujours en attente. Zut ! Je sens que cette situation va me coûter cher si je ne me secoue pas et que je ne reprends pas immédiatement contact avec mes clients !

Elle consacra donc la matinée à rattraper ce qui pouvait l'être et si elle était chagrinée de ne pouvoir conclure certaines transactions, elle avait plutôt limité les dégâts. Ce n'était finalement pas aussi critique qu'elle le pensait. Elle répondit aux messages les plus urgents, appela son agence bancaire, effectua des virements et aux alentours de midi, elle était plutôt satisfaite.

Plus fiable qu'une horloge, son estomac lui fit comprendre qu'il était temps d'avaler quelque chose. Elle se dirigea droit vers le réfrigérateur, l'ouvrit et se planta devant. Il était désespérément vide et ce qui restait était soit périmé, soit inutilisable depuis la mise à sac de son appartement. Elle se résolut à commander une pizza, à faire quelques courses sur le web et en profita pour appeler un serrurier. La liste des professionnels était longue et il lui fallut passer une bonne dizaine d'appels avant de trouver un artisan susceptible d'intervenir rapidement tout en lui donnant une fourchette de prix raisonnables.

Deux heures plus tard, un bonhomme aussi large que haut, ressemblant à s'y méprendre à Potiron, l'ami de « Oui-Oui », lui installa une nouvelle serrure et lui remit trois nouvelles clés. Sur sa salopette bleue, qui accentuait la rondeur de son ventre, on pouvait lire : « Rapidité, Efficacité ». Il lui présenta ensuite sa note, d'un montant inférieur à celui qu'il avait annoncé. Annabelle se retint de lui dire qu'il aurait pu ajouter à son slogan les mots « honnêteté et sympathie ».

— Votre visiteur devait avoir un jeu de clés sinon il aurait forcé la serrure. Ou alors votre porte était mal fermée. En tout cas, j'ai dû intervenir plusieurs fois dans le quartier ces derniers temps et ce n'était pas joli-joli ! Parfois, c'était pour des cambriolages mais pas que… si vous voyez ce que je veux dire ! Enfin, maintenant vous ne craignez plus rien. Cette serrure trois points, c'est du solide ! Mais pensez quand même à faire installer une alarme, c'est plus sûr par les temps qui courent.

Une poignée de main plus tard, Annabelle qui se sentait un peu plus en sécurité seule chez elle prit congé de son sauveur.

Elle ne put s'empêcher de songer aux paroles du serrurier mais finit par se ressaisir, certaine qu'elle avait été victime de la dure loi des séries. Elle était désormais convaincue que la chance allait tourner et que tout irait mieux.

Elle décida de remettre un peu d'ordre à son intérieur. Elle commença à redresser les petits meubles encore couchés, à ramasser le verre brisé éparpillé, à reformer les piles de linge dans les armoires, à jeter ce qui était irrécupérable et quelques heures plus tard, elle fermait les liens de deux gros sacs poubelles en matière plastique destinés à la déchetterie. Comme s'il avait attendu qu'elle finisse, le téléphone choisit ce moment-là pour sonner.

— Bonjour mademoiselle. C'est bien vous qui avez été victime d'un cambriolage récemment ?

Annabelle acquiesça.

— Ici le poste de police. Brigadier Martin. Je vous rappelle que vous devez passer faire une déposition à nos bureaux au sujet de l'effraction de votre domicile !

— Oui, je sais, mais je viens à peine de tout ranger et je crois qu'il ne me manque rien.

— Ah ! Vous êtes certaine d'avoir bien vérifié ?

— Oui. Je ne suis pas riche et je n'ai pas d'objets de précieux chez moi. Ceci explique peut-être cela ! Les seules choses d'un peu de valeur que je possède sont ma télé, mon PC et mon smartphone. Et ils sont là ! On a surtout saccagé mon appartement mais de toute évidence rien n'intéressait les vandales.

— C'est curieux qu'ils n'aient même pas touché au PC ni à la télé, mais bon... Par contre, je vois sur le rapport que vous aviez un livre de valeur. On ne vous en a pas volé d'autres ? Enfin, le plus important c'est que vous veniez rapidement au poste pour finaliser votre déclaration.

— Très bien. Je passerai demain !

— Demain ! Non. Vous devez impérativement passer aujourd'hui ! Nous avons besoin de votre plainte pour pouvoir la confronter à d'autres affaires du même type.

— J'aurais bien aimé venir mais j'ai du travail et je suis très fatiguée, insista-t-elle. Vos collègues ont dû vous dire que je sors à peine d'une grippe. En plus, j'ai été hospitalisée et comme vous le savez, on m'a cambriolée. Ça fait beaucoup pour une seule personne, en si peu de temps ! Et puis apparemment on ne m'a rien volé. Alors je crois que ça peut attendre demain !

À court d'arguments, son interlocuteur dut renoncer.

Trop lasse pour sortir, Annabelle fit des courses en ligne plus conséquentes, et deux heures plus tard, un jeune livreur déposait dans la cuisine tout ce qu'il fallait pour remplir le réfrigérateur et préparer quelques repas rapides.

Le soir venu, elle se concocta un petit plateau télé : jus de fruits, soupe instantanée, quinoa aux lentilles et carottes réchauffé au four micro-ondes, biscottes et compotée de pommes granny. Mais finalement elle ne toucha pas à grand-chose. Elle s'enroula dans un plaid moelleux et s'assit sur son canapé, téléphone portable en mains.

Elle consulta ses messages. Pas de nouvelles de Marc. Elle commença machinalement à lui écrire ce qui lui était arrivé ces derniers jours mais sans trop détailler non plus. Après tout, ils avaient pris l'habitude de s'en tenir à l'essentiel et chacun gérait ses problèmes personnels. Elle allait cliquer sur « envoyer » quand elle se ravisa pour choisir « effacer ». À quoi bon lui révéler tout cela ? Elle ne savait ni où il était, ni ce qu'il faisait en ce moment. Pourquoi l'inquiéter ! Elle s'aperçut d'ailleurs pour la première fois qu'elle ne savait pas grand-chose de lui.

Elle saisit nerveusement la télécommande de la box, fit défiler le menu et sélectionna un film : le neuvième épisode de la deuxième saison de « Game of thrones » en version originale. Elle avait déjà vu et revu l'intégralité de cette série culte mais elle ne s'en lassait pas. Elle s'identifiait à la fabuleuse Daenerys, mère des dragons, qu'elle espérait voir un jour régner sur les sept royaumes du haut du trône de fer. Elle ne profita que de la première demi-heure. Cueillie par la fatigue, elle s'endormit profondément.

Il était presque minuit quand elle se mit à frissonner. Elle n'était plus fébrile mais le thermostat du chauffage était programmé pour abaisser la température à 18 degrés comme tous les soirs à vingt-deux heures et le petit plaid ne suffisait plus à la réchauffer. Elle se leva, prépara une infusion à la cannelle et pressa ses deux mains autour de la tasse brûlante. Elle buvait par intermittence quelques gorgées, davantage pour retarder le moment d'aller se recoucher que pour boire vraiment. Les volets étaient encore ouverts et la lune, dans son premier quartier, éclairait la rue d'une lumière blanchâtre diffuse. Attirée par le rayon de lumière qui pénétrait dans l'appartement, Annabelle s'approcha de la fenêtre du salon et plaqua son front à la vitre. La surface froide soulagea l'ecchymose encore douloureuse qui diminuait trop lentement et acheva de la réveiller. Dehors de rares voitures circulaient, les feux tricolores clignotaient à l'orange et un couple, emmitouflé dans des blousons aux couleurs vives, promenait un chien qui ne semblait pas pressé de rentrer. À quelques mètres de là, appuyé à la cabine téléphonique que la municipalité n'avait pas encore supprimée, un homme semblait attendre, apparemment insensible à la morsure de l'hiver. Annabelle l'observa un instant.

Que faisait-il là à cette heure avancée de la nuit ? Il n'attendait pas pour téléphoner de la cabine. Elle était depuis longtemps hors service. Peut-être avait-il un rendez-vous ! Peut-être attendait-il un taxi ! Peut-être était-ce un SDF !...

Tandis que son esprit battait la campagne des suppositions, Médor et ses maîtres avaient enfin décidé de regagner leur domicile. Un vent léger s'était levé, opacifiant davantage le ciel en ramenant des nuages. Plus personne ne rôdait dans la rue et l'homme était désormais seul. Piquée par la curiosité, elle le détailla davantage. Il était grand, immobile et ne regardait ni à droite ni à gauche. Il n'attendait apparemment personne. Il portait des vêtements sombres qui contrastaient avec ses cheveux blancs. Il tenait quelque chose dans ses mains, qu'Annabelle ne parvenait pas à distinguer du cinquième étage. Il ressemblait à une statue érigée pour effrayer les passants. Car il y avait chez cet homme quelque chose d'indéfinissable, d'inquiétant.

Annabelle avait le sentiment de l'avoir déjà rencontré, de l'avoir croisé quelque part. Mais où et quand ?

Elle resta ainsi à l'épier pendant quelques minutes après quoi la fatigue et la fraîcheur de l'appartement gagnant du terrain, elle se décida à ouvrir la fenêtre pour fermer les volets. À ce moment-là, l'individu leva la tête vers elle. Il semblait la regarder. Puis il mit le chapeau de feutre noir qu'il tenait jusque-là dans ses mains et à grands pas il descendit la rue, visiblement et soudainement pressé. Bientôt, il ne fut plus qu'un point qui s'éloignait et qui s'estompa totalement comme gommé par la main d'un dessinateur.

Un déclic se produisit. Annabelle comprit que l'individu était l'homme du parc, c'était l'homme du livre oublié sur le banc, c'était aussi l'homme qu'elle avait entrevu juste après son accident !

Mais que faisait-il là, en face de chez elle ? Que lui voulait-il ? Il semblait l'épier.

Les gonds grincèrent dans la nuit quand Annabelle ferma les deux vantaux des volets. Avant de se glisser dans son lit, elle vérifia à plusieurs reprises que sa porte était bien fermée à clé. Elle ajouta même une chaise en travers pour bloquer la poignée, espérant ainsi retarder le plus possible toute intrusion chez elle, toute violation de son intimité.

— Une alarme ! Il faut que je fasse installer une alarme, se répéta-t-elle

Comment ne plus penser ? Existait-il un lien entre cet homme, le cambriolage, les agressions de femmes, l'accident et le livre ? Entre l'inquiétude et son imagination qui galopait, elle n'arrivait plus à réfléchir objectivement. Il était très tard. Elle dramatisait probablement la situation et voyait tout en noir. De toute façon, elle signalerait la présence de cet individu à la police, le lendemain.

11 LA POURSUITE

Au matin, le froid hivernal était encore là mais le soleil s'était invité dans le ciel. La rue avait perdu ses allures de fêtes qu'elle avait la nuit lorsque les guirlandes électriques clignotaient. Un brusque coup de vent et Annabelle laissa échapper le volet qu'elle venait d'ouvrir. Il frappa bruyamment la façade avant de s'immobiliser. Elle s'apprêtait à le fixer grâce à l'espagnolette quand elle aperçut l'étrange personnage. Il était de retour à son poste d'observation : la cabine téléphonique.

Que faire ? Appeler la police ? Non ! Elle était persuadée qu'elle n'interviendrait pas puisqu'*a priori* il n'avait rien commis de répréhensible. Attendre immobile dans la rue n'était pas interdit par la loi. De plus, il risquait de partir entre temps. Elle décida donc de prendre les choses en mains, persuadée que cet homme et le livre étaient directement liés. Elle devait absolument lui rendre son bien. Ensuite, il l'oublierait ! Elle l'espérait, elle y croyait et tout redeviendrait normal !

Elle enfila un jean à la volée puis un pull-over, le premier qui lui tomba sous la main, mit des chaussettes, des bottines et prit son manteau avant de s'engouffrer dans l'ascenseur. Elle tenait dans ses bras *Le Serment des oubliés*. Tant pis, elle ne connaîtrait pas la fin de l'histoire mais elle devait le restituer ou plutôt s'en débarrasser. Sa vie avait commencé à déraper le jour où elle avait trouvé ce livre. C'était son intime conviction même si elle était inexplicable.

Cinq étages plus bas, lorsqu'elle surgit dans la rue, une sensation de vertige s'empara d'elle. Le souffle lui manquait. Elle avait présumé de ses forces. Elle s'efforça de retrouver son calme puis elle se dirigea vers la cabine téléphonique. L'homme y était encore adossé, comme s'il l'attendait. Elle n'avait pas rendez-vous avec lui mais le destin la guidait.

Elle parcourut quelques mètres et une fois auprès des feux tricolores, elle pressa sur le bouton afin d'obtenir le passage au vert pour les piétons. Comme elle, des gens attendaient sur le trottoir, dociles, guettant du coin de l'œil le changement de couleur imminent qui les autoriserait à traverser la rue. Les secondes semblaient interminables et certains passants, plus audacieux que d'autres, s'engageaient tout de même sur la chaussée en se faufilant dangereusement entre les véhicules. L'un d'eux, trop intrépide, faillit faire chuter un motard contraint d'empoigner le frein avant à pleine main et d'écraser la pédale qui bloqua le disque arrière pour essayer de stopper son engin. Il dérapa et s'en sortit finalement par une manœuvre périlleuse d'évitement qui, ce jour-là, lui avait sans doute évité de s'étaler sur le bitume. Le piéton, inconscient du danger qu'il avait fait courir au pilote se permit de surcroît de l'insulter. Mais le conducteur de la Ducati Diavel s'éloigna sans chercher querelle, à vitesse modérée. Annabelle quant à elle ne regardait pas les feux et elle entrevit à peine la scène. Elle n'osait pas quitter des yeux l'individu qu'elle voulait absolument rejoindre et qui demeurait immobile.

Le feu passa enfin au vert.

D'un pas vif, elle franchit le passage protégé. Plus que quelques mètres et elle serait face à l'étranger !

Les battements de son cœur s'étaient accélérés sous l'effet de sa course mais aussi parce qu'intérieurement elle redoutait cette rencontre avec l'inconnu. Que lui dirait-elle ?

« Monsieur, je viens vous rendre votre livre ! »

« Merci ! »

Non, c'était trop simple, surtout après les derniers jours qu'elle venait de vivre !

Et s'il le prenait et partait, elle ne saurait jamais pourquoi il se postait ainsi, en pleine nuit, au coin de la rue, pour observer sa fenêtre. D'ailleurs, s'il avait réellement oublié son livre sur le banc, comment savait-il où elle habitait ?

Elle était persuadée qu'il y avait autre chose. Elle se sentait irrésistiblement attirée par lui et éprouvait le besoin de lui parler. Elle voulait savoir pourquoi et pour le découvrir, il fallait qu'elle l'interroge. Par contre, elle se demandait si c'était un bon plan. N'allait-elle pas se jeter dans la gueule du loup ?

La rencontre approchait.

L'homme alluma une cigarette, tira une bouffée et alors qu'elle n'était plus qu'à quelques mètres, il tourna les talons et commença à s'éloigner sans lui adresser le moindre regard. Elle était pourtant certaine qu'il l'avait remarquée.

Elle accéléra le pas.

Il fit de même.

— Monsieur, monsieur ! Ohé !

Des curieux se retournaient, croyant qu'elle s'adressait à eux mais l'inconnu ne se sentait pas concerné. Il faisait comme s'il n'entendait pas et filait droit devant lui, cherchant apparemment à éviter la confrontation.

— Attendez, j'ai votre livre !

Mais l'homme la distançait progressivement. Son pas rapide obligeait Annabelle à courir de plus en plus vite tant et si bien que le souffle lui manqua à nouveau. Avant cette maudite grippe, elle aurait pu le rattraper mais, telle une tuberculeuse convalescente, elle avait du mal à respirer.

Elle s'arrêta un instant pour récupérer un peu. Si elle s'en voulait d'être physiquement diminuée, il était hors de question d'abandonner la poursuite. Au loin, elle n'apercevait plus que des volutes de fumée de la cigarette du fugitif qui s'élevaient et par moments les pans de son manteau agités par sa propre marche. Il serait bientôt hors d'atteinte. Elle ne pouvait le laisser échapper. Au prix d'un effort considérable sur elle-même, elle reprit sa traque et recommença à l'interpeller, bousculant sur son passage les personnes qui essayaient de l'éviter.

— Monsieur, votre livre. Vous l'avez oublié ! répéta une énième fois Annabelle.

Les jambes flageolantes, elle s'était à nouveau arrêtée au beau milieu du trottoir, pliée en deux, essoufflée.

Au même moment, l'homme s'immobilisa et se retourna vers elle. Il la fixa comme s'il voulait s'assurer qu'elle aussi l'avait bien vu et il pointa énergiquement le doigt vers la droite en articulant des mots qu'elle ne comprit pas. Il y avait dans son attitude quelque chose d'étonnant, d'autoritaire et de solennel. On aurait dit un metteur en scène qui indiquait au héros que le moment était venu pour lui d'entrer en action. Puis tout s'accéléra : il se retourna brusquement et s'enfuit. Il ne lui fallut que quelques secondes pour disparaître totalement de la vue d'Annabelle. Il aurait donc pu s'éclipser bien avant.

La foule semblait l'avoir absorbé.

— C'est ridicule, maugréa la jeune femme dépitée. Il doit être cinglé !

Épuisée, elle avisa un arrêt de bus juste à côté. Là, elle s'écroula sur un banc. Tout son corps lui faisait mal. Elle avait l'impression qu'on l'avait rossée et que ses poumons étaient en feu.

Le temps de récupérer, trois bus passèrent devant elle. À chaque ouverture des portes automatiques avant, le chauffeur la regardait, intrigué par la rougeur de son visage, ses yeux larmoyants et son air hagard. L'un d'eux s'attarda même et lui demanda s'il pouvait l'aider. Il avait l'air d'un bon père de famille et, bien installé devant son volant il l'observait, dubitatif. Il insista :

— Un problème, mademoiselle ? Vous n'avez pas l'air dans votre assiette. Je peux peut-être vous aider !

— Non, non ! Tout va bien. Merci !

— Bon ! Alors je vous laisse. J'ai des horaires à respecter. Courage !

Avant de refermer les portes, l'homme, perplexe, se permit d'ajouter :

— Je vous signale quand même que juste derrière vous il y a un poste de police ! On ne sait jamais. Au revoir !

Il joignit en même temps le geste et la parole en pointant du doigt un bâtiment. Puis un long *pschitt* retentit, indiquant que les portes du bus se refermaient. Le chauffeur s'inséra difficilement dans le flot continu de circulation, laissant Annabelle à sa solitude.

Un poste de police ! C'était curieux tout de même ou alors il s'agissait d'une simple coïncidence.

Cet étrange concours de circonstance la tracassa. Elle se concentra pour faire le point. En premier lieu, elle devait de toute façon se rendre au poste de police. Or, elle se trouvait pile devant. Deuxièmement, l'inconnu lui avait désigné une direction : encore celle du poste de police. Mais pourquoi ? Elle nageait en plein délire et se demanda si elle n'était pas victime d'hallucinations, doutant même de se trouver là, dans la rue. N'était-elle pas au fond de son lit, avec quarante de fièvre, luttant contre la grippe et divaguant depuis plusieurs jours ?

Un homme, bien réel, vint s'asseoir à côté d'elle, interrompant ses pensées. De toute évidence un sans-gêne. Il s'affala sur le siège, empiétant largement sur la place d'Annabelle. Il déplia largement un journal comme s'il était seul, les bras exagérément écartés. Au bout d'un instant, elle s'aperçut qu'il ne lisait pas mais lorgnait lubriquement dans sa direction. Son chandail, qui avait glissé sur ses épaules, laissait entrevoir la naissance de sa généreuse poitrine sous son manteau qui bâillait lui aussi. Elle se leva aussitôt, réajusta sa tenue et s'éloigna.

Comme un message subliminal, un leitmotiv s'invita dans sa tête :

Le poste de police !

Certes, elle devait s'y rendre dans la matinée mais elle se demanda si l'homme au livre ne l'avait pas guidée intentionnellement jusque-là.

Hasard ou pas ?

Autant en profiter ! Finalement cette course effrénée servirait à quelque chose.

La vitrine d'une boutique dans laquelle elle se regarda lui renvoya une image peu flatteuse d'elle-même. Ses cheveux étaient en bataille et sous son manteau ouvert, le pull qu'elle avait enfilé à la volée, un vieux lainage trop long qu'elle ne portait que chez elle, était troué par endroits et ses mailles distendues. Annabelle ne ressemblait à rien.

Elle se recoiffa grossièrement du bout des doigts, essaya d'arranger son pull et rabattit le col de son manteau sur sa gorge avant de se contempler à nouveau dans la vitrine. Ce n'était pas parfait mais elle ressemblait davantage à une personne mal habillée qu'à une folle échappée d'un asile.

Quelques pas et elle se trouva devant le poste de police. Elle leva la tête. Elle se sentait minuscule devant ce colosse de béton d'un autre siècle. La façade particulièrement austère ne donnait pas vraiment envie d'entrer.

12 IL N'EXISTE PAS !

Elle poussa quand même la porte massive et, une fois dans le sas, elle resta bloquée telle une souris prise au piège. Elle ne pouvait ni avancer ni reculer. Deux systèmes électriques automatiques venaient de condamner les issues. Comme elle ne s'y attendait pas, elle ne se sentit pas rassurée, paradoxe dans un poste de police ! À la demande d'une voix peu avenante, elle déclina son identité et l'objet de sa visite. Puis, la gâche électrique céda devant elle, autorisant l'accès. Annabelle tira la seconde porte et une fois dans les lieux, elle se dirigea vers un guichet qui coupait l'espace en deux parties.

Les locaux étaient défraîchis. La peinture azur qui recouvrait les murs s'écaillait, se mariant mal avec le mobilier moderne et les parois vitrées des petites cellules qu'on devinait plus loin. Le plafond, très haut, ne semblait pas avoir vu un pinceau depuis longtemps. Enfin, les minuscules tommettes qui recouvraient le sol étaient si patinées par le temps qu'on ne voyait plus très bien leur couleur d'origine.

Plusieurs personnes se tenaient debout devant le guichet et conversaient avec des hommes et des femmes-troncs revêtus du même uniforme. Certains se penchaient légèrement au-dessus du comptoir, espérant ainsi être mieux vus ou peut-être mieux compris par les fonctionnaires.

Un peu à l'écart, de l'autre côté du large rebord sur lequel patientaient des formulaires impeccablement rangés, un gardien de la paix, assis devant un ordinateur qui lui renvoyait une lueur bleue sur le visage leva les yeux. Ils jaillirent par-dessus la monture en écailles de ses lunettes. On aurait dit un petit saurien qui se réchauffait au soleil de l'écran du PC. D'un doigt, il repoussa ses lunettes sur son nez pointu et fixa Annabelle droit dans les yeux :

— Mademoiselle ! C'est pour quoi ? Venez vers moi.

Voyant qu'elle hésitait, il ajouta :

— N'ayez pas peur, approchez !

C'était un individu d'une quarantaine d'années qui paraissait fier au premier abord et plutôt svelte pour son âge.

— Approchez ! répéta-t-il. Vos papiers d'identité s'il vous plaît ! Habituellement on ne les demande pas d'emblée mais comme l'autre bureau de police du secteur a fermé et qu'il y a du raffut avec les manifestations des gilets jaunes, je dois vérifier.

Elle tâta instinctivement les poches de son manteau, mais comme elle s'y attendait il n'y avait rien à l'intérieur. Elle n'avait même pas l'ombre d'un centime sur elle, encore moins un justificatif d'identité.

— Je suis partie trop vite de chez moi et je n'ai pas eu le temps de prendre mon sac. Je n'ai aucun papier à vous présenter.

— C'est ennuyeux ! rétorqua le fonctionnaire en fronçant les sourcils. On va quand même…

Encore désorientée par ce qu'elle venait de vivre, Annabelle lui coupa la parole et voulut se lancer dans une explication. Mais au même moment, proche elle, une conversation animée s'éleva, attirant son attention. Deux policiers encadraient un jeune homme qui se trouvait déjà là quand elle était entrée.

— Mais qu'est-ce que vous faites ? s'indigna ce dernier.

— Vous êtes en état d'arrestation !

— Vous êtes fous ! Je n'ai rien fait !

— Vous pouvez garder le silence et si vous souhaitez la présence d'un avocat…

— Vous vous trompez ! Je suis venu déclarer la perte de mes papiers. En plus, j'ai été agressé !

Sans tenir compte de ses propos, les policiers entraînèrent le suspect à l'arrière du commissariat.

La voix de l'officier de police qui s'impatientait rappela Annabelle à l'ordre :

— Mademoiselle, c'est par là que ça se passe.

Impressionnée par la scène qui venait de se dérouler à quelques mètres à peine, il fallut quelques instants à Annabelle pour reprendre le fil de son histoire qui lui semblait de plus en plus rocambolesque.

— Oui, euh, j'allais vous expliquer que j'ai vu cet homme de ma fenêtre.

— L'homme que mes collègues viennent d'arrêter ! s'étonna-t-il en secouant la tête.

— Non, pas lui, un autre ! Il était à nouveau appuyé contre la cabine. Je suis descendue en vitesse avec le livre pour le lui rendre et croyez-moi si vous voulez, à ce moment, il s'est enfui. Et me voilà !

L'officier qui avait écouté la jeune femme attentivement écarquilla les yeux en fronçant les sourcils. Trois profonds sillons se creusèrent entre ses deux yeux, signes d'une incompréhension totale.

— Quel homme ? Quelle cabine ? Quel livre ? Je n'ai strictement rien compris, mademoiselle. De quoi parlez-vous ? Qui est cet homme qui s'est enfui ? Je vous ai juste demandé vos papiers.

Annabelle se rendit compte que ses propos n'avaient aucun sens, sortis de leur contexte. Elle reprit, en essayant de garder son calme :

— En fait, je suis juste passée pour remplir une déclaration de vol. Des cambrioleurs sont entrés chez moi pendant mon absence. Deux policiers ont tout noté, je n'ai plus qu'à signer.

— Mais de quoi est-ce que vous parlez ? Quels policiers ? Donnez-moi vos papiers ! insista-t-il d'un ton ferme.

L'homme assis jusque-là se leva emphatiquement et prit appui sur le guichet, dominant Annabelle de plus d'une tête. Son regard semblait la soupçonner. Elle aurait voulu faire demi-tour et quitter le poste quand elle eut une idée.

— Est-ce que je pourrais parler au brigadier Martin, s'il vous plaît ?

— Le brigadier Martin, dites-vous !

— Euh oui, c'est ça ! Il m'a appelée et m'a demandé de passer.

Les secondes qui suivirent parurent durer une éternité. Un malaise s'installa et Annabelle qui n'en menait pas large aurait aimé disparaître dans un trou de souris. La situation lui échappait totalement. Elle sentait son visage se décomposer progressivement sous le regard agacé du fonctionnaire. Des voleurs avaient effectivement forcé sa porte mais elle paraissait désormais plus coupable que victime. C'était le comble ! Elle avait le sentiment qu'on la soupçonnait de quelque chose et qu'on allait l'arrêter. Sentiment ridicule puisqu'elle venait simplement se plier à des formalités administratives. Elle serra *Le Serment des oubliés* contre sa poitrine comme si elle craignait que son interlocuteur ne franchisse d'un saut le comptoir pour le lui arracher. L'espace d'un instant, des images défilèrent dans sa tête : celle du « Terminator » dans le film du même nom, quand le cyborg pénètre dans les locaux de la police annonçant calmement « I'll be back » et, plus naïve, celle de Pinocchio, minuscule, emmené entre deux terribles gendarmes portant d'effrayants bicornes. Une hypothèse s'imposa brutalement à elle. Comment n'avait-elle pas fait le rapprochement avant ? La silhouette longiligne de l'homme au livre se superposa au signalement de l'inconnu qui agressait des jeunes femmes dans le quartier et dont on lui avait parlé. S'agissait-il de la même personne ?

Annabelle prit conscience qu'elle s'était peut-être mise en danger en se lançant derrière lui dans cette course folle qui l'avait finalement amenée jusque dans les locaux de la police.

La voix cassante du brigadier la sortit de ses divagations.

— Il n'y a pas de brigadier Martin ici. Vous faites erreur !

De toute évidence, il ne plaisantait pas et son ton particulièrement ferme et suspicieux replongea Annabelle dans l'univers du pantin de bois. Il lui semblait entendre la voix de Jiminy Criquet qui lui disait : « ne dis plus rien, retourne-toi et pars, petite ! »

Elle ne suivit pas ces conseils subliminaux et bredouilla :

— Ah ! Je ne suis pas folle pourtant. Un brigadier qui a dit s'appeler Martin m'a bien téléphoné pour me demander de passer.

Elle tentait de se convaincre elle-même de la véracité de ses propos mais ses jambes, encore affaiblies par sa longue poursuite et la grippe qui l'avait terrassée pendant plusieurs jours, étaient en train de l'abandonner.

— Je vous le répète, mademoiselle, il n'y a pas de brigadier Martin ici !

—Je me suis peut-être trompé de poste de police. Pouvez-vous vérifier s'il ne travaille pas dans un autre, s'il vous plaît ?

— Je vous ai dit, tout à l'heure, que l'autre poste était fermé pour travaux. Tout le personnel a été affecté ici, dans ces locaux et à ma connaissance il n'y a pas et il n'y a jamais eu de brigadier Martin.

— Il m'a précisé le nom de la rue. Voyons, que je me rappelle... rue... rue... rue Tête d'or !

— Oui, c'est bien ici et le personnel de la rue Raoul Servant travaille aussi avec nous maintenant, pour quelques temps. Vous êtes au bon endroit mais le brigadier Martin n'existe pas !

Face à ce dialogue de sourds, la petite voix de Jiminy Criquet s'imposa à nouveau, plus insistante : « ne dis plus rien, retourne-toi et pars ! »

— Excusez-moi, je dois me tromper. Je reviendrai avec mes papiers. Au revoir monsieur !

Chacune de ses phrases était entrecoupée de gestes incontrôlés. Elle n'avait désormais qu'une idée en tête, comme après un combat perdu d'avance : se replier et faire le point.

Avant de sortir, le temps que se déclenche la gâche électrique du sas, elle jeta machinalement un œil de part et d'autre. Les locaux étaient vastes et au-delà du comptoir, un long couloir desservait de multiples pièces dont les portes étaient ouvertes. De temps en temps, des hommes en uniforme ou en civil passaient, allant d'un bureau à un autre, des piles de dossiers sous les bras, parfois avec de simples papiers en mains. Des menottes et leurs armes pendaient à leurs côtés, discrètes mais tout de même visibles. Pas de quoi la rassurer ! Sur la droite, elle remarqua plusieurs petites salles en enfilade, totalement vitrées. Deux d'entre elles étaient occupées. S'il y avait eu de l'eau à l'intérieur, on aurait pu penser qu'il s'agissait d'aquariums. Mais aucun poisson ne s'y trouvait. À la place, dans la première cellule, un homme à la stature imposante, l'air hagard, faisait les cent pas, comme un lion en cage. Ses jambes avaient du mal à le porter. Il avait dû boire. Dans la seconde, un jeune homme était assis, encore menotté. Les coudes appuyés sur les cuisses, les mains jointes entre ses genoux et les doigts croisés, penché en avant, il paraissait plongé dans ses réflexions et rien de ce qui se passait autour de lui ne l'intéressait. Pourtant, quand il releva la tête, Annabelle reconnut l'individu qui venait d'être arrêté quelques instants auparavant. Leurs regards ne se croisèrent que le temps d'un éclair mais l'émotion envahit la jeune femme de façon inexplicable. Non, elle ne le connaissait pas et elle avait déjà assez de problèmes sans se préoccuper de ceux des autres ! Pourtant son visage lui évoquait quelque chose : il ressemblait à James Dean ! Mais de retour dans la rue, elle était certaine qu'elle ne verrait pas sa voiture mythique, la Mercury, ce fameux coupé noir qu'il conduisait dans « La Fureur de vivre ».

13 PAGE 168

Bilan de la matinée : une course folle derrière un inconnu, une incursion au bureau de police, un brigadier qui n'existe pas, l'arrestation de James Dean, le tout pour rien !

Et la journée ne faisait que commencer.

La même porte qu'Annabelle avait poussée pour entrer se referma bruyamment derrière elle. Elle sursauta. Dépitée, elle marqua un temps d'arrêt sur le trottoir avant de décider quel était le plus court chemin pour rentrer chez elle. Au moment où elle pivota, un gamin d'une douzaine d'années juché sur une patinette la heurta violemment. Elle chancela, faillit perdre l'équilibre mais finit par se rattraper in extremis à une barrière de mobilier urbain destinée à empêcher les automobilistes de se garer. Quant au *Serment des oubliés,* il voltigea dans les airs avant de s'écraser sur le sol, grand ouvert, pages plus ou moins cornées sur le bitume. Dans le feu de l'action, elle eut à peine le temps de repérer l'emplacement où avait atterri son livre et proche de lui le garçon, que déjà ce dernier, indemne, détalait sans demander son reste. Pas une excuse ! Les passants se contentèrent de quelques réflexions sur l'impolitesse de la jeunesse mais personne ne proposa son aide à Annabelle. Les plus anciens assuraient que ce n'était pas ainsi, de leur temps.

Bien que spectaculaire, la collision engendra plus de peur que de mal ! La jeune femme très agacée fit quelques pas, ramassa son livre et le débarrassa des saletés qui restaient accrochées à la couverture en le frottant avec la manche de son manteau. Elle défroissa à la hâte les pages les plus malmenées afin de le refermer et prit le chemin de son domicile. Elle avait hâte de rentrer.

Un peu plus tard, elle claqua la porte de son appartement derrière elle et s'installa directement à la cuisine. Elle avait faim. Quelques céréales et un grand verre de lait feraient l'affaire. Tandis qu'elle avalait les unes après les autres des cuillérées débordantes de riz soufflé et de fruits séchés, elle regardait le livre posé à côté d'elle. Il avait souffert du vol plané et surtout du choc sur le bitume humide. Une page affleurait légèrement de la reliure comme si elle n'était plus attachée. Annabelle hésitait : finir son bol de céréales ou constater les dégâts. Elle ne résista pas longtemps et, manuscrit en main, elle abandonna sa cuillère, repoussa le tout d'un revers de main, souffla pour chasser les quelques miettes qui s'étaient invitées sur la table et posa la couverture de cuir marron bien à plat devant elle. Elle glissa délicatement ses doigts dans le volume juste à l'endroit où la page dépassait puis elle ouvrit le livre. Elle ne s'était pas trompée : une page s'était désolidarisée de l'ouvrage. Pire encore, elle était déchirée et une partie manquait.

— Quel gâchis ! Un si beau livre ! Il y a des jours où…

Elle n'acheva pas sa phrase mais intérieurement elle était excédée par cette succession d'événements étranges et par cette malchance qui s'acharnait sur elle depuis quelques temps. De toute évidence, la loi des séries l'avait prise pour cible.

Elle se fia au numéro de la page pour être certaine de la replacer à l'endroit exact d'où elle s'était détachée. Page 168. Elle tourna les pages, 166, 167, 16….

La page 168 était intacte, parfaitement fixée et à sa place. Pourtant il s'agissait bien du même livre. Elle avait vaguement entrevu quelques mots qui ne permettaient pas d'en douter : « dame Flore, Aénor… », des noms que l'on ne rencontre pas tous les jours. Alors elle entreprit de lire le bout de page déchiré pour en avoir le cœur net.

Elle ouvrit des yeux démesurés. Le peu de texte lui confirma qu'il s'agissait bien de la même histoire, probablement issue d'une variante du *Serment des oubliés*.

Un livre ou du moins un fragment de page sur lequel son nom apparaissait.

Une page, un livre, une histoire à laquelle elle appartenait.

Une page déchirée qui semblait même lui suggérer ce qu'elle devait faire. Mais la suite manquait !

Elle resta pensive quelques minutes, le manuscrit à la main, essayant de comprendre ce qui s'était passé. N'était-elle pas la victime d'une plaisanterie de mauvais goût ? Si tel était le cas, elle priait pour que tout cela cesse. Elle était épuisée.

14 RAPHAËL

Quelques jours plus tôt, dans une librairie.

— Vingt euros s'il vous plaît ! demanda Raphaël à la cliente qui sortit sa carte bleue et composa son code pour valider le paiement. Excellent choix, madame ! J'ai déjà lu ce roman et le suspense est vraiment palpitant.

— Tu peux fermer ta caisse et prendre ta pause ! lui glissa discrètement sa collègue tandis qu'il finissait l'encaissement.

— Au revoir, madame, bonne journée !

Il était midi et la matinée avait été chargée. Il en était toujours ainsi à l'approche des fêtes de Noël. La librairie grouillait de monde. Jeunes et moins jeunes cherchaient des BD, d'autres des romans. Beaucoup voulaient absolument se procurer le dernier best-seller qui faisait la une des magazines et des chaînes de TV afin de l'offrir, sans savoir qu'il existait parmi les nombreux auteurs méconnus du grand public, de véritables perles. Raphaël en revanche les connaissait bien et il les proposait aux clients dès qu'il en avait l'occasion, certain que les éditeurs parfois en mal de bénéfices occultaient de nouveaux talents.

Assis sur des petits divans aux couleurs vives, des enfants feuilletaient les pages d'albums décorés, fascinés par les illustrations plus que par les textes qui les accompagnaient. Ils liraient sans doute les histoires, un peu plus tard. Il y en avait pour tous les goûts.

Récemment rénovée, la librairie s'était modernisée et invitait chacun à se faufiler dans les rayons. Les livres étaient disposés de sorte que petits et grands puissent aisément s'emparer d'un ouvrage et le feuilleter tranquillement, bien installés dans les fauteuils *design* mis à leur disposition. Les nouveautés s'affichaient le plus souvent en tête de gondoles ou sur les présentoirs à l'entrée de la boutique. Raphaël et les autres vendeurs conseillaient les clients. Tous aimaient lire mais lui plus particulièrement. Curieux de nature, il lisait tout ce qui se présentait et sa connaissance des œuvres littéraires s'élargissait quotidiennement.

*

Depuis l'enfance la lecture l'avait bercé, car elle était pour lui à la fois une passion et un véritable refuge contre le temps, contre les idées noires, contre les vicissitudes de la vie, lesquelles ne l'avaient pas épargné. À la moindre occasion, il se glissait entre les pages des livres qui l'accompagnaient partout, comme une amante qui refuse de voir s'éloigner son partenaire : à un arrêt de bus, dans une salle d'attente, sur sa table de nuit… Pourquoi se priver d'aventures exceptionnelles, de la découverte de lieux où il n'irait peut-être jamais, d'être quelqu'un d'autre, un héros, un justicier, un découvreur ou l'enquêteur qui poursuit le *serial killer* que personne n'a pu arrêter ? Les livres lui donnaient ce pouvoir, celui de s'évader, celui de se métamorphoser et finalement de changer de vie. Tel un ogre, il les dévorait.

Mais quel métier choisir quand on a dix-huit ans ?

Le baccalauréat en poche, il avait hésité longtemps : journaliste, éditeur, traducteur, écrivain public, documentaliste, archiviste... Il ferait des études supérieures, c'était certain. Mais ensuite, que faire ?

Un jour, alors qu'il flânait chez les bouquinistes selon son l'habitude, un ouvrage attira son attention. Il s'agissait d'un exemplaire poussiéreux, sûrement unique, qui gisait au fond d'un casier en bois, recouvert par d'autres livres, bien plus gros, bien plus lourds, bien plus récents. Il n'avait pas dû voir la lumière des spots de la boutique depuis longtemps.

Raphaël l'extirpa de son tombeau, l'essuya précautionneusement d'un revers de manche, souffla doucement sur la couverture avant d'apercevoir enfin le titre : *Gar... le Lohere...*. Le temps, l'usure et le contact avec les autres livres avaient eu raison d'une partie des lettres dorées. Si elles avaient irrémédiablement disparu, l'ouvrage n'en était pas moins magnifique. Le jeune étudiant était convaincu d'avoir entre les mains une œuvre rare. Il tira à lui un tabouret abandonné dans un coin, s'assit et commença à tourner avec délicatesse les pages jaunies.

Le livre était écrit à la main. De quelle époque datait-il ? Difficile à dire mais il était très ancien. Il pouvait s'agir d'une copie ou d'une imitation mais Raphaël était intimement convaincu, sans savoir pourquoi, que ce n'était pas le cas. Il était certain qu'il s'agissait d'une œuvre originale tant le travail avait été réalisé avec soin. L'encre était ternie par le temps et la calligraphie régulière. Il était écrit en ancien français mais dans les phrases qu'il ne comprenait encore pas, il reconnaissait tout de même quelques mots. Il était question de chevaliers, de rois, de guerres... Les rimes des premiers vers semblaient lui parler tout doucement à l'oreille. Il se sentait ému au plus profond de lui-même et le contact avec le papier si fragile était comparable à la peau d'une amante qu'il aurait effleurée pour la première fois.

La clochette de la boutique se mit à danser et à tinter dans l'air quand un livreur entra, chargé d'un gros carton. Brutalement tiré de sa contemplation, Raphaël fit un geste brusque et heurta la pile de livres qu'il avait lui-même constituée pour exhumer le précieux manuscrit. Les bouquins retombèrent bruyamment sur le plancher brut aux lames disjointes. Le responsable du magasin se manifesta aussitôt :

— Que se passe-t-il là-bas ?

— Rien ! fit Raphaël en ramassant déjà le contenu de la caisse répandu au sol. J'ai fait tomber des livres mais je m'en occupe.

— Faites attention s'il vous plaît. Certains ouvrages sont fragiles et parfois plus vieux que vous, jeune homme. Rangez-les bien !

Le recoin était mal éclairé mais en quelques minutes, les livres avaient regagné leur place dans le profond casier où ils risquaient de dormir encore longtemps.

Le livre ! Où était le livre qu'il consultait ?

Dans la précipitation, il l'avait posé quelque part mais il n'arrivait pas à le retrouver.

Il examina méticuleusement chaque étagère à proximité, fouilla le contenu d'autres casiers posés un peu plus loin, regarda sous le mobilier sans parvenir à retrouver l'exemplaire qui semblait vouloir rester caché ou n'avoir jamais existé.

Vider à nouveau le premier casier était la seule solution ! Il l'avait probablement inséré parmi les autres livres sans faire attention. Mais la voix du bouquiniste résonna comme la sonnerie qui marque la fin de la récréation.

— On ferme dans une minute !

Le tintement des clés que l'homme agitait accompagna cette sommation.

— J'arrive, j'arrive !

Il était le dernier client.

Désespéré, Raphaël fouilla précipitamment la caisse de façon anarchique. Retrouver un gros livre était facile mais un format comme celui qu'il avait eu entre les mains relevait du défi.

— On ferme ! répéta le propriétaire de la boutique qui entendait ce dernier client prospecter encore.

L'injonction était plus ferme et le ton sans équivoque.

Contraint de renoncer, Raphaël jeta un dernier coup d'œil en s'éloignant. Les casiers pleins avaient repris leurs places et quelque part se terrait sûrement le petit bijou dont il avait parcouru quelques pages.

— Avez-vous trouvé ce que vous cherchez ?

— Justement, puisque vous le dites, j'ai déniché un petit livre et…

— Très bien ! Posez-le ici, j'encaisse et je ferme. Je suis un peu pressé aujourd'hui !

— C'est que… je ne le retrouve plus parmi les autres. Peut-être que vous pourriez m'aider.

L'homme visiblement contrarié fronça les sourcils.

— J'allais fermer.

Il hésita, embarrassé face au jeune homme qui insistait :

— Bon quel est le titre ? Je vais essayer de vous le trouver.

— Quelque chose comme *Gar... le Lohere* ..... Il était partiellement effacé et je n'ai pas pu en savoir davantage en le feuilletant si rapidement.

— Ça ne me dit rien !

— Je voudrais bien l'acheter mais je n'arrive plus à mettre la main dessus. Pourtant je l'ai bien vu. Mais il y a tellement de livres ici !

— Oui, c'est un peu l'objectif ! Je vais consulter ma liste.

Penché sur l'écran de son ordinateur, souris en main, l'homme faisait défiler les titres et les références, ponctuant chaque vérification d'un :

— Non… ce n'est pas ça, G, Ga, Gar…

Raphaël patientait, voyant ses espoirs s'estomper au fur et à mesure que l'homme avançait dans sa recherche. Il était pendu à ses lèvres.

— Non, je regrette, je n'ai pas de titre qui correspond. Je passe directement de Gan à Gas, mais à Gar je n'ai rien.

— C'est curieux, je l'ai pourtant eu entre les mains !

— Peut-être mais là, je dois fermer. Repassez plus tard !

Déjà, l'homme contournait son comptoir pour se diriger vers la porte. En sortant, Raphaël ajouta :

— C'était un livre écrit à la main, en ancien français, me semble-t-il.

Le bouquiniste se tourna vers le jeune homme, le scrutant avec attention.

— Vous êtes sûr de ce que vous dites ? Car si c'est le cas vous vous trompez. Je n'ai aucun manuscrit en rayon. Revenez demain, vous trouverez peut-être votre bonheur ! Je suis ouvert tous les jours sauf le dimanche. Au revoir jeune homme.

Déçu, Raphaël abandonna le vendeur.

Il revint à plusieurs reprises, fouilla tous les recoins mais le précieux manuscrit ne reparut jamais.

Le libraire, qui commençait à s'habituer ses visites, s'était amadoué. Sensible à sa détermination, il finit par prendre le temps de s'intéresser à lui. Raphaël lui fit une description précise du manuscrit mais la réponse de son interlocuteur ne fut pas celle qu'il attendait.

— L'ouvrage que vous me décrivez doit effectivement être une perle rare ! Malgré la multitude de livres que je propose dans cette boutique et qui peuvent vous paraître rangés de façon désordonnée, je connais la plus grande partie de tout ce qui entre et sort d'ici. En plus, grâce à l'ordinateur, il est facile de tenir le stock. Mais si j'avais une œuvre telle que celle que dont vous parlez, je le saurais et elle ne serait certainement pas empilée n'importe comment avec les autres. Vous devez vous tromper jeune homme ! Je suis formel : je n'ai jamais eu un tel livre !

Lors de la rentrée universitaire d'octobre, Raphaël appela ses parents pour leur annoncer son intention de devenir un jour paléographe. Son père trouva son choix étrange mais sa mère qui posait un livre pour en lire un autre ne le découragea pas, au contraire. Elle avait bien compris que la décision de son fils, aussi étonnante soit-elle, était irrévocable. De toute façon, tous deux résidaient aux États-Unis et ils le laisseraient libre de choisir sa voie.

Il leur raconta ce qui lui était arrivé chez le bouquiniste et leur expliqua comment la découverte d'un manuscrit lui avait fait comprendre que sa vie tournerait autour des livres et plus particulièrement des livres anciens.

Il repensa souvent à cet ouvrage qu'il avait découvert ce jour-là, perdu au fond d'un casier. Il était certain que c'était un signe du destin.

*

Quelques années plus tard, il avait sympathisé avec le bouquiniste et persistait à errer dans son magasin. Il y était presque comme chez lui. Mais un jour, le propriétaire ferma boutique et tous les livres trouvèrent refuge ailleurs.

Qu'était devenu le manuscrit qui avait orienté sa vie ? Reposait-il pour toujours sur une étagère, dans une autre bibliothèque ? Avait-il été oublié quelque part ? Gisait-il englouti sous des piles d'autres livres ? Quelque passionné l'avait peut-être trouvé et acheté !

Mais, comme le soutenait le bouquiniste, avait-il vraiment existé ?

*

Pour l'heure, modeste employé dans une librairie, Raphaël était certain qu'un jour, il ouvrirait la sienne. Ce serait un lieu chaleureux d'échange, de discussion, de conseil et de culture, un lieu où les livres rares, comme celui qui avait déclenché sa passion, ne se perdraient pas.

Il avait déjà contacté des banques à ce sujet mais toutes trouvaient le projet risqué. Son *business plan,* comme l'appelaient les financiers, faisait ressortir un apport personnel trop faible. Il devrait attendre, car il ne pouvait compter que sur ses économies. Réussir ou prendre le risque d'échouer. Le dernier point le faisait hésiter ! Alors en attendant, il se contentait de rêver. Il observait, il apprenait, pour le jour où il se sentirait enfin prêt, pour le jour où il larguerait les amarres et s'embarquerait vers un destin différent. C'était l'affaire de quelques années. En son for intérieur, cela ne faisait aucun doute.

Pour le moment si ce jour ressemblait aux autres, il ne se doutait pas que sa vie allait prendre un tour bien différent et que le destin, jusqu'alors en embuscade, le guettait.

15 MERCI ET AU REVOIR !

Il faisait plus froid que d'habitude lorsque Raphaël sortit déjeuner. Il commanda un café chaud au premier comptoir de ventes à emporter du coin de la rue. Quelques instants plus tard, il refermait ses doigts autour du carton qui diffusait une agréable chaleur. Il fit quelques pas avant de s'arrêter plus loin auprès d'un inconnu qui jouait du violon. La housse de son instrument était ouverte devant lui et les quelques pièces, qui reposaient sur le velours rouge collé au fond de l'étui, étaient autant d'invitations lancées à leurs consœurs encore prisonnières des poches des passants mélomanes. Raphaël avait reconnu la mélodie, le « Lacrymosa » de Mozart, requiem en d mineur. Pour remercier le musicien des rues de ce moment d'évasion, il extirpa un peu de ferraille de son blouson et la jeta dans l'étui. Tout en continuant à jouer, l'artiste lui adressa un regard triste qui accompagnait à merveille l'opus musical. Ses yeux, d'un bleu profond, semblaient vouloir lui dire quelque chose, quelque chose d'important, quelque chose que ses lèvres murmurèrent mais que Raphaël ne comprit pas.

Cet intermède musical qui trottait dans sa tête guida ses pas un peu plus loin que d'habitude. Encore sous le charme de la mélodie, il ressentit le besoin de flâner, de s'éloigner, de voir au-delà des ruelles qu'il connaissait par cœur pour les avoir arpentées des centaines de fois. Au détour d'une avenue sinueuse, il s'arrêta devant un parc où il n'avait encore jamais mis les pieds. Un authentique écrin de verdure dans la ville, un poumon d'air frais, un lieu d'évasion sans pareil. Il adorait ces endroits, véritables havres de paix qui attendaient d'être dénichés par les plus curieux. Raphaël y pénétra. Il se promena dans les allées et finit par s'installer sur un banc, sous un cèdre du Liban. Sa majestueuse envergure, avait dû protéger bien des têtes blondes pendant l'été. Mais pour l'instant, même si le soleil redoublait d'efforts pour se frayer une place à travers les nuages, il faisait froid.

Comme il y avait fort peu de monde à cette heure-là, le jeune libraire, emmitouflé dans son blouson doublé d'une polaire moelleuse, se laissa aller, visage vers le ciel, les yeux fermés. Ses pensées divaguaient sur la mélopée encore présente dans son esprit. Le regard bleu du musicien s'imposa à nouveau sans qu'il sache pourquoi. Il n'était qu'un inconnu après tout. Mais pourquoi l'avait-il fixé ainsi ? Quel message avait-il voulu lui transmettre ? Très certainement aucun mais c'était déconcertant.

Les rayons du soleil, finalement vainqueurs dans leur dispute avec les nuages, apportaient la petite touche de bien-être qui manquait à cette période de l'année. Raphaël prenait plaisir à écouter la vie autour de lui comme s'il la découvrait pour la première fois : la foulée martelée d'un jogger qui empruntait l'allée, au loin une balançoire qui grinçait à chaque mouvement avec probablement deux bambins aux extrémités, plus proche une dame à la voix enrouée qui pestait après son chien dont le collier métallique cliquetait et un couple d'étrangers qui demandait son chemin à ceux qu'il croisait sans parvenir à se faire comprendre… Il devina même une baraque à frites dont l'odeur d'huile rance et de saucisses grillées agressa ses narines. Tous ces gens se croisaient dans le parc, l'espace d'un instant, mais ne se côtoieraient probablement jamais.

Et toujours ce refrain entêtant sur fond d'iris bleus. Il s'était invité dans sa mémoire. Non, il s'y était incrusté.

Raphaël resta un long moment ainsi quand un léger choc au niveau des chevilles le ramena brusquement à la réalité. Il ouvrit les yeux. Une fillette, encaparaçonnée comme un Esquimau sur la banquise, courait vers lui pour récupérer son ballon. Il saisit l'objet et le lui tendit avec un sourire.

— *Meci* monsieur, dit-elle comme si le r était resté coincé quelque part dans sa petite bouche.

— Laisse le monsieur tranquille Noémie. Viens, on rentre.

À quelques pas, la maman ou la nourrice – difficile à dire – commençait à rassembler d'autres jouets que la gamine avait éparpillés. Tenant maladroitement le gros ballon à deux mains, l'enfant se précipita vers la jeune femme, trébuchant à deux reprises et se récupérant de justesse comme si une main invisible la retenait.

Raphaël ne traîna pas davantage et quelques instants plus tard il quittait le parc. Il n'était plus question de flâner, car sans s'en apercevoir, il avait dépassé son temps de pause. Il allait être en retard au travail pour la première fois depuis des années.

Sur son passage, il remarqua l'absence du violoniste. Le bout de trottoir qui lui tenait lieu de salle de concert était désert. L'estaminet où il avait acheté son café venait de fermer. Seul le froid s'obstinait, plus piquant encore en ce début d'après-midi et le soleil, désormais occulté par un ciel bas et lourd, ne parvenait plus à réchauffer l'atmosphère.

Soudain, une sensation étrange s'empara de lui. C'était la première fois qu'il ne voyait pas le temps passer, la première fois qu'il se sentait vraiment bien, comme libéré d'un poids, la première fois qu'il ne s'inquiétait pas pour un rien, mais aussi la première fois qu'il avait l'impression qu'on le suivait. Le suivre ! Quelle idée ridicule ! Pourquoi et dans quel but ? Il ne se retourna même pas pour voir s'il se trompait ou si quelqu'un l'avait effectivement pris en filature. À quoi bon s'alarmer ! Il n'était pas le fils d'un magnat du pétrole et aucune rançon ne serait versée. Il n'avait pas fait la découverte du siècle et n'avait donc rien à avouer. Il ne possédait rien qui puisse être convoité. Sur ce dernier point, il n'avait pas vraiment raison mais il l'ignorait encore.

Autour de lui des hommes, des femmes, des enfants, quelques voitures, un chat errant. Du monde mais finalement personne d'inquiétant.

*

Quand il entra dans la librairie, un collègue qui tenait la caisse le dévisagea et pointa l'index en direction de la porte du fond, celle du patron. Ce n'était pas bon signe.

— Jacques veut te voir. Ne le fais pas attendre, il n'a pas l'air de bonne humeur !

— Pourquoi ? demanda Raphaël surpris de cette convocation inhabituelle.

— Je ne sais pas ! Mais tu vas rapidement le savoir.

— Entre ! lui lança une voix peu engageante lorsqu'il frappa à la porte vitrée.

L'homme en costume-cravate semblait contrarié. Il remuait des tas de papiers comme s'il avait perdu quelque chose et il ne parut pas entendre le « bonjour Jacques » de Raphaël.

— Assieds-toi !

Si à la librairie tout le personnel devait appeler le chef « Jacques », et si le tutoiement était de mise, la complicité et la camaraderie s'arrêtaient là. L'entente n'était qu'artifice et devanture pour que la clientèle se sente accueillie et écoutée par une équipe soudée. Mais les soudures aussi solides soient-elles peuvent parfois ne pas résister.

Jacques leva finalement la tête et esquissa une mimique surprise comme s'il n'avait pas convoqué son employé. Il semblait débordé, à tel point qu'il invita Raphaël à s'asseoir une seconde fois.

— Raphaël, mon cher Raphaël ! commença-t-il sur un ton devenu soudain mielleux.

Pareil exorde ne rassura pas l'employé. Il avait une sorte d'intuition, tant la situation était bizarre et il s'attendait à ce que son chef quitte son fauteuil, contourne le bureau, s'approche de lui et pose la main sur son épaule. Ce ne serait pas bon du tout.

— Tu travailles chez nous depuis de nombreuses années, c'est certain, et tu accomplis un travail de qualité reconnu de tous.

Le tutoiement sonnait particulièrement faux, autant que les éloges. Raphaël, de plus en plus inquiet, se demandait où son supérieur voulait finalement en venir. Une promotion ? Certainement pas. Un aménagement de poste ? Éventuellement ! Un blâme ? Pourquoi donc ? Ce retard était le premier et il n'allait quand même pas le sanctionner pour ça !

Imperméable aux états d'âme de Raphaël, l'autre poursuivit :

— Vous faites preuve d'une ouverture d'esprit que nous avons tous appréciée au quotidien.

Le boss parlait désormais au passé, ce qui n'augurait rien de bon et il avait abandonné le « tu » au profit du « vous », sans transition. Raphaël estima que ce brusque changement d'attitude n'augurait rien de sympathique. Il n'était pas dupe et il se demandait à quel moment le discours de son interlocuteur allait déraper pour prendre sa véritable direction. Il n'attendit pas très longtemps pour entrevoir le véritable dessein de celui qui lui faisait face et qui le regardait désormais sans plus de compassion.

Jacques s'interrompit un instant avant d'entrer dans le vif du sujet. Il venait d'achever son discours dithyrambique et amorçait un virage. Les hostilités n'allaient pas tarder à commencer. Il réajusta le nœud de sa cravate et se frotta longuement les mains. Un silence glacial s'était installé, entrecoupé par le doux ronronnement du chauffage du bureau et par des bribes de conversations incompréhensibles provenant de la librairie. Ce répit ne dura que quelques secondes et l'homme, comme il l'avait supposé, contourna effectivement son bureau, s'approcha de son employé et posa une main sur l'épaule de ce dernier. *Aïe !* Ce que Raphaël avait ressenti en entrant n'était pas une intuition. C'était une prémonition. En une fraction de seconde, les derniers moments de sa journée défilèrent : le musicien avec son regard triste et interrogateur, la musique, le parc, son retard… Il lui semblait avoir déjà vécu tout ce qui se passait si bien qu'il pensa à ce film qu'il aimait tant, « Un jour sans fin » où le héros, incarné par Bill Murray, revit inlassablement la même journée : le « jour de la marmotte » à Punxsutawney dans le comté de Jefferson. Il faillit sourire en se remémorant Andie MacDowell, qui lui donne la réplique, rendre encore plus compliquée cette maudite journée. Elle le gifle, le repousse et contrarie tous les plans qu'il échafaude pour sortir de cette situation pesante… Mais Raphaël se retint.

— Hum, hum, fit Jacques avant de se lancer.

Son air faussement contrit ne trompa aucunement le jeune homme :

— La gestion d'une librairie aussi importante que celle-ci impose de faire des choix, parfois difficiles.

« *Ben voyons* », songea Raphaël qui attendait depuis longtemps que son adversaire se dévoile.

— La concurrence est telle que je dois alléger mes charges.

Finies les digressions. Le masque tombait progressivement.

— Je me vois aujourd'hui dans l'obligation de me séparer d'un membre du personnel ! continua Jacques.

Cette fois, Raphaël se crut au cœur de l'œuvre de Zola, *Au Bonheur des dames*, quand le détestable Bourdoncle ordonne à ses employés, victimes de son autoritarisme, de passer à la caisse.

— Comme vous êtes l'un des derniers embauchés, la législation m'oblige à me séparer de vous en premier. Je pense que vous me comprenez.

— Non, pas vraiment ! Mais pourquoi moi ? Vous venez de dire que je suis un bon élément et je ne suis pas le seul à avoir été embauché dernièrement ! Enfin façon de parler parce que j'ai déjà trois ans d'expérience ici.

— Vous avez raison.

Le vouvoiement était désormais de mise. L'ancienneté professionnelle, la pseudo-camaraderie pour les clients venaient d'être balayées.

— J'ai dû choisir ! C'était difficile. Alors votre retard, aujourd'hui, a fait la différence.

Enfin, il abattait ses cartes et « *Passez à la caisse !* » prenait tout son sens.

Raphaël se contenta de le regarder, pensif. La nouvelle était inattendue, autant que le motif, mais à sa grande surprise il était serein. Quelque chose avait changé, il se sentait différent. Auparavant, l'inquiétude l'aurait envahi, la peur du lendemain l'aurait gagné. Or, c'est tout juste s'il n'allait pas lui dire « Au revoir, Jacques, et encore merci ! » Un seul détail l'ennuyait : devoir se mettre à la recherche d'un nouveau travail et surtout abandonner la librairie et tous ses livres.

Finalement, il ne devait son licenciement qu'à un concours de circonstances : une pause, un gobelet de café chaud, de la musique, un parc magnifique et une irrésistible envie de battre le pavé plus que d'habitude ou peut-être plus simplement la main du destin.

— Mais bien entendu, vous pouvez terminer votre journée, poursuivit généreusement le patron. Votre chèque est déjà prêt et nous vous offrons gracieusement la période de préavis afin que vous puissiez vous retourner !

Après une solide poignée de main qui disait combien le patron était satisfait de s'être débarrassé du problème et de Raphaël par la même occasion, Jacques le reconduisit jusqu'à la porte comme s'il souhaitait s'assurer du départ du jeune homme.

— Courage, mon brave, vous nous manquerez ! Je suis sûr que vous retrouverez rapidement du travail.

Sur ce, il referma la porte, laissant Raphaël à ses pensées.

La fin de la journée fut particulièrement atypique. Quelle attitude prendre quand on sait que l'on ne reviendra jamais ?

Il conseilla les clients tout l'après-midi, comme si de rien n'était, mais entre deux renseignements, il élaborait des plans de reconversion, imaginait son prochain lieu de travail... Puis, quand la clientèle se fit plus rare, il se résolut à révéler à ses collègues qu'il partait. On le chassait, comme un voleur pour un unique et ridicule retard. Il n'y aurait pas de pot de départ, pas de cadeau non plus. Le sort en avait décidé autrement. Mais était-ce bien le sort qui était à l'origine de son renvoi ?

Comme il devait faire place nette, il dénicha un petit carton dans la réserve pour y déposer ses affaires personnelles auxquelles il ajouta machinalement sa pochette. Constatant que son univers se limitait à bien peu de choses, son optimisme commença à l'abandonner. Une dernière fois, il pendit son gilet aux couleurs de l'enseigne à sa place habituelle et comme chaque soir, dès qu'il finissait sa journée il enfila son blouson. Il referma la porte du réduit derrière lui. Le petit cliquetis caractéristique de la serrure, il ne l'entendrait plus jamais.

Avant son départ, Séverine qui l'avait accueilli lors de son embauche l'embrassa, les yeux baignés de larmes. Noël, avec lequel il déjeunait souvent, lui adressa une tape amicale. Les autres, moins intimes, se contentèrent de lui serrer la main, quelque part ravis que la malchance se soit acharnée sur lui plutôt que sur eux. Comment leur en vouloir ?

Alors qu'il allait tourner les talons, Séverine l'appela :

— Attends ! J'ai oublié... Un client a laissé quelque chose pour toi.

— Un client ? Pour moi ?

— Oui !

Elle lui tendit un petit paquet emballé dans du papier kraft. Les extrémités étaient solidement renforcées et le tout était lié avec de la ficelle telle qu'on en utilisait autrefois. Raphaël soupesa le colis et l'examina avec attention à la recherche d'un nom ou d'une indication quelconque qui lui aurait permis de déterminer sa provenance. Rien ! Aucune inscription ne s'y trouvait.

— Qu'est-ce que c'est ? demanda Noël.

— Comment veux-tu que je le sache ?

— Ouvre-le !

En guise de réponse, Raphaël jeta le paquet dans la boîte en carton. Il s'en occuperait plus tard.

Avant de franchir le seuil de la porte, il se tourna vers Séverine et lui demanda :

— Qui est-ce qui te l'a remis ?

— Je ne sais pas, je ne le connais pas.

— Tu n'as pas vu son nom quand il a payé ?

— Il n'a rien acheté. Il m'a juste donné ce paquet en disant de te le remettre impérativement aujourd'hui et il est parti.

— À quoi ressemblait-il ?

— Je n'en sais trop rien. C'était un homme plutôt grand mais je n'ai pas fait attention à son visage. C'était le coup de feu en caisse.

— Dommage ! Si quelque chose te revient, fais-moi signe ! lui dit-il avant de lui tourner le dos.

— Attends un peu ! Maintenant que j'y repense, il y a quand même un détail qui m'a marqué mais c'est un peu flou. Je ne sais pas à quoi il ressemblait mais ce que je peux dire c'est qu'il était bizarre.

— Bizarre, pourquoi ?

— Oui, bizarre. C'est dur à dire mais il m'a fait une drôle d'impression et quand il m'a tendu le paquet, une odeur particulière flottait dans l'air.

L'un d'entre eux saisit l'occasion de plaisanter un peu :

— En clair, il sentait mauvais !

Tous sourirent de cette boutade et comme ils se mirent à la taquiner elle crut bon de préciser :

— Non, ce n'est pas ce que je veux dire. En fait, il dégageait une odeur boisée, une odeur ancienne. Pendant un moment je me serais crue dans une crypte.

— Eh bien, avec ça Raphaël est drôlement avancé !

Ce furent les dernières paroles que le jeune libraire échangea avec ses collègues. Les mains chargées, il se contenta de leur adresser un signe de la tête avant de partir. Il ne reviendrait jamais.

Quand la porte se referma derrière lui, il se retrouva seul sur le trottoir, aussi perdu qu'un animal abandonné qui, le matin encore, débordait de tendresse pour les siens.

Surtout ne pas se retourner !

Il n'avait jamais succombé au livre électronique, sensible au contact du papier qui tissait un lien invisible entre le lecteur et l'intrigue. Mais ce jour-là, il tournait une page différente : celle de sa vie, bien loin d'imaginer ce qui l'attendait.

Fin du chapitre !

Il se demandait ce que le suivant allait lui réserver.

Le destin ne le décevrait pas.

16 CELA DEVAIT SE PASSER AINSI

Lorsque Raphaël quitta la librairie, la nuit était tombée depuis longtemps et avec elle, grâce au ciel dégagé, le froid était à nouveau monté en puissance. Les gens pressaient le pas pour rentrer chez eux.

Il avançait droit devant lui.

S'il s'était retourné, il aurait pu voir qu'on l'observait. Une ombre, d'abord retranchée sous une porte cochère, qui le prit ensuite en chasse, de loin. Elle semblait l'épier, attentive à ses moindres gestes.

Mais il ne se retourna pas, pressé de s'éloigner.

Le contenu de sa boîte en carton oscillait au rythme de ses pas. Avant de partir, il en avait fait l'inventaire. Rien de bien glorieux en fait : quelques stylos, deux ou trois feuilles griffonnées, un paquet de chewing-gum, deux barres de céréales, un rouleau de scotch, un petit carnet, une paire de ciseaux, sa pochette avec son porte-monnaie, ses papiers d'identité, son téléphone et bien sûr le paquet de l'inconnu.

Il n'avait pas vraiment envie de rentrer mais que faire d'autre ? La seule vie sociale qu'il avait venait de se réduire à sa plus stricte expression. Constat bien amer ! Il savait pourtant qu'il ne fallait pas vivre pour son travail mais il était si passionné qu'il s'était laissé engloutir inconsciemment.

Arrivé à l'arrêt des cars, il consulta les horaires et comme il avait près d'un quart d'heure devant lui, il décida de marcher un peu jusqu'au suivant. Il emprunta donc en sens inverse le chemin qu'il avait parcouru à midi. Après tout, personne ne l'attendait et ces quelques pas lui feraient le plus grand bien. Un vent glacial fouettait son visage et ses mains sur le carton se raidissaient. Il repensa à la boisson chaude prise lors de sa pause et au regard profond et triste du musicien qui lui avait laissé une drôle d'impression comme s'il avait su d'avance ce qui l'attendait en rentrant à la librairie. Cette idée folle le fit sourire. C'était déjà une autre époque, un passé révolu.

Sur son passage, les enseignes lumineuses des commerces clignotaient comme pour inviter les derniers clients à entrer. Les feux tricolores de la ville s'évertuaient à alterner les couleurs rouge, verte et orange même si le flot de circulation se raréfiait.

L'abribus suivant était en vue. Derrière lui, un véhicule gorgé de lumière approchait, accompagné du bruit caractéristique des transports en commun. Rapidement, l'engin le dépassa. Raphaël accéléra en entendant les portes du bus s'ouvrir dans un long *pschitt* retentissant. Mais au moment de gravir les marches, il sentit une main le retenir par le bras, l'empêchant d'aller plus loin. Une voix railleuse accompagna ce geste :

— *Siou plaît* m'sieur, vous avez une pièce pour nous ?

Interloqué, Raphaël se retourna. Trois individus à la mine patibulaire lui faisaient face.

— *Siou plaît* m'sieur, répéta la même voix, un petit billet !

Le visage de l'individu arborait un sourire narquois qui en disait long sur ses intentions.

Raphaël ne sut que dire. Sans doute valait-il mieux ignorer ces hommes. Peut-être était-il préférable de leur répondre et de leur donner ce qu'ils réclamaient. Comment savoir ? Il comprit cependant que toute alternative était vouée à l'échec lorsqu'un des trois hommes qui s'était rapproché de lui par-derrière l'empoigna par l'encolure et le tira violemment. Propulsé au sol, il roula sur lui-même tandis que le contenu de sa boîte en carton se répandit sur le goudron. Le même *pschitt* résonna. Le bus repartait sans lui, l'abandonnant à son triste sort, sur le trottoir.

Il resta un instant hébété avant de saisir ce qui se passait. Les trois délinquants l'entouraient, jambes écartées, bras croisés, le dominant de toute leur stature.

Toujours à terre, le jeune libraire détaillait ses agresseurs, trois loubards sortis de nulle part : une espèce d'échalas maigre qui semblait diriger le groupe, un barbu aux yeux aussi tombants que ceux de Droopy et vitreux, ainsi qu'un petit gros, mal rasé, chaussé de lunettes grossières, rafistolées avec un sparadrap sale. Les Pieds Nickelés en personne venaient de s'évader des bandes dessinées que Raphaël avait l'habitude de proposer à la vente en librairie. Il avait beau se concentrer, il ne les avait jamais imaginés ainsi surtout qu'ils voulaient visiblement en découdre avec lui.

— Qu'est-ce que tu fais sur ce trottoir, bouffon ? clabauda le chef.

— On te parle, renchérit Droopy et quand on te parle, t'es poli et tu réponds.

Comme il ne réagissait toujours pas, le troisième larron lui asséna un coup de pied dans l'abdomen, rapidement imité par les autres.

— Arrêtez ! Qu'est-ce que je vous ai fait ? tenta de se défendre Raphaël qui se tordait au sol, le souffle coupé par la violence des chocs répétés.

L'un d'eux s'amusa de sa réflexion et ajouta :

— Parce que tu crois qu'il nous faut une raison pour te tabasser ! Si t'en veux une, on dira que t'as bousculé mon pote.

De toute évidence, ces voyous étaient dehors pour chercher querelle à quiconque croiserait leur chemin et malheureusement ce soir-là c'était lui.

— Alors qu'est-ce que tu en dis, hein ? Tu aimes ça ?

Plié en deux, à terre, il était désormais incapable de leur répondre. Il priait pour que le supplice s'arrête. Ce temps lui parut interminable. Il tentait désespérément de se protéger de bredouiller des mots, mais les coups qui pleuvaient l'en empêchaient.

— Quoi, qu'est-ce que t'as ? Cause plus fort, s'amusait le chef. Si tu veux me parler, tu te lèves ! Ne reste pas à quatre pattes comme un chien.

Tous trois se mirent à rire. Des rires stupides, vulgaires mais jouissifs.

Sonné, apeuré, Raphaël espérait que ses agresseurs se lasseraient. Quelques secondes, quelques minutes, il ne savait plus depuis combien de temps ils le rossaient, depuis combien de temps ils se défoulaient et déversaient sur son corps leur sauvagerie naturelle. Impuissant, vulgaire jouet de leurs frustrations et de leur côté pervers, il n'espérait aucune aide.

Pourtant, au moment où il s'y attendait le moins, il crut apercevoir un autre homme qui se dirigeait d'un pas déterminé vers ses tortionnaires. Une voix inconnue et particulièrement rocailleuse s'éleva. Raphaël ne comprit pas ce que disait l'individu mais les trois voyous se retournèrent comme un seul homme vers le nouvel arrivant en l'invectivant grossièrement.

Le corps meurtri, le jeune libraire profita de ce répit inespéré. Il se traîna au sol et réussit difficilement à se redresser pour s'adosser à l'une des deux parois qui dessinaient l'arrêt de car. Assis, posé-là comme un poupon maltraité qu'un enfant aurait jeté dans un coin de l'abribus, il tentait désespérément de reprendre son souffle. La vue brouillée par le sang qui coulait abondamment de son cuir chevelu, il assista, éberlué, à la correction aussi inattendue que spectaculaire que l'inconnu providentiel administrait à ses agresseurs.

Alors que la punition battait son plein et que les trois malfrats essayaient tant bien que mal de se protéger des coups affutés que l'inconnu leur administrait, Raphaël entendit vaguement l'un des agresseurs dire :

— C'est pas ce qui était prévu !

Sa voix était caractéristique.

Immédiatement après, une autre voix s'éleva, différente, grave et posée :

— Si, cela devait se passer ainsi !

Dans son inconscient, le jeune libraire cherchait à comprendre. Qu'est-ce qui était prévu ? L'agression ou le sauvetage ? Et pourquoi cela devait se passer ainsi ? Création de son esprit en détresse ? Illusion ? Le fait est que Raphaël sentit vaguement une odeur insolite. Puis, avant de s'évanouir, il entrevit un croissant de lune totalement indifférent à ce qui lui arrivait.

17 LE BARMAN

Combien de temps était-il resté inconscient ? Dix minutes ? Une heure ? À son poignet, sa montre était brisée.

La tête ensanglantée, les lèvres tuméfiées et le corps douloureux, il s'efforça de rester calme et de reprendre ses esprits. Il sortit un mouchoir de sa poche déchirée, épongea le sang qui maculait son visage et gouttait encore de son menton. Même s'il souffrait atrocement, il ne pouvait s'empêcher de penser qu'il avait eu de la chance. Il était vivant, choqué, mais vivant.

Sur leur passage, des voitures ralentissaient mais personne ne s'arrêtait. Méfiance citadine, comportement individualiste... Au bout d'un moment, il se souvint de l'intervention musclée de celui qui l'avait sauvé. Où était cet homme ? À présent, Raphaël était seul. Il trouvait étrange qu'il l'ait aidé sans rester auprès de lui ensuite alors qu'il était mal en point. Avait-il rêvé ? Non, certainement pas ! Les multiples douleurs qu'il ressentait étaient là pour en attester.

Enfin, il réussit à se lever, difficilement, retombant à plusieurs reprises. Il faillit abandonner mais la morsure du froid lui fit rapidement comprendre que renoncer serait pire. Il attendit un instant, histoire de rassembler son courage et ses forces et quand tout cessa de tourner autour de lui, il poussa sur ses jambes chancelantes et empoigna le rebord d'une des parois de l'abribus pour se remettre debout. Courbé comme un vieillard qui aurait perdu sa canne, il regroupa maladroitement ses affaires dispersées sur le trottoir et les déposa dans ce qui restait de la boîte en carton. Sa marche mal assurée le conduisit ensuite, très lentement, devant l'entrée du café le plus proche dont l'enseigne était encore éclairée, au coin de la rue. Les mains tremblantes, il s'agrippa à la poignée et l'abaissa péniblement. Un moment, il crut qu'il ne pourrait jamais pousser la porte et qu'il allait s'effondrer, là, tout proche du havre de paix qu'il avait entrevu au travers des vitres devant lesquelles il venait de passer.

Il n'y avait pas grand monde dans l'établissement. Il repéra une table, dans un coin un peu sombre et il se laissa tomber pesamment sur la banquette recouverte de simili cuir vert. Il posa sa boîte juste à côté. Elle n'était pas en meilleur état que lui. Le carton était gorgé d'eau, les rebords s'effondraient sur eux-mêmes et le fond résistait encore par miracle.

Au comptoir, le serveur finissait d'essuyer des verres. Il les rangea ensuite sur une étagère derrière lui et, torchon sur l'épaule, il s'avança vers son nouveau client. Après un rapide coup d'éponge sur la table il demanda :

— Qu'est-ce que je vous sers ?

— Un grand verre d'eau, s'il vous plaît.

Parler le faisait souffrir et comme l'air semblait lui manquer à chaque mot qu'il prononçait, il fut pris d'une soudaine quinte de toux.

Le barman, habitué à côtoyer toute sorte de gens, avait déjà remarqué que quelque chose n'allait pas chez ce consommateur. Lorsque ce dernier releva légèrement la tête, il comprit aussitôt pourquoi.

— Que vous est-il arrivé ? Vous avez l'air mal en point.

Pendant qu'ils parlaient, la clochette de la porte retentit. Le dernier client encore présent venait de quitter l'établissement sans prêter la moindre attention à Raphaël. Il était apprêté comme pour affronter le Grand Nord.

— Vous êtes sûr que ça va ?

— Des voyous m'ont sauté dessus et m'ont frappé, à quelques pas d'ici à peine, marmonna Raphaël en regardant à droite et à gauche, craintif, comme s'il s'attendait à voir surgir ses agresseurs.

Sans un mot, le barman abandonna son plateau vide sur une table et s'éclipsa dans l'arrière-boutique. Il reparut peu de temps après avec une petite trousse à pharmacie.

— Tenez : vous trouverez là-dedans de quoi vous soigner. Il doit y avoir de l'arnica, des antalgiques et des pansements. Je vous apporte un verre d'eau. Si vous avez besoin d'aide…

Raphaël se dirigea d'un pas hésitant vers les toilettes, mallette sous le bras. Il n'avançait pas droit et heurta des chaises sur son passage. Quand il regagna sa table, le verre d'eau, un café noir et deux croissants chauds l'attendaient. L'odeur appétissante qui flottait dans l'air le réconforta. Il s'attabla, huma le café, commença à le déguster pendant qu'un comprimé d'Efferalgan finissait de se dissoudre dans le verre. Il avala le médicament d'un trait.

La musique douce à peine perceptible diffusée dans le bar contribuait à l'apaiser. Il prêta l'oreille et reconnut un air de jazz, une chanson de Norah Jones, « Come away with me ». Malgré le choc de l'agression, il se surprit à fredonner l'air dans sa tête, comme un moine bouddhiste récite un mantra. La douceur de la mélodie autant que la chaleur de la voix de la chanteuse lui procuraient le réconfort éphémère dont il avait besoin. Malgré cette plénitude qui commençait à le submerger, le sentiment qu'il avait échappé au pire s'imposa à nouveau à lui.

Derrière son comptoir, le serveur rinçait les derniers verres les essuyait puis les rangeait. Il faisait place nette pour le lendemain et se préparait à fermer.

— Ne vous inquiétez pas, je ne vais pas vous mettre dehors. J'ai encore plein de choses à faire.

Raphaël ne répondit pas mais leva la main pour le remercier. Dehors des flocons commençaient à tomber, épars d'abord puis de plus en plus serrés. La neige tiendrait sur la chaussée glacée.

Il était temps de rentrer.

— S'il vous plaît ! Combien pour le café et les croissants ?

— Neuf euros cinquante, s'il vous plaît.

Raphaël tira à lui le petit carton pour prendre sa pochette et payer. Comme il n'y avait pas grand-chose à l'intérieur, il se rendit rapidement à l'évidence : sa pochette avec ses papiers, son chéquier et son porte-monnaie avait disparu. Le barman, qui l'observait par intermittence, comprit que quelque chose clochait.

— Un problème monsieur ?

— J'ai bien peur de ne pas pouvoir vous régler !

— Comment ça ?

— Je ne retrouve pas ma sacoche. J'ai dû la perdre ou peut-être qu'on me l'a volée.

— Peut-être pas, insinua le serveur qui s'était approché. Cherchez bien !

— Vous avez sans doute raison mais en attendant, je n'ai plus de portefeuille. Il était dans ce carton avec d'autres affaires. Je suis bien ennuyé.

— Où est-ce que vous avez été agressé ? Je peux aller voir si vous voulez, on ne sait jamais !

Raphaël lui indiqua l'arrêt du bus mais quelques minutes après, l'homme revint les mains vides.

— Il y a effectivement du sang par terre mais pas de pochette ni de portefeuille. Je regrette !

— Merci pour votre aide mais je n'ai pas d'argent sur moi pour vous régler la note.

— Laissez, c'est pour moi ! Dans l'état où vous êtes, je ne vais pas vous importuner davantage. Par contre, ne traînez pas, si vous voulez prendre le bus, le dernier ne va pas tarder.

Déjà, il débarrassait la table et la nettoyait. L'établissement était propre, prêt pour une ouverture tôt le lendemain matin.

— Je ne sais comment vous remercier.

— Ce n'est rien ! Vous auriez sûrement fait pareil à ma place. Au fait, comment vous appelez-vous ? Moi, c'est Thomas.

— Alors merci pour tout Thomas. Moi, c'est Raphaël…

Quelques mots de plus : leurs noms, le travail… Rapide échange de banalités. Et ils se séparèrent.

Une fois dans la rue, la neige redoubla comme un assaillant de plus dont il se serait bien passé. Il faisait si froid que ses plaies étaient temporairement anesthésiées. Pas pour longtemps ! La chaleur douillette de son appartement lui rappellerait fatalement le règlement de compte qu'il venait de subir.

Rebrousser chemin et revoir les lieux de l'agression était au-dessus de ses forces. Il se dirigea d'un pas hésitant, à la station suivante, en prenant de temps en temps appui sur le mobilier urbain glacé. Il ne pouvait s'empêcher de repenser à cette journée. Comment aurait-il pu imaginer, en se levant ce matin-là, qu'elle prendrait une telle tournure ? Et puis il songea à Thomas, le serveur bien sympathique. Il se promit de revenir le remercier, plus tard, quand il serait rétabli. On ne rencontrait pas que des êtres nuisibles dans la vie ! Cette pensée le revigora.

Quelques arrêts de bus plus tard, le jeune libraire se trouvait devant la porte de son immeuble puis de son domicile. Par chance, il avait l'habitude de glisser la clé de son appartement dans une poche de la doublure de son blouson. Elle s'y trouvait encore.

La tempête de neige qui sévissait n'aurait donné à personne l'envie de passer la nuit dehors.

18 DESTINS CROISÉS

Une fois à l'intérieur, il ouvrit un placard et se débarrassa de la caisse sans plus de précautions. De toute façon son contenu n'avait guère d'importance. L'ensemble atterrit sur une étagère dans un bruit presque feutré. Là, le carton déjà bien abimé finit de se disloquer. Au milieu des objets répandus, le papier kraft qui enveloppait le cadeau avait aussi souffert de l'humidité. Il était partiellement déchiré et dévoilait l'extrémité d'un objet en cuir, peut-être une bannette à courrier a priori assez élégante. Il ne résista pas à la curiosité, prit le paquet, le débarrassa totalement de son emballage et s'aperçut qu'il s'agissait en fait d'un livre. Il resta un instant songeur. Qui donc pouvait lui avoir fait ce présent ? Des amis ? Non ! Un client reconnaissant ? Peu probable ! Il l'examina, étonné que quelqu'un ait pensé à lui pour un si beau cadeau. Diplômé en histoire de l'art et en langues anciennes, il s'y connaissait. Il savait qu'il avait entre les mains un livre ancien, étonnamment bien conservé, même trop bien conservé, mais assurément d'une valeur certaine. C'était un objet magnifique. Le titre, *Le Serment des oubliés,* gravé en lettres dorées sur un cuir sombre lui sauta aux yeux. Sur le dos il remarqua deux initiales : RF. Peut-être s'agissait-il de celles du scribe mais c'était peu probable. Les copistes se contentaient seulement de reproduire les œuvres de la façon la plus fiable possible. C'était là leur seul rôle. Il pensa naïvement à « République Française » mais cette concordance trop simpliste n'avait pas de sens pour l'expert qu'il était. Le nom de l'auteur n'apparaissait nulle part, ce qui ne le surprit guère et confirmait qu'il s'agissait d'un livre particulièrement ancien. Raphaël était intrigué et sa curiosité piquée au vif. Il avait la certitude qu'il avait entre les mains un livre rare. Pourquoi lui offrir un tel livre ? Et qui ? Dans son entourage, personne à sa connaissance n'aurait pu avoir cette délicatesse et encore moins les moyens. Il fit défiler délicatement les pages sous ses doigts, sans lire. Il s'agissait d'un livre entièrement rédigé à la main, écrit en ancien français. Si ses connaissances le poussaient à supposer qu'il s'agissait d'un manuscrit authentique rédigé plusieurs siècles auparavant, ce qu'il avait sous les yeux lui faisait plutôt penser à un ouvrage récent tant il était bien conservé. Ce bijou littéraire relevait du paradoxe. Peut-être était-ce la raison pour laquelle on le lui avait confié. Non, un inconnu le lui avait offert, sans demander la moindre contrepartie, ce qui était étrange. Il ne fréquentait aucun philanthrope et n'attendait aucun héritage. Ce livre à lui seul était une énigme qui le plongea dans le doute et l'inquiétude. Pourquoi lui ? Pourquoi un livre d'un tel prix, presque une pièce de collection ?

Finalement, les douleurs et la fatigue l'emportant sur ses questions sans réponses, il abandonna son trésor sur une table et comme un automate, il se dirigea droit vers sa chambre. Il s'affala sur le lit sans même se déshabiller. Il voulait dormir mais des flashs de l'agression l'agitèrent longtemps, repassant inlassablement devant ses yeux. Tel un possédé, il ne maîtrisait plus son corps livré à des soubresauts et à des spasmes musculaires incontrôlables. C'était le contrecoup inévitable des violences acharnées, absurdes et gratuites dont il venait d'être la victime. Son esprit s'efforçait d'oublier mais son corps ne cessait de lui rappeler ce mauvais souvenir. Il venait de vivre une expérience qui resterait longtemps gravée dans ses chairs et à jamais dans sa mémoire. Qui aurait pu prévoir la tournure des événements de la journée ? Un licenciement, une agression et pour couronner le tout, la disparition de sa pochette. Son esprit cheminant, le visage bienveillant du barman s'imposa finalement à lui. Ses traits se mêlèrent confusément à ceux du musicien des rues, créant un être surréaliste. Le monde n'était pas fait que de gens intéressés ou indifférents, de patrons peu scrupuleux et de voyous. Il existait aussi des êtres prêts à aider leur prochain et Thomas en faisait partie. Sur cette pensée positive, il parvint enfin à s'endormir.

Mais le valet du diable ne fait-il pas plus qu'on le lui demande[5] ?

*

Raphaël aurait bien dormi davantage mais son réveil le tira d'un sommeil agité. La veille, il n'avait pas annulé la programmation de la sonnerie et l'horloge était quotidiennement réglée pour qu'il soit à l'heure à la librairie. Mais à présent, il n'avait plus de travail et dehors il faisait encore nuit.

Le corps toujours endolori, il dut redoubler d'efforts pour parvenir à se redresser. D'ordinaire, lorsqu'on a des courbatures on a l'impression d'être passé sous un rouleau compresseur. Pour Raphaël, il n'y avait aucun doute, c'était la terrible réalité. Six bras et six jambes s'étaient évertués à le frapper avec acharnement et un plaisir dépassant l'entendement.

Son miroir ne lui mentit pas : il faisait peur. Sa propre mère aurait eu bien des difficultés à identifier son fils. Tout juste s'il se reconnaissait lui-même. Il avait l'impression de regarder Quasimodo dans *Notre-Dame de Paris* tant son visage était tuméfié et déformé. Et c'était sans compter les multiples

---

[5] Proverbe français.

contusions de son corps. Une ou deux côtes fêlées, peut-être cassées l'empêchaient de respirer normalement. Dans sa pharmacie, il prit un long bandage et s'entoura fermement le torse pour limiter l'amplitude des mouvements de la cage thoracique à chaque inspiration. La douleur s'atténua un peu mais il devrait rapidement consulter un médecin. Il avait connu des lendemains de fête bien arrosés, plutôt difficiles, mais à ce point jamais. Il était anéanti.

Il attendit deux jours avant de se rendre dans un cabinet médical. Avant, il n'en aurait pas eu la force.

Quoiqu'étonné par tant de violence, le médecin se voulut rassurant. Son patient en avait besoin et aucun organe vital ne semblait avoir souffert de cette rossée. Ce serait une affaire de temps et donc de patience. Les stigmates s'effaceraient progressivement et la prescription d'antalgiques lui permettrait de supporter la douleur.

Raphaël se reposa donc et attendit plusieurs jours avant de signaler son agression, le vol de sa pochette et la disparition de ses papiers. Après tout, il était choqué et ne se voyait pas affronter le regard des autres avec cette tête-là !

Comme il lui fallait réagir et parce qu'il n'était pas le genre d'homme à s'apitoyer sur son sort, il mit son temps à profit en parcourant les offres d'emploi sur internet. Lorsqu'il appelait, les places étaient soit déjà pourvues soit incompatibles avec son profil. Il décida donc de rafraîchir son *curriculum vitae* afin d'élargir son champ d'investigations. Par ailleurs, il prit le temps de peaufiner une lettre de motivation qui vanterait au mieux ses qualités et son expérience. En peu de temps, il avait amoncelé sur le coin de son bureau des enveloppes qu'il posterait dès qu'il remettrait le nez dehors. Il était persuadé que l'une d'entre elles déboucherait bientôt sur une proposition d'embauche.

Quand il se trouva suffisamment acceptable, il décida de se rendre au poste de police. Fort heureusement, il conservait chez lui son permis de conduire soigneusement rangé, car il ne se déplaçait qu'en métro ou en bus. Depuis qu'il l'avait réussi, il ne lui avait été d'aucune utilité. Désormais, ce document était sa seule pièce d'identité.

Il prit la direction du poste de police de son quartier mais, une fois devant, il trouva porte close. Un petit panneau dont l'entête était estampillé RF pour République Française – ce qui lui rappela le manuscrit – indiquait que les locaux étaient en réfection et précisait l'adresse où il fallait se rendre.

— Zut ! Pas de chance.

Comme il visualisait exactement l'endroit, il décida de s'y rendre à pieds.

Quinze minutes plus tard, il franchissait un sas impressionnant avant de s'approcher du comptoir derrière lequel le personnel travaillait.

— Bonjour monsieur. Je viens pour déclarer un vol.

L'officier assis derrière le guichet le toisa.

— Un moment s'il vous plaît. Je termine d'enregistrer ce document et je suis à vous !

De longues minutes s'écoulèrent pendant lesquelles Raphaël s'imprégna de l'atmosphère particulière des lieux. Les locaux défraîchis n'étaient pas accueillants et auraient mérité une restauration eux aussi. Les murs étaient couverts d'un bleu qui partait en morceaux, ce qui contrastait avec la modernité du mobilier. Derrière le comptoir, Raphaël remarqua plusieurs pièces ouvertes, probablement des bureaux et des cellules vitrées. Dans l'une d'entre elles, un homme à la carrure impressionnante, qui semblait ivre, arpentait le local de long en large.

— Votre nom monsieur, s'il vous plaît ! demanda le policier qui venait d'achever ce qu'il faisait.

Raphaël déclina aussitôt son identité et présenta son permis de conduire qu'il déposa devant lui. Le fonctionnaire prit le document et compara minutieusement les données écrites et la photo avec son interlocuteur.

— Que vous est-il arrivé ? demanda-t-il.

— Je vous l'ai dit il y a un instant : j'ai été victime d'un vol.

— Ce n'est pas ce que je vous demandais.

Raphaël parut surpris.

— Qu'est-ce qui vous est arrivé ? Vous avez de sacrées traces de coups sur le visage. Vous vous êtes battu ?

— Pas vraiment. J'ai été agressé et frappé.

— Ah ! fit-il dubitatif.

Probablement habitué à ce genre de situation, le policier ne lui prêta pas plus d'attention et consulta l'écran de son PC. Il tapota nerveusement sur le clavier vétuste et sale posé devant lui, regarda à plusieurs reprises le permis qu'il tenait toujours entre les mains et finit par dire :

— Ne bougez pas, je reviens !

D'un index autoritaire il désigna une rangée de sièges en plastiques soudés les uns aux autres et au mur puis d'un ton ferme qui n'aurait donné à personne l'envie de plaisanter, il répéta :

— Asseyez-vous ! Attendez, je reviens tout de suite !

Comme un enfant qui a fait une bêtise et que l'on vient de gronder, Raphaël recula, sans un mot, vérifia à tâtons la présence du siège sous lui et s'assit.

Il attendit, ne sachant que faire ni quelle contenance prendre. Il se sentait mal à l'aise, ce qui était ridicule, car après tout il n'avait rien à se reprocher. Il ne comprenait pas pourquoi il s'inquiétait.

Dans le sas d'entrée, il aperçut une jeune femme qui attendait et quelques secondes plus tard, elle franchissait la porte et s'approchait d'un guichet, craintive. Elle aussi paraissait intimidée.

Puis, comme dans un film en version accélérée, tout bascula. Trois policiers surgirent d'une porte latérale. Ils s'emparèrent sans ménagement de Raphaël et le menottèrent. Un échange de propos décousus fusa :

— Mais qu'est-ce que vous faites ?

— Vous êtes en état d'arrestation !

— Vous êtes fous ! Je n'ai rien fait !

— Vous pouvez garder le silence et si vous souhaitez la présence d'un avocat…

19 AVOUEZ !

— Vous vous trompez ! C'est une erreur ! insista Raphaël qui ne comprenait pas pourquoi on l'arrêtait. Je suis seulement venu déclarer un vol. En plus, on m'a agressé ! Je n'ai rien fait !

S'il tentait de se défendre verbalement, il se garda bien de leur opposer la moindre résistance. De toute façon, ses blessures récentes encore sensibles le lui interdisaient. Il se laissa donc entraîner à l'arrière du commissariat, dans la partie interdite au public. Il se retrouva dans un couloir étroit puis on le poussa énergiquement à l'intérieur d'une cage de verre. La porte se referma derrière lui et il perçut un bruit de targette métallique. Quand il se retourna, les forces de l'ordre étaient déjà parties. Choqué, il les interpella encore à plusieurs reprises, sans succès. Dans une autre cellule transparente, le colosse qu'il avait remarqué à son arrivée le regardait se démener. La situation paraissait l'amuser.

— Te fatigue pas mec ! Ils sont sourds !

Raphaël ne lui répondit pas. Il avait envie de crier à l'injustice, de taper sur les parois transparentes. Son voisin de cellule reprit :

— Qu'est-ce que t'as fait ?

— Rien du tout ! Je suis seulement venu déclarer un vol !

— Encore une erreur judiciaire, conclut son interlocuteur qui avait du mal à s'exprimer. C'est comme moi.

Ils disent que j'ai poignardé ce connard de chauffeur de taxi. Mais c'est pas vrai. C'est pas moi, je prends jamais le taxi...

Raphaël ne savait pas si l'individu, prisonnier comme lui, disait la vérité ou mentait. Le fait est que ses vêtements étaient maculés de rouge. À ce moment précis, il prit conscience de la gravité de la situation dans laquelle il se trouvait.

Il dut patienter ainsi des heures avant que la porte de sa cellule ne s'ouvre à nouveau.

— À nous deux ! fit le policier qui venait de l'extirper de sa torpeur avant de le conduire dans la salle d'interrogatoire comme l'indiquait la petite pancarte accrochée sur la porte.

— Assieds-toi là !

Le ton ne donnait pas envie de plaisanter.

L'officier contourna son bureau, s'installa sur une chaise métallique en mauvais état et plaça ses doigts en suspension au-dessus d'un clavier, prêt à saisir ce que Raphaël allait déballer. Du moins c'était ce qu'il espérait. La pièce était glauque et la peinture cloquait par endroits, faisant apparaître le plâtre et des auréoles couleur de soufre. L'ordinateur face à lui datait d'un autre temps. Un écran d'une autre époque, à tube cathodique volumineux et probablement lourd, occupait une place importante sur la surface plane du bureau déjà très encombrée.

— Nom, prénom, date de naissance, adresse et profession.

Troublé par la solennité de la scène, Raphaël se prêta au jeu, certain qu'à un moment ou à un autre les choses rentreraient dans l'ordre et qu'il prouverait à cet homme qu'il était en train de commettre une terrible erreur.

— Donc vous êtes libraire. Enfin, vous l'étiez mais vous avez été licencié il n'y a pas longtemps si j'ai bien compris !

Raphaël s'efforçait de garder son calme mais il devina que le policier savait plus de choses sur lui que ce qu'il venait de dire. Ce n'était pas rassurant !

— Oui, c'est exact. Mais comment le savez-vous ?

— C'est moi qui pose les questions et n'essayez pas de jouer au plus fin avec moi !

— Je ne joue pas, je vous assure. Si vous croyez que c'est agréable d'être menotté, enfermé dans une cellule et interrogé quand on n'a rien fait ! Dites-moi, j'aimerais bien savoir ce que vous me reprochez parce que je vous rappelle que je suis venu ici de mon plein gré pour faire une déclaration de vol.

— Ben voyons, une déclaration de vol ! Soyons sérieux et reprenons. Vous étiez bien au café du 54 de la rue Tronchet, en début de soirée, il y a quelques jours !

— Oui ! Mais…

L'officier ne le laissa pas poursuivre. Il tapait énergiquement de ses deux index gourds et bouffis sur les touches qui pourtant ne lui avaient rien fait. Il s'efforçait de transcrire les déclarations du prévenu.

— Vous avez consommé un café crème et deux croissants. C'est exact ?

— Euh oui !

Raphaël se demandait d'où l'enquêteur tenait ses informations et surtout quelle importance cela avait. Il se permit d'ajouter :

— Il n'y a rien de mal à boire et manger dans un café que je sache !

— Faites le malin pendant que vous le pouvez encore !

Tout à coup, Raphaël crut que tout s'éclairait. Il tenta de s'expliquer :

— Je suis sûr que ça a un rapport avec le vol et l'agression dont j'ai été victime et vous croyez que je fais partie de ce gang de voyous ! Vous vous trompez, c'est moi la victime.

— Victime ! Il vaut mieux entendre ça que d'être sourd. Vous savez, quand on vous regarde, on comprend tout !

— C'est-à-dire ?

— Que vous vous êtes battu et que ça a mal tourné ! Avouez !

— Quoi ? Je n'avouerai rien du tout ! s'agaça-t-il. C'est moi qui ai été agressé l'autre jour et en plus on m'a volé ma pochette avec mes papiers d'identité et tout mon argent. Voilà la vérité !

— C'est vous qui parlez d'une bande de voyous, pas moi ! Vous étiez donc plusieurs. Donnez-moi le nom de vos complices !

La situation s'enlisait davantage et Raphaël ne savait plus à quel saint se vouer.

— Mais je ne les connais pas puisque je vous dis que ce sont eux qui m'ont agressé !

Le policier ne lâchait pas Raphaël des yeux. Un sourire narquois au coin des lèvres, il était à l'affût de la moindre brèche dans laquelle il pourrait s'engouffrer pour le coincer.

— C'est bien essayé mon p'tit gars mais c'est raté ! Allez, arrête de me prendre pour un con ! Regarde-toi dans une glace. Ta tête ne plaide pas en ta faveur.

L'officier de police semblait jouer à un jeu qu'il maîtrisait parfaitement, un jeu auquel il avait dû se livrer à maintes reprises, un jeu dans lequel Raphaël n'était qu'un pion. Le durcissement du ton employé, l'accélération du débit de mots, le tutoiement et le regard sombre faisaient partie de la règle qui avait pour but de faire avouer les coupables. Mais Raphaël était innocent et comptait bien le lui prouver.

— Je ne suis pas votre p'tit gars et je ne vous autorise pas à me tutoyer. Les marques sur mon visage, c'est parce qu'on m'a frappé. Vous n'entendez rien ma parole, ou alors vous ne voulez pas comprendre !

Raphaël ne parvenait plus à garder son calme. L'attitude suspicieuse de l'enquêteur l'excédait autant qu'elle l'inquiétait. Comme le ton montait, un collègue vint voir ce qui se passait. Il jeta un rapide coup d'œil dans la pièce, à travers la porte vitrée, puis il pénétra dans la salle pour demander :

— Tout va bien ? Tu veux un coup de main ?

— Pas la peine. Il crachera le morceau dans un moment. J'en ai maté des plus durs ! Mais merci.

Raphaël soupira longuement tandis que le policier continuait de le défier du coin de l'œil. Ce dernier monta encore d'un cran et reprit de plus belle en continuant de le tutoyer.

— Si je résume, tu as été agressé, on t'a même volé et comme par hasard tu attends patiemment plusieurs jours, sans doute planqué chez toi, avant de te présenter et de signaler l'agression. Dis-moi, tu crois sincèrement qu'on allait gober ton histoire ! Tu crois qu'on est tombé de la dernière pluie !

Le fonctionnaire réajusta la ceinture de son pantalon qui devait serrer un peu trop son ventre puis, sûr de lui, il dodelina de la tête en fixant le pauvre bougre assis de l'autre côté de son bureau, l'air de dire « Tu ne sortiras pas d'ici tant que tu n'auras pas craqué ! »

À bout d'arguments, Raphaël comprit qu'il ne devait pas se mettre à dos son interlocuteur et feindre de capituler face à l'autorité. Il ne répondit donc pas.

— Reprenons et puisque tu fais le mariole, je vais t'éclairer un peu. Tu vas voir qu'on en sait bien plus que tu ne l'imagines dans ta petite tête ! Entre nous, t'es pas malin, mon gars ! On n'avait que ton nom et nous ne savions pas encore où tu créchais. Je suis même persuadé que si tu n'avais pas franchi la porte du poste on ne t'aurait jamais retrouvé ! Si on m'avait dit ce matin que tu te pointerais ici aujourd'hui, la fleur entre les dents, je me serais marré ! Faut avoir un sacré culot pour faire ça, ouais, un sacré culot !

— Comment ça vous avez mon nom ?

— Quelqu'un a porté plainte contre toi !

Il avait beau réfléchir, rien de ce qui s'était passé les jours précédents ne pouvait justifier une plainte contre lui.

Finalement, l'officier lui fit le récit des événements qui avaient conduit à son arrestation. Quelques jours plus tôt, dans le bar du 54 de la rue Tronchet, il aurait refusé de payer ses consommations, se serait montré menaçant mais en plus, on l'accusait d'avoir fait main basse sur la caisse. Le montant du vol s'élevait à sept mille euros et des poussières.

Raphaël resta sans voix tant ce qu'il venait d'entendre avait claqué comme un coup de tonnerre. Il se ressaisit :

— Mais je rêve. C'est totalement faux ! La seule chose de vraie dans cette histoire, c'est que je n'ai pas pu payer ce que j'ai consommé parce que juste avant trois individus m'ont agressé et m'ont volé ma pochette. Le serveur, un certain Thomas, si je me rappelle bien, mais j'ai oublié son nom de famille, m'a donné de quoi me soigner et comme je ne pouvais pas régler la note il a dit que c'était pour lui. C'est la stricte vérité. Je l'ai remercié et je suis rentré chez moi. Vous n'avez qu'à lui demander. Il vous confirmera tout ça !

— Tu avoues donc ne pas avoir réglé l'addition !

— L'addition seulement, par contre je n'ai rien volé. Je le répète, demandez donc au serveur, vous verrez !

Le policier afficha un sourire sarcastique. C'était le moment qu'il attendait. Il semblait jouir de la situation comme un chat avec une souris prisonnière entre ses griffes. Après avoir scrupuleusement saisi les aveux de Raphaël sur son ordinateur, il se détendit et s'adossa à sa chaise.

— Effectivement, il y a bien un serveur prénommé Thomas dans cette affaire.

— Ah, vous voyez !

La satisfaction ne fut qu'éphémère. L'officier attaqua de nouveau.

— Le même Thomas Ducreux que tu as sauvagement frappé pour lui voler sa caisse et qui a porté plainte contre toi pour coups et blessures ! Tu vas te foutre de moi encore longtemps ? Ça sent mauvais pour toi mon gars, très mauvais !

Totalement abasourdi, Raphaël resta pétrifié sur sa chaise. Depuis quelques jours, tout lui échappait.

— Et bien entendu si tu as une tête à faire peur, digne d'un boxeur après un combat, c'est parce que tu es un enfant de cœur. Je crois, moi, que tu as frappé ce pauvre barman mais que tu ne t'attendais pas à ce qu'il se défende. Ensuite, tu as piqué la recette et tu t'es tiré. Avoue, mais avoue donc !

L'officier venait de se lever avec une souplesse insoupçonnée. Il prit fermement appui sur ses deux mains, doigts écartés sur son bureau, le buste incliné vers le suspect et le regard dur, certain qu'il allait céder à la pression.

— C'est faux ! Je n'ai rien à avouer parce que je n'ai rien fait de mal.

Raphaël se défendit sans rien concéder pendant près de deux heures. Comme il n'avait pas de casier judiciaire, le policier dut le relâcher faute de preuves. C'était la parole de l'un contre celle de l'autre.

— On ne peut pas te garder mais ce n'est pas fini. L'enquête va se poursuivre et crois-moi, on finira par te serrer.

— C'est ça, faites votre enquête ! Interrogez un peu mieux ce Thomas Ducreux. Vous finirez sans doute par vous rendre compte qu'il ment. Peut-être qu'il arrondit ses fins de mois en piquant dans la caisse. Maintenant si vous n'avez plus rien à me dire au revoir !

Une fois les menottes ôtées, Raphaël relut le procès-verbal, vérifia qu'il correspondait à ses déclarations, se leva et tourna les talons pour partir. Alors qu'il était déjà dans le couloir, son interlocuteur ne put s'empêcher de l'apostropher à nouveau :

— Bien entendu interdiction formelle de quitter le département et de rencontrer le plaignant. Vous devrez vous présenter à la première convocation du juge !

Quelques minutes plus tard, Raphaël se retrouvait sur le trottoir, seul, aussi seul qu'après son licenciement et aussi sonné qu'après son agression. Il était totalement désorienté. Même dans les pires romans noirs, jamais le héros n'accumulait autant de malchance. Certes parfois la première embûche était fatale mais cet empilement de désastres le laissait perplexe et anéanti. Il espérait cependant que la dure loi des séries allait s'en tenir là et qu'il retrouverait le doux ronronnement de sa vie d'avant. Malheureusement, espérer n'est pas toujours suffisant. Le sort s'acharne parfois au-delà de tout !

20 LA NÉCROPOLE DE CONSTANTINOPLE

Annabelle guetta plusieurs jours consécutifs les abords de son immeuble, postée derrière ses fenêtres. Elle avait l'impression d'être en planque, chez elle. Elle n'avait pourtant rien d'une enquêtrice et en avait pour preuve la crainte ressentie lors de son passage au poste de police. À chaque fois qu'elle sortait dans la rue, elle ne pouvait s'empêcher de se retourner car elle avait toujours l'impression que quelqu'un l'observait. Enfin pas n'importe qui : l'homme du parc, l'homme du livre oublié, cet homme si grand qui l'épiait. Pourtant il ne reparut pas et derrière elle aucune personne suspecte ne se manifestait. Suspecte ! Était-ce bien le mot, car après tout, cet inconnu ne lui avait fait aucun mal ?

Pour ne pas succomber à la paranoïa, elle s'interrogeait. Elle essayait de comprendre pourquoi l'homme du parc avait fait en sorte qu'elle le suive jusqu'au commissariat. Maintenant, elle en était certaine, cette course-poursuite avait pour seul but de l'attirer au poste de police. Mais dans quel but ? Elle n'y avait rien appris de plus et s'était même sentie gênée. Et puis qui était le brigadier Martin, inconnu des forces de l'ordre, qui l'avait appelée chez elle ? Quel lien avait-il avec le livre ou plutôt quelle importance ce livre avait-il ? Elle devait bien l'admettre, depuis que *Le Serment des oubliés* était entré dans sa vie, elle s'était retrouvée à plusieurs reprises dans des situations inhabituelles.

Comme elle se posait plus de questions qu'elle n'avait de réponses, elle mit temporairement de côté tout ce qui lui était arrivé et ne se représenta pas au bureau de police. De toute façon, on ne lui avait rien volé.

*

Quelques semaines plus tard, Marc refit surface dans sa vie de manière inopinée, presque de la même façon que la première fois qu'elle l'avait rencontré. Elle allait sortir de l'ascenseur et lui s'apprêtait à y entrer. Il trébucha sur les sacs qui se trouvaient devant elle et atterrit dans ses bras, toujours aussi beau, bronzé de surcroît, à croire qu'il rentrait de vacances.

— Annabelle, tu m'as manqué !

— Et le téléphone ? demanda-t-elle. Tu aurais pu me prévenir que tu étais de retour !

— C'est-à-dire que c'est compliqué et ce serait trop long à t'expliquer.

Il avait l'art de botter en touche et comme son charme agissait elle n'insista pas.

— Mais je t'ai envoyé plein de messages. Tu les as lus ?

— Oui, mais… Pour moi aussi c'était compliqué : une bonne grippe, un accident de voiture, un passage par la case hôpital puis au poste de police sans oublier un maniaque qui fait le plancton devant chez moi… La routine, tu vois !

Marc, qui n'avait écouté Annabelle que d'une oreille, ne put s'empêcher de plaisanter :

— En fait, il n'est pas nécessaire d'aller au bout du monde pour trouver l'aventure. Pour te remettre de tes émotions que dirais-tu si on s'évadait ? Un petit séjour à la montagne, ça te dirait ?

— Là, tout de suite ?

— Quand tu veux ! Mais d'abord, ce soir, je t'emmène dîner chez Christian Têtedoie, comme la première fois qu'on s'est rencontrés.

Il la prit dans ses bras, la serra contre lui et l'embrassa longuement. Quelques instants plus tard, elle goûtait à ce qu'il savait le mieux faire : l'amour. Tel un professionnel des salles de massages, il agissait avec douceur et sensualité, ce qui contrastait avec son gabarit de rugbyman. Il la déshabilla lentement comme s'il la découvrait pour la première fois. Elle se laissa faire, appréciant le moindre de ses gestes et les sensations que l'expertise de son partenaire faisaient naître en elle. Elle avait oublié à quel point il pouvait être un amant exceptionnel, à quel point il savait la faire vibrer. Elle dut se l'avouer, il lui avait manqué.

Longtemps après, essoufflé, il s'allongea sur le dos, abandonnant momentanément Annabelle à son extase. Sa peau dorée était recouverte de perles de sueur. Il avait l'air d'un mannequin sorti d'une revue mondaine que personne n'avoue acheter mais que tout le monde lit dans les salles d'attente. Sur la table de nuit, il aperçut un livre dont la couverture de cuir l'attira.

— Dis-moi, il est superbe ce bouquin !

Il venait de s'emparer du manuscrit, le soupesa perplexe, appréciant le contact agréable de la matière dans ses mains.

— Il paraît presque neuf et il semble en même temps ancien. C'est bizarre. Je m'y connais un petit peu. Où l'as-tu acheté ? Tu as dû le payer bonbon. En tout cas le titre ne me dit rien, *Le Serment des oubliés,* et en plus il n'y a pas le nom de l'auteur. Si je me souviens bien de ce que me disait une de mes relations d'affaires, à l'affût de perles rares, ça confirme justement qu'il est ancien ! L'histoire est bien ?

— Ça fait beaucoup de questions mais pour faire court, je l'ai trouvé il y a quelque temps, sur un banc, et je ne l'ai pas encore fini.

— Trouvé sur un banc, un tel livre ! C'est pas banal.

Le jeune homme le retourna entre ses mains, l'examina à nouveau, plus minutieusement, sans l'ouvrir. Les sourcils froncés, il paraissait songeur. Au bout d'un instant, il reposa le manuscrit, se leva, prit son téléphone et s'éloigna un peu. Il composa un numéro qu'il connaissait apparemment par cœur. L'appel fut assez bref et, même si Annabelle entendait vaguement la conversation, elle n'en comprit pas la teneur. Puis il revint près d'elle.

— Tu l'as commencé il y a longtemps ?

De toute évidence, il devait penser à autre chose et il n'avait pas vraiment écouté sa réponse. Il était inutile de lui donner trop de détails. Après tout, leur relation reposait sur la liberté de chacun. Alors elle resta évasive :

— J'ai eu des tas de trucs à faire surtout avec ce qui m'est arrivé... J'ai dû le laisser tomber mais l'histoire est intéressante. Ça se passe au Moyen Âge : un roi a été empoisonné, la reine et son amant sont menacés. J'aime bien…

— En tout cas, la couverture est magnifique. Par contre, il est rudement bien conservé pour un livre ancien. C'est comme s'il datait d'hier.

Marc, qui avait repris le livre en mains, le porta à ses narines, intrigué.

— Qu'est-ce que tu fais ?

Annabelle le regarda amusée, attendant son diagnostic.

— Il dégage une étrange odeur, comme… comme…, répéta-t-il cherchant les mots pour qualifier au mieux ce qu'il sentait. Comme une odeur de sous-bois ! Que tu finisses l'histoire ou pas, je pense que tu devrais le montrer à un professionnel pour en savoir plus. Tu serais certainement surprise.

Il délaissa le livre, se tourna vers Annabelle et admira son corps allongé presque nu près de lui. Elle avait passé un vieux chandail dont les mailles laissaient entrevoir la pointe de ses seins. Une main s'attardait sur son bas-ventre, juste au-dessus du pubis et quand elle leva les bras pour s'étirer elle savait qu'elle provoquerait chez Marc une montée de désir qu'il lui faudrait assouvir. Il la recouvrit de son corps et lorsqu'il fut en elle il lui murmura :

— Je crois que je ne veux plus repartir !

Il faisait déjà jour.

Il faisait frais ce matin-là.

Il faisait beau dans leur vie.

*

Marc devait probablement revenir d'un long voyage et peut-être qu'il lui dirait ce qu'il avait fait. Mais pour l'instant, il était exténué et il s'endormit. Était-ce le décalage horaire ou parce qu'ils avaient fait l'amour plusieurs fois depuis qu'ils s'étaient retrouvés ?

Annabelle n'eut pas le courage de le réveiller. Elle se servit un café noir bien serré, avala deux biscottes beurrées au blé complet et, comme elle n'avait aucun message dans sa boîte mail, elle s'habilla. Sans bruit, elle chercha le livre dans la chambre, là où Marc l'avait sans doute posé. Il n'était ni sur la table de nuit, ni perdu sous les draps ou les couvertures. Elle dut ressortir. Marc s'était probablement relevé, sans qu'elle s'en aperçoive, et avait déplacé le manuscrit. Elle jeta un rapide coup d'œil dans le salon, souleva les coussins du canapé les uns après les autres pour voir s'il ne s'était pas réfugié dessous mais c'était une perte de temps. Le livre n'était nulle part.

— Décidément, on dirait qu'il a le don de changer de place. Il n'est jamais là où on le laisse ! se dit-elle à elle-même à haute voix.

Elle se rappela soudain le cambriolage et le manuscrit posé au beau milieu de son lit alors qu'elle l'avait déposé sur sa table de nuit. Mais elle se voulait rationnelle et finit par conclure que Marc avait dû vouloir le feuilleter, peut-être pour lire un chapitre pendant qu'elle dormait. Elle avait bien remarqué que le livre ne le laissait pas indifférent.

— Dommage ! se dit-elle en renonçant dans l'immédiat à le chercher.

Elle était debout, bien réveillée, fermement décidée à suivre les conseils de Marc et à se rendre dans une librairie spécialisée. À défaut de livre, elle irait chercher des croissants chauds.

Elle prit son sac sur l'étagère d'un placard. Il était étonnamment plus lourd que d'habitude. Elle actionna le fermoir pour l'ouvrir. *Le Serment des oubliés* était là, prêt à partir avec elle. Stupéfaite, elle le fixa sans oser le prendre. Marc avait dû devancer ses pensées. Cela ne lui ressemblait pas mais puisqu'elle avait retrouvé le livre, à quoi bon s'interroger davantage ?

Avant de quitter son appartement, elle prit le temps de laisser un message à son compagnon.

« Je sors un instant, je vais faire estimer le livre. Pour le dîner chez Têtedoie j'espère que ça tient toujours. »

Elle hésita à ajouter « je t'aime ». Mais ils ne se le disaient jamais. Elle repensa alors à ce qu'il lui avait murmuré pendant qu'ils faisaient l'amour. Et si effectivement il ne repartait pas, s'il choisissait de rester auprès d'elle ! Elle réfléchit, écrivit les trois premières lettres de l'expression taboue, se ravisa, déchira le post-it et en reprit un autre sans parvenir à y inscrire ce qu'elle ressentait. Elle allait claquer la porte quand elle fit demi-tour. Elle pénétra dans la salle de bain et, dans un tiroir, elle prit un rouge à lèvres. Le leitmotiv qui conditionnait sa vie venait de s'imposer à elle : *carpe diem*[6]. Elle-même était d'ailleurs convaincue que la vie était trop précieuse pour laisser échapper les plus beaux moments. En grosses lettres, elle écrivit sur la surface froide ce message qu'elle s'était toujours interdit de prononcer. Quand elle quitta l'appartement, le tube encore ouvert reposait sur le bord de la vasque, devant le miroir, partiellement écrasé. Elle avait enfin osé écrire qu'elle l'aimait.

Les croissants attendraient.

Sur internet, elle avait repéré une librairie, un établissement récent spécialisé dans les œuvres anciennes. Le parc où elle avait découvert le livre se trouvait justement sur le même chemin et elle n'était plus revenue dans ce jardin depuis quelque temps. Elle s'y arrêta et prit place sur son banc. Avant de confier son exemplaire à des professionnels, elle voulait se replonger dans l'intrigue.

« — Aénor, Richard ne m'a pas donné signe de vie depuis longtemps ! Je suis inquiète, je crois qu'ils l'ont arrêté. Ils vont l'accuser d'avoir empoisonné Gaétan et sans doute d'être un sorcier. Il risque le bûcher. As-tu appris quelque chose ?

Depuis le début de l'affaire, la reine ne dormait plus, écartelée entre la tristesse qu'elle éprouvait due à la mort de son époux, le roi, et la peur qui la tenaillait quant au sort qui attendait son amant.

— S'il n'a pas pu leur échapper, je sais qu'il a pris soin de mettre les enfants, à l'abri. Je sais aussi qu'ils ont fui en pleine nuit mais j'ignore à qui il les a confiés. Je doute fort que

---

[6] Il faut profiter de chaque jour.

les Inquisiteurs parviennent à le faire parler. Plus que ses aveux quant à la mort du roi, je pense que vos ennemis veulent surtout effacer votre lignée. Ils n'auront de cesse que lorsqu'ils se seront emparés de votre fils ! Je suis convaincue que Messire Richard préférera la mort plutôt que de livrer Béatrix et Lancelin en pâture à ces assassins !

— Mais s'ils le torturaient, s'ils...

— Pour le moment, il est dans un cachot près de la tour du guet. On ne m'a pas autorisée à le voir mais contre quelques pièces, le geôlier m'a affirmé qu'il allait bien.

— Aénor, j'ai si peur ! Et si on l'empoisonnait, comme Gaétan !

— Soyez sans crainte, j'ai grassement payé le gardien pour qu'il surveille tout ce qui se passe avec la promesse d'une bourse bien remplie si rien n'arrivait à son prisonnier.

— Je m'égare, je suis épuisée. J'aimais deux hommes, l'un est mort, l'autre vient d'être arrêté. Gaétan, répéta-t-elle dans un soupir, pourquoi m'as-tu abandonnée ? Le peuple sait qu'il était bon et toi, Aénor, que c'était un homme merveilleux qui a toujours respecté l'accord que nous avions passé avant notre mariage. Il aimait la princesse Orable et moi j'aimais déjà Richard. Mais le jeu des alliances nous a obligés à ruser. C'était notre secret et aucun d'entre nous ne l'a jamais trahi. Mon époux me manque tant aujourd'hui ! Mais sa mort ne signera jamais la fin de sa dynastie. Lancelin a scellé notre union et un jour, il montera sur le trône. Il est le seul descendant de Gaétan Le Puissant.

Plus tard, dans la grande salle du château, la reine se plia aux obligations de la cour : un festin en la mémoire du roi défunt. Elle prit place sur le trône de Gaétan, face aux seigneurs qui l'observaient et ne manquaient pas de jaser. Elle s'efforçait de masquer sa douleur et de paraître fière. Plus éblouissante que jamais, bien malgré elle, elle ne prêtait aucune attention aux joueurs de vielle qui redoublaient pourtant de virtuosité pour distraire ses gens. Des trouvères déclamaient devant elle des laisses d'une chanson de geste, celle de « Girart de Roussillon » :

« Aucis lor a Girarz man franc doncel ;
Sen gonfanum en porte de sanc vermel,
Que l'en corut per l'aste tres qu'en l'artel ;
Nen a nul ome o lui non merevel... »[7]

Elle ne parvenait pas à s'intéresser à l'histoire qui la passionnait habituellement. En revanche, les soldats qui montaient la garde auprès d'elle écoutaient, fascinés par les exploits des chevaliers de papier.

Même si elle demeurait la souveraine, les Inquisiteurs de l'Ordre Divin avaient exigé d'elle qu'elle limite ses déplacements soi-disant pour sa sécurité mais surtout afin de surveiller ses moindres gestes. Ainsi, ils la tenaient sous leur coupe et pouvaient mieux la contrôler. Ils prétendaient être à la poursuite de ceux qui avaient empoisonné le roi mais des rumeurs colportaient qu'eux-mêmes n'étaient peut-être pas étrangers à ce meurtre.

Elle se méfiait de leurs paroles, de leurs promesses et elle savait qu'ils mentaient.

— Majesté, nous trouverons les instigateurs de cet horrible assassinat. Nous vous en faisons le serment. Les coupables seront punis.

---

[7] Laisse LX, *Girart de Roussillon,* Chanson de geste du XIIe siècle en langue d'oc et d'oil. Traduction : Girart leur a tué maints nobles jeunes gens ; il rapporte son enseigne rouge d'un sang qui lui coule tout le long de la hampe jusqu'au pied : tous ses hommes sont en admiration.

Derrière chacun de leurs mots mielleux se cachait la perfidie et certains d'entre eux ambitionnaient de s'asseoir sur le trône, à sa place. Aussi, quand son interlocuteur se tut, la reine plongea un regard glacial mais déterminé dans le sien. L'homme se figea, décontenancé, et finit par saluer la souveraine avant de se retirer. Il venait de comprendre qu'elle serait un adversaire redoutable et non la brebis que les Inquisiteurs de l'Ordre divin espéraient.

Agacée, Flore ne fit qu'un geste et aussitôt les gardes repoussèrent les troubadours et les convives.

— Qu'on me laisse ! ordonna-t-elle.

Ils se retirèrent aussi, refermant sur leur passage les immenses portes devant lesquelles ils se postèrent. Immédiatement après, le comte Alstuf qui les commandait fit irruption dans la salle, suivi par les mêmes soldats qu'elle venait de congédier. Après s'être agenouillé devant la reine, il insista afin qu'elle garde auprès d'elle les hommes d'armes chargés de veiller sur sa personne.

— Majesté, ils doivent rester à vos côtés tant que nous n'aurons pas trouvé les assassins du roi. Votre vie en dépend.

Bien que surprise par cette intrusion, elle rétorqua aussitôt, certaine qu'elle devait se méfier de lui :

— Merci pour votre sollicitude, comte Alstuf, mais je suis lasse d'être considérée comme une enfant. Je suis votre reine et depuis la mort du roi la charge du royaume m'incombe en attendant que mon fils soit en âge de régner. Pour l'instant, j'ai envie d'être seule. Que vos gardes restent, je vous l'accorde, mais en dehors de cette pièce ! C'est un ordre. Retirez-vous à présent !

Le ton de la reine était sans équivoque.

Aénor se tenait en retrait, légèrement effacée par rapport au trône. Le comte faisait partie de ceux qu'elle suspectait de vouloir s'emparer du pouvoir. Fourbe mais intelligent, il pouvait être à l'origine de l'empoisonnement du roi. Il était particulièrement sournois et la cour l'avait affublé du surnom peu honorable d'Alstuf le fourbe. Il fallait rester vigilante.

— Ma reine..., insista-t-il effrontément.

De toute évidence, il ne comptait pas s'en aller et, pour mieux marquer sa volonté de lui désobéir, il posa sur la reine un œil perfide et lubrique avant de lui adresser un sourire narquois. Dame Flore se leva alors brusquement.

— Sortez sur-le-champ ! fit-elle hors d'elle.

Sa voix jaillit de sa poitrine plus puissante que celle d'un tragédien de l'Antiquité. D'un geste vif de la main, elle désigna la porte par laquelle il était entré. L'homme, trop sûr de lui et plus audacieux qu'il n'aurait dû l'être, l'épée au côté, s'apprêtait à gravir la première des quatre marches desservant le trône pour approcher davantage d'elle. Il défiait son autorité.

— Votre majesté, vous devez m'écouter. Vous ne pouvez pas...

Excédée par cette attitude provocatrice et irrespectueuse, elle sentit qu'elle devait s'imposer et asseoir son autorité. Il lui fallait montrer à ce courtisan comme à l'ensemble de la cour qu'elle avait pris en mains sa destinée et celle du royaume. Si le roi était mort, il faudrait compter avec elle désormais.

— Sortez immédiatement ! Disparaissez de ma vue et que je n'aie pas à vous le répéter !

Sa voix et surtout sa menace résonnèrent comme jamais dans l'immense pièce et sans doute dans le palais.

Rainouart, aussi ténébreux que le diable, aussi fauve que la couleur des flammes qui dansaient dans l'âtre, était toujours tapi dans l'ombre. Aveuglé par la convoitise, le comte ne l'avait pas remarqué. Pourtant, chacun dans le royaume savait qu'il n'était jamais loin de la reine et, depuis un instant, *il émettait un grognement sourd et inquiétant. Les muscles tendus, le regard rivé sur l'ennemi, il attendait, prêt à bondir. La reine ne prononça aucun mot, mais lorsque son vassal gravit une seconde marche, l'animal réagit aussitôt et furtivement se campa sur ses quatre pattes, toujours plongé dans le noir, à proximité du trône. Au moment où le pied du comte effleura la troisième marche, d'une détente le fauve dressé s'élança et faucha sa proie comme un fétu de paille, la projetant au sol. Face à l'arrogance de cet intrus et en réponse au courroux de sa maîtresse, l'instinct de la bête prit l'ascendant sur le chien dressé. Elle l'écrasa de toute sa masse avant de lui arracher une oreille et un hurlement de damné qui retentit jusqu'au plus profond des cachots, glaçant les prisonniers et les geôliers. Ils s'attendaient tous à voir surgir Satan des enfers. Le comte resta prisonnier du beauceron pendant des minutes qui lui parurent une éternité. La puissante mâchoire qui frôlait le visage de l'infortuné, allait, venait, le reniflait comme pour chercher le meilleur endroit où mordre. La salle était remplie des gémissements du comte et des grondements du chien qui attendait un ordre pour libérer sa proie. La reine prit son temps avant d'intervenir auprès de son ennemi terrassé. Puis elle s'approcha, s'inclina gracieusement vers le comte Alstuf et murmura à ce qui restait de son oreille dégoulinante de sang :*

— Je sais ce que vous avez fait, comte d'Alstuf et je connais vos intentions. Alors écoutez-moi attentivement ! Si vous osez vous approcher de mon fils ou de moi-même, la prochaine fois, Rainouart dévorera, vos attributs virils. Vos conquêtes affirment que vous êtes un piètre amant. Ils ne vous sont donc d'aucune utilité. Et maintenant partez et ne reparaissez jamais devant moi sauf si je vous en donne l'ordre !

D'un signe de la main, elle commanda au chien d'abandonner sa victime. L'animal obéit et vint aussitôt se plaquer contre sa maîtresse tandis qu'Aénor qui n'avait pas bougé exultait.

Les gardes surpris par l'autorité dont faisait preuve la reine et craignant les réactions de la bête s'étaient abstenus d'intervenir malgré les cris de leur chef. Ils avaient assisté à la scène, postés à la porte entrouverte, sans bouger.

Lorsqu'il quitta la salle, le comte les bouscula volontairement. Il saignait toujours et il enrageait.

— Maintenant qu'on me laisse ! ordonna dame Flore en retrouvant sa place sur le trône.

Les soldats ne demandèrent pas leur reste. Ils fermèrent derrière eux les portes imposantes de la salle du trône devant lesquelles ils se postèrent.

— Quand vous parlez ainsi, je vous découvre ma reine, dit Aénor. Mais faites attention ! Même si Rainouart veille et vous protège, méfiez-vous du comte ! Sa réputation le précède et ses ennemis ne sont plus là pour en témoigner.

— Je sais mais j'en avais assez de faire semblant, assez de cette fête. J'avais besoin d'être seule, de réfléchir, de savoir où nous en sommes. Dis-moi, ma fidèle Aénor, as-tu réussi à le voir ?

— De qui parlez-vous, madame ?

— De celui qui sait, de celui qui retient le temps. Il peut tout changer. Richard est convaincu qu'il détient la clé de nos malheurs et que sans lui ce sera fini à jamais.

— Ne dites pas cela, ma reine.

— Alors, l'as-tu rencontré ?

Aénor parut embarrassée. Elle regardait le feu dans la cheminée et semblait perdue dans ses pensées.

— Je dois savoir ! insista la reine.

— Eh bien oui, je lui ai parlé. Mais les nouvelles ne sont pas bonnes.

La reine s'impatienta.

— *Que t'a-t-il dit ? Je t'en prie, je veux savoir.*

— *Ses paroles ne sont pas toujours très claires, votre majesté, mais j'ai cru comprendre qu'il avait rencontré des difficultés.*

— *Des difficultés ! Lesquelles ? Nous pouvons peut-être l'aider !*

— *Vous savez bien que c'est impossible, majesté. Lui seul peut traverser, il ne doit jamais rester très longtemps et ne peut pas intervenir directement.*

— *Mais sait-il ce que sont devenus les livres que Gaétan a rapportés de la nécropole de Constantinople ? Mon époux a toujours dit que leur origine pouvait nous sauver. Le nécromancien qui les lui a confiés en était certain et...*

— *Calmez-vous, madame ! J'ai cru comprendre qu'ils seraient bientôt en de bonnes mains !* »

21 L'EXPERTISE

— Marc ?

Annabelle venait de décrocher son téléphone et de refermer à regret *Le Serment des oubliés*. Autour d'elle, le parc ressemblait à tous les parcs lorsque le printemps s'annonce. Le parfum des premières fleurs encore rares se mêlait au chant des oiseaux tandis que les rayons du soleil jouaient à cache-cache avec le feuillage naissant des arbres. Des promeneurs, encore engoncés dans leurs vêtements hivernaux, bravaient la fraîcheur matinale pour échapper à l'air confiné de leurs appartements surchauffés.

— Mais où es-tu ? Tu aurais pu m'attendre, on y serait allé ensemble.

— Je ne suis plus très loin de la librairie. Prends ton temps et rejoins-moi plus tard. Je n'ai pas l'adresse exacte en tête mais tu la verras affichée sur mon ordinateur, dans les dernières recherches. Je ne pense pas en avoir pour longtemps. OK ?

— Ça marche ! Au fait, je voulais te dire que j'ai adoré l'inscription sur le miroir. À tout à l'heure.

Elle glissa à nouveau le livre dans son sac puis elle quitta le parc. Elle pressa le pas et arriva rapidement à la librairie. C'était une boutique dont le mobilier moderne s'accordait à merveille avec la rusticité préservée des lieux. Les teintes acidulées faisaient penser à des friandises qui charment généralement les papilles quand on les déguste. L'endroit, spécialisé dans les anciennes éditions, était particulièrement chaleureux et il y avait un peu partout, répartis en îlots, des coins de lecture confortablement aménagés. De part et d'autre, des étagères couraient sur les murs et montaient jusqu'aux plafonds. Une échelle mobile permettait d'atteindre les ouvrages inaccessibles, trop haut-perchés. Les boiseries omniprésentes donnaient du charme à l'ensemble et les poutres centenaires qui soutenaient la voûte ressemblaient aux bras d'un colosse veillant sur les lecteurs.

— Vous désirez mademoiselle ? fit un employé à Annabelle alors qu'elle venait d'entrer.

— Bonjour, j'admirais la boutique. C'est vraiment très joli, plein de cachet à vrai dire. Le plafond est vraiment impressionnant !

— Merci, beaucoup de clients apprécient les lieux, en effet. Je me prénomme Noël. Puis-je vous aider ?

— Oui, c'est pour une expertise.

— Alors je vais vous demander d'attendre un moment. Vous pouvez vous asseoir là-bas. Il y a des livres et des magazines à votre disposition pour patienter. Si vous voulez bien me confier votre livre, je termine avec un ou deux clients et j'examine le vôtre en suivant.

Annabelle lui tendit *Le Serment des oubliés* que l'employé déposa derrière lui sur un comptoir où d'autres manuscrits patientaient.

Noël ne chômait pas. Il allait d'un client à l'autre, semblait les conseiller et de temps en temps, il se concentrait pour examiner des volumes posés sur une table, sans un mot. De toute évidence, la notoriété de la librairie commençait à se répandre et un couple avec qui elle engagea la conversation était aussi là pour faire estimer un très vieux livre reçu en héritage.

Comme l'attente durait, la jeune femme en profita pour feuilleter quelques ouvrages notamment des revues littéraires.

Absorbée par certains articles, des critiques et des reportages bien documentés consultables sur des tablettes mises à la disposition de la clientèle, elle ne vit pas le temps passer et quand l'employé l'appela, il s'était déjà écoulé près de trois quarts d'heure.

— Je suis désolé pour l'attente, Madame. Si vous voulez bien me suivre.

Ils se dirigèrent vers un petit bureau ouvert, aménagé dans un espace de la librairie.

— Je vous en prie, fit Noël en désignant un siège à la cliente. Un café ou un thé pour m'excuser de vous avoir fait attendre ?

— Un thé, merci !

Il se contenta de lever une main en l'air en direction d'un jeune garçon, probablement un apprenti ou un stagiaire et de murmurer la boisson choisie sans prononcer le moindre son.

— Je vous écoute ! poursuivit-il.

Noël posa le livre sur la table, juste devant lui.

Au même moment, le serveur improvisé présenta à Annabelle une tasse dont le parfum se diffusa dans l'espace à moitié clos.

— Le parfum est subtil n'est-ce pas ! C'est du thé à la cannelle. J'espère que vous aimez !

— C'est parfait ! répondit-elle en prenant soin d'écarter la boisson chaude afin de ne pas risquer d'endommager le livre.

— Sage précaution, remarqua Noël.

— Voilà. J'aimerais savoir quelle est la valeur de cet ouvrage.

Le jeune homme le saisit délicatement. Avec le plus grand respect, il entreprit, cette fois devant elle, un examen méticuleux du manuscrit, le soupesant longuement du regard, recherchant tel un détective chaque indice qui lui permettrait d'établir un diagnostic. Les pages duveteuses glissaient sous ses doigts experts dans un léger bruissement, dégageant en même temps une fragrance raffinée qui flattait ses narines.

— Eh bien, c'est un ouvrage vraiment magnifique, finit-il par dire doucement comme s'il craignait de profaner le livre qu'il avait en mains. Il paraît très ancien mais bizarrement on dirait qu'il est presque neuf tant il est bien conservé. C'est étrange et particulièrement rare.

Annabelle était satisfaite de ce premier avis.

— Et pourriez-vous me dire de quand il date exactement ? Vous vendez de très vieux livres à ce que je vois et vous faites des estimations et des expertises si je ne me trompe pas.

— C'est exact. Cependant, il va falloir nous le confier quelque temps pour un examen plus approfondi.

— Bien entendu. Et quand pourrais-je le récupérer ?

— Cela ne dépend pas de moi, madame. Moi, je me charge de la première sélection et je détermine si les manuscrits sont vraiment anciens ou pas. Mais l'expert en la matière, c'est mon patron. Il se trouve là-bas, vers la vitrine, mais il est occupé en ce moment.

— Ah, fit Annabelle.

En regardant dans la direction indiquée, elle aperçut un homme, plutôt jeune, particulièrement absorbé par l'examen d'un ouvrage. De loin, son visage lui disait quelque chose. Elle l'avait déjà rencontré mais elle ne parvint pas à se rappeler où et quand.

— C'est le propriétaire de la librairie ?

— C'est exact et comme je vous l'ai dit, c'est lui le véritable expert. J'en sais quelque chose, il m'a tout appris et votre livre fait partie de ceux qu'il tient à voir personnellement. Il faudra donc attendre. Ça risque de prendre plusieurs jours voire une ou deux semaines. Il est très sollicité en ce moment.

— Ce n'est pas grave, j'attendrai !

Elle compléta le formulaire remis par l'employé, indiqua ses nom, adresse et numéro de téléphone et il lui remit un récépissé de dépôt.

— Nous ferons au plus vite, madame. Je vous appelle dès que ce sera terminé.

Lorsqu'elle sortit du magasin, Marc l'attendait, au volant d'une puissante berline garée à cheval sur le trottoir. Dès qu'elle parut, il donna un petit coup de klaxon pour attirer son attention. Il descendit de la voiture, lui ouvrit la porte et l'invita à s'asseoir à bord de son carrosse.

Dans la boutique, le patron attiré par le bruit avait levé les yeux. Sur le trottoir, un couple parlait et semblait plaisanter. Il regarda vaguement la scène puis il focalisa son attention sur la jeune femme visiblement ravie par ce que son compagnon venait de lui dire. Il lui semblait l'avoir déjà croisée quelque part. Il l'observa un moment cherchant vainement dans ses souvenirs. Puis il se remit au travail, songeur, le temps que le véhicule flamboyant s'éloigne dans un grondement sourd et musclé.

22 LE DEUXIÈME SERMENT

Pour Raphaël, le matin qui suivit l'agression ne fut pas plus brillant que la veille. Et ce fichu réveil qui s'était mis à sonner !

Stopper ce tintamarre !

Il tendit une main hors de la couverture dans laquelle il s'était enroulé sans plus de précautions, cherchant à tâtons le bouton d'arrêt. D'habitude, une belle musique se déclenchait mais pas ce matin-là. Sa tête, qui allait exploser, lui donnait l'impression qu'une très mauvaise fanfare avait insidieusement pris place juste à côté de son lit. Cette courte nuit de sommeil avait momentanément effacé de son esprit le cauchemar bien réel de la veille mais son corps douloureux lui rappelait à chaque mouvement, même léger, tout ce qui s'était passé.

Bien au chaud et en sécurité dans son lit, il essaya tant bien que mal de faire le point sur la situation, le plus clairement possible. D'abord, quelles étaient les priorités ? Premièrement, se rétablir. Oui se remettre sur pieds, ce qui allait de soi ! Après il verrait ce qu'il ferait. Il se rendrait probablement au poste de police mais pas avant quelques jours.

Dans le couloir, le placard était resté grand ouvert et sur l'étagère, le livre n'avait pas bougé. Raphaël s'en saisit et le posa sur l'accoudoir d'un vieux fauteuil comme un trophée. Il se servit ensuite un copieux petit déjeuner pensant que, pour une fois, il aurait le temps de le savourer. C'était sans compter les plaies de ses lèvres occasionnées par les nombreux coups qui avaient martelé son visage. L'acidité du jus d'orange, la rugosité de la croûte du pain et la chaleur du thé qui s'apparentait à un tison rougeoyant étaient insupportables. Il dut renoncer. Il abandonna le tout en vrac dans l'évier. Cette nouvelle journée commençait mal.

Une fois dans la salle de bains, il se rafraîchit le visage et changea les pansements qu'il avait appliqués à la hâte, la veille, sur ses blessures. Son miroir lui renvoya alors l'image d'un visage boursoufflé qui confirmait ce qu'il ressentait depuis le début de la matinée. Ses airs de James Dean – c'était ainsi que ses copains le surnommaient au lycée – avaient disparu. On aurait dit qu'il avait subi une opération de chirurgie esthétique ratée. Il avait le sentiment d'observer un étranger plus proche de Quasimodo que d'un jeune premier.

Il s'accorda donc plusieurs jours, histoire de reprendre figure humaine et d'être un peu plus présentable.

Intrigué par le cadeau de l'inconnu, il s'installa dans son fauteuil club, rond, au cuir craquelé et ouvrit *Le Serment des oubliés* qui trônait toujours sur l'accoudoir. Le début *in medias res*[8] le surprit, le déstabilisa même, mais il apprécia d'entrer directement au cœur de l'intrigue.

« La reine Orable venait d'être empoisonnée !

Qu'allaient-ils devenir désormais ? se demanda Flore alors que son bien-aimé s'éloignait déjà.

Elle le regarda. L'épée qui ne le quittait jamais pendait le long de son manteau noir. Elle avait appartenu à Murad ibn Ahmed, sultan ottoman et calife qui la lui avait offerte, aux portes de la nécropole de Constantinople. Ennemis, ils se respectaient pourtant.

---

[8] *In medias res : au cœur des choses.*

Elle connaissait mieux que quiconque le bruit de ses pas sur le sol. Le son des talons de ses bottes frappant le marbre, le rythme de son déplacement, tout lui était familier. Elle guettait ces résonnances, ces bruissements d'étoffe à chacune de leurs rencontres secrètes. Il était si impressionnant que tous les seigneurs le craignaient et l'appelaient Richard Le Puissant. Il régnait en monarque incontesté sur le peuple d'Estrée depuis qu'il avait épousé la princesse Orable, mais il aimait dame Flore.

Sa beauceronne, Roxane, plus noire qu'un loup, ouvrait toujours la marche devant lui. Elle ne le quittait jamais, plus proche que son ombre. Elle veillait. Nul ne pouvait s'adresser à son maître sans être scruté par son regard de braise.

Ce soir-là, dans le palais, le silence était lourd et étouffant. Le royaume était en deuil. Le doute et la suspicion s'étaient emparés de tous. La reine Orable venait de succomber, empoisonnée, emportée dans l'au-delà dans d'atroces souffrances ! Depuis, des rumeurs couraient. Il fallait se méfier.

Dès le lendemain, les Inquisiteurs de l'Ordre Divin, craints de tous, se répandirent dans le royaume. Ils interrogèrent les sujets qui avaient rencontré la reine juste avant la tragédie et questionnèrent ceux d'entre eux, suspectés d'avoir ourdi un complot. Et s'ils avaient eux-mêmes fomenté cet assassinat !

Tout était possible !

Quelqu'un avait pu l'approcher suffisamment près pour pouvoir verser le poison dans sa coupe de vin ou dans sa nourriture.

Quelqu'un savait que le goûteur ne se douterait de rien, que les premiers symptômes se manifesteraient longtemps après.

Quelqu'un voulait se débarrasser de la souveraine pour atteindre le roi Richard en personne.

Quelqu'un voulait créer le chaos et s'emparer du pouvoir.

En attendant, les Inquisiteurs suspectaient tout le monde et une fois retrouvé, le régicide serait impitoyablement soumis à la question puis châtié. »

Confortablement installé dans son salon, Raphaël considéra un instant le livre. La bière fraîche qu'il tenait à la main était un moyen agréable de décongestionner ses lèvres tuméfiées. L'intrigue lui plaisait mais inconsciemment il se demandait toujours qui avait laissé ce paquet à son attention. Il poursuivit sa lecture :

« — Ne vous inquiétez pas, Sire. Quand les Inquisiteurs de l'Ordre Divin m'interrogeront, je ne parlerai pas de dame Flore ! Je serai muet comme un tombeau.

— Je sais que je peux compter sur toi, Girart. Tu m'as toujours été dévoué. La mort de mon épouse Orable est terrible. Elle fait peser des soupçons sur tous les gens du royaume. C'était une souveraine digne et juste. Je n'aurais jamais imaginé que quelqu'un puisse l'empoisonner. Le peuple l'adorait. Maintenant je suis inquiet pour Flore, car je crains que notre liaison ne soit révélée. J'ai peur pour elle, Girart ! Dieu seul sait à présent ce qui va arriver... »

Passionné par le récit, il était quatre heures de l'après-midi quand Raphaël se décida à poser le livre. Il devait absolument manger quelque chose. Il se prépara un sandwich : deux tranches de pain de mie, du jambon blanc et un peu de mayonnaise au citron. Il lui fallut du temps mais il réussit à avaler quelques bouchées. Il déposa au pied du fauteuil une bouteille d'eau fraîche et poursuivit sa lecture.

« Roxane ne quitta pas le roi cette nuit-là comme si elle devinait qu'une menace pesait sur son maître. Elle veillait.

Girart se retira et referma délicatement la porte derrière lui tandis que les deux gardes, postés devant s'écartèrent pour le laisser passer. À peine avait-il fait un pas que déjà ils se replaçaient, leurs armes croisées interdisant l'accès à la chambre du roi. Sur leurs flancs droit et gauche, une épée et un redoutable fléau avec lesquels ils n'hésiteraient pas un instant à pourfendre l'ennemi... »

Quelques jours plus tard, Raphaël se trouva plus présentable. Il décida de se rendre au poste de police où, contre toute attente, d'autres ennuis l'attendaient. Suspecté de vol alors qu'il venait déclarer l'agression dont il avait été victime, on mettait en doute son honnêteté. On lui passa les menottes avant de l'interroger.

Après une brève mais éprouvante garde à vue, l'enquête diligentée finit par prouver sa bonne foi et la culpabilité du serveur du bar, un certain Thomas Ducreux, dont le train de vie ne correspondait pas aux entrées d'argent déclarées. Son compte en banque trop bien garni montra qu'il n'en était pas à son premier délit. En revanche, on ne retrouva pas la trace des agresseurs du jeune libraire ni celle de l'inconnu qui lui avait porté secours. Raphaël aurait bien voulu le remercier mais sa description était trop vague et il ne se souvenait que des étranges paroles qu'il avait prononcées : « Cela devait se passer ainsi ! ».

Comme le contact des livres lui manquait ainsi que celui des clients, il passa les jours suivants à chercher du travail au téléphone et sur internet. Malgré ses compétences, personne ne semblait prêt à lui donner sa chance. Il devait se ressaisir et démarcher différemment.

Un matin, une publicité dans sa boîte mail attira son attention. Elle semblait avoir été envoyée par la main du destin mais sous l'entête bien reconnaissable de l'administration française et de son logo. Le document invitait le lecteur à créer sa propre entreprise, à s'inscrire au registre des métiers ou à ouvrir son propre commerce. Différentes aides étaient listées vantant la facilité des démarches à accomplir. Dans cette longue période de chômage que traversait le pays, quoi de plus normal ! Mais pour Raphaël, c'était comme si la providence venait de lui montrer le chemin. Soudain, tout devint clair : c'était l'occasion inespérée d'ouvrir sa propre boutique, une librairie qui lui ressemblerait, spécialisée en livres anciens. Il avait conscience que ce serait difficile mais tout de même mieux que de mourir à petit feu en attendant un poste qui ne se présenterait peut-être jamais. Il allait enfin transformer son rêve en réalité !

Non loin de chez lui, il avait repéré un local qui ne payait pas de mine, presque bradé. Il était à la vente depuis plus d'un an mais apparemment personne n'en voulait. Il n'était pas très grand mais offrait de nombreuses possibilités. C'était exactement ce qu'il cherchait. Les plafonds avaient retenu toute son attention. Il imaginait déjà les murs couverts de livres rares et les clients en train de lire dans une ambiance feutrée.

Raphaël reprit confiance. Il peaufina son projet, mit dans l'affaire toutes ses économies et il soumit son dossier à son banquier, fort des aides gouvernementales. Ce dernier se montra d'abord frileux mais l'enthousiasme et le professionnalisme du jeune libraire finirent par le convaincre.

Trois mois plus tard, bien qu'inachevée, la boutique ouvrit ses portes. Comme Raphaël l'avait prévu, l'emplacement s'avéra idéal. L'accueil chaleureux dont il entourait les clients et son expérience lui permirent d'asseoir très rapidement une solide réputation. En peu de temps, le chiffre d'affaires dépassait largement les budgets prévisionnels les plus optimistes qu'il avait faits. Noël, son ancien collègue, le rejoignit, séduit par les perspectives d'avancement qu'il lui offrait.

Bilan des derniers mois : un licenciement, une agression qui l'avait profondément marqué dans ses chairs et une suspicion d'extorsion de fonds. Finalement, ces événements imprévisibles lui avaient donné le temps et surtout le courage qui lui avaient toujours manqué pour oser se lancer !

23 MIAMI

Devant la librairie, à côté de la luxueuse voiture de Marc, Annabelle souriante trépignait d'impatience.

— Alors, où allons-nous ?

— Je t'avais promis un dîner mais ce sera un déjeuner. Devine…

Annabelle fit mine de réfléchir et d'hésiter mais elle avait déjà trouvé. Ils en avaient parlé ensemble.

— Flunch ? Non, certainement pas ! Mac-Do ? Encore moins. Je déteste et tu le sais ! Un bouchon lyonnais, ça serait pas mal ! Ne me dis rien ! Je cherche…

Annabelle plaisantait mais son visage s'illumina lorsqu'elle lui fit croire qu'elle venait de trouver.

— Pas chez Têtedoie quand même !

— Gagné ! Je te l'avais promis et tu t'en rappelais, j'en suis sûr. Mais en fait, il y a mieux. J'ai une autre surprise pour toi qui te plaira, j'en suis sûr. Grimpe, on en parlera dans la voiture.

Annabelle s'installa à bord du véhicule et, assise de biais sur le siège passager, elle dévisagea Marc tandis qu'il démarrait. Attentif à la conduite, il ne pouvait s'empêcher de sourire malgré tout. Il adorait jouer aux devinettes. Elle aussi mais moins, surtout quand elle était directement concernée.

— Alors, une suggestion ?

— Non ! Donne-moi un indice !

La circulation était dense à cette heure de la journée et des travaux rendaient plus difficile encore la traversée de la ville. Le conducteur concentré ne répondit pas tout de suite. Il dépassait une série de véhicules qui roulaient en dessous de la réglementation dans une rue plus étroite que d'habitude. Il fallait rester vigilant. Il se rabattit et se détendit à nouveau.

— Donne-moi au moins une piste, reprit Annabelle qui attendait toujours :

— Justement !

La passagère piquée au vif commença à s'impatienter.

— Quoi « justement » ? Ça ne veut rien dire. Arrête de parler par énigmes.

— Boucle-la !

— Pardon ?

— Ta ceinture ! Boucle-la ! Tu n'entends pas le *bip* lancinant.

Ils éclatèrent de rire sur le quiproquo.

— Il ne s'arrêtera pas tant que tu n'auras pas bouclé ta ceinture.

Un *clic* de verrouillage et le *bip* cessa.

— Une piste ! reprit-il. Allez, cherche un peu. Une piste… Réfléchis ! Où y a-t-il des pistes ?

—Dans les stations de sports d'hiver.

— C'est juste mais ce n'est pas ça. Cherche encore !

— Voyons : le chasseur est sur une piste mais je déteste la chasse, le policier suit une piste mais je ne vois pas le rapport avec nous et il y a la piste d'at... J'ai trouvé ! Ne me dis pas que… Où est-ce ?

Il avait dû cacher quelque chose dans la voiture. Elle s'empara de la pochette que Marc avait jetée sur la banquette arrière, la fouilla mais comme elle ne contenait rien qui pouvait ressembler à une surprise, elle continua :

— Ce n'est pas dans ta pochette alors dans ta valise, dans le coffre arrière mais là je suis coincée.

— Non, c'est plus simple !

Elle jeta un rapide coup d'œil dans l'habitacle. Rien. Elle aurait voulu que la cachette apparaisse, comme par magie, éclairée par une lumière céleste. Mais ce ne fut pas le cas. Elle ouvrit donc le vide-poches qui s'alluma, comme par enchantement, ce qui la fit sourire. Dedans, elle découvrit pêle-mêle une boîte d'ampoules de remplacement des feux, des mouchoirs en papier, un paquet de chewing-gum, des lunettes 3D pour le cinéma et tout au fond une pochette rectangulaire et fine, en papier. À l'intérieur, deux billets d'avion pour Miami et un message, une déclaration en fait, terminée par un point d'exclamation. Pour l'écrire il s'était particulièrement appliqué.

Elle lui sauta au cou un peu trop brusquement.

— Fais attention, c'est dangereux pendant que je conduis !

Ce sursaut d'affection occasionna une soudaine embardée de la voiture qui leur valut une pluie de coups de klaxons et de noms d'oiseaux auxquels ils ne prêtèrent aucune attention. Marc cramponné au volant s'efforçait de maintenir le véhicule dans la bonne direction. Lorsqu'il le put, il ralentit et regarda Annabelle. Ils étaient au diapason.

— Tu sais que mes valises ne sont pas prêtes. En plus, je viens de déposer mon livre à la librairie pour une estimation. Ils doivent me le rendre rapidement.

— On décolle seulement en fin d'après-midi donc pour les valises, on aura le temps de faire un saut chez toi et pour ton livre, qu'on soit ici ou ailleurs, ça ne changera pas son estimation.

— Mais dis-moi, toi qui as l'habitude de parcourir le monde, ne faut-il pas un document spécial pour entrer aux États-Unis ?

— Oui, un Esta[9].

— Je n'en ai pas et il faut un certain temps pour l'obtenir !

— Rassure-toi, j'ai pensé à tout, fit-il en lui caressant le visage de l'index de sa main. Ça fait des mois que je prépare ce voyage !

Comment résister à cet homme, cet adonis tombé un jour dans sa vie non pas du ciel mais d'un Escalator ?

---

[9] Esta : document obligatoire pour se rendre aux États-Unis et qui doit être demandé au moins deux mois avant le départ.

24 LES MÊMES

Grâce au carnet d'adresses que s'était constitué Raphaël dans son ancien travail et aussi en raison des tarifs d'appel pratiqués dès l'ouverture de la librairie, le lancement fut un succès. Le jeune libraire, désormais patron, remercia notamment le journaliste spécialisé reconnu, qui n'était pourtant qu'une vague connaissance, mais qui avait cru en son projet. L'article de presse, qu'il avait consacré à l'événement, mettait en avant le domaine d'expertise de Raphaël et avait permis de toucher très rapidement un large public tant et si bien que la librairie ne désemplissait jamais et que les estimations de manuscrits anciens prenaient du retard. C'était l'activité majeure et une spécificité qui faisait que les initiés venaient parfois de loin. Les diplômes de Raphaël, affichés en boutique, assuraient les clients de sa compétence mais rapidement ce fut le bouche-à-oreille qui lui offrit la notoriété dont il avait besoin.

Dans l'arrière-boutique, précisément répertoriés et rangés par ordre d'arrivée, de nombreux ouvrages attendaient son verdict.

— Noël, je te laisse un moment je vais m'occuper des cotations et des expertises. Tu vas t'en sortir ?

— Bien sûr, c'est un peu plus calme et s'il y a du monde, je t'appelle. Prends ton temps !

Raphaël se retira. Il se concentra pendant des heures sur des livres magnifiques provenant le plus souvent de malles oubliées dans des greniers, de coffres-forts de particuliers décédés, de cachettes jusque-là insoupçonnées dans des meubles où on les avait laissés, emmurés entre des parois de bois, sans oraison funèbre… Il examinait ces ressuscités, ces miraculés exhumés de l'oubli où ils avaient été précipités. Certains, partiellement calcinés, avaient été sauvés *in extremis* du bûcher, condamnés pour expier des crimes de pensée. Du moins, il lui plaisait de l'imaginer. Il tenait entre ses mains de vrais trésors dont il décidait de l'authenticité. Parfois, il s'agissait de pâles copies sans valeur. D'autres fois, il avait sous les yeux des bijoux, véritables pièces maîtresses de collections privées qui réapparaissaient au grand jour alors qu'on les croyait perdues à jamais.

Il regarda sa montre. Il n'avait pas vu le temps passer. Comme il était resté courbé au-dessus des livres, ses muscles étaient endoloris. Il était exténué mais satisfait d'avoir achevé tout un lot d'expertises. Il recula son siège à roulettes en poussant sur ses jambes engourdies, plaça ses bras derrière sa nuque et s'étira comme s'il s'éveillait. Il se leva et, alors qu'il s'apprêtait à éteindre sa lampe pour aller faire quelques pas, son regard fut attiré par un livre en attente d'examen. Il se trouvait sur son bureau, en bas de la pile des ouvrages qui venaient d'entrer, mais il dépassait légèrement des autres, comme pour attirer l'attention. Il s'agissait de toute évidence d'une œuvre ancienne, probablement d'un manuscrit duquel émanait une aura particulière. Il ne pouvait pas dire quelle était la partie qui l'intriguait le plus : la couverture légèrement plus sombre que l'ensemble mais qui paraissait presque neuve ou le dos, taillé dans un cuir épais sur lequel deux lettres d'or fin étaient gravées « FR ». Il orienta le faisceau de lumière vers la reliure, l'examina et doucement ôta l'œuvre de la pile où elle se trouvait, lui donnant ainsi sa préférence parmi les autres. Quand il aperçut le titre, il se laissa tomber sur sa chaise : *Le Serment des oubliés.* Il consulta fébrilement la fiche client et, intrigué, il entreprit de lire les premières lignes :

« Le roi Gaétan venait d'être empoisonné !
Qu'allaient-ils devenir désormais ? se demanda Richard alors que la souveraine s'éloignait. Leurs mains venaient de se séparer. Il ne serrait à présent plus que le vide entre ses doigts. Elle lui manquait déjà.
Il la regarda quitter la salle baignée par l'obscurité. Personne ne devait savoir qu'ils se voyaient.
Sa longue traîne de soie bleue glissait sur le marbre et le bruit de ce frôlement d'étoffe lui était devenu familier et agréable. Il l'entendait à chacune de leurs rencontres secrètes. Tel un ange, on aurait dit qu'elle flottait au-dessus du sol. Elle était si gracieuse, si belle ! Tous les seigneurs s'étaient disputé sa main. Mais les alliances nécessaires à la paix avaient choisi à sa place. Elle avait dû épouser Gaétan Le Puissant.
Ainsi, elle était devenue reine.
Son chien, un berger de Beauce, à la robe aussi noire que le tréfonds des enfers, ouvrait toujours la marche devant elle. L'animal ne la quittait jamais, plus proche de sa maîtresse que son ombre. Tel un cerbère, le regard sombre et inquiétant, il veillait sur elle. Nul ne pouvait se tenir près de la reine sans être scruté par son regard de braise qui traquait les moindres pensées hostiles de ceux qui l'approchaient.
Ce soir-là, dans le palais, un silence pesant et étouffant régnait... »

— C'est presque le même ! dit-il.
Il allait se replonger ailleurs dans le livre quand il aperçut un fragment de papier dépassant du manuscrit. Il le retira délicatement. Il s'agissait d'une page déchirée qui portait le numéro 168. Quand il voulut la réinsérer, il s'aperçut que la

page 168 du volume de la cliente était intacte. Machinalement, il lut les premières lignes du feuillet arraché et stupéfait par ce qu'il venait de découvrir, il resta un moment interdit et pensif. Rapidement, l'attitude à adopter s'imposa à lui.

Il se précipita vers son employé qui finissait d'encaisser une vente et l'interrompit :

— Noël, quand la propriétaire du *Serment des oubliés* doit-elle revenir ?

L'employé consciencieux prit le temps de remercier le client dont il s'occupait avant de se retourner vers son patron.

— De qui parles-tu ?

Raphaël lui donna quelques explications avant d'insister :

— Réponds-moi vite, c'est très important !

Noël le fixa, étonné par tant d'impatience. Il essayait parallèlement de se remémorer ce qui pouvait concerner cette femme.

— Ah oui, je m'en souviens. Une fille sympa, élégante, plutôt jolie ! Vu le livre et la propriétaire, elle doit avoir un peu de sang bleu. C'est bien ton style.

— Viens-en au fait s'il te plaît !

— Elle ne semblait pas pressée de récupérer son manuscrit. Je crois qu'elle n'a pas fixé de date. De toute façon, c'est nous qui devons la rappeler.

Raphaël semblait nerveux. Il piétinait sur place, regardant son employé droit dans les yeux. Changeant complètement de sujet, il lui demanda :

— Tu sais si Séverine travaille aujourd'hui ?

— Séverine ! Mais quel rapport avec la cliente ? Qu'est-ce que tu lui veux ? Je te rappelle que je ne travaille plus à la librairie Pontel depuis que tu m'as engagé ici !

— Je sais mais j'ai une question à lui poser. C'est urgent.

— Une question ! Laquelle ?

— C'est à elle qu'on a remis un paquet le soir de mon départ.

— Oui, je crois ! Et alors ?

— Alors… eh bien, j'aimerais lui parler, lui demander des précisions sur celui qui le lui a remis, insista Raphaël.

— Il me semble qu'elle avait dit ne pas se rappeler la personne et ne rien avoir remarqué de spécial. Il y avait du monde ce jour-là. Mais en quoi c'est important ?

Raphaël éluda la question :

— C'est compliqué...

— Compliqué peut-être mais, si je ne sais pas qui c'était, par contre moi j'ai vu celui qui lui a remis le paquet.

Noël avait un air malicieux. Le ton qu'il venait d'employer aurait fait éclater de rire n'importe qui mais ce ne fut pas le cas, bien au contraire. Raphaël le regarda, le visage fermé, et il reprit sèchement :

— Et tu ne pouvais pas me le dire avant !

Noël comprit que son patron devait avoir une bonne raison de s'impatienter et qu'il n'était plus question de plaisanter.

— Je l'ai vu mais je ne connais pas son nom. Il était particulièrement grand et dépassait les autres d'au moins deux têtes. Par contre, il était bizarre. Je ne peux pas t'en dire plus. Ah si, il portait un chapeau, un chapeau franchement démodé qui n'aurait pas juré parmi nos vieux livres.

Raphaël n'attendit pas la fin de la phrase de son employé.

— Je te laisse les clés de la boutique. Tu feras la fermeture. Je te fais confiance.

Surpris, Noël n'eut pas le temps d'ajouter quoi que ce soit. Il vit son patron se précipiter dans l'arrière-boutique et en ressortir aussitôt en enfilant sa veste. Il tenait un livre à la main qu'il glissa rapidement dans un sac.

Une station de métro, deux. Il descendit à la troisième. Même s'il n'habitait pas loin de la librairie, il lui semblait que le temps s'écoulait plus lentement qu'à l'accoutumée. Son impatience suintait sur son visage, à tel point que les autres passagers le regardaient avec défiance, gardant avec lui une certaine distance, comme s'il s'agissait d'un pestiféré ou d'un déséquilibré dont il fallait se méfier.

Arrivé devant son immeuble, il gravit les escaliers à grandes enjambées, s'accrochant à la rampe pour se propulser encore plus vite. Un tour de clé et il fit irruption dans son appartement.

Sur la table devant le canapé, le livre, son exemplaire du *Serment des oubliés*. Il ne s'était pas trompé, il s'agissait bien de deux volumes identiques : la qualité du cuir, sa couleur, son épaisseur... tout était de même facture. Même l'odeur était semblable et, plus intrigant encore, les deux exemplaires avaient ce même aspect neuf alors qu'il s'agissait très probablement d'œuvres anciennes, vraiment très anciennes ! Il en était certain. Passé ce premier constat, il s'empressa d'ouvrir son propre ouvrage à la page 168. Une partie manquait. Comme il s'y attendait, les deux morceaux de la page déchirée coïncidaient, mot pour mot.

Puis, poussé par la curiosité qui le dévorait, il entreprit de comparer les premières pages même s'il se doutait déjà de ce qu'il allait découvrir :

« La reine Orable venait d'être empoisonnée !
Qu'allaient-ils devenir désormais ? se demanda Flore alors que son bien-aimé s'éloignait déjà.
Elle le regarda. L'épée qui ne le quittait jamais pendait le long de son manteau noir. Elle avait appartenu à Murad ibn

Ahmed, sultan ottoman et calife qui la lui avait offerte, aux portes de la nécropole de Constantinople... »

Il s'empara de l'autre :

« Le roi Gaétan venait d'être empoisonné !
Qu'allaient-ils devenir désormais ? se demanda Richard alors que la souveraine s'éloignait. Leurs mains venaient de se séparer. Il ne serrait à présent plus que le vide entre ses doigts. Elle lui manquait déjà.
Il la regarda quitter la salle baignée par l'obscurité. Personne ne devait savoir qu'ils se voyaient.
Sa longue traîne de soie bleue glissait sur le marbre et le bruit de ce frôlement d'étoffe sur le sol lui était devenu familier et agréable... »

Le même livre, les mêmes personnages dans des rôles différents, la même écriture, probablement le même scribe mais une intrigue qui évoluait autrement ! Sur une couverture deux lettres : FR. Sur la seconde RF S'agissait-il d'une erreur de copiste ? Non, les variantes ne semblaient pas liées au hasard. Il devait y avoir une explication.

Qu'est-ce que tout cela signifiait ?

Il voulut en savoir davantage et ouvrit le livre de la cliente plus loin, au hasard, vers la fin :

« Toute l'assemblée était là. Les Inquisiteurs de l'Ordre Divin rendirent leur jugement :
— Le seigneur Richard est un traître. Il s'est rendu coupable d'empoisonnement sur la personne du roi Gaétan Le Puissant et de sorcellerie. Au petit matin, il sera brûlé vif en place publique. La reine, dame Flore, devra abdiquer pour avoir entretenu une liaison avec un hérétique. Elle sera

emprisonnée dans la plus haute tour du château. Qu'il en soit ainsi !

Aux côtés des Inquisiteurs, le comte Alstuf et ses complices pavoisaient.

Sur leur ordre, tout le monde se retira.

— Et la descendance de la reine, le bien nommé messire Lancelin, qu'est-il devenu ? Il pourrait revendiquer le trône.

— On ne le retrouvera jamais, se vanta le comte, l'œil mauvais, pas plus que Béatrix, la fille de Richard.

— Et la reine, où est-elle en ce moment ?

— Aux arrêts, dans ses appartements. On va l'enfermer dans le donjon dont elle ne sortira jamais. Mais pour l'instant, elle ne se doute de rien.

— Maintenant, le royaume est vôtre, comte ! Il n'y a plus personne entre le trône et vous ! Vous avez réussi ! »

Il tourna encore quelques pages.

« Dans ses appartements, la reine Flore attendait le retour de sa servante. Elle tremblait et même si elle gardait encore quelque espoir, elle ne se faisait guère d'illusions. Le plan de ses ennemis était implacable et elle était piégée. Ils avaient pris toutes les précautions et leur alliance machiavélique avec les Inquisiteurs ne laissait aucune chance à leurs victimes. Personne n'oserait contester la décision de leur tribunal même si Richard n'avait rien avoué.

Elle avait tout tenté pour le sauver mais l'évasion prévue en dernière extrémité avait échoué. Sa prison était trop bien gardée. Ceux qu'elle croyait être ses alliés avaient été achetés.

Elle arpentait nerveusement la grande pièce où elle se sentait encore à l'abri, priant aussi non pour elle mais pour Lancelin, Béatrix et Richard. Elle aurait tout donné pour les *sauver. Mais Aénor tardait, ce qui n'était pas dans ses habitudes.*

Soudain, on tambourina violemment et effrontément à sa porte. Nul n'avait le droit de procéder ainsi pour solliciter une audience. Peut-être venait-on l'arrêter ou pire la tuer. Elle était seule, à la merci des conspirateurs. »

Les mots, les phrases, les pages défilaient sous les yeux du jeune libraire désireux de connaître la suite de l'histoire et de percer le mystère de ces deux livres parvenus jusqu'à lui. Envouté par ces récits d'un autre âge, il lui vint momentanément à l'esprit qu'il existait peut-être un lien entre sa propre vie et celle des personnages ! Il ne pouvait s'empêcher de s'identifier à Richard. Quelle fin connaîtrait-il ? Parviendrait-il à échapper au bûcher ? Fébrile, il dévorait les pages les unes après les autres, avec avidité, comparant les deux exemplaires, notant méticuleusement les différences, de plus en plus convaincu de leur importance. Il devait savoir comment ces récits allaient s'achever.

Il sauta plusieurs passages avant de reprendre sa lecture :

« La chambre de la reine était plongée dans la pénombre. Ses effets personnels étaient répandus sur les tapis de Constantinople. Des parfums aux fragrances rares s'étaient échappés des fioles renversées. La petite table et le miroir étaient brisés au sol. Le lit était défait et, sur les draps de satin blanc éparpillés, on devinait une dague et sa pointe ensanglantée.

À qui ce sang appartenait-il ?

La lame de Tolède abandonnée brillait, inerte. Dame Flore avait dû la brandir en se sentant menacée.

Couché devant l'âtre, le berger de Beauce respirait de façon saccadée. À chaque expiration, il émettait un râle inquiétant. Un liquide blanc et mousseux s'écoulait de ses babines. Cela ne faisait aucun doute. Rainouart avait été empoisonné. Il gisait là, privé de sa maîtresse.

La porte était grande ouverte et aucun garde ne protégeait plus l'accès aux appartements royaux.

Au loin, des roulements de tambour et des clameurs de la foule s'élevaient. L'exécution allait commencer. »

Qu'en était-il des personnages dans son livre à lui ? Il posa l'un, prit l'autre et l'ouvrit à la même page.

« La chambre du roi était plongée dans la pénombre. »

— Toujours les mêmes différences ! se dit-il avant de poursuivre sa lecture.

« Des vêtements étaient répandus sur les tapis de Constantinople. Une table et un miroir étaient brisés au sol. Le lit était défait et, sur les draps de satin blanc éparpillés, on devinait l'épée de Murad ibn Ahmed. Sa lame était encore tiède du sang qu'elle avait fait couler.

À qui ce sang appartenait-il ?

L'acier brillait encore, abandonné. Pourtant, le roi ne se séparait jamais de son arme. Il avait dû la brandir en se sentant menacé.

Couchée devant l'âtre, Roxane respirait de façon saccadée. À chaque expiration, elle émettait un râle inquiétant. Un liquide blanc et mousseux s'écoulait de ses babines. Cela ne faisait aucun doute. Elle avait été empoisonnée. Elle gisait là, privée de son maître.

La porte était grande ouverte et aucun garde ne protégeait plus l'accès aux appartements de sa Majesté.

Au loin, des roulements de tambour et des clameurs de la foule s'élevaient. L'exécution allait commencer. »

— Bonté, hurla Raphaël, je dois absolument retrouver la propriétaire du livre !

Comme il avait pris soin d'emporter avec lui la fiche de la cliente, il composa son numéro de téléphone. Une voix numérique jaillit du haut-parleur.

— Bonjour, vous êtes bien sur le répondeur du 06 12 24 48 96, je ne suis pas là pour le moment mais vous pouvez laisser un message après le *bip*. C'est à vous !

Raphaël enrageait. Il devait absolument la contacter. Il fit un nouvel essai quelques instants plus tard mais la même voix ânonnait inlassablement le même message. Il renonça. À quoi bon ?

Un nouveau coup d'œil sur la fiche lui confirma que son employé avait bien fait son travail en notant l'adresse de la cliente.

Il rangea à la hâte les deux manuscrits dans un sac à dos et sortit précipitamment de chez lui, portable collé à l'oreille.

— Noël ? C'est Raphaël. Dis-moi, aurais-tu d'autres renseignements concernant la personne qui t'a remis le livre ? …Oui, la fille charmante ! … Non, ça n'est pas pour l'inviter !... Non, je ne suis pas amoureux !... Arrête ton cinéma, c'est très important !

Raphaël commençait à s'agacer des plaisanteries grivoises de son employé.

— Bon, s'il te plaît. Je n'ai pas de temps à perdre !

À l'autre bout du fil, son interlocuteur comprit, au ton de la voix de son patron, qu'il devait redevenir sérieux.

— OK ! Justement, elle vient d'appeler pour me dire que l'estimation de son livre n'était vraiment pas urgente.

— Et pourquoi ?

— Elle décolle ce soir pour Miami et...

Noël ne put achever sa phrase. Raphaël venait de lui raccrocher au nez.

25 UNE AIGUILLE DANS UNE BOTTE DE FOIN

À cette heure de pointe, les taxis libres étaient rares. Un peu plus loin, une grosse berline rutilante, noire, ralentit avant de s'arrêter pour déposer une vieille dame. Le chauffeur dans un costume-cravate impeccable déchargeait des valises. Raphaël s'approcha :

— Bonjour. Vous êtes bien un VTC ? Vous êtes libre ?

— Bonjour, monsieur. C'est bien un VTC, mais vous devez réserver en ligne.

— Je sais mais je suis extrêmement pressé. On peut s'arranger pour le prix de la course, vous me rendriez un fier service !

L'homme n'hésita pas longtemps.

— Bon, montez. C'est vraiment parce que vous êtes pressé !

Les artères lyonnaises étaient bondées et les voitures avançaient au pas. Les feux rouges se succédaient inlassablement et parfois les voitures ne bougeaient pas.

Raphaël, qui s'impatientait, pianotait inconsciemment sur l'accoudoir de cuir.

— À part un déplacement dans le temps ou dans l'espace, je ne vois pas comment j'arriverai avant qu'elle parte !

Le chauffeur lança un regard discret dans son rétroviseur intérieur en direction de son client. Face à la mine dépitée de ce dernier, il ne put s'empêcher d'intervenir.

— C'est pour un rendez-vous galant ?

Raphaël, surpris par cette remarque, allait démentir quand il comprit que le conducteur était sensible à ce qu'il prenait pour une histoire d'amour en péril. Il en joua :

— Vous êtes perspicace. On ne peut rien vous cacher.

— Si c'est pour une urgence... Je ne suis pas le capitaine Kirk et je ne peux pas vous téléporter mais je connais très bien le secteur. Faites-moi confiance !

À l'intersection suivante, le véhicule s'infiltra dans une rue perpendiculaire et enchaîna ensuite les changements de direction. Raphaël avait parfois l'impression de rebrousser chemin. Le chauffeur jouait avec le levier de vitesse comme un musicien maîtrise son instrument pour en tirer le meilleur parti et surtout le son le plus mélodieux. Il accélérait franchement lorsqu'il empruntait une artère dégagée, ne freinant que lorsqu'il rencontrait un stop ou un piéton engagé sur la chaussée.

— On y est ! annonça-t-il triomphalement en passant au point mort.

*

Au même moment, dans l'appartement d'Annabelle, les bagages étaient bouclés. Le couple s'apprêtait à partir pour l'aéroport. L'alarme nouvellement installée enclenchée, deux tours de clé à la serrure de sécurité et quelques minutes après tous deux prenaient place dans la voiture de Marc qui démarra immédiatement. Ils n'eurent pas le temps de voir qu'un VTC s'arrêtait en double file devant l'immeuble qu'ils venaient de quitter. Ils n'entendirent pas non plus Raphaël dire en glissant deux billets au chauffeur :

— Attendez-moi quelques minutes. J'espère qu'elle est encore là !

Un bref coup d'œil aux boîtes à lettres pour vérifier le nom et l'étage, un regard en direction de l'ascenseur et finalement Raphaël choisit les escaliers qu'il monta précipitamment.

Il sonna en vain à la porte d'Annabelle et quelques minutes plus tard, il donnait de nouvelles instructions au chauffeur.

— Changement de programme : direction l'aéroport de Saint-Exupéry, terminal des vols internationaux.

— Et je suppose que vous êtes encore plus pressé !

Raphaël ne répondit pas mais lui tendit deux nouveaux billets que l'homme prit sans rechigner.

— Il y en aura encore deux de plus si vous arrivez avant l'embarquement du vol pour Miami.

L'argent, arme de guerre du monde moderne, permet de réduire les distances et de contracter le temps comme dans les livres de science-fiction si bien que, peu après :

— Au revoir et vraiment merci ! fit Raphaël en claquant la portière derrière lui avant de se précipiter comme s'il allait lui-même manquer un avion.

Le « bonne chance ! » lancé à la volée par le chauffeur se perdit dans le bruit ambiant.

Puis, ce fut une course effrénée.

Dans le vaste hall de l'aérogare il consulta le tableau d'embarquement, comme tout le monde, le nez en l'air : MIA, Miami international Airport, le vol était annoncé. L'enregistrement des bagages était sans doute bien avancé, peut-être même déjà terminé. Il devait se rendre en zone de douane mais sans billet ce serait compliqué.

Il n'y avait pas trente-six solutions et il lui fallait faire très vite. Sans réfléchir davantage, il se présenta aux bureaux de la compagnie Miami Airlines. Par chance, il restait des places.

En l'absence de bagages à enregistrer, il expédia rapidement les formalités.

Peu de temps après, billet d'embarquement en main, il se présentait au service des douanes. Il avait conscience que sans passeport il n'irait pas très loin mais qu'importait, il ne voulait pas prendre l'avion. L'essentiel était de retrouver celle qu'il cherchait avant qu'on ne lui demande de présenter le fameux sésame.

Le hall était noir de monde et il n'avait qu'une vague idée de ce à quoi ressemblait la jeune femme. Il ne la connaissait pas et l'avait à peine entrevue le matin même devant la librairie. Il pensa un instant crier son nom à la cantonade. Il aurait ainsi attiré son attention mais compte tenu de la foule et du brouhaha qui régnait les chances qu'Annabelle l'entende, se retourne et le remarque étaient infimes. Autant chercher une aiguille dans une botte de foin ! L'expression d'une banalité déconcertante collait particulièrement bien à ce qu'il vivait à ceci près : il ne savait pas à quoi ressemblait vraiment l'aiguille.

Un couple ! Il devait chercher un couple ! C'était déjà plus simple et peut-être que tous les deux seraient habillés de la même façon que lorsqu'ils les avaient vus discutant sur le trottoir. Il se souvenait vaguement de leurs tenues. Il balaya du regard les lieux mais fait exprès, il n'y avait pratiquement que des couples et les uns cachaient parfois les autres quand ce n'étaient pas les portiques et le mobilier aéroportuaire qui lui masquaient la vue. Il avait l'impression que tout se liguait contre lui.

Le terminal 2 de l'aéroport Saint-Exupéry était particulièrement bondé et s'apparentait davantage à une fourmilière au sein de laquelle chacun savait ce qu'il avait à faire. Cette faune grouillait, s'agitait en tous sens, comme autant d'insectes besogneux et pressés. Raphaël aurait volontiers renoncé si l'enjeu ne lui avait pas paru important. Seul au milieu de cet océan constitué de familles, de bagages et du personnel de l'aéroport, il se sentait de plus en plus désemparé.

Contrairement aux autres passagers focalisés sur les portiques de la douane, sur les tapis roulants et les bacs où déposer leurs effets personnels avant de passer en zone internationale, Raphaël observait, fébrile, tous ceux qui l'entouraient. Un agent de sureté, entraîné à détecter les comportements atypiques chez les voyageurs, remarqua qu'il ne s'intéressait pas aux formalités de contrôles habituelles auxquelles chacun devait se soumettre mais qu'il scrutait étrangement les gens, les dévisageant parfois. Son attitude ne correspondait pas à celle d'un voyageur le plus souvent impatient d'embarquer. Sans le quitter des yeux, l'agent toucha deux mots à un collègue et, lentement, tous deux se dirigèrent vers lui, l'encadrant de part et d'autre, tout en restant à une certaine distance.

— Sécurité ! Votre billet d'embarquement s'il vous plaît monsieur.

Trop absorbé par sa recherche, Raphaël ne comprit pas immédiatement la demande ni l'objet de la présence de ces deux hommes pourtant suspicieux. Autour de lui, les voyageurs s'interrogeaient, quelque peu intrigués par la pression physique que les deux individus en uniformes exerçaient auprès de ce passager.

Un *no man's land* s'était naturellement établi à proximité.

— Votre billet d'embarquement, monsieur, je vous prie, répéta le même homme d'un ton toujours poli mais plus insistant.

On ne plaisante pas avec la sécurité dans les aéroports.

À cet instant, Raphaël prit brusquement conscience de la situation. Dans la précipitation, ses gestes devinrent maladroits et hésitants. Enfin, sous l'œil menaçant des vigiles prêts à toute éventualité, il palpa une de ses poches et en sortit son titre de transport qu'il présenta à l'employé.

Tout en observant le jeune homme qui paraissait équivoque, l'un des agents procéda aux vérifications d'usage : destination et authenticité du document. Puis il lui dit :

— Vous semblez chercher quelque chose, monsieur, ou peut-être quelqu'un !

Raphaël crut bon de faire un peu de zèle, inconscient qu'il avait en face de lui deux professionnels de la sécurité aéroportuaire.

— Non, je vais à Miami comme l'indique mon billet, c'est tout !

Ses interlocuteurs n'apprécièrent ni son ton badin ni le sourire crispé qu'il arborait au coin des lèvres.

— Oui, je sais lire, répliqua sèchement l'agent. Mais vous ne paraissez pas pressé d'embarquer. Pourquoi ne pas vous insérer dans une file d'attente pour déposer votre sacoche sur les tapis de contrôle ? Tout doit être scanné. Vous comprenez ?

— Bien sûr !

Le voyageur improvisé semblait sous-estimer la situation et les deux hommes méfiants qui l'observaient. Il leur répondait mais paraissait étranger à la conversation, le regard toujours attiré par ce qui se passait ailleurs. Il resserra les bras autour de son sac plaqué contre sa poitrine. Inconsciemment, il voulait protéger ses livres. Comme il ne bougeait pas et continuait à examiner la salle d'embarquement, les deux hommes se regardèrent, plus soupçonneux encore.

— Vous devez déposer tous vos objets métalliques sur les tapis roulants avant de passer sous les portiques. Les objets électroniques, téléphones portables, tablettes, et cetera doivent être en fonctionnement. Les liquides sont interdits. Cela vous pose un problème ?

— Pas du tout !

— Alors pourquoi regardez-vous partout au lieu de vous plier à ces formalités ?

Raphaël s'apprêtait à se justifier quand il repéra enfin le couple qu'il cherchait. Un imposant pilier l'avait masqué jusque-là. Il oublia totalement ses interlocuteurs et se mit à appeler la jeune femme en amorçant quelques pas dans sa direction :

— Mademoiselle, mademoiselle Béatrix !

Croyant qu'il essayait de s'enfuir, les hommes de la sécurité n'hésitèrent pas une seconde. Ils lui sautèrent dessus et l'empoignèrent vigoureusement pour l'immobiliser.

26 PARTIR OU COMPRENDRE

Annabelle, qui allait franchir le portique, se retourna, étonnée. Marc fit de même tandis que les deux hommes maintenaient Raphaël fermement. Plaqué à plat ventre au sol, il ne pouvait plus bouger. Autour d'eux, le cercle s'élargit considérablement. Les gens s'étaient écartés comme des petits animaux qui pressentent un danger. Certains, affolés, tentaient déjà de quitter les lieux, d'autres poussaient des cris, tandis qu'une panique généralisée s'amorçait. On aurait dit qu'un terrible ouragan menaçait de s'engouffrer dans l'aéroport et de tout balayer. L'affolement ne dura qu'un instant, suivi d'un silence surprenant rythmé par le bruit des tapis roulants qui continuaient de fonctionner à vide désormais. L'aéroport se trouvait dans l'œil du cyclone. Des sacs abandonnés dans la précipitation jonchaient les dalles granitées dans un désordre affligeant. Les voyageurs avaient disparu, retranchés plus loin, à l'abri. Les plus téméraires hasardaient de temps en temps un œil pour tenter de voir ce qui se passait ou si c'était fini. D'autres, bien cachés, restaient collés aux murs n'osant bouger un cil de crainte d'être repérés.

— Restez calme ! ordonna un des agents.

Un bras bloqué dans le dos, Raphaël était parfaitement neutralisé. La pression exercée par le genou de l'employé de sécurité sur son bassin l'empêchait de faire quoi que ce soit. Une joue écrasée sur le sol de l'aéroport, il pouvait néanmoins parler :

— Annab...l Bé...ix ! tenta-t-il d'articuler de façon assez indistincte alors que ses mâchoires avaient du mal à bouger.

Surprise d'entendre son nom prononcé dans ce lieu par un individu ayant maille à partir avec la sécurité, Annabelle prêta l'oreille. Quand elle constata que l'homme était hors d'état de nuire et apparemment inoffensif, elle s'approcha un peu, comme attirée, sans comprendre réellement pourquoi. Elle le regarda, à terre, se demandant qui il pouvait être, ce qu'il lui voulait et comment il pouvait la connaître. En mauvaise posture, il semblait n'être qu'un jouet entre les mains de deux mercenaires aguerris aux arts martiaux. Intriguée, elle fit un pas de plus pour se rapprocher encore.

— Fais attention, fit Marc qui la suivait de près, on ne sait jamais.

— Je ne suis pas quelqu'un de dangereux, s'efforça d'expliquer Raphaël.

Il écorchait chacun des mots qu'il prononçait.

— Je veux juste parler à cette jeune femme, c'est tout, mais c'est très important. Je suis *clean*, je n'ai rien fait !

Les agents de sécurité maîtrisaient la situation mais cherchaient à comprendre ce qui se passait. Celui qui le tenait en respect relâcha quelque peu sa clé de bras tout en le gardant sous contrôle. Il précisa :

— Ne vous imaginez pas que je vous libère et que vous allez pouvoir vous enfuir. Expliquez-nous ce que vous faites là et ce que vous voulez, on verra après !

— Merci, se sentit obligé de dire Raphaël certain qu'il fallait obtempérer. Regardez dans mon sac. Il y a deux livres. Il faut absolument les montrer à la demoiselle. Elle comprendra. Je vous en prie !

Les deux hommes se regardèrent, hésitants, puis d'un léger mouvement de tête l'un d'eux fit comprendre à l'autre qu'il fallait en avoir le cœur net.

Autour d'eux, des membres du personnel les avaient rejoints et ils maintenaient un périmètre de sécurité obligeant les autres passagers à rester à l'écart.

Avec la plus grande précaution, l'agent aventura une main dans le sac de Raphaël et délicatement il en sortit deux objets : deux livres quasiment identiques.

— Rien d'autre dans ses affaires ? demanda son collègue.

— Non, rien. Juste ces deux livres !

— Tout ce tapage pour des bouquins ! s'exclama le plus jeune des hommes de la sécurité.

— Ben oui, confirma Raphaël. Vous voyez, il n'y a aucun risque. Vous pourriez peut-être me relâcher maintenant. J'aimerais bien me relever et puis vous me faites vraiment mal au bras.

Le plus expérimenté des agents fit une moue en regardant le sac et les livres. Il ajouta :

— Des livres en apparence mais il vaut mieux être prudent. Faites immédiatement venir le maître-chien et posez-moi ça au sol avec la plus grande prudence ! Ensuite, élargissez la zone de sécurité.

Raphaël n'en croyait pas ses oreilles. Elles bourdonnaient, sans doute parce que sa poitrine comprimée ne permettait pas de respirer correctement et que le sang affluait mal dans son crâne.

Il était en fâcheuse posture et le cauchemar ne faisait que commencer.

Annabelle, tout proche, fixait les deux livres déposés par terre. Elle reconnut aussitôt la couverture.

— *Le Serment des oubliés*, c'est mon livre ! dit-elle tout bas à Marc. Pourquoi est-ce qu'il l'a amené ici ? Et l'autre… c'est le même livre ! Pourquoi a-t-il deux livres identiques ? Qui est ce gars ? Il ressemble à un acteur.

Marc se contenta de se taire tandis qu'Annabelle dévisageait Raphaël, attendant des réponses aux questions qu'elle se posait. Elle réfléchissait en même temps. Soudain elle dit à voix basse :

— Ça me revient maintenant, ça y est, je sais où je l'ai vu. C'était le jour où j'ai eu l'accident, il me semble qu'il était là parmi les curieux et qu'il me regardait.

Elle se concentrait et secouait doucement la tête par moments.

— Oui, c'est ça, poursuivit-elle, c'est James Dean et puis…

Elle hésitait, fouillant apparemment dans son passé. Marc la regarda perplexe, se demandant si elle ne divaguait pas. James Dean, dans cet aéroport ! Il connaissait sa passion pour le cinéma mais elle exagérait vraiment.

Tout à coup, sans même s'en rendre compte, elle ajouta à haute voix cette fois :

— Il se trouvait aussi au poste de police et il était menotté !

Tous les regards se braquèrent aussitôt sur Raphaël. Le responsable de la sécurité, qui avait légèrement relâché son étreinte et sa surveillance, regretta son geste de clémence. Sa réaction fut immédiate.

Raphaël sentit que les dernières paroles de la jeune femme venaient de sceller son sort. La situation empirait à chaque instant. Il lui fallait rapidement trouver comment désamorcer la tension qui avait envahi le hall.

— Oh la ! articula-t-il le plus calmement possible alors que la clé de bras de l'employé se renforçait de nouveau. Ne nous emballons pas. Oui, j'étais bien dans un poste de police il y a quelques jours comme le dit mademoiselle et on m'a peut-être passé les menottes mais il s'agissait d'une erreur judiciaire. Maintenant c'est réglé ! En plus, la victime c'était moi. Renseignez-vous, vous verrez que j'ai raison.

Ce regain d'assurance déstabilisa les hommes de la sécurité.

— Allez donc à la pêche aux renseignements. On vous confirmera ce que je viens de vous dire, à savoir que mon arrestation par la police, en présence de mademoiselle, n'était qu'une méprise !

Alors qu'il tentait de se justifier, il crut qu'il allait défaillir tant il avait du mal à respirer. Son bras coincé et son dos le faisaient atrocement souffrir. Il commençait à étouffer mais s'efforçait de rester calme.

— Pour sûr, nous allons vérifier et tout de suite !

Toujours immobilisé, il entendit l'agent, peut-être le chef, appeler un collègue. Il lui donna quelques consignes en lui remettant le permis de conduire de l'agitateur, seul papier d'identité en sa possession.

— Consulte la base de données ! Après, retrouve-nous au bureau, on l'emmène !

Annabelle avait regardé la scène abasourdie, ne sachant que faire. Elle était restée à bonne distance de ce personnage qui, dans les faits, ne semblait pas très fréquentable : d'abord menotté dans un commissariat et maintenant interpellé par la sécurité de l'aéroport. Mais il y avait les livres ! Même si elle ne voulait pas se l'avouer, un sentiment inexplicable la poussait irrésistiblement à s'intéresser à lui, ou peut-être était-ce une voix intérieure.

Finalement, une voix bien réelle cette fois la ramena à la raison et décida de la suite des événements :

— Eh vous, mademoiselle, oui vous qui semblez connaître cet individu. Approchez !

En même temps que le chef invectivait la jeune femme, deux hommes l'entourèrent, prêts à la saisir si nécessaire.

— Suivez-nous, vous vous expliquerez au poste !

Annabelle n'osa pas les contrarier et elle jeta un regard à Marc, qui restait seul en retrait, embarrassé mais impuissant. Il valait mieux obéir.

La pièce dans laquelle on les conduisit était dépourvue de fenêtre donnant sur l'extérieur mais elle était fortement éclairée par des néons encastrés dans un plafond relativement haut. La lumière blanche et particulièrement éblouissante rendait l'endroit froid. C'était peut-être volontaire, car ceux qui étaient convoqués en ces lieux n'y venaient pas pour y passer un moment agréable mais plutôt pour se justifier. Dans un coin, à hauteur d'homme, des écrans de contrôles ne manquaient rien de ce qui se passait dans l'aéroport. Des parois vitrées scindaient la grande pièce en plusieurs îlots ressemblant à des salles d'interrogatoire. Chacune d'elles était pourvue de bureaux et d'ordinateurs. Raphaël eut le sentiment de revivre son interrogatoire, quelques mois plus tôt, lorsqu'on le conduisit dans une de ces cabines de verre. Le cauchemar recommençait. Annabelle fut amenée juste à côté.

Marc n'avait prononcé aucun mot jusque-là. Il s'était bien gardé de réagir à cette interpellation comprenant qu'il serait plus utile libre de ses gestes que dans les locaux de la sécurité.

Pendant un moment, il tourna en rond. Il devait trouver une solution, seul au beau milieu de l'immense hall, en proie à tant de questions. Il glissa les mains dans les poches de son jean, plus par automatisme que pour y chercher quelque chose. Que faire ? Annabelle avait des problèmes. Il repéra une rangée de sièges, se dirigea vers eux pour s'asseoir et la tête dans ses mains, il réfléchit à la stratégie à adopter.

Dans l'aéroport, le calme revenu, le flux des voyageurs avait repris le parcours des formalités d'embarquement.

Des haut-parleurs invitaient les retardataires pour le vol de Miami à rejoindre au plus vite les guichets d'embarquement et quand plus tard Marc vit l'Airbus d'Air France A 380 s'élever lourdement, il sut que le voyage en amoureux qu'il avait minutieusement préparé était compromis. Par contre, il venait de trouver la solution à leurs problèmes.

*

La nuit tombait déjà quand Annabelle et Raphaël reparurent. La jeune femme serra chaleureusement la main d'un homme souriant, à la prestance sans pareil dans son costume trois-pièces que Raphaël remercia à son tour. Tandis que Marc approchait, elle se tourna vers lui le regard sombre, les sourcils froncés :

— Tu aurais pu me soutenir, prendre mon parti, je ne sais pas moi mais tenter quelque chose au lieu de les laisser m'emmener !

— Tu as raison, rétorqua-t-il, mais qui aurait appelé Denis ? J'étais plus utile libre de mes gestes, tu ne crois pas !

Denis Grafaud, avocat dont la réputation n'était plus à faire, spécialisé dans la finance mais aussi qui s'était fait remarquer à la télévision dans des procès sulfureux, confirma que Marc avait pris une bonne décision en choisissant de le contacter. Sans son intervention, l'affaire aurait traîné. Les services de sécurité des aéroports ne plaisantaient jamais et ne laissaient aucune place au doute. En un temps record et des coups de téléphone dont il avait le secret, il avait rassemblé les preuves de l'innocence de Raphaël quant à la plainte que

Thomas Ducreux avait déposé contre lui. Le suspect blanchi, la sécurité de l'aéroport n'avait plus aucune raison de le retenir, pas plus qu'Annabelle.

Comme l'homme de loi était appelé ailleurs, il donna une rapide accolade à Marc, échangea quelques mots avec lui avant de le quitter.

— J'ai vraiment eu peur de passer la nuit au poste, remarqua la jeune femme.

— Moi aussi, fit Raphaël.

La jeune femme irritée se retourna vers lui :

— Alors ça, c'est la meilleure. Je ne sais pas si vous vous vous rendez compte que tout est votre faute ! À cause de vous, j'ai été arrêtée comme une criminelle, on m'a emmenée *manu militari* dans les locaux de la police aéroportuaire pour être interrogée et en plus j'ai raté mon avion ! Je ne crois pas que vous vous rendiez compte de la situation dans laquelle vous m'avez mise.

Raphaël penaud tenta de s'expliquer mais elle ne lui en laissa pas le temps :

— Qui êtes-vous ? Vous me suivez ? Et que faites-vous là, avec mon livre ?

Au moment où il allait l'éclairer, une annonce précisa que l'embarquement à destination de Mexico ne se ferait pas à la porte prévue initialement mais à une autre située complètement à l'opposé. Comme au moment des soldes, une marée humaine les submergea, bousculant tout sur son passage. Impossible pour Raphaël de se justifier. Il se contenta de faire signe au couple de le suivre un peu plus loin.

— Je suis vraiment désolé pour tout cela mais je n'avais pas le choix. J'ai beaucoup de choses à vous dire et ça ne pouvait pas attendre. Je vous offre un verre pour me faire pardonner ! proposa-t-il. Je vais tout vous expliquer.

D'abord contrarié, le couple finit par accepter. Aucun nouvel avion pour Miami n'était annoncé dans l'immédiat.

Attablés à la terrasse d'un café de l'aéroport, Raphaël raconta comment il avait ouvert sa propre librairie, évoqua le curieux cadeau qu'il avait reçu lors de son licenciement, l'arrestation au cours de laquelle Annabelle l'avait vu et enfin la découverte du livre qu'elle avait confié à Noël, son employé, pour expertise. S'il pensait que leur rencontre sans paroles lors de l'accident de la jeune femme sur la voie publique n'était qu'un concours de circonstances, à présent il n'en était plus tout à fait certain.

— Imaginez ma surprise quand j'ai vu que votre livre était le même que le mien, enfin presque. Il y a des différences que je ne m'explique pas. Pourtant, je suis formel : nous sommes en présence de deux ouvrages très anciens, rédigés par le même scribe. Une analyse des encres utilisées et de la provenance du papier notamment confirmerait mes propos !

— De quelles différences parlez-vous ? À ce que j'ai pu voir, c'étaient les mêmes livres, avec le même titre et la même couverture.

Raphaël renchérit :

— Pas tout à fait ! Mais commençons par le commencement. Ce matin, je vous ai entraperçue alors que vous sortiez de la librairie. Je me suis dit que je vous avais déjà croisée. Mais où ? Je sais maintenant que c'était au poste de police. Ensuite, j'ai commencé mes expertises et je suis tombé sur votre exemplaire du *Serment des oubliés*. C'est seulement là que j'ai compris qu'il y avait quelque chose d'étrange : deux livres, mêmes titres, des personnages identiques mais des destins différents. Et puis autre chose m'a intrigué. Avez-vous lu votre livre ?

— Oui mais je ne l'ai pas encore fini.

— Et vous n'avez rien relevé d'étonnant ?

Annabelle réfléchit un instant.

— Oui, maintenant que vous le dites : la fille de Richard s'appelle Béatrix et c'est aussi mon nom de famille. Et alors, c'est le hasard !

— Le hasard ? Et si je vous dis que je m'appelle Raphaël Lancelin ! Avouez que c'est surprenant non !

Annabelle se sentit comme étourdie en entendant le nom du jeune libraire. Elle essaya de se concentrer mais ni les circonstances ni le lieu ne s'y prêtaient. La situation était trop soudaine, trop imprévue, le va-et-vient de la clientèle du bar la perturbait et le temps passé à répondre aux questions des agents de la sécurité l'avait secouée.

— Plus curieux encore : dans votre livre, j'ai retrouvé la moitié d'une page du mien, qui était déchirée. Ça confirme bien que ces deux livres proviennent du même endroit.

— Vous parlez de la page 168 !

— Exactement.

— J'ai remarqué qu'elle était insérée dans mon livre après qu'un gamin m'a heurtée dans la rue. Je suis pourtant certaine qu'avant elle n'y était pas. Qu'est-ce que tout cela veut dire ?

Personne n'avait la réponse.

Les propos de Raphaël plaidaient en sa faveur mais si elle éprouvait une sorte de sympathie latente et inexpliquée pour le libraire, elle était malgré tout trop troublée pour être sereine.

— Effectivement, tout ceci est étrange, remarqua-t-elle. Mais pourquoi nos deux noms se trouvent-ils dans ces livres ?

Marc écoutait sans oser intervenir.

— Je pensais que vous pourriez m'éclairer, répondit le jeune libraire un peu dépité.

— Moi, vous éclairer ! Que le prénom de la fille de Richard corresponde à mon nom de famille, c'est sûrement une coïncidence !

— Et ce serait aussi une coïncidence que Lancelin soit l'enfant de dame Flore et que ce prénom corresponde à mon nom ! Ce serait une coïncidence aussi que je me sois trouvé sur les lieux de votre accident, que vous m'ayez croisé au poste de police et que nous soyons tous les deux en possession du même livre, enfin à quelques différences près ! Coïncidence à nouveau que vous l'ayez déposé dans ma librairie pour expertise ! Je veux bien croire aux coïncidences mais là, admettez que ça fait beaucoup !

— Pourquoi pas ! intervint Marc qui sentait un peu exclu de la conversation. Allez, viens Annabelle ! Ce n'est qu'un faisceau de points communs, liés au hasard, rien de plus. Et si ce n'est pas le hasard alors il s'agit probablement d'une arnaque. Je ne serais pas surpris que la prochaine étape soit une demande de virement bancaire pour financer des recherches à propos de ces livres.

Il s'adressa cette fois directement à Raphaël :

— C'est bien essayé mais vous vous êtes trompé de cible. Comme vous avez pu le remarquer, j'ai le bras long, des connaissances bien placées et d'autres moins fréquentables qui pourraient vous faire regretter de vous en être pris à nous !

La jeune femme découvrait un autre visage chez son compagnon. De quelles fréquentations douteuses parlait-il ?

— Laisse tomber Annabelle ! Déjà qu'on a raté notre avion… Viens, allons plutôt voir s'il n'y a pas deux places sur le prochain vol.

Marc avait raison sur un point : ils avaient manqué leur avion. Sur l'immense panneau d'affichage des départs, un autre vol pour Miami clignotait. L'embarquement était imminent.

— Vous vous trompez sur mon compte. Je n'essaye pas de vous arnaquer. Je ne suis qu'un libraire, expert en livres anciens et si je vous ai suivi jusqu'ici c'est parce que je suis en possession du même livre que vous. Je ne m'explique ni comment ni pourquoi il m'est parvenu. Je veux simplement comprendre ce qui nous arrive. Faites-moi confiance ! Si vous embarquez pour Miami, je ne pourrai pas vous suivre et tout sera fini. J'ai bien un billet, mais je n'irai pas plus loin. Je l'ai seulement pris pour pouvoir vous retrouver avant le décollage. De toute façon, je n'ai pas d'Esta pour les États-Unis. Je serai refoulé. Maintenant la balle est dans votre camp. C'est vous qui décidez ! Soit vous partez, soit vous voulez comprendre !

— Refoulé ! intervint Marc. C'est peu dire ! De toute façon, je ne serais pas étonné si demain ou plus tard la police s'intéressait à vous et vous demandait des comptes. Des vols ont quand même été retardés par votre faute et je suis sûr que les Américains vous ont déjà ajouté sur leur « blacklist ». Vous y figurez peut-être déjà d'ailleurs !

— Ma faute ! s'insurgea Raphaël. Des agents de sécurité m'ont littéralement sauté dessus et ceinturé parce qu'ils se sont imaginé je ne sais quoi. Et ce serait ma faute !

— C'est normal ! ajouta Marc qui essayait d'enfoncer le libraire pour se débarrasser de lui. Ils ont cru que vous aviez une arme dans votre sac ou peut-être une bombe. Moi, je crois que vous êtes plutôt une sorte d'escroc en col blanc !

— Eh bien, ils se sont trompés. Chercher quelqu'un dans un aéroport ne fait pas de lui un terroriste que je sache ! D'ailleurs, les caméras qui ont certainement tout filmé plaideront en ma faveur.

Annabelle agacée avait suivi mot à mot cette joute verbale tandis que Marc, qui ne cessait de regarder le tableau d'embarquement, insista :

— Allez, Annabelle, on n'a plus rien à faire avec ce type ! Il nous a déjà créé assez de problèmes. On a encore le temps d'échanger nos billets pour le vol qui clignote sur le tableau d'affichage des avions au départ. Mais il faut faire vite. Il n'y en aura peut-être pas d'autre avant un moment !

La jeune femme hésita l'espace d'un instant. Suivre Marc ou croire cet inconnu ? Suivre la raison ou la folie ? La question était claire, la réponse semblait évidente aussi. Mais, une intime conviction lui disait de rester. De toute façon, Marc ne l'abandonnerait pas quel que soit son choix et des avions pour Miami il y en aurait d'autres.

— Tant pis pour Miami. J'ai besoin de comprendre ce qui se passe. Ma vie déraille complètement depuis que j'ai trouvé ce livre et je veux savoir pourquoi. Sortons d'ici !

— Mais Annabelle… Notre voyage ? L'avion… ?

— On en prendra un autre, une autre fois. Je suis désolée mais je dois savoir et, contrairement à toi, je ne crois pas qu'il nous mente !

27 LE CŒUR GRAVÉ

À bord du même taxi, ils regagnèrent l'appartement d'Annabelle.

Marc, d'abord silencieux et contrarié, s'était finalement radouci, prêt à entendre ce que cet homme venu de nulle part voulait leur dire.

Il fallait faire connaissance.

Ils évoquèrent rapidement leurs vies respectives puis la façon dont chacun était entré en possession de son manuscrit. De toute évidence, *Le Serment des oubliés* avait fait irruption de façon originale dans leur existence. Un livre abandonné volontairement ou pas pour l'un, un livre bizarrement offert par un inconnu pour l'autre mais presque en même temps. Surprenant ! Seul point commun : l'homme au chapeau.

Le voyage à Miami était progressivement passé aux oubliettes et Marc abasourdi découvrit en détail les problèmes qu'avait vécus sa compagne pendant son absence. Malgré ses réticences, il dut convenir que le récit des deux jeunes gens était peu banal et que, aussi surprenant que cela puisse paraître, leur rencontre n'était peut-être pas le fruit du hasard mais semblait directement liée aux livres.

— Raphaël, je peux voir votre exemplaire ? demanda Annabelle.

Il le lui confia presque solennellement. Elle déposa les deux livres côte à côte sur la table basse du salon juste devant elle. Elle les effleura délicatement du bout des doigts comme si les deux couvertures de cuir risquaient de se désagréger au moindre mouvement brusque.

— Récapitulons : deux titres identiques mais deux lettres différentes sur le dos. FR pour l'un, RF pour l'autre. Des personnages dont les prénoms correspondent à nos deux noms de famille, sans oublier les circonstances particulières dans lesquelles ces livres sont entrés en notre possession. J'avoue que tout ceci me laisse perplexe. Qu'est-ce que ça signifie ?

Raphaël avait déjà quelques réponses.

— Concernant les initiales, je crois qu'elles correspondent à Flore et Richard pour le vôtre et Richard et Flore pour le mien.

— Et pourquoi cette différence ?

— Lisez les premières pages de mon exemplaire. Vous comprendrez tout de suite.

Annabelle le posa précautionneusement sur ses cuisses et elle commença à parcourir les premières lignes. Il s'agissait presque de la même histoire mais les protagonistes avaient un rôle différent.

« La reine Orable venait d'être empoisonnée !

Qu'allaient-ils devenir désormais ? se demanda Flore alors que son bien-aimé s'éloignait déjà.

Elle le regarda. L'épée qui ne le quittait jamais pendait le long de son manteau noir. Elle avait appartenu à Murad ibn Ahmed, sultan ottoman et calife qui la lui avait offerte, au nom de leur amitié, aux portes de la nécropole de Constantinople. Anciens ennemis... »

— C'est curieux. C'est la même histoire sans l'être vraiment. C'est peut-être un choix du scribe, si tant est que ces livres soient vraiment anciens ! s'exclama-t-elle.

— Ils sont très anciens, je vous le confirme même si je n'ai pas eu le temps d'approfondir mon expertise et même si leur apparence est déconcertante étant donné leur parfait état de conservation. Maintenant si vous vous projetez à la fin du récit, Richard est menacé d'être brûlé vif par les Inquisiteurs de l'Ordre Divin dans l'un des deux exemplaires mais pas dans l'autre.

— C'est horrible, s'émut la jeune femme qui inconsciemment se sentait concernée par le triste sort réservé au chevalier.

— N'exagérons pas ! intervint Marc. Vous en parlez tous les deux comme s'il s'agissait d'une histoire vraie ! Ce n'est qu'une fiction et ce ne sont que des livres après tout.

Annabelle presque vexée par cette remarque le regarda froidement.

— Pour toi peut-être mais pour moi c'est comme si ces personnages existaient vraiment et que j'étais liée à eux. D'ailleurs je ne t'ai pas vu lire une seule ligne de ce livre ! Peut-être que si tu t'y intéressais un peu plus tu aurais la même réaction que nous.

— Tu sais bien que la lecture n'est pas mon truc, surtout quand l'intrigue remonte à Mathusalem !

Marc ne put s'empêcher de hausser les épaules même s'il reconnaissait que tout ceci était vraiment étrange.

— Je ressens exactement la même chose qu'Annabelle, renchérit le jeune libraire. Je ne peux pas l'expliquer mais il faut absolument que je sache ce qui se passe, quelle menace pèse sur eux. C'est comme si je pouvais les aider. Je vous l'accorde, c'est ridicule mais c'est ainsi.

Annabelle acquiesça, ravie d'avoir un allié dans cette confrontation avec l'irrationnel.

— Et puis il y a autre chose qui me tracasse, ajouta Raphaël, et que je ne peux pas expliquer.

— Qu'est-ce que c'est ?

— Je n'en sais rien, c'est une sorte de pressentiment. Cette situation me paraît… comment dire… anormale mais je n'arrive pas à savoir ce qu'elle a d'étrange qui m'interpelle. Il y a quelque chose qui cloche ! Je finirai par trouver…

— Bon, admettons. Tout ceci est bizarre, intervint Marc, mais je crois que nous devons nous concentrer sur les points à éclaircir. Moi, je ne vois pas lesquels mais l'un de vous a sans doute une petite idée.

— Tu as peut-être raison et je crois que pour commencer on devrait s'intéresser à l'homme qui a oublié son livre sur le banc. Je pense que c'est le même qui a laissé un exemplaire à la librairie, à mon intention, le jour de mon licenciement. Pour commencer, à quoi ressemblait celui du parc ?

La jeune femme parut réfléchir, les yeux braqués en l'air, à la recherche de souvenirs. Elle avait beau se concentrer, tout ceci était déjà loin et assez confus.

— Je ne me rappelle plus exactement et puis je l'ai toujours vu de loin. Mais maintenant que j'y pense, un détail me revient. Il avait… Il était... … euh, comment dire…

Raphaël compléta sa phrase :

— … très grand.

— Oui, c'est ça, confirma-t-elle. Ça m'a marquée. Il est effectivement très grand. Je pense qu'il doit dépasser les autres de deux têtes au moins. Et puis ça me revient maintenant, malgré le chapeau qu'il portait, j'ai pu voir qu'il avait un visage plutôt émacié.

— Je ne sais pas qui m'a offert ce livre, je ne l'ai pas croisé mais quand j'ai été agressé, un homme est intervenu et a littéralement rossé les trois voyous dont je vous ai parlé. Bien évidemment, moi non plus je ne l'ai pas bien vu et pour cause, mais il m'a paru très grand, en tout cas plus grand que les délinquants. Même si j'étais au sol et en piteux état, j'ai aussi senti une étrange odeur quand il était là. Je pense que l'homme qui a laissé son livre sur le banc et celui qui m'a secouru sont les mêmes. Ce qu'il nous veut, c'est une autre question. Reste à savoir si c'est bien lui qui m'a offert le livre car pour l'instant ce n'est qu'une supposition.

— OK, répliqua Annabelle, mais l'homme du parc n'était plus très jeune et du coup, je me demande s'il s'agit bien du même homme. Comment aurait-il pu mettre en déroute trois jeunes malfrats ?

Marc prit la parole :

— Enfin une parole sensée ! Un homme plutôt âgé, capable d'une telle prouesse m'étonne autant, si ce n'est plus, que les circonstances si particulières qui vous ont fait vous rencontrer.

Les deux hommes tergiversèrent sur différents points : le contenu des livres, l'oubli fortuit ou non dans le parc, le cadeau fait à Raphaël par un inconnu qui coïncidait bizarrement avec son départ... Ils cherchaient vainement des réponses aux questions qui s'accumulaient de plus en plus ou de nouvelles pistes à explorer mais, au bout d'un moment, ils en vinrent à un constat simple : ils piétinaient. Annabelle les écoutait, semblant ailleurs. Tracassée, elle ne paraissait pas les entendre. Tout à coup, elle se leva et les interrompit :

— Ça y est, je sais ! fit-elle triomphalement.

Ils la regardèrent, étonnés.

— Je n'arrivais pas à trouver le lien mais ça y est, je me rappelle maintenant. Il y a longtemps déjà, avec des amis j'ai visité un château, celui de Montagnac et quand nous sommes montés dans la plus haute tour, le guide nous a fait remarquer qu'une pierre murale était gravée. Il nous a expliqué que la châtelaine, enfermée là pendant des années, avait sculpté des inscriptions avant qu'elle ne meure empoisonnée dans d'étranges circonstances. J'avais enfoui ce détail dans ma mémoire mais maintenant qu'on en parle, tout me revient.

Annabelle rayonnait. Son visage venait de s'éclairer.

— Je ne vois pas le rapport, intervint Marc goguenard.

— La dame enfermée avait gravé un cœur et à l'intérieur elle avait inscrit deux initiales : F et R pour Flore et Richard. Je savais bien que j'avais déjà vu ces noms quelque part ! Cette similitude laisse de moins en moins de place au hasard dans cette histoire !

Marc, toujours sceptique, parut tout de même surpris.

— Le guide a bien insisté sur l'intérêt de cette gravure pour la châtelaine, poursuivit Annabelle. C'était pour elle l'unique façon de rejoindre son amant à jamais. Il y avait aussi un message en ancien français et je me souviens vaguement d'un autre détail que nous a donné le guide : le roi, un certain Gaétan ou Geoffroy, je ne sais plus trop, aimait lui aussi une autre femme mais il a disparu de façon tragique. Vous ne trouvez pas que ça commence à faire beaucoup de points communs avec *Le Serment des oubliés* !

— On dirait la même histoire. Mais pourquoi la reine a-t-elle été emprisonnée dans cette tour puis empoisonnée ?

— Si mes souvenirs sont bons, il s'agissait d'un complot fomenté par des courtisans jaloux qui voulaient s'emparer du trône ou quelque chose comme ça. Il faut vérifier, je n'en suis pas sûre. Peut-être que je me laisse influencer par ce que j'ai lu après tout.

— Peut-être, peut-être pas, ajouta Raphaël. Quoi qu'il en soit, nous devons en avoir le cœur net et nous n'avons pas d'autre piste que ce château mais pour ce soir, c'est trop tard ! Je propose de battre le fer tant qu'il est chaud et d'aller à Montagnac dès demain. Qu'en dites-vous ? On prendra les livres avec nous.

— Emporte-les chez toi ! suggéra Annabelle qui se mit à le tutoyer. Je ne risque pas de les lire ce soir, je suis épuisée.

Marc semblait résigné. Il avait compris qu'il devrait composer avec le libraire à qui elle faisait désormais confiance.

— Comme tu veux !

Raphaël prit congé du couple et regagna son appartement.

Avant de s'allonger auprès de Marc, Annabelle ne put s'empêcher de scruter la nuit, à travers la vitre de la fenêtre, à la recherche de l'homme qui se postait souvent au coin de la rue pour l'épier. Mais le trottoir d'en face resta désert. Elle se leva à plusieurs reprises, agitée par des rêves compliqués et à chaque fois, inquiète, elle jetait un œil derrière les persiennes, essayant de percer l'obscurité et d'y découvrir cet étrange individu qui était probablement le seul à pouvoir faire la lumière sur cette affaire. Mais il ne reparut pas. Elle sombra finalement dans un profond sommeil.

28 LE TRAÎTRE

Le jeune libraire avait traversé trop de moments difficiles, ces derniers temps, pour espérer dormir sereinement. Un comprimé de mélatonine l'aida à rompre plus facilement avec la réalité même si, depuis qu'il avait quitté l'appartement d'Annabelle, il n'avait pas les idées claires et se sentait las. Son esprit tourmenté échafauda alors des rêves extraordinaires au cours desquels tout ce qu'il entreprenait n'aboutissait jamais : il essayait de courir sans y arriver, sans plus de succès, il tentait d'attraper des cordes qu'on lui jetait pour l'aider à s'échapper et le pire, un livre aux dimensions phénoménales le poursuivait pour l'écraser sous son poids. Il trébuchait sans cesse et perdait l'équilibre à cause de menottes qui entravaient ses mains dans son dos. Il se relevait inlassablement tandis que l'énorme manuscrit accélérait pour le rattraper. Des bruits issus de nulle part agressaient aussi ses oreilles. Ils n'étaient pas forts mais permanents. Coincée dans ce monde onirique digne d'*Alice au pays des merveilles* issu de l'imaginaire de Lewis Carroll, sa tête s'agitait inconsciemment sur l'oreiller comme pour fuir ces sons lancinants. De cette cacophonie cérébrale, quelques sonorités commençaient à se distinguer progressivement : une porte qui grinçait, le frottement d'un tiroir qui s'ouvrait, des pas sur un parquet, des pas, des pas…

Raphaël se réveilla en sursaut. Ce n'était plus un rêve.

Quelqu'un marchait dans son appartement. Il prêta l'oreille et comprit qu'un intrus s'était introduit dans la pièce d'à côté. Le faisceau d'une lampe torche perçait le noir, traçant un trait lumineux vertical dans l'entrebâillement de l'huisserie de sa chambre. Il se leva sans bruit, pieds nus, se dirigea vers la lumière et entrouvrit davantage la porte pour jeter un œil. Il aperçut, une ombre qui se déplaçait dans le salon, çà et là, sans doute à la recherche d'un peu d'argent, de bijoux de valeur ou d'un PC à voler. Immobile, il retenait son souffle. Il s'agissait apparemment d'un homme, de stature légèrement supérieure à la moyenne, qui ne semblait pas armé. Mais la pénombre n'est pas une alliée fiable ! Enfin, la lueur s'immobilisa. L'individu saisit un paquet, bloqua la torche entre son cou et son épaule et s'assit sur le rebord de la table basse. Le moment était idéal pour intervenir et surprendre l'intrus. Raphaël surgit en trombe de sa chambre, comme un diable sort de sa boîte. Au même moment, il pressa l'interrupteur et la lumière jaillit. La soudaine clarté le surprit mais encore plus le voleur et, pendant un instant, aucun des deux ne parvint à voir ce qui se passait. Raphaël eut à peine le temps de s'accoutumer à l'intensité de l'éclairage qu'il reçut un coup en plein visage. Il chancela, tenta de se rattraper à quelque chose en tendant les bras mais, sonné, il finit par s'écraser au sol, inconscient.

À son réveil, il était ligoté sur une chaise, parfaitement immobilisé. Il avait du mal à faire le point sur ce qui se passait. Sous le choc, sa vue s'était brouillée et il lui fallut quelques instants avant que la situation ne soit vraiment claire. Face à lui, Marc, les jambes écartées, les bras croisés sur la poitrine l'observait.

— Toi ! remarqua Raphaël.

Que faisait-il donc là, chez lui, en pleine nuit ?

Encore hébété par le choc, la mâchoire, le nez et la nuque endoloris, le libraire n'avait pas tout à fait rassemblé ses esprits. Finalement, il balbutia :

— Que fais-tu chez moi ?

Pas de réponse.

Instinctivement, Raphaël commença à s'agiter sur sa chaise, cherchant à se libérer.

— Détache-moi ! J'ai mal aux poignets !

Mais Marc restait toujours muet, affichant de surcroît un léger sourire à la commissure des lèvres. En même temps qu'il lui parlait, le libraire s'aperçut qu'il serrait les deux manuscrits contre sa poitrine.

— Qu'est-ce que tu fais avec les livres ?

— Comment, tu n'as pas encore deviné, toi, l'expert ? le nargua l'autre.

— De quoi parles-tu ? Allez, détache-moi, c'est pas drôle du tout. On m'a ligoté. Mais qu'est-ce que tu fous chez moi en pleine nuit ?

Marc amusé et insolent reprit :

— Je crois que tu m'as sous-estimé !

Raphaël recouvrait peu à peu ses esprits. Il observait Marc et commençait à comprendre.

Les manuscrits ! Mais comment n'y avait-il pas pensé avant ?

— Pendant que tu cogitais bêtement avec Annabelle, j'ai rapidement analysé la situation. J'ai vite vu qu'on avait entre les mains un vrai trésor. Et un trésor, ça se monnaye ! J'ai l'intention d'en tirer un bon prix.

— C'est ridicule ! Que veux-tu en faire ?

— Ne t'inquiète pas pour ça. J'ai mon idée.

— Tu veux les vendre ! Mais il faut s'y connaître et savoir à qui les refourguer sinon…

— … c'est ce que je dis, tu me sous-estimes Raphaël. Moi aussi j'ai des relations et il ne m'a pas fallu longtemps, pendant que vous dormiez, pour prendre des contacts. Je sais parfaitement ce que je fais et crois-moi, je n'ai pas joué au loto mais je vais empocher la super cagnotte. Tu dois pourtant le savoir, toi, tu es un spécialiste, non ! Des livres aussi anciens, et dans un prodigieux état de conservation – d'ailleurs, je te remercie d'avoir insisté sur ce point – ça vaut une fortune au marché noir. Sous le manteau, le commerce de l'art se porte très bien. Je n'allais pas laisser filer une telle opportunité !

— Mais il y a plus important ! Il faut qu'on sache d'où viennent ces livres et pourquoi on les a trouvés. Si tu ne le fais pas pour moi, fais-le pour Annabelle !

— Pour Annabelle !

Il se mit à rire copieusement avant de poursuivre :

— C'est vrai qu'elle est bien roulée mais franchement si je dois choisir entre ce pactole et elle, y'a pas photo ! De toute façon, ça n'aurait pas duré. Comme le dit ce chanteur mort il y a très longtemps, euh… bah, j'ai oublié son nom : « il y a les filles que l'on aime et celles avec qui l'on baise… » ou du moins quelque chose comme ça. Moi, je baise avec Annabelle et elle aime ça, tu peux me croire ! Allez, elle se consolera vite !

Tandis qu'ils parlaient, Raphaël tentait de défaire ses liens serrés derrière le dossier de la chaise. Mais si dans les films le héros parvenait quelquefois à se détacher, ce n'était pas son cas. La ficelle qui l'enserrait résistait particulièrement bien.

— Bon, la causette est finie. Je dois te laisser. J'ai des rendez-vous et je ne veux pas les manquer.

— Réfléchis bien Marc, tu pourrais le regretter.

— Le regretter ! D'abord, tu n'es pas en position de m'imposer quoi que ce soit et surtout fais bien attention, car les gens avec qui je traite ne sont pas enfants de chœur. C'est tout réfléchi : je te laisse Annabelle ! Inutile de me chercher. Je serai loin, très loin.

Il plaça les deux manuscrits dans une étoffe protectrice puis dans une mallette noire qu'il avait apportée.

— Je suis désolé pour le coup, ça doit te faire un mal de chien. Ta tempe commence aussi à bleuir et ton nez a vraiment… Enfin, je ne voulais pas te frapper mais quelle idée aussi de te réveiller et de me surprendre comme ça. Je pensais vraiment que tu dormais avec le somnifère que j'ai versé dans ton verre, hier. Tant pis !

— Tu ne comptes pas me libérer avant de partir ?

— J'aurais pu, mais non ! Même si tu ne me fais pas peur, je suis sûr que tu chercherais à me suivre. Je laisserai la porte entrebâillée en sortant. Tu n'auras qu'à appeler les voisins, du moins quand tu te seras débarrassé de ça.

Et il lui colla un large morceau de sparadrap sur la bouche.

Il allait quitter l'appartement quand il changea d'avis et revint sur ses pas.

— Ah, j'insiste pour que ce soit bien clair : ne cherche pas à retrouver les manuscrits. Encore une fois, mes contacts ne plaisantent pas surtout quand il y a beaucoup d'argent en jeu. Je t'aurai prévenu ! Voilà, adieu. J'ai été ravi de te connaître, termina-t-il d'un ton railleur.

La porte d'entrée ne claqua pas mais une fois seul, Raphaël ressentit un grand vide.

Tous ses projets venaient de s'effondrer en un instant.

29 RECHERCHÉ POUR VOL ET AGRESSION

Environ quatre heures de route étaient nécessaires pour se rendre au château de Montagnac. Ils s'étaient donc donné rendez-vous très tôt le lendemain matin, devant la librairie.

Quand Raphaël arriva, Annabelle était déjà là. Elle semblait nerveuse et faisait les cent pas sur le trottoir désert.

— Ça n'a pas l'air d'aller ! remarqua-t-il.

Elle rétorqua aussitôt :

— Toi non plus !

Effectivement, le jeune homme ne pouvait s'empêcher de se frotter la joue et la mâchoire comme pour soulager une douleur.

— Qu'est-ce que tu as ?

— Oh, rien ! répondit-il pour éluder.

— Bon, après tout, tu n'es pas obligé de tout me dire.

Raphaël semblait embarrassé. Il paraissait avoir perdu l'assurance de la veille et toute sa vivacité. Annabelle l'avait remarqué et ne put s'empêcher de repartir à l'assaut :

— Écoute, ça ne me regarde peut-être pas mais je crois que tu as un problème. Je ne sais pas ce qui s'est passé cette nuit mais si je peux t'aider...

— C'est sympa mais ça va. Dis-moi, Marc n'est pas avec toi ?

Elle comprit qu'il était inutile d'insister, qu'il ne répondrait pas. Il détournerait systématiquement la conversation.

— Marc, il n'était pas là quand je me suis réveillée ce matin. Il a probablement dû sortir pour régler une affaire urgente avant de partir.

— Ça lui arrive souvent ?

— Non, ce n'est pas dans ses habitudes. En fait, c'est la première fois qu'il disparaît comme ça. Mais tu es bien curieux, dis donc. Pourquoi toutes ces questions sur lui ?

Raphaël ne semblait pas avoir entendu la remarque.

— Il ne t'a pas laissé un petit mot quelque part ?

Annabelle, intriguée par l'attitude de son nouvel ami, répondit tout de même à la question.

— Je n'en ai pas trouvé mais je t'avoue que je n'ai pas cherché.

— Ça ne te dérange pas qu'il s'éclipse ainsi, sans se justifier ? insista le libraire.

Alors qu'il prononçait ces paroles, Raphaël saisit sur le visage de la jeune femme tout l'agacement lié à la suspicion qu'il exprimait et faisait naître en elle.

— Non. Nous sommes très libres. Mais qu'est-ce que tu insinues par là ? Si tu as quelque chose à dire, dis-le !

— Rien ! Tu as pensé…

Un véhicule de voirie qui approchait doucement capta leur attention. Le bruit montait alors qu'il projetait de l'eau dans les caniveaux et que deux balais ronds tournaient sous son ventre pour récupérer les détritus abandonnés. Le gyrophare orange qui clignotait au-dessus de la cabine du conducteur créait une atmosphère étrange. Quand la machine arriva à leur niveau, ils durent reculer pour ne pas être éclaboussés.

— Tu peux répéter, je n'ai rien entendu avec tout ce vacarme, dit-elle en parlant plus fort.

Raphaël attendit que l'engin s'éloigne avant de reprendre :

— Je te demandais si tu as pensé à consulter tes messages sur ton portable.

— Non, mais qu'est-ce qui t'arrive, enfin ? Tu commences à m'inquiéter. Pourquoi t'intéresses-tu autant à l'emploi du temps de Marc ?

Elle sortit malgré tout un Samsung dernier cri de son sac, entra son code, cliqua sur une icône et fit non de la tête.

— Pas de messages !

Il aurait dû être là avec elle mais de toute évidence rien ne semblait pouvoir altérer la confiance qu'elle lui vouait.

Le jeune homme regarda sa montre :

— On devrait déjà être sur la route. On a du chemin à faire.

— Dis-moi, tu es toujours aussi inquiet ? Si tu veux, on peut aller prendre un café bien serré, en attendant. Le bar est ouvert, là-bas.

— Non, ça va aller.

— Ça va aller… mais quand je regarde ta joue, ce n'est pas l'impression que j'ai. On dirait qu'on t'a frappé, c'est enflé.

— Non, se défendit-il en grimaçant malgré tout. C'est juste un bridge qui me fait souffrir de temps en temps. J'aurais dû aller chez le dentiste mais tu sais ce que c'est, on repousse, on repousse…

Voyant qu'elle ne tirerait rien de plus de lui, elle se tut. Raphaël l'observait.

Elle avait une façon de se tenir, de parler, qui lui faisait penser à bien des égards à lui-même. En sa présence, il ressentait une certaine complicité, comme on peut en avoir avec une personne proche. De toute évidence, sans l'apparition des deux manuscrits dans leur vie, ils ne se seraient jamais rencontrés.

Plus loin, la balayeuse finissait son parcours. Les deux brosses rentrèrent sous le ventre du véhicule, la projection d'eau cessa et l'engin tourna au coin de la rue qui retrouva son calme. Au même moment, l'éclairage municipal se coupa. Le jour pointait.

— On va devoir y aller sans lui, proposa Raphaël qui paraissait soucieux.

— Sans qui ? demanda Annabelle qui avait entrepris de se coiffer en se regardant dans un miroir de poche.

Elle n'était plus attentive à la conversation, bien loin de l'inquiétude apparente du libraire.

— De Marc, pardi

— Attendons-le encore un peu ! On a de la route à faire mais il n'y a pas d'urgence. Je ne te cache pas que ça m'embête de devoir partir sans lui. Allez vient boire un café !

Le jeune homme finit par capituler et deux minutes après, ils s'attablaient côté rue, dans le bar qu'ils avaient repéré.

Ils venaient à peine de tremper leurs lèvres dans un cappuccino brûlant qu'ils entendirent la sirène hurlante d'une voiture de police qui arrivait rapidement. Un instant plus tard, le véhicule jaillit sur l'avenue, à vive allure, comme si ses occupants étaient à la poursuite d'un voleur. Le serveur, curieux autant que surpris, cessa de nettoyer son comptoir et les rares clients tournèrent la tête en direction du spectacle qui s'annonçait dehors. Un crissement de pneus assourdissant, un dérapage contrôlé, des portières qui claquent et deux hommes bondissent sur le trottoir avant de se ruer en direction du bar sous le regard effaré d'Annabelle devenue blême.

— Qu'est-ce qui se passe ?

Ils s'engouffrèrent dans l'établissement, étuis de leurs armes ouverts, prêts à dégainer. Ils portaient un brassard rouge sur lequel on pouvait lire : « POLICE ». L'un d'eux s'adressa au patron tandis que l'autre, resté légèrement en retrait, surveillait et dévisageait chaque client.

Le temps parut extrêmement long à chacun. Annabelle remuait machinalement le sucre qu'elle n'avait pas encore mis dans sa tasse tandis que Raphaël, immobile, essayait d'écouter pour comprendre des bribes de la conversation qui se déroulait plus loin, au comptoir.

Quelques minutes plus tard, les policiers ressortirent et lorsqu'ils passèrent à proximité des deux amis, ceux-ci entendirent :

— Fausse alerte ! Il n'est pas là !

— Il faut le coincer, le commissaire a insisté, il y a eu vol et agression quand même…

— … et la description correspond bien à l'homme recherché par Interpol…

Le reste de la conversation leur échappa.

Les deux hommes regagnèrent leur véhicule mais avant d'y monter, ils jetèrent un dernier regard aux alentours comme si le suspect était là, planqué parmi les curieux arrivés sur place pour être aux premières loges. Ces badauds, plantés sur le trottoir, étaient à l'affût d'un événement sensationnel. Quelques-uns avaient déjà dégainé leur smartphone, dans l'espoir de voler l'image qui ferait la une des prochains journaux. Mais la voiture de police s'éloigna silencieusement, gyrophare éteint.

— Waouh, tu te sens bien Annabelle ? J'ai cru que tu allais tourner de l'œil.

Le visage pâle de la jeune femme reprenait progressivement des couleurs.

— J'ai toujours l'impression d'être coupable de quelque chose quand la police est dans les parages ! Pas toi ?

— C'est peut-être Marc qu'ils cherchaient, dit-il mi-figue, mi-raisin.

— Tu plaisantes, j'espère ! C'est vrai qu'il s'absente parfois et je ne sais pas toujours où il est, mais quand même !

Bon, on y va, dit-elle comme si elle voulait absolument éluder le problème. Je lui laisserai un message sur son téléphone.

— Comme tu veux !

— J'espère quand même qu'il ne lui est rien arrivé !

Une moue dubitative apparut sur le visage de Raphaël.

Sa voiture était garée non loin. C'était un modèle assez courant. Rien de comparable avec celle de Marc, entrevue devant la librairie auparavant.

— Désolé, je n'ai pas la même voiture que Marc. Ce n'est pas un véhicule de luxe, tu verras. De toute évidence, je n'ai pas les mêmes revenus que ton ami, même si je gagne bien ma vie. Au fait, je n'ai pas bien compris dans quelle partie il travaillait ! Vu son train de vie et ses relations, ce doit être rentable. Tu sais ce qu'il fait, je suppose !

Annabelle semblait absorbée, pour ne pas dire soucieuse.

— Non pas vraiment, répondit-elle évasivement. La seule chose que je sais, c'est qu'il voyage beaucoup, qu'il côtoie des personnes influentes et qu'il n'est pas facilement joignable. Enfin, le problème n'est pas là.

Elle n'avait pas lâché son téléphone et tentait de contacter Marc. Elle reprit :

— Personne ! Je tombe immédiatement sur le répondeur. Son téléphone doit être coupé et il n'a pas dû lire mes messages.

— C'est quand même bizarre. Et tu es prête à l'épouser !

La jeune femme se dispensa de remarque mais elle n'en pensait pas moins. Elle foudroya Raphaël du regard et, alors qu'ils avançaient vers la voiture, elle marqua un temps d'arrêt. Son mutisme en disait long. Elle était visiblement piquée dans son amour-propre :

— Tu m'agaces à la fin. De quoi te mêles-tu ? Ça suffit, je ne veux plus rien entendre. Marc est un gars bien, j'en suis sûre !

Ils n'échangèrent plus aucun mot.

Enfermée dans ses pensées, Annabelle songea à la longue conversation qu'elle avait eue avec Marc, la veille. Il s'était montré étonnamment intéressé par les deux manuscrits et, elle avait beau réfléchir, elle ne s'expliquait pas la raison de cet engouement ni son absence soudaine.

De son côté, Raphaël respecta le silence de sa nouvelle amie mais il ne comprenait pas qu'Annabelle en sache si peu à propos de son futur mari. L'absence de Marc, ce matin-là, ne plaidait pas en sa faveur et aurait dû alerter la jeune femme sur ses départs inopinés. Elle aurait dû se poser des questions à son sujet. Mais l'amour rend aveugle.

Raphaël devrait, à un moment ou à un autre, aborder le problème avec elle. Il ne pouvait pas garder ça pour lui.

La voiture émit un *bip* et les quatre clignotants s'activèrent simultanément. Raphaël et Annabelle prirent place à bord.

— Tu n'as pas de bagages ? demanda le jeune homme.

— Juste ce sac. Je voyage toujours léger.

Elle le jeta sur la banquette arrière, à côté d'un thermos et d'un sachet de croissants que le libraire avait probablement pensé à acheter. Elle ne semblait pas décidée à renouer la conversation.

Raphaël claqua la portière et démarra aussitôt. La route risquait d'être longue.

Une fois sorti de la ville et de ses bouchons naissants il mit la radio en marche. Dans l'habitacle, le silence était pesant. Il sélectionna une chaîne d'informations en continu comme s'il attendait l'annonce d'un fait divers. Mais rien.

On parlait beaucoup des « Gilets jaunes » qui avaient décidé de faire valoir leurs revendications de manière participative. Cet événement d'ampleur nationale monopolisait les ondes autant qu'il occupait la France entière. Pour une fois, une action populaire pacifique tenait la dragée haute aux politiciens qui ne savaient que répondre : « Nous vous entendons, nous avons compris ! » Mais comme d'habitude, ils ne faisaient rien : entendre, peut-être, comprendre, non !

Le paysage défilait, monotone, changeant au fur et à mesure de leur progression. La végétation était différente.

Le doux ronron du moteur avait eu raison d'Annabelle qui se laissait aller, confortablement installée sur le siège passager. Elle aurait voulu s'endormir mais le sommeil ne venait pas. Elle était préoccupée et les insinuations de Raphaël au sujet de Marc y étaient pour quelque chose. Ce jeune libraire, encore inconnu quelques jours avant, avait fait surgir en elle autant de doutes que de questions au sujet de celui qu'elle aimait et en qui elle avait confiance jusque-là.

Elle essayait de penser à autre chose mais son esprit revenait sans cesse aux allusions que Raphaël avait faites. Cela ne correspondait pas à la personne que Marc était en sa présence. Elle éprouvait inconsciemment le besoin de faire le point.

S'il la laissait rarement longtemps sans nouvelles, quand il partait, ses SMS se limitaient toujours au strict minimum. Elle ne s'était jamais demandé pourquoi.

Une évidence s'imposa soudain : autant sa vie à elle était limpide, autant elle ne savait pas grand-chose de celui qui dormait de temps en temps avec elle alors qu'ils se fréquentaient depuis un bon moment désormais.

Il semblait mener la grande vie, souvent entre deux avions ou deux dîners dans les meilleurs restaurants du monde. C'était un homme d'affaires. Mais de quelles affaires s'occupait-il ? Pourquoi s'éloignait-il si fréquemment, de façon imprévue ? Pourquoi devait-il répondre dans l'urgence à certains engagements ? Pourquoi ne lui parlait-il jamais de ce qu'il faisait lors de ses déplacements professionnels ?

Chacun sa vie. C'était leur accord et elle le respectait mais maintenant qu'elle y pensait, il lui semblait que cette obligation profitait davantage à Marc qu'à elle-même. Il savait tout d'elle et elle peu de choses à son sujet. Surprenant !

Des anecdotes lui revinrent en mémoire et défilèrent.

Paris. Il avait commandé une bouteille de champagne chez un restaurateur renommé de la capitale et ils s'apprêtaient à fêter l'anniversaire de leur rencontre quand une sonnerie balaya leur soirée. Il prit l'appel, écouta longuement et patiemment son interlocuteur avant de grimacer légèrement et de lui dire « J'arrive, vous pouvez compter sur moi ! ». Une excuse plus tard et il quittait la table, sans plus d'explications, avant de disparaître à bord d'un taxi.

Une autre fois, il l'avait abandonnée à l'aéroport. Son nom avait retenti dans le hall. Il avait confié sa gabardine à Annabelle avant de s'éloigner derrière les immenses vitres qui séparaient les voyageurs prêts à embarquer de ceux qui n'avaient pas encore franchi les contrôles. Il avait ensuite rejoint deux hommes avec qui la discussion parut animée. Marc semblait embarrassé, soucieux. Quelques minutes après, il se retourna vers elle et leva simplement les mains en l'air, de chaque côté en accompagnant son geste de paroles qu'elle n'entendit pas mais qui signifiaient : « désolé ! ». Du moins les avait-elle interprétées ainsi en l'absence de son.

Qui étaient ces deux hommes à l'allure austère, peu engageante ? Quel impératif le poussait à s'éclipser et où allait-il chaque fois qu'il disparaissait ? Quels moyens de pression son employeur ou ses clients avaient-ils pour lui imposer une telle obéissance ?

Quand il fallait régler une chambre d'hôtel de luxe, donner un pourboire ou louer une voiture, il réglait souvent en espèces. Elle était toujours étonnée de voir qu'il se déplaçait avec de grosses liasses de billets sur lui. Curieux pour un homme d'affaires ! Argent facile ? Elle y avait songé mais refusait de croire que Marc avait une double vie.

Elle avait aussi surpris des bribes de conversations où il était question de comptes *offshores* mais sans comprendre de quoi il s'agissait.

Et puis elle repensa à ses relations : avocats, comptables spécialisés dans la finance…

Tout s'emmêlait.

En même temps, tout lui revenait en mémoire.

Mais plus elle y songeait, plus il lui semblait qu'elle croyait connaître Marc. En fait, chez lui, tout lui échappait. Il fallait l'avouer : elle ne savait pas vraiment qui il était.

Cette seule idée l'agaça. Elle devait penser à autre chose et chasser cette suspicion ridicule de son esprit.

Comme elle changeait souvent de position sur son siège, Raphaël comprit que quelque chose la tracassait. Pourtant, progressivement elle avait fini par s'évader, dans l'enfance heureuse qui lui semblait bien loin désormais.

Elle se rappelait son père, sa mère qui l'entouraient, la préservaient, veillaient à chaque instant sur elle, leur fille unique. Elle se rappelait les moments heureux qui avaient jalonné cette jeunesse sans souci. Elle se rappelait aussi les soirées où elle avait surpris ses parents dans de longues conversations durant lesquelles ils semblaient conspirer. Sa mère enseignait l'archéologie à l'université et son père, après des études pourtant prometteuses dans la finance, avait rejoint son épouse dans ses recherches. Pour la première fois, Annabelle se demanda pourquoi ce père si brillant avait opéré ce revirement de carrière. Il ne se passait pas un week-end ni des vacances sans qu'ils partent tous les trois visiter des sites de fouilles ou des châteaux. Ils avaient dû en visiter des centaines. Certains se résumaient à quelques traces ou fondations, d'autres à des ruines encore érigées par miracle. Enfin, quelques-uns avaient été épargnés, propriétés de familles héritières d'un nom et du fardeau que représentaient parfois ces immenses domaines.

Chaque excursion s'achevait toujours de la même façon. Le château n'était jamais le bon. Mais que cherchaient-ils ? Annabelle était trop jeune alors pour répondre à cette question.

Les visites se succédaient, les forteresses — ou ce qu'il en restait — s'accumulaient au fil des mois mais le retour à la maison était toujours le même. La joie qu'éprouvait Annabelle lors de ces sorties en famille contrastait avec la déception de ses parents dès leur retour chez eux.

Tout s'arrêta brusquement, au détour d'une route, alors que la fillette venait de fêter ses douze ans. Le couple avait trouvé la mort dans un violent accident alors qu'il revenait d'un séminaire consacré aux dernières avancées en matière de recherches.

Le vide s'empara alors de l'existence de l'enfant. Les pages heureuses de ses douze premières années venaient de se refermer brusquement et cette disparition occulta tout le reste, donnant un goût amer à son existence. La vie moyenâgeuse qui rythmait sa vie jusque-là venait de s'arrêter.

À bord de cette voiture, en route pour le château de Montagnac, assise à côté de Raphaël, le passé refaisait surface, il la rattrapait. Sa mémoire avait enfoui ces souvenirs. Aujourd'hui, tout lui revenait.

Une phrase s'invita alors dans son esprit. Une phrase que ses parents avaient prononcée à l'occasion de son dernier anniversaire. Une phrase qui prenait à présent toute son importance.

— Tu verras Annabelle, un jour toi ou tes filles marquerez l'Histoire. Mais avant, tu devras rencontrer celui qui rendra cela possible !

Mais que voulaient-ils dire ?

Elle avait oublié ces paroles qu'elle n'avait jamais comprises. À présent, elles commençaient à l'envahir ! Tout ceci avait-il un lien avec les deux manuscrits ? Elle était convaincue que ce qui lui arrivait était lié à ce passé heureux mais énigmatique.

La forteresse de Montagnac lui apporterait peut-être la solution.

31 LE CHÂTEAU DE MONTAGNAC

Le silence s'était imposé dans la voiture. Raphaël, concentré sur la route, n'animait pas la conversation. Annabelle, en proie aux résurgences de l'enfance, lui tournait partiellement le dos, pelotonnée sur son siège comme une petite fille boudeuse mais surtout parce qu'elle voulait donner l'impression de dormir. On aurait dit un vieux couple qui venait de se disputer.

Dehors le paysage défilait de façon monotone et quelques heures plus tard ils arrivaient à l'hôtel où ils avaient réservé deux chambres.

— Veux-tu boire quelque chose avant qu'on aille au château ? demanda Raphaël une fois les bagages déposés.

La jeune femme acquiesça comme s'ils s'étaient réconciliés.

Devant leur tasse de café chaud, ils n'échangèrent que des banalités sur l'endroit. Sans le savoir, tous deux avaient l'esprit ailleurs, accaparé par la même personne : Marc ! Pourquoi n'était-il pas là, avec eux ? Son absence était troublante.

Annabelle consultait vainement ses messages, agacée mais surtout inquiète de ce mutisme. Aucune nouvelle de son ami ! Elle ne perdait cependant pas de vue l'objectif de leur visite.

— Vous mettrez les boissons sur ma note, précisa Raphaël à l'employé de l'hôtel avant de se diriger vers le parking.

L'homme débarrassait leur table et, alors qu'ils s'éloignaient, il ne put s'empêcher de lancer une remarque à sa compagne qui disposait verres, assiettes, couverts et serviettes pour un prochain service :

— Eh ben, ce n'est pas le grand amour ces deux-là !

De quoi se mêlait-il ? Il voyait passer tant de couples, de familles, d'hommes d'affaires qu'il ne pouvait s'empêcher de porter un jugement sur eux. Ceux-ci étaient louches, ceux-là ennuyeux, d'autres prétentieux. Il n'imaginait pas un seul instant que tous ces étrangers avaient le droit d'être différents et qu'eux aussi pouvaient porter un jugement sur sa personne. Certains le voyaient peut-être tel qu'il était : un bonhomme étriqué, imbu de sa personne, précocement ventripotent alors qu'il affichait à peine la trentaine.

Trop occupé à critiquer les clients de passages, il ne s'était pas aperçu que sa propre femme lorgnait depuis déjà un bon moment sur un motard intégralement vêtu de cuir qui dégustait un cappuccino dans un coin de la salle. Il avait un visage aussi viril que sensuel et la serveuse se voyait déjà en selle avec lui, traversant le Grand Ouest américain, les bras langoureusement serrés autour de sa taille. Le *biker* n'était pas indifférent à ses regards obliques de plus en plus insistants et il la regardait trottiner d'une table à l'autre dans un déhanchement exagéré mais excitant. De temps à autre, entre deux gorgées, il lui adressait un sourire qui se passait de commentaires tant ses yeux pétillaient. Fort heureusement pour lui, il était assis, ce qui lui permit de masquer la montée d'un désir incontrôlable, un garde-à-vous qui l'aurait immanquablement trahi.

*

Les vestiges de Montagnac ne tardèrent pas à s'imposer devant eux, surgissant de la végétation environnante comme s'ils clamaient une victoire arrachée de haute lutte sur le temps. Les fortifications, intimement insérées dans le paysage, dominaient fièrement l'endroit depuis la plus haute colline. Comme beaucoup d'édifices anciens, sa construction s'était étalée sur des siècles mais il restait encore de nombreux vestiges de son passé médiéval : quelques remparts, une tour partiellement détruite mais toujours majestueuse, un donjon circulaire imposant fraîchement restauré, des douves... Les parties datant de la Renaissance, beaucoup mieux conservées, faisaient la part belle à de larges fenêtres rectangulaires, à des créneaux essentiellement décoratifs et à des toits en ardoise qui achevaient de planter le décor.

— Il est magnifique ! s'extasia Raphaël tout en garant le véhicule sur le parking de terre battue.

Le spectacle était si beau qu'il en aurait presque oublié l'objet de leur présence sur les lieux.

Face à ces murs érigés et puissants, Annabelle reconnut immédiatement le château. Intérieurement, elle avait toujours été certaine qu'elle reviendrait un jour à Montagnac. Elle y était !

— Je vais chercher les billets, proposa Raphaël en se dirigeant vers un petit kiosque en bois lasuré.

Une fois les sésames en mains, ils attendirent l'arrivée du guide, chacun de leur côté : Annabelle assise sur l'unique banc, probablement le même que celui où elle avait attendu voilà des années, Raphaël en admiration devant la forteresse, impatient de parcourir les salles mais surtout de contempler le cœur gravé par dame Flore sur une des pierres du donjon comme l'avait indiqué la jeune femme. Il imaginait la reine, un outil improvisé en main, gravant obsessionnellement ce matériau dur pour transmettre un message d'amour à la postérité. Il lui semblait la voir, déterminée, telle la femme de caractère qu'il avait découverte dans *Le Serment des oubliés*. Il avait l'impression de la contempler à travers les yeux de Richard, belle, si belle, sensible mais aussi énigmatique. C'était comme s'il la connaissait.

— Raphaël !

Sentant une main se poser sur son épaule, le jeune libraire se retourna, rappelé à la réalité. Il faillit trébucher sous l'effet de la surprise. Il quitta brutalement le Moyen Âge. Dame Flore s'était effacée, remplacée par une ombre qui venait de s'interposer entre lui et le soleil pâle de la saison.

— Où est Annabelle ? Je ne la vois pas.

Il fallut quelques secondes à Raphaël avant de comprendre ce qui se passait.

Devant lui, en chair et en os, serein et même enjoué : Marc.

— On dirait que tu viens de voir un fantôme, ajouta ce dernier en lui donnant une tape familière sur le bras, comme pour le rassurer.

— Elle est assise là-bas, plus loin. Mais que fais-tu ici ? finit-il par demander presque en bafouillant.

Après avoir jeté un coup d'œil dans la direction indiquée, Marc tourna les talons.

— Moi aussi je suis content de te voir, plaisanta-t-il, avec son sens de la répartie, alors qu'il abandonnait déjà Raphaël.

Ce dernier avait parfaitement saisi le message de Marc mais il ne put lui répondre. Le *trader* rejoignait déjà sa compagne.

Lorsqu'elle le repéra parmi les touristes, elle se leva vivement pour se précipiter à sa rencontre. Les griefs qu'elle avait à son égard venaient de s'évanouir.

Une fois auprès d'elle, Marc la serra amoureusement puis l'embrassa longuement. Elle semblait lui avoir terriblement manqué. Il paraissait la retrouver après des années de séparation. Était-il sincère ?

La joie des retrouvailles passée, le visage de la jeune femme se rembrunit, marquant son désaccord sur la manière dont il s'était brutalement absenté. Aucun message alors qu'ils avaient décidé de partir, tous les trois, le matin. Même si elle brûlait d'impatience de savoir pourquoi il s'était éclipsé, elle se ravisa et respecta l'engagement sur lequel leur couple reposait. Elle n'exigea aucune explication.

Il lui en donna pourtant une mais selon son habitude il resta toujours aussi évasif.

— Les affaires, annonça-t-il pour se justifier. J'ai eu un mal fou à vous rejoindre et à la descente de l'avion j'ai dû affréter un hélicoptère pour vous retrouver. Il m'a déposé à quelques centaines de mètres d'ici. Vous l'avez peut-être entendu ! J'ai aussi pensé venir en moto mais même en roulant vite j'aurais été en retard. Pourtant un ami m'a proposé une Ducati Diavel absolument splendide ! Enfin, ce n'est pas le problème. Maintenant je suis là !

Annabelle, bouche bée, l'écoutait détailler les péripéties de sa course. Pour une fois, il l'éclairait mais sur les modalités de son trajet, pas sur ses affaires.

— Je suis en nage ! J'ai fait le reste à pied !

— Une moto ! Un hélicoptère ! répéta la jeune femme. Mais ça a dû te coûter une fortune. Un simple SMS m'indiquant que tu serais en retard aurait suffi.

— D'abord, l'hélico, c'est pour mon client et aussi pour mon plaisir, je l'avoue ! Je lui avais bien précisé que j'avais un rendez-vous incontournable. C'est lui qui a payé la note. Il n'a même pas sourcillé ! Ensuite, tu sais bien que l'amour n'attend pas !

Il n'avait pas son pareil pour retomber sur ses deux pieds tel un chat qui vrille son corps pour se retourner et atterrir systématiquement sur ses quatre pattes. Assurément, il savait parler aux femmes.

Comme Raphaël les avait rejoints, il ajouta :

— Vous avez pensé à prendre mon billet ?

Raphaël l'extirpa de sa poche. Il venait juste de l'acheter.

— Mais qu'est-ce que vous avez tous les deux ? Pourquoi faites-vous cette tête ? J'ai fait quelque chose qu'il ne fallait pas ? Il y a un problème ?

Il s'adressa plus particulièrement à Annabelle :

— Je sais, j'aurais dû t'envoyer un message mais vraiment, je n'ai pas pu.

— Oui, je sais, les affaires ! lâcha-t-elle froidement.

L'atmosphère était effectivement délétère. Raphaël et Annabelle, taciturnes, demeuraient peu loquaces. Après un instant, elle ajouta cependant :

— Ce n'est pas ça mais la route était fatigante, tu sais.

— À ce point ? s'étonna l'homme tombé du ciel.

Malgré la fraîcheur ambiante, il semblait avoir chaud. De ces deux interlocuteurs, Raphaël semblait le plus embarrassé.

— Tu as l'air contrarié, Raphaël !

— Ce n'est rien, juste un mauvais rêve cette nuit. C'est curieux comme l'esprit peut imaginer le pire et créer ce qu'on redoute et en plus on a l'impression que c'est vrai !

— Ah et à quoi tu as rêvé ?

— La question n'est pas à quoi mais à qui ? proposa-t-il.

— Alors, dis-nous à qui !

Il remplaça le prénom qu'il s'apprêtait à prononcer par une esquisse de sourire, s'amusant d'avance des révélations qu'il allait faire.

— Alors ! s'enquit Marc. Elle était belle ?

Annabelle ne put réprimer un léger rire avant d'insister :

— Allez, son nom !

— Marc !

Cette fois, la jeune femme s'esclaffa littéralement et cette spontanéité lui fit un bien fou. Autour d'elle, tout le monde la regardait.

Raphaël, qui venait de se rendre compte du caractère grotesque de la situation, sentit ses joues changer de couleur. Pour lever toute ambiguïté, il fallait immédiatement leur révéler les détails de son rêve.

— Oh la ! Je vous arrête tout de suite. Ce ne pas ce que vous croyez. Mais je pense que vous allez être étonnés.

Et il commença son récit :

— Marc me surprenait chez moi en pleine nuit pour voler les manuscrits. Il avait déjà des acheteurs et voulait en tirer un sacré bénéfice ! Le jackpot !

— Eh bien, si je m'attendais à ça, plaisanta le pseudo voleur. Et c'est tout ?

Raphaël s'adressa cette fois directement à son agresseur comme s'il avait des comptes à régler avec lui.

— Non ! Tu me flanquais un coup sur la nuque avant de me ligoter à une chaise. Ensuite, tu es parti et... et voilà !

— Et moi dans tout ça ? interrogea Annabelle.

À nouveau, Raphaël se mit à rire intérieurement. Il se rappelait certains détails amusants mais n'osait les évoquer. L'expression réjouie de son visage parlait pour lui. Trahi, il n'eut d'autre option que de se plier aux exigences des deux autres qui voulaient absolument savoir où le labyrinthe de son inconscient l'avait conduit. Ils s'impatientaient et comme la précédente visite du château s'éternisait plus que de mesure, ils avaient largement le temps de l'écouter.

— Alors !

— Tu disais qu'Annabelle était bien roulée mais que tu préférais le pactole. Je me rappelle même que tu as repris les paroles d'une chanson de Joe Dassin que je connais bien, mais toi, tu avais oublié le titre !

Et il se mit à fredonner sous l'œil ébahi de ses amis. Il chantait juste mais le contexte était particulièrement cocasse :

— « Il y a les filles que l'on aime et celles avec qui l'on dort. Il y a les filles qu'on regrette et celles qui laissent des remords. Il y a les filles… Et cetera ». À noter que tu n'utilisais le terme « dort » dans mon rêve, mais passons !

Annabelle avait besoin de ce moment de convivialité pour se ressourcer après les réminiscences que le voyage en voiture avait provoquées en elle, après les doutes que Raphaël avait suscités à propos de son compagnon. Elle applaudit longuement mais lentement en signe d'approbation autant que de plaisir.

— Eh bien, Marc, je ne te voyais pas comme ça ! Fais bien attention à toi. Une femme avertie en vaut deux !

Marc lâcha un « bravo », sensible à la prestation du chanteur improvisé. Raphaël, encore inconnu d'eux il y a peu, s'avérait sympathique.

La jeune femme crut bon d'ajouter :

— Je ne m'attendais pas à ça ! Tes nuits sont fertiles et en même temps en relation directe avec nos problèmes.

Puis elle se tourna vers Marc et sautant sur l'occasion elle déclara :

— Dis-moi Marc, il faudra quand même que tu m'éclaires à propos de tes affaires. Si tu décides de m'épouser et si tu veux que je te réponde oui, tu devras passer aux aveux !

Cette demande, il la lui avait déjà faite, dans la voiture, juste avant le départ raté pour Miami. Sa réponse, elle l'avait déjà exprimée par anticipation, comme si elle avait deviné ses intentions. Il avait compris ce qu'il devait faire le jour où il était repassé par l'appartement d'Annabelle avant de la rejoindre. Elle lui avait laissé un message écrit avec un rouge à lèvres, sur le miroir. Mais il était vieille école et considérait qu'une telle proposition incombait aux hommes. Aussi, il avait tenu à lui faire sa propre déclaration en bonne et due forme. Peu après, ils partaient pour Miami ou du moins ils devaient s'envoler pour Miami, loin d'imaginer qu'un parfait inconnu rencontré dans des conditions rocambolesques, à leurs côtés aujourd'hui, allait anéantir leurs plans.

Sur le parking dédié au château, deux gamins avaient sorti un ballon, installé deux buts fictifs matérialisés par de vieilles souches et, pour patienter, ils jouaient au foot. Leur petite sœur était dans un tout autre monde. Elle faisait tournoyer en l'air deux poupées Barbie apparemment capables de voler. Elle s'imaginait sans doute qu'elle tenait deux fées ou deux copines dotées de pouvoirs, auxquelles elle s'identifiait. Elle leur prêtait alternativement sa voix. L'une menaçait l'autre d'une métamorphose en souris, ce qui amusa Annabelle qui l'écoutait, et l'autre qui tentait de s'échapper était inlassablement rattrapée. Ces poupées semblaient extraordinaires et leurs petits vêtements scintillants, très colorés, devaient solliciter l'imagination de leur petite propriétaire. Pourtant, quand une clochette retentit annonçant le début de la visite, la fillette jeta sans ménagement les deux demoiselles en matière plastique sur les sièges arrière de la voiture à proximité de laquelle elle s'était installée pour jouer. Une fraction de seconde suffit à les oublier et à leur faire perdre leurs extraordinaires facultés. Le père eut en revanche plus de mal à convaincre les deux garçons de stopper leur partie. Le plus jeune, qui avait perdu, se mit à pleurer.

Dès que la visite commencerait, aucun ne repenserait plus aux jeux. Ils imagineraient des fantômes derrière chaque porte du château.

32 LE GUIDE

Le groupe de visiteurs était relativement restreint et, si les autres écoutaient tous les détails fournis par l'accompagnateur, Annabelle, Raphaël et Marc étaient impatients de contempler le cœur patiemment gravé par dame Flore sur l'une des pierres du donjon. Les extraordinaires tapisseries de Bayeux, marquées par le temps, les auraient d'ordinaire passionnés. Mais ce jour-là, elles les laissèrent presque indifférents et la grande salle avec sa cheminée à haut manteau ne les captiva guère plus alors qu'elle était, selon les dépliants publicitaires, l'un des fleurons de l'art du Xe siècle. Ils se contentaient de suivre le guide qui refermait précautionneusement derrière lui, avec d'impressionnantes clés, les portes de bois massif qu'ils franchissaient. Enfin, il annonça le clou de la visite : le donjon qui avait résisté aux assauts des ennemis et à ceux des siècles. Les nombreuses marches étroites, en colimaçon, semblaient être là pour retarder le moment où ils verraient enfin la pièce où la souveraine avait été enfermée jusqu'à sa mort. Annabelle pénétra la première dans la chambre et se dirigea immédiatement vers l'une des deux fenêtres où la châtelaine avait dû broder des heures durant, à la lumière du jour, assise sur l'un des deux coussièges[10]. Là, elle effleura du regard et du bout des doigts les murs, à la

---

[10] Coussiège : banc de pierre intégré dans l'embrasure des fenêtres des châteaux.

recherche de la pierre gravée, démonstration essentielle qu'il existait bien un lien entre Raphaël et elle, entre les deux manuscrits et ce château, entre le XXIᵉ siècle et le Moyen Âge, preuve ultime qui les ferait quitter la logique pour basculer dans l'irrationnel. Mais après quelques minutes à fureter, elle dut renoncer. Elle ne repéra rien de particulier. Elle jeta alors un regard dépité à ses acolytes qui la rejoignirent.

— Qu'est-ce qui t'arrive ? Où est l'inscription ?

— J'aurais juré qu'elle était là, répondit-elle en désignant un bloc de pierre situé à hauteur de poitrine. Mais c'est peut-être près de l'autre fenêtre, je peux me tromper, il y a si longtemps !

Le guide les observait du coin de l'œil tout en se lançant dans ses explications historiques habituelles. Une réflexion d'Annabelle prononcée involontairement à haute voix le coupa dans son discours bien rodé.

— Là non plus ! Il n'y a rien !

— Mais que se passe-t-il ? Que cherchez-vous ? fit l'accompagnateur. Je peux peut-être vous aider.

Il semblait agacé mais multipliait les efforts pour masquer sa contrariété. Il avait repéré le comportement inaccoutumé du trio dès le début de la visite.

Tous les regards se braquèrent dans la direction de la jeune femme lorsqu'elle demanda :

— Où se trouve l'inscription que dame Flore a faite dans la pierre ?

— Quelle inscription ? Je ne vois pas de quoi vous parlez, madame !

— J'ai déjà visité ce château il y a longtemps et lorsque nous sommes entrés ici, dans le donjon, le guide nous a parlé de la captivité de dame Flore séparée de son amant Richard. Elle a patiemment gravé son amour pour lui dans la pierre avant de mourir.

— Je suis désolé, madame, vous devez faire erreur. Nous sommes effectivement ici dans la chambre de dame Flore mais elle n'y a jamais été enfermée et n'a jamais gravé le moindre message sur ces murs. D'ailleurs, vous pouvez le constater par vous-même.

— Mais enfin, je n'ai pas rêvé et il n'y a qu'un seul donjon !

— Oui, il n'y a qu'un donjon à Montagnac, je confirme. Vous devez confondre avec un autre château que vous avez visité.

— Non, je suis sûre de moi. Votre collègue a même précisé qu'elle était morte empoisonnée ici même.

— Désolé de vous contredire mais si dame Flore a bien vécu à Montagnac, elle n'a pas été empoisonnée. Elle a même eu des descendants et elle est morte à un âge très honorable pour l'époque, dans son sommeil d'après ce que nous savons. Bon, ce n'est pas tout mais je dois poursuivre la visite, car un autre groupe nous suit et nous ne pouvons pas nous croiser dans les escaliers de la tour, ils sont trop étroits. Donc si vous voulez bien, maintenant que vous avez admiré ce lieu, je vous invite tous à redescendre…

Particulièrement déçus, ils obtempérèrent et lorsque le bruit de la fermeture du donjon retentit, suivi du cliquetis de la clé qui tournait dans la serrure, Annabelle ne cacha pas son découragement. Raphaël et Marc paraissaient résignés. Leurs investigations allaient s'arrêter là, interrompues avant même d'avoir commencé et sans faire jaillir le moindre indice qui leur aurait permis d'en apprendre davantage.

La visite terminée, ils s'apprêtaient à regagner leur véhicule quand le jeune libraire s'arrêta net, fit demi-tour et rebroussa chemin d'un pas déterminé.

— Je n'ai pas dit mon dernier mot ! Suivez-moi, lança-t-il.

Le guide allait disparaître derrière le guichet d'accueil quand il entendit qu'on l'appelait.

— Monsieur, s'il vous plaît !

L'homme se retourna et croisa les bras sur sa poitrine, l'air de dire : « Encore eux, ils vont à nouveau me faire perdre mon temps ! » Mais poliment il répondit :

— Que puis-je pour vous ?

— Voilà, je sais que la remarque de mon amie vous a paru quelque peu étrange tout à l'heure mais voyez-vous je suis libraire, j'expertise des livres très anciens et des éléments portent à croire que dame Flore a bien été enfermée ici et qu'on l'a assassinée dans la tour. N'auriez-vous pas eu connaissance de détails auxquels le public n'a pas accès, qui corroboreraient cette thèse ? Je vous assure que c'est très important !

— Avec tout le respect que je vous dois, monsieur, je suis moi-même en fin d'études d'archéologie et je n'en sais pas plus à propos de cette tour. Vous faites fausse route. Il n'y a aucun mystère lié au château et …

Il ne put achever sa phrase et resta sans voix quand Annabelle parvenue à sa hauteur lui dit :

— Nous n'avons pas vu la chapelle ni les gisants, notamment celui de l'homme à la balafre. Nous pourrions peut-être y aller pour vérifier.

Le guide la fixa, stupéfait.

— Vérifier quoi ? Et puis d'où tenez-vous ça ?

— Ah, vous ne niez pas ! Il y a donc bien une chapelle, n'est-ce pas !

— Oui, fit-il acculé, mais elle n'est pas accessible aux visiteurs et d'ailleurs peu de gens savent qu'elle existe à part quelques chercheurs qui se comptent sur les doigts d'une main, et j'en fais partie. Mais comment connaissez-vous son existence ?

— Ce n'est pas le sujet pour le moment. Ce qui compte c'est que cette chapelle existe bien et qu'elle a une importance capitale pour nous.

Annabelle s'était campée devant le guide, le toisant du regard. Elle prenait en quelque sorte une revanche sur la disparition inexpliquée de la pierre gravée dans la tour. Elle n'avait pas l'intention de céder le moindre pouce de terrain, surtout maintenant qu'elle avait confirmation de l'existence de la crypte.

Toujours sur la défensive, son interlocuteur essaya de détourner la conversation pour reprendre la main.

— Je ne vois pas en quoi cette chapelle aurait une quelconque importance pour trois touristes. Vous avez vu les salles du château autorisées à la visite et c'est déjà bien. Vous n'irez pas plus loin !

Il s'apprêtait à les abandonner pour rejoindre une porte derrière le guichet mais il se ravisa :

— Par contre, j'aimerais bien que vous me disiez comment vous savez qu'il y a une chapelle et des gisants, d'autant que ce n'est pas tout à fait à côté de la bâtisse et qu'ils ne sont pas mentionnés dans les dépliants.

Ils avaient marqué un point dans cette confrontation verbale. Le guide venait de lever le voile sur la situation quelque peu isolée du lieu en question.

— Bien sûr ! répliqua Raphaël qui voulait reprendre l'ascendant et piquer sa curiosité du guide. Dans *Le Serment des oubliés*, Richard et Flore s'y rendent à cheval, en pleine nuit, comme leurs poursuivants d'ailleurs.

Annabelle avait compris la tactique. Elle surenchérit aussitôt en expliquant que son exemplaire comportait la même précision et que tout ceci coïncidait parfaitement. Ce dernier les écoutait discuter, sidéré. Son regard allait de l'un à l'autre sans qu'il puisse placer le moindre mot. Atone depuis un long moment, il finissait par se confondre avec les statues du domaine. Ses vêtements d'un gris bleuté imitaient involontairement la pierre dans laquelle le sculpteur les avait taillées voilà des siècles. Seul le caractère moderne de sa tenue montrait qu'il n'appartenait pas à la même époque. Il semblait dépassé par la tournure que prenait la discussion. Il secoua légèrement la tête, se reprit et, sorti de son hébétude, il les interrompit.

— Mais qu'est-ce que vous racontez ? La chapelle, les gisants, vous ne pouvez pas être au courant... et *Le Serment des oubliés*... Où avez-vous entendu parler de ce livre ? Je suis certain qu'il n'y a eu aucune publication mentionnant ce dont vous parlez, ni de divulgation de la part des chercheurs qui ont étudié Montagnac et encore moins de ceux qui connaissent l'existence de cette crypte.

Raphaël intervint. Ils devaient absolument convaincre le guide de leur montrer la chapelle. Sinon, ils repartiraient les mains vides. C'en serait fini et ils risquaient de ne jamais savoir pourquoi ces livres étaient entrés dans leur vie presque simultanément.

— Vous voulez savoir d'où nous tenons ces informations et nous, nous voulons voir cette fameuse chapelle. Alors, passons un accord : nous vous dévoilons nos sources et de votre côté vous acceptez de nous conduire jusqu'aux gisants. Qu'en dites-vous ?

Leur interlocuteur hésita. Il porta machinalement une main à son front, peigna ses cheveux clairsemés avec ses doigts comme si la solution allait en jaillir et finalement il dit :

— C'est que je n'ai pas le droit de...

Il s'arrêta brutalement de peur de trop en dire. Il paraissait en effet particulièrement embarrassé.

Trop proche du but pour renoncer, Marc donna un léger coup de coude à Raphaël accompagné d'une suggestion :

— Les livres, il faut lui en dire davantage !

Le guide les fixa, se demandant ce qu'ils allaient pouvoir encore lui révéler.

— Eh bien voilà. Contrairement à ce que vous semblez croire, il ne s'agit pas de livres récents qui parlent du site de Montagnac. En fait, nous sommes en possession de deux manuscrits datant du Moyen Âge dont le titre est *Le Serment des oubliés*.

L'homme, qui ne put cacher sa surprise, déclara :

— C'est impossible ! Et même en supposant que vous les ayez, d'où les sortez-vous ? Comment vous les êtes-vous procurés ?

Il se ravisa aussitôt pour rectifier :

— Qu'est-ce que je raconte ? Premièrement, il n'existe qu'un seul exemplaire de ce manuscrit. Deuxièmement, vous ne pouvez pas connaître son existence, donc vous mentez ! Enfin, si vous êtes bien en sa possession, c'est que vous l'avez volé et je…

— Calmez-vous ! Nous ne sommes pas des voleurs, sinon nous ne serions pas ici à vous en parler. Allons directement au but : pourquoi ils sont en notre possession, ce serait trop long à vous expliquer mais le fait est que nous les avons bien et pas vous ! Donc, je vous rappelle le *deal* que je vous ai proposé il y a un instant. C'est ça ou rien !

Sentant la situation lui échapper, le guide se radoucit.

— Dites-moi à quoi ressemble la couverture de vos livres !

Raphaël la décrivit dans les détails, indiquant même son odeur si particulière. Il résuma à nouveau l'une des deux histoires pour son interlocuteur. Il semblait si bien connaître le manuscrit que l'autre resta bouche bée.

— C'est dingue ! Je savais qu'il existait au moins un exemplaire du *Serment des oubliés* mais deux, c'est plus que j'espérais. Quand ils vont le savoir... Par contre, si j'ai bien compris, ils sont parfaitement conservés et là, ça m'étonne. Êtes-vous sûr qu'il ne s'agit pas de vulgaires copies récentes ?

Raphaël se sentit offensé.

— Je suis un expert en matière de livres anciens, comme je vous l'ai déjà dit. Effectivement, je n'ai pas d'explication quant à leur état de conservation mais je suis formel sur leur datation. Dites-moi, vous venez de dire « quand ils vont le savoir ». De qui parlez-vous ?

— Ceux avec qui je travaille ! Il faut impérativement qu'ils les voient !

— Ne vous emballez pas ! suggéra Marc. Ces livres sont à nous et en attendant de les consulter je vous rappelle que nous sommes ici pour voir la chapelle. Pour le reste, on avisera en temps voulu !

Il se montra si convaincant que le guide tourna aussitôt les talons et les invita à le suivre. Tous trois lui emboîtèrent le pas, satisfaits de leur négociation.

33 LA CHAPELLE DES GISANTS

Ils dépassèrent le château, s'engagèrent dans les jardins broussailleux et prirent un chemin de traverse qui s'enfonçait dans les bois. Ils marchèrent ainsi près de vingt-cinq minutes, parfois en file indienne, à cause de la végétation particulièrement dense, avant de se retrouver face à des buissons épineux qu'ils contournèrent par la droite.

— Voilà pourquoi on a mis tant d'années à la découvrir, précisa le guide. On n'a jamais vu une chapelle si éloignée du logis seigneurial et comme elle est partiellement enterrée, la végétation la recouvrait intégralement. Nous pensons que sa construction remonte à une époque antérieure à celle de dame Flore et que ceux qui ont choisi l'emplacement devaient vouloir prier en paix ou vouloir protéger leurs futures sépultures. C'est réussi puisqu'apparemment personne n'a découvert l'endroit avant nous. On est tombé dessus par hasard. Je vous raconterai comment plus tard, si ça vous intéresse.

Le guide, qui s'était un peu amadoué, ne put s'empêcher de dévoiler quelques secrets.

— Pour revenir à la crypte, sa construction nous interpelle et plus encore les archéologues spécialisés dans les monuments. Elle correspond bien à l'époque à laquelle nous pensons mais elle comporte des anachronismes pour lesquels nous n'avons pas de réponses. L'existence de vos manuscrits semble apporter davantage de mystère encore !

Il interrompit ses révélations :

— Nous arrivons.

Il ouvrit les deux cadenas neufs qui fermaient un portail en fer forgé rouillé puis repoussa les vantaux sur le côté. La végétation, qui reprenait systématiquement ses droits, ne lui facilita pas la tâche. Elle s'était invitée en travers du passage telle une gardienne des lieux. Il dut la repousser avant d'ôter les barres qui condamnaient l'accès. Puis il insérera une clé dans une vieille serrure, fit deux tours et poussa le battant d'une épaisse porte en bois cloutée partiellement enterrée.

— Attention, il y a cinq marches à descendre. Elles sont un peu abruptes et l'humidité les rend glissantes.

Leur hôte s'empara d'une lampe torche dont le puissant faisceau éclaira une salle sombre, grise, relativement vaste et inquiétante. Son plafond présentait une croisée d'ogives qui ne correspondait pas à l'époque de construction. Il était splendide et l'ensemble ressemblait à une église romane aux proportions réduites avec de petites absidioles[11] qui rendaient les lieux propices au recueillement. Au centre de la salle, deux gisants imposants reposaient et au pied d'un des deux tombeaux on devinait une forme rectangulaire d'assez petites dimensions.

Annabelle, Marc et Raphaël approchèrent, partagés entre la curiosité et l'impatience. Ils avaient devant eux la sépulture de Gaétan Le Puissant et celle de dame Flore dont le ravissant visage demeurait figé pour l'éternité dans la pierre, grâce à la finesse d'exécution d'un sculpteur qui avait su rendre hommage à son exceptionnelle beauté.

— Que sont devenus les enfants de Flore ?

À nouveau, pendant un bref instant, le guide parut décontenancé par les connaissances que ces visiteurs

---

[11] Petites absides qui servent de chapelles dans les églises et qui se trouvent, le plus souvent, sur les côtés ou autour de l'abside centrale.

possédaient sur le lignage de la famille royale pour pouvoir poser cette question.

— Nous ne savons pas trop. Dame Flore a eu un fils, un certain Lancelin, mais on retrouve aussi la trace d'une certaine Béatrix qui n'a pourtant aucun lien de parenté avec le couple. On n'en sait pas plus et nous n'avons jamais découvert leurs tombes. D'autre part, on s'est longtemps posé la question de cette pierre rectangulaire que vous voyez aux pieds de dame Flore, d'autant que la sculpture qui dominait le couvercle a disparu. Difficile de savoir à quoi ou à qui l'attribuer. La taille réduite de la tombe nous fait penser à un enfant qu'aurait perdu le couple, peut-être. Hélas, il n'y avait plus d'ossements à l'intérieur quand elle a été ouverte et rien ne peut nous aider.

La jeune femme subjuguée ne put s'empêcher d'intervenir. Elle jeta un regard à Raphaël qui avait compris la même chose.

— Ce n'est pas le tombeau d'un enfant mais celui du chien de dame Flore, un beauceron qu'elle appelait Rainouart et qui la suivait comme son ombre.

— Oui, maintenant que vous le dites, c'est une explication plausible ! Pourquoi n'y avons-nous pas pensé avant ? Il faudra vérifier tout de même mais nous avons retrouvé des gravures, certes difficiles à interpréter, qui laissent penser à une présence animale auprès de la châtelaine. Et comment savez-vous pour son nom ?

— Le manuscrit ! Il ressort du *Serment des oubliés* que dame Flore aimait lire. Elle aura emprunté le nom de son beauceron à la chanson de geste d'*Aliscans*[12]. Rainouart, le personnage principal est un Sarrasin extrêmement fort. Il a été enlevé à sa naissance par Guillaume D'Orange mais il est le fils

---

[12] La chanson de geste d'*Aliscans* qui appartient au cycle de Guillaume d'Orange.

du roi Desramé. Afin de cacher à tous sa noble naissance, on lui a confié une basse besogne, celle de travailler aux cuisines du château. Il entretenait le feu et cuisait la venaison. À cause de ses origines et de sa peau recouverte de charbon, il semblait plus noir que l'ébène et les flammes qu'il attisait constamment imprimaient à son corps des reflets étranges. Or la couleur de la robe de Rainouart, le beauceron de dame Flore, est noir et feu. C'est aussi un chien redoutable. N'est-ce pas magnifique !

— C'est incroyable ! s'exclama le guide. Mais comment savez-vous tout ça ?

— Je n'ai pas fini le livre mais j'ai retenu l'essentiel de l'histoire.

Raphaël, sensible aux paroles d'Annabelle, à ce lieu si particulier dans lequel ils se trouvaient et à l'atmosphère, ne put s'empêcher de réciter quelques vers d'une laisse de la chanson de geste qu'il connaissait par cœur. Les autres l'écoutèrent, subjugués :

« *Enz el palet fu Guillelmes le ber ;*
Aval la sale commence a esgarder.
De la cuisine vit Renoart torner
Parmi u huis et el paleis entrer,
Toz iertnuz piez, n'ot chauce ne soller ;
Grant ot le cors et regart de sengler,
Et tote France n'ot si grant bacheler,
Ne si fort home por un grant fés lever,
Ne milz seüst une pierre giter. »[13]

---

[13] Guillaume qui était dans le palais, se met à balayer du regard la grande salle et voit Rainouart sortir de la cuisine pour entrer dans le palais. Il était nu-pieds, sans chausses ni chaussures ; d'une forte corpulence, il avait le regard d'un sanglier. Dans toute la France, il n'y avait pas de jeune homme aussi grand, ni d'homme aussi fort que lui pour soulever un fardeau ou savoir jeter une pierre. Il s'agit de la

La solennité des lieux et le silence se prêtaient particulièrement à ce genre de texte. Le jeune libraire avait déclamé les vers avec une telle émotion que le guide ne put contenir son admiration. Il affichait à présent une mine réjouie, certain qu'il n'avait pas affaire à des plaisantins. Ces trois touristes étaient une aubaine et il ne doutait pas qu'ils lui apprendraient plus de choses qu'il n'avait à leur en révéler.

— Je crois que nous allons nous apporter mutuellement beaucoup de réponses, fit-il.

— Oui mais quelque chose m'intrigue, dit Annabelle qui se tenait un peu en retrait et dont le regard était accaparé par le décrochement sombre d'une absidiole. On dirait qu'il y a un autre gisant ici.

— Peut-être pourrez-vous nous éclairer en ce qui le concerne, car il est très ancien lui aussi. Il représente pour nous une véritable énigme car il est vide. Toutes les analyses tendent à prouver qu'il n'a pas été occupé. Il n'y a pas la moindre trace, même infime, de restes humains. Il est probablement antérieur aux deux autres mais de facture plus moderne si je peux m'exprimer ainsi. Autre fait étrange, il est évident que ce tombeau a été ouvert et refermé à maintes reprises, ce qui n'est vraiment pas habituel. Mais ce n'est pas le fait de pilleurs car on n'a jamais rien volé ici. Vous verrez, il y a des marques de part et d'autre du couvercle. Elles attestent incontestablement d'ouvertures successives. Et puis autre chose nous a interpellés.

— Quoi donc ? interrogea Marc particulièrement intéressé. Pouvez-vous diriger le faisceau de la torche en

---

traduction des vers 3523 à 3531, laisse LXXIII de la chanson de geste d'*Aliscans*, écrite en ancien français, tome I, C. Régnier, éd Champion, 1990.

direction du gisant pour que nous puissions mieux le voir, s'il vous plaît ?

La lumière de la lampe envahit aussitôt l'endroit, ravissant la tombe à la pénombre qui l'enveloppait depuis des siècles. Tous se dirigèrent vers elle. Le guide cherchait le meilleur endroit pour que les visiteurs puissent percevoir toutes les particularités du tombeau qu'il venait d'évoquer :

— Quand on est juste à côté, on ne le voit pas vraiment, car la pièce est étroite et permet difficilement de prendre du recul mais si on se met, euh… ici…

Il se déplaçait à petits pas pour cibler l'emplacement exact qui permettrait à chacun de comprendre ce qu'il s'apprêtait à dévoiler.

— Voilà, ici exactement, on remarque que la sépulture a des proportions anormales, reproduites fidèlement par le sculpteur du gisant.

Un frisson traversa simultanément Annabelle et Raphaël mais ce fut Marc qui prononça presque naïvement les mots qui s'arrêtèrent à la barrière de leurs lèvres, entravés par l'inconcevable :

— L'homme enseveli ici devait de toute évidence être très grand, bien plus grand que la norme de l'époque. C'est ça ?

— Oui, confirma le guide, si on s'en tient à la taille de la tombe et à celle du gisant mais on ne sait pas quel est le lien du défunt avec les seigneurs de Montagnac. Son gisant, quoique simple, montre que l'homme devait être disproportionné : un tronc un peu court sur de grandes jambes. Il a dû être inquiété, car au Moyen Âge on disait volontiers d'un tel homme qu'il était un monstre, mais vous le savez ! Cependant, il devait être influent et apprécié pour que sa sépulture trône dans la crypte des maîtres. Quant à son nom, nous n'avons rien trouvé. Les traits de son visage sont aussi trop estompés, usés. Impossible de se le représenter contrairement au gisant de dame Flore. On distingue malgré tout une balafre en travers d'une joue. Elle est bizarrement postérieure à la conception de la tombe. Elle a été faite par un objet très lourd et métallique puisqu'on a retrouvé de microscopiques fragments d'acier. Une épée sans doute. Les livres vous en apprennent-ils davantage ?

— Pas vraiment ! Il est parfois question d'un personnage étrange qui n'a pas de nom. Peut-être que c'est lui, je n'en sais rien.

— Que savez-vous à son sujet ?

— Qu'il est « celui qui retient le temps » et que « lui seul peut traverser » ! C'est énigmatique mais c'est ce qui est écrit.

— Traverser ? demanda le guide songeur.

Après un long silence, Raphaël se hasarda à répondre :

— Aussi incroyable que cela puisse paraître, je crois que cet homme traverse le temps !

Les deux autres restèrent rêveurs, cautionnant par leur mutisme les paroles de leur ami. Le guide afficha quant à lui un sourire moqueur en entendant la réponse mais il n'osa pas tergiverser. Il se contenta de faire référence à d'autres chansons de geste :

— Si vos manuscrits datent effectivement de l'époque à laquelle vous faites allusion et comme vous semblez bien connaître les écrits médiévaux, je vous rappelle simplement que ces récits avaient largement recours à l'hyperbole et au merveilleux pour magnifier les chevaliers. Ils s'écartaient donc souvent de la réalité. Ceux qui écoutaient ces histoires voulaient rêver. Souvenez-vous de la chanson de *Renaud de Montauban*[14] lorsque Renaud va secourir ses frères contre les troupes de Charlemagne. Il parvient à reprendre le combat alors qu'il a le

---

[14] *Renaud de Montauban ou Les Quatre fils Aymon,* chanson de geste de la fin du XIIe siècle.

ventre ouvert, en contenant ses tripes dans son armure, sans parler de l'enchanteur Maugis... Un autre exemple : dans le cycle de Guillaume d'Orange, le personnage de Rainouart – que vous semblez connaître – doté d'une force herculéenne est capable d'anéantir les Maures par centaines, muni d'un tinel[15] qu'il manie avec une facilité déconcertante. Alors « traverser le temps », si vous voyez ce que je veux dire...

Les autres ne relevèrent pas. Seul Raphaël connaissait les œuvres auxquelles le guide avait fait référence. Ce dernier ajouta :

— Enfin, voilà ce que je peux vous apprendre sur cette crypte mais maintenant j'aimerais bien jeter un œil à vos deux livres.

Ils restèrent encore quelques minutes dans la chapelle, imaginant le moment où Richard, dame Flore et Aénor s'y étaient retrouvés avant que les soldats de l'Ordre Divin ne surgissent. Jamais ils n'auraient pensé, en lisant ce livre, qu'ils fouleraient un jour le sol de cette crypte. L'instant était exceptionnel.

Puis ils regagnèrent le château. Le guide les abandonna un instant, le temps de prier un collègue de le remplacer pour les visites suivantes, après quoi ils se rendirent dans une salle destinée aux conférences. Le mobilier moderne et les tableaux contemporains de peintres talentueux accrochés à diverses hauteurs contrastaient avec la rusticité des murs de pierre.

— Voyons un peu vos livres, fit le guide en s'asseyant et en chaussant déjà ses lunettes. C'est quand même curieux qu'il existe deux exemplaires ! Prenez place !

---

[15] Il s'agit de la chanson de geste d'*Aliscans,* fin du XIIe siècle, qui appartient au Cycle de Guillaume d'Orange. Un tinel est un bâton, mais dans l'histoire de Rainouart c'est un arbre qu'il a déraciné, élagué à mains nues, pour utiliser le tronc comme une arme.

Comme ils choisirent de rester debout, Annabelle avait une vue plongeante sur le sommet du crâne de leur hôte. Le petit cercle dégarni de cheveux la fit sourire, tant il s'apparentait à la tonsure des moines.

— L'un est à mademoiselle, l'autre est à moi, précisa Raphaël. Ils ont la particularité d'évoquer les mêmes personnages mais de proposer des récits quelque peu différents.

— C'est surprenant. Montrez-les-moi !

— On ne les a pas pris avec nous, fit Annabelle

Le guide arracha les lunettes de son nez, les jeta sur la table et se leva pour protester :

— Comment ça vous ne les avez pas ! Je croyais qu'on avait fait un *deal* ! Vous me parlez de manuscrits exceptionnels, j'accepte de vous conduire jusqu'à la crypte et finalement vous me roulez dans la farine !

Il s'interrompit pour reprendre son souffle tant il avait débité sa tirade rapidement.

— Respectez votre part du marché maintenant. Je veux voir les livres, ajouta-t-il sèchement.

Marc, qui était resté calme, prit les choses en mains.

— Rassurez-vous, vous les verrez ! Faites-nous confiance, mais d'un autre côté, comprenez que nous avons dû prendre des précautions. Raphaël est un expert et il connaît la valeur de ces deux manuscrits. Nous ne pouvions pas nous permettre de nous balader avec eux sous le bras au risque de les perdre ou qu'on nous les vole.

— Bon peut-être mais où sont-ils ?

— En sécurité dans le coffre-fort d'une de nos chambres, à l'hôtel.

L'homme, contrarié, bougonnait mais convenait intérieurement que c'était logique. Il semblait réfléchir si intensément que Raphaël crut qu'il allait voir de la fumée sortir de ses oreilles, comme dans les dessins animés.

— Et alors quand est-ce que je pourrai les voir ?

— La nuit dernière n'a pas été facile et aujourd'hui deux d'entre nous ont roulé toute la matinée tandis que moi, j'ai dû prendre un avion-taxi. Ajoutez l'attente pour la visite, la chapelle, etc. Nous sommes épuisés et en plus il est trop tard. On pourrait se retrouver demain matin, ici même. Qu'en dites-vous ?

Le guide hésita, visiblement très agacé. Mais au bout d'un moment, contraint et forcé, il finit par accepter la proposition.

— Vous ne me laissez pas vraiment le choix. Demain matin, à 9 heures et surtout ne soyez pas en retard !

Tous trois s'étonnèrent qu'il n'insiste pas davantage en demandant leur identité et leur adresse ou en exigeant de les accompagner à l'hôtel pour voir les livres. Finalement, ils s'en tiraient à bon compte : ils avaient visité le château et en prime la chapelle comme ils l'espéraient.

L'homme prit rapidement congé d'eux sans leur serrer la main. Son empressement à les quitter les interpella mais ils n'osèrent pas dire quoi que ce soit. De toute façon, il avait déjà sorti son téléphone portable et marchait dans la direction opposée au parking. Ils ne saisirent que quelques bribes du début de sa communication :

— Allo, Jo ! Oui, c'est moi. Bien sûr que je suis à Montagnac ? Je t'appelle parce que tu n'…

Il entra en même temps dans le bureau des guides, tira brusquement la porte derrière lui, la ferma à clé et rabattit d'un geste sec le rideau de toile épaisse devant la fenêtre. De toute évidence, il ne voulait pas que les autres le voient, encore moins qu'ils l'entendent.

34 DISPARUS

Le sandwich avalé à la hâte à midi ne calmait plus les spasmes de leurs estomacs qui criaient famine. Ils avaient besoin de se poser et de prendre un dîner équilibré, au calme.

Les avis consultés sur internet à propos des restaurants du coin les guidèrent jusqu'à un établissement qui ne payait pas de mine mais dont le parfum d'une cuisine épicée leur parvint dès qu'ils sortirent du véhicule. Ils en avaient l'eau à la bouche.

— Ça sent fichtrement bon ! s'exclama Annabelle. On va se régaler !

Raphaël ne s'étonna pas de la remarque de la jeune femme. Il aurait fait exactement la même en employant cet adverbe si désuet que peu de gens utilisaient désormais.

Fichtrement bon ! Qui parlait encore comme ça, pensa-t-il, à part eux. Il trouvait de plus en plus étrange qu'ils soient entrés en possession de ces manuscrits presque simultanément, qu'ils se soient retrouvés aux mêmes endroits aux mêmes moments, qu'ils aient la même façon de s'exprimer, comme le frère que l'on n'a jamais eu ainsi que l'a chanté Maxime Le Forestier. Cet hypothétique mais saugrenu lien familial lui réchauffa le cœur. Il regarda la jeune femme, différemment cette fois.

Main dans la main, le couple entra dans le restaurant. Raphaël les suivit.

Leur choix était à la hauteur des lieux. La patronne, drapée dans son tablier de cuisine, s'avança vers eux pour leur présenter l'unique menu. Elle énuméra la succession des plats de l'entrée au dessert. Il n'y avait aucune alternative mais la faim qui leur tenaillait le ventre, le fumet qui chatouillait agréablement leurs narines et le souvenir des avis favorables des internautes eut raison de leur défiance. Ils n'eurent plus que la lourde responsabilité du choix du vin qui revint naturellement à Marc, le plus aguerri du trio en la matière.

Ce moment convivial les avait rapprochés et à la fin du repas, ils s'accordèrent pour dire qu'ils avaient passé une agréable soirée. Ils avaient momentanément oublié leurs soucis, leur quête et presque les livres qui avaient pourtant guidé leurs pas jusque dans cette région.

Ils plaisantèrent encore un peu, à table, autour d'un digestif puis Raphaël confia les clés de sa voiture à Annabelle qui n'avait bu qu'un verre de vin. Comme la fatigue se faisait sentir, ils décidèrent de regagner l'hôtel.

À la sortie du restaurant, la fraîcheur tomba sur leurs épaules et, quelques frissons plus tard, ils s'engouffraient dans la voiture.

Annabelle mit le moteur en marche et actionna les essuie-glaces pour dégager l'humidité condensée sur le pare-brise froid. Une fois le chauffage enclenché, la soufflerie diffusa de l'air doux sur les passagers qui ne tardèrent pas à succomber à ses effets soporifiques. Seule Annabelle restait concentrée sur la route. Durant le trajet, ils n'échangèrent que quelques mots à propos d'une musique diffusée à la radio.

La lune, à l'apogée de son cycle, brillait particulièrement et éclairait l'asphalte plus que les phares. Elle projetait des ombres mouvantes inquiétantes, aux formes diverses de part et d'autre du ruban de bitume. Elles semblaient animées d'une vie propre.

Bientôt, l'enseigne lumineuse de l'établissement creva l'obscurité et un instant plus tard, Annabelle saisissait un code afin de lever la barrière du parking de l'hôtel où elle s'apprêtait à se garer.

Ils se séparèrent devant la réception.

— Bonne nuit, dit Raphaël, je vais rester encore un instant. J'ai besoin de lire et de feuilleter des magazines. Ça m'aide à m'endormir.

— OK, rendez-vous à 7h30 pour le ptit-déj ! proposa Annabelle avant d'entraîner Marc vers les escaliers.

Tous deux souhaitaient se retirer dans leur chambre.

Le libraire les abandonna, préférant se détendre encore un peu dans le salon de l'hôtel. Les canapés qui attendaient bien sagement semblaient lui tendre les bras et une pile de journaux et de revues lui permettrait de passer le temps. Un fond musical ténu accentuait l'impression de bien-être qui se dégageait des lieux.

— Parfait !

Raphaël avisa un titre juste devant lui, « Science et vie » et plus particulièrement un encadré sur la couverture concernant Stephen Hawking, l'astrophysicien. Passionné de physique et de cosmologie, il saisit la revue, consulta le sommaire et se plongea dans un article concernant les trous noirs. Le jeune libraire avait toujours admiré ce physicien, son génie, ses travaux et salué son combat sans pareil contre la maladie.

À cette heure avancée de la nuit, l'hôtel était calme. Seuls de rares clients s'attardaient encore dans le hall ou descendaient des étages pour acheter des boissons disponibles au distributeur automatique.

Un coup d'œil à sa montre ramena Raphaël à la raison. Une heure trente du matin. Ce n'était pas sérieux !

Captivé par certains articles, il n'avait pas vu le temps passer. Il bâillait depuis longtemps et luttait pour garder les yeux ouverts, relisant parfois le même passage.

Il était presque deux heures du matin lorsqu'il inséra la carte magnétique de sa chambre dans la fente de la serrure électronique, pour ouvrir la porte. Il entra et la glissa cette fois dans le boîtier qui commandait la lumière. Aussitôt quelque chose l'intrigua. Il resta planté un instant derrière la porte qui venait de se refermer, à observer autour de lui. Il fit un pas, regarda sa valise encore bouclée qui reposait de travers, sur le *rack*. L'avait-il laissée ainsi ? Impossible de se rappeler, il n'avait pas vraiment fait attention. En revanche, il était certain de ne pas s'être assis sur le lit. Il n'en avait pas eu le temps. Celui-ci était pourtant marqué comme si quelqu'un s'y était installé et qu'une main avait pris appui sur le drap. Il réfléchit un instant. Il n'avait laissé aucun objet de valeur dans la chambre : pas de gourmette, pas d'argent, rien. Rien, sauf les deux manuscrits qu'il avait déposés à l'intérieur du coffre à code installé sur une étagère dans la penderie. L'une des deux portes coulissantes était mal fermée. Il l'ouvrit davantage, précautionneusement, comme s'il craignait quelque chose.

— Merde ! lâcha-t-il à haute voix.

Le coffre était grand ouvert et, plus grave, il était vide. Il eut un mouvement de recul et tomba assis sur le lit, à l'endroit exact qu'il avait repéré. En un instant, il comprit ce qui s'était passé. Sans même réfléchir, il sortit dans le couloir et frappa à la chambre du couple. Comme personne ne réagissait, il se mit à tambouriner sur le panneau derrière lequel il finit par entendre des voix.

Annabelle, les cheveux en bataille, apparut dans l'entrebâillement de la porte et le fixa avec de petits yeux qu'elle tenait difficilement ouverts. La lumière du couloir l'éblouissait.

— Mais qu'est-ce qui te prend ? Ça ne va pas ! Tu as vu l'heure !

Elle dut se mettre légèrement de côté pour laisser passer Raphaël qui voulait absolument pénétrer dans la pièce. Il paraissait tourmenté. Comme Marc les rejoignait, aussi peu réveillé que sa compagne, il faillit le heurter.

— Les livres ! Dites-moi que vous avez pris les livres !

— Les livres ! Mais pourquoi ?

— Laissez tomber, c'est stupide, maugréa-t-il. De toute évidence, ce n'est pas vous.

— Mais de quoi tu parles ? demanda Annabelle qui ne comprenait rien.

Une voix se manifesta dans le couloir, suivie de grognements incompréhensibles.

— C'est pas bientôt fini tout ce raffut ! Y a des gens qui dorment…

La porte d'une chambre claqua ensuite bruyamment.

— Chut ! fit la jeune femme en apposant son index en travers de sa bouche. Asseyons-nous et explique-nous ce qui t'arrive.

— Non, venez plutôt voir, c'est plus simple.

D'un pas déterminé mais la tête basse, il les précéda dans sa chambre située juste à côté de la leur. Là, il désigna la penderie et se contenta de dire :

— Voilà !

— Alors là ! Si je m'y attendais… fit Marc en regardant le coffre vide. Celui qui a fait ça a probablement utilisé un pied-de-biche. Il n'a pas eu besoin de beaucoup forcer, la porte est à peine voilée. Je pensais que ces petits coffres étaient plus solides.

— Peut-être mais en attendant on nous a piqué les manuscrits.

Marc continuait sur sa lancée :

— Pourtant, j'ai l'habitude des chambres d'hôtel. Je mets souvent mes effets personnels dans les coffres, quand je

pars en déplacement mais je n'ai jamais été victime d'un vol !
C'est vraiment pas de chance.

Tout en l'écoutant, Raphaël réfléchissait. Il cherchait qui pouvait avoir subtilisé les manuscrits.

— On a dû nous voler les livres pendant que nous étions au restaurant et plus j'y songe plus je me dis que la malchance n'a rien à voir dans l'histoire.

— Ah, et à quoi penses-tu ? demanda Marc.

— Les livres étaient la cible du voleur et il savait exactement où les trouver sinon il aurait fouillé nos bagages. Or il s'en est directement pris au coffre. Curieux tout de même !

— Eh, ce n'est pas moi qui les ai volés. Ce n'était qu'un rêve, je vous rappelle et en plus j'étais avec vous au restaurant, plaisanta l'homme d'affaires histoire de détendre l'atmosphère.

— Ne t'inquiète pas, Raphaël ne pensait pas à toi !

— Non, je pensais plutôt au guide. C'est le seul à être au courant.

— Le guide ! s'exclama Marc dubitatif. Tu penses qu'il aurait pris tous ces risques rien que pour voir les manuscrits ! Ça n'a pas de sens, on allait les lui montrer demain, enfin vu l'heure, ce matin. S'il n'avait pas confiance en nous, il n'avait qu'à insister pour voir les bouquins ou nous suivre, quand nous sommes partis. Non, je crois que tu fais fausse route !

Annabelle qui n'avait pas dit un mot depuis un moment secouait la tête comme si elle ne partageait pas la version de son compagnon.

— Je crois que Raphaël a raison. Il y a vraiment peu de chances que le coffre ait été forcé par hasard. Je crois que le voleur voulait nos manuscrits et pas autre chose. Donc, la piste du guide semble la plus probable. Pourquoi a-t-il agi ainsi, ça c'est une autre question mais si c'est bien lui, je doute qu'il se pointe à notre rendez-vous tout à l'heure ! Bon, en attendant allons voir le gardien de l'hôtel pour lui signaler le vol et savoir s'il a remarqué quelque chose.

— D'autant plus que la porte de la chambre n'a pas été forcée ! ajouta Raphaël.

— C'est vrai ! Ni la fenêtre d'ailleurs, compléta Marc en écartant le rideau.

Chacun enfila à la hâte une tenue plus adaptée avant de sonner à la réception.

Un homme aux tempes grisonnantes, s'adressa à eux quelque peu étonné :

— Messieurs-dames ! fit-il. Puis-je vous aider ? Quelque chose ne va pas ?

Alors que Raphaël s'apprêtait à expliquer la situation, Annabelle intervint et s'adressa au réceptionniste sur un ton ferme. Il fallait faire avancer les choses le plus rapidement possible.

— Pour être brefs, on vient de nous voler deux manuscrits de valeur que nous avions mis en sécurité dans le coffre de l'une des chambres.

L'homme ouvrit de grands yeux. Ses sourcils, qui montèrent d'un coup à l'assaut de son front, témoignaient de sa surprise. Il comprit très vite que cette nouvelle risquait de lui pourrir la vie les jours suivants.

Le regard rivé au plafond, il tentait de se remémorer sa journée et essayait de se rappeler les moindres détails. Il réfléchit un long moment avant de déclarer :

— Je vois passer beaucoup de monde mais maintenant que vous le dites, je crois me souvenir d'un homme en particulier. Il avait à peu près votre âge. Sur le moment, je n'ai pas fait attention à lui mais maintenant que j'y repense, il avait une attitude bizarre. Habituellement, les clients se présentent à l'accueil soit pour réserver une chambre, soit pour récupérer ou déposer la carte magnétique qui fait office de serrure et qui actionne l'éclairage. Justement, ce gars paraissait chercher ou attendre je ne sais pas quoi. Peut-être quelqu'un, peut-être quelque chose… Le fait est qu'il ne s'est pas adressé à moi. Mais notre établissement n'est pas très grand et j'ai une bonne mémoire visuelle. Je l'ai regardé faire un instant pensant que je l'avais déjà vu quelque part mais où, je ne saurais le dire ! Après, j'ai répondu au téléphone et j'ai quitté l'accueil un moment. J'avais du travail.

Il s'interrompit un instant, fouillant dans sa mémoire avant de reprendre :

— Par contre, je l'ai vu partir et monter en voiture dans une berline bordeaux. Il avait un paquet sous le bras. D'ailleurs, il me semble qu'il ne l'avait pas à son arrivée.

— Un paquet ! coupa Annabelle. Et combien de temps est-il resté ?

— Difficile à dire mais il s'est bien écoulé au moins une demi-heure.

— Et vous savez où il est allé ?

— Non, comment le saurais-je ! Je l'ai juste vu tourner à droite en sortant du parking.

— Qu'est-ce qu'il y a dans cette direction ?

— Pas grand-chose, quelques hameaux ! C'est la campagne.

— Vous n'avez pas noté l'immatriculation par hasard ?

L'employé ne pouvait s'empêcher de penser à la publicité désastreuse que cette histoire ferait à l'hôtel et surtout à la réaction de son patron qui ne manquerait pas de lui mettre sur le dos la responsabilité du vol. Il semblait prêt à tout pour limiter le courroux de ces clients. Il quitta alors son comptoir pour s'approcher des baies vitrées et désigner d'un geste de la main la seule route que l'inconnu avait pu emprunter.

Quand il se retourna vers les clients, son visage était blême.

— Non ! Je ne me souviens pas de l'immatriculation. Je ne pouvais pas me douter de ce qui se passait. Mais ce dont je suis sûr c'est qu'il n'avait pas la tête d'un voyou. C'était plutôt un jeune homme de bonne famille, poli et bien sur lui. Je n'en reviens pas ! Qu'est-ce que vous comptez faire maintenant ?

Il paraissait inquiet.

— On va réfléchir mais on n'en restera pas là ! assura Marc en le quittant. De votre côté, prévenez la police !

Lorsqu'ils se retirèrent, le réceptionniste resta les bras ballants, visiblement tourmenté.

La police, son patron… enfin il verrait bien !

De retour à l'étage, ils se retrouvèrent devant le coffre béant comme si la solution à leur problème était sous leurs yeux.

— Qu'est-ce qu'on fait maintenant ? demanda Marc en bâillant. Je vous avoue que j'ai sommeil et partir à la recherche d'une voiture bordeaux en pleine nuit ne nous mènera à rien !

Ils décidèrent qu'à cette heure avancée, il n'y avait plus rien à faire. Ils devaient se reposer et dormir.

Rendez-vous fut pris à 6 heures du matin pour s'organiser et envisager une stratégie.

Ils avaient des comptes à régler.

35 CHASSE À L'HOMME

La nuit fut courte mais il émanait de chacun d'eux une énergie qui en disait long sur leur détermination à mettre la main sur le visiteur de la veille. Ils étaient en revanche moins certains de parvenir à le retrouver tant sa description et la direction indiquée par le gardien de l'hôtel étaient floues. Très inquiets quant au fait de récupérer les manuscrits, chacun tâchait de ne rien laisser paraître.

Après un frugal mais rapide petit déjeuner et un nouveau point avec le gardien qui n'avait pas encore fini son service, ils prirent la route que le voleur avait probablement empruntée.

Ils partaient en chasse d'un véhicule bordeaux, seul véritable indice fourni par le gardien. Mais vu la manière dont s'étaient déroulés les événements des mois précédents, ils étaient convaincus que la chance allait enfin leur sourire ou que quelque chose d'autre, un imprévu, viendrait encore une fois s'interposer.

La route qui s'ouvrait devant eux était sinueuse, étroite et déserte. Dans un premier temps, ils ne virent aucune ferme, aucune habitation sur le parcours. Alors qu'ils commençaient à s'impatienter, ils atteignirent un premier groupe de maisons.

Ils le traversèrent lentement avant de s'arrêter pour observer. Tels des félins qui guettent leur proie, tapis dans l'ombre, ils scrutèrent les moindres recoins de ce premier hameau. Il n'y avait que quelques maisons alignées en rang d'oignons le long de la route principale. Des véhicules étaient garés de part et d'autre, leurs pare-brises recouverts de rosée, presque gelée, mais aucun véhicule bordeaux et pas âme qui vive aux alentours. Les villageois semblaient retranchés chez eux. Si l'heure n'était pas si matinale, on aurait pu croire qu'ils se terraient comme si un danger les guettait à l'extérieur.

Momentanément découragés par cette première déconvenue, ils allaient reprendre la route dans la même direction quand Marc s'exclama :

— Pas si vite ! Regardez ce corps de ferme, de l'autre côté de la route. Il doit y avoir une cour intérieure et un véhicule peut très bien y être garé.

— Tu as sans doute raison, fit Annabelle, le front collé à la vitre. Il faut vérifier.

— Je propose de continuer dans cette direction et si on ne trouve rien, au retour, on s'arrêtera pour y jeter un œil, proposa Raphaël.

Il ne se voyait pas sonner à la porte de cette maison pour demander s'il y avait une voiture bordeaux dissimulée dans l'enceinte du bâtiment ou encore si un voleur de manuscrits n'était pas caché quelque part.

Déjà, la voiture reprenait sa route et un peu plus loin, un panneau de signalisation tagué annonçait le hameau suivant : Ceyzériat, deux kilomètres.

Le long bandeau de bitume noir s'étirait devant eux, rectiligne cette fois, sans intersection. Impossible de se tromper !

Le paysage était monotone et triste. Le revêtement gravillonné qui venait d'être refait frappait le bas de la carrosserie. Raphaël dut ralentir.

Il ne leur fallut que peu de temps pour atteindre le lieu-dit suivant encore plus perdu que le premier. Un vieux chien au pelage pouilleux dormait sur une paillasse improvisée, devant une porte cochère. Dès qu'il perçut le bruit du moteur, il dressa les oreilles. Quand il vit la voiture, il bondit sur ses pattes et se mit à aboyer, d'abord pour signaler sa présence ensuite de façon plus agressive pour intimider les visiteurs.

— Il ne manquait plus que ce roquet ! On va se faire remarquer.

— On s'en moque, intervint Annabelle. Regardez, là-bas, à droite. Une berline et sauf erreur de ma part, elle est bordeaux.

Marc et Raphaël se retournèrent comme un seul homme, les yeux braqués dans la direction indiquée :

— On dirait bien la même voiture que celle décrite par le réceptionniste. Mais comment savoir si son propriétaire est celui qui nous a volé les livres ?

— On n'a qu'à se garer un peu plus loin et attendre. Il finira bien par se pointer, suggéra Annabelle.

— Ouais, fit Marc dubitatif. Ça risque d'être long !

— Si vous avez une meilleure idée, annoncez la couleur !

Comme personne ne proposa d'alternative, ils restèrent ainsi pendant près d'une heure. Tels trois flics en planque, ils surveillaient alternativement la berline et ses alentours. Le reste du temps, ils pianotaient sur leur smartphone.

Ils commençaient à désespérer quand tout à coup le chien, qui s'était recouché museau posé entre ses pattes, jappa à nouveau bruyamment. Une porte claqua puis la grille d'un grand portail en fer forgé s'ouvrit en grinçant. L'animal se calma. Il frétillait de la queue. De toute évidence, il connaissait celui qui approchait.

— Eh bien vous voyez, fit Annabelle, il ne fallait pas pester après le toutou. C'est un bon gardien, regardez !

— C'est notre homme à votre avis ?

Un individu assez jeune se dirigeait droit sur le véhicule qu'ils avaient repéré.

— On va en avoir le cœur net !

Ils jaillirent de la voiture comme s'ils avaient reçu un ordre d'évacuation d'urgence. Le claquement des portières alerta l'inconnu qui se retourna, visiblement sur le qui-vive. L'air décidé de ces trois étrangers lui fit accélérer le pas.

— Ça ne fait aucun doute, c'est notre homme ! remarqua Raphaël qui se mit à courir.

Il laissa littéralement ses amis sur place.

— Il n'a pas l'air d'avoir la conscience tranquille, ajouta Marc avant de foncer lui aussi vers leur cible.

Le suspect avait déjà rejoint sa voiture et s'apprêtait à démarrer le moteur quand Raphaël ouvrit énergiquement sa portière.

— Qu'est-ce que vous voulez ? s'exclama l'individu affolé.

Sans même lui répondre, le libraire le saisit à deux mains, au niveau des épaules, et l'extirpa violemment du véhicule.

— Arrêtez, sinon j'appelle la police ! menaça l'automobiliste apeuré.

La première réaction du suspect n'était vraiment pas celle attendue.

Les deux autres les avaient rejoints et Marc, sûr de lui, prit les choses en mains. Il persista dans l'attitude agressive dont Raphaël avait fait preuve, espérant faire pression sur le jeune homme pour le déstabiliser un peu plus.

— Ne te gêne pas, dit-il, on te prête même un téléphone si tu veux ! Tu pourras leur parler toi-même de ta petite visite à l'hôtel, hier, du coffre-fort et des deux manuscrits que tu nous as volés.

Une idée fugace et dérangeante s'imposa soudain à l'esprit de Raphaël. Et s'ils étaient en train de commettre une erreur ? Et si cet homme n'était pas le voleur ?

Mais les propos de l'étranger le rassurèrent aussitôt :

— Je sais, je n'aurais pas dû les prendre mais c'était très important pour moi. Toutes ces années de recherches et vous qui arrivez avec ces livres ! Une aubaine. J'étais obligé ! Je ne pouvais pas faire autrement !

Comme il n'offrait plus aucune résistance, la confrontation qui aurait pu être musclée s'apaisa pour laisser place aux explications. Ils s'engouffrèrent tous dans la berline de l'infortuné, le repoussant à la place du mort, à côté de Raphaël.

Marc et Annabelle s'étaient installés à l'arrière et attendaient, avides d'en savoir plus.

Sur la route qui traversait le lieu-dit, les aboiements du chien retentirent de plus belle et risquaient d'alerter le voisinage. Excité par l'altercation, il ne cessait pas de japper et tirait sur sa chaîne comme s'il voulait l'arracher. Les anneaux métalliques, qui s'entrechoquaient à intervalles réguliers, frappaient aussi le sol, imitant le son du tocsin.

Malgré le bruit, le hameau refusait de se réveiller et les volets restaient clos.

Las de s'agiter pour rien, l'animal aboya encore une dizaine de fois puis, fatigué, il finit par se recoucher, toujours aux aguets.

— Voilà… commença l'homme embarrassé.

Il raconta que le guide du château de Montagnac avait été particulièrement intrigué et intéressé par leurs révélations. Ils étaient amis, ils avaient suivi un cursus universitaire presque identique et participaient très souvent aux mêmes fouilles, notamment à Montagnac. Après leur visite, il l'avait appelé pour lui faire part de sa découverte et surtout du fait que trois touristes étaient en possession de deux manuscrits exceptionnels, liés à l'histoire du château mais aussi à son travail de recherches.

Retrouver leur hôtel n'avait pas été difficile. Dans les environs, un seul établissement était assez moderne pour être équipé de coffres individuels. D'ailleurs, il y avait lui-même résidé à plusieurs reprises avant d'être hébergé chez des amis. Il s'y était aussitôt rendu et avait fracturé la porte du coffre pour s'emparer des deux manuscrits. Il avait profité de l'absence momentanée du réceptionniste pour consulter le registre et trouver quelles chambres ses victimes occupaient, s'emparant au passage d'une carte qui donnait accès à tout le bâtiment. Le tour était joué ! L'effraction du coffre avait été plus simple qu'il l'imaginait et pour le reste, il avait eu beaucoup de chance.

— Comment nous avez-vous identifiés parmi tous les noms qui figurent sur le registre de l'hôtel ?

— Mon ami avait entendu vos prénoms et sur le registre de l'établissement il n'y avait pas trente-six Annabelle, Marc et Raphaël. Pour les chambres, j'ai eu de la veine. Les livres étaient soit dans un coffre, soit dans l'autre. Je pouvais me tromper mais j'ai ouvert le bon du premier coup.

Il s'interrompit un instant avant d'ajouter :

— Vous ne vous rendez pas compte de la valeur de ces livres pour moi !

Dans la voiture le ton monta et Raphaël piqué au vif répliqua immédiatement.

— Si justement, je suis de la partie et nous connaissons la valeur pécuniaire de ces livres ! Nous allons porter plainte à la police si le gardien de l'hôtel ne l'a pas déjà fait !

Le voleur semblait anéanti. La menace proférée par Raphaël venait de lui faire prendre conscience de la portée de son acte. Il releva la tête et poursuivit :

310

— S'il vous plaît, ne faites pas ça ! Écoutez-moi d'abord. Je vais tout vous expliquer. Ce n'est pas la valeur marchande des livres qui m'intéresse mais autre chose. Comprenez-moi, ils sont directement liés aux recherches que je mène au château de Montagnac depuis des années. Mais en plus, j'ai découvert qu'entre le château et une abbaye du nord de la France, il existe des liens et je pense que les manuscrits sont des pièces importantes d'un puzzle historique que j'essaye de reconstituer.

Il se tut, attendant le verdict des trois inquisiteurs.

— Et où sont les manuscrits à présent ? Qu'en avez-vous fait ? interrogea Annabelle.

— Ils sont là, fit-il en désignant la maison d'où il était sorti. Ce n'est pas chez moi mais j'y habite parfois quand je fais des recherches à Montagnac. Je vais vous les rendre. Mais je vous en prie, ne portez pas plainte. Je ne suis pas un voleur même si les circonstances ne plaident pas en ma faveur.

— On verra. En attendant, on va les récupérer. Je vous accompagne, intervint Marc qui craignait quand même que l'homme n'en profite pour s'enfuir.

Les deux hommes s'éclipsèrent et reparurent un moment après. Raphaël vérifia le contenu du sac qu'on lui tendait. Soulagé, il se détendit.

— C'est bon. C'est bien nos manuscrits. Mais au fait, comment vous appelez-vous ?

— Jonathan Gentil.

— Bon, fit Annabelle, on a récupéré les bouquins et maintenant ?

Personne ne répondit mais Jonathan semblait réfléchir. Il cherchait un moyen de reprendre la situation en mains. Le vol, il en convenait à présent, n'était vraiment pas une bonne idée ! Mais il ne pouvait rien y changer. En revanche, ce qu'il avait entrevu du contenu des livres, pendant le peu de temps qu'il les avait eus en sa possession, le confortait dans sa position : il devait absolument trouver un arrangement avec le trio.

— Je peux peut-être vous aider, intervint-il timidement histoire de les intéresser. J'ai d'autres choses à vous révéler qui vont vous étonner !

Trois paires d'yeux se braquèrent sur lui.

36 SURTOUT NE PAS Y RETOURNER

— On t'écoute, fit Raphaël qui s'autorisa à nouveau le tutoiement.

Il s'installa de profil, bloqua son coude contre la têtière relevée de son siège et attendit, comme les autres, les révélations.

— Comme je vous l'ai déjà dit, les recherches que je mène pour ma thèse de doctorat ont mis en évidence une relation entre le château de Montagnac et une abbaye, l'abbaye de Saint Ambroisius.

Tous étaient concentrés, suspendus à ses lèvres.

— Cette abbaye est protégée par des moines qui veillent sur elle pour la préserver des affres et de la perversion du monde qui l'entoure. Y pénétrer est pratiquement impossible pour les néophytes et obtenir un droit de visite est exceptionnel. Mais à force de multiplier les demandes, j'ai fini par décrocher l'autorisation de m'y rendre pour approfondir mes recherches. C'est un lieu très secret, étrange et on m'a promené, si je peux dire, en évitant soigneusement de me montrer les véritables trésors qui s'y cachent.

— Des trésors ! coupa Marc.

— Oui, c'est incroyable ! Ils ont notamment une bibliothèque hors du commun et hors du temps. J'ai vu des manuscrits très anciens mais ils ne les ont pas encore tous répertoriés. Beaucoup n'ont pas été analysés. Il y en a tellement ! Il faut le voir pour le croire.

— C'est bien, dit Raphaël qui commençait à s'impatienter, mais quel rapport avec nos deux livres ?

Jonathan parut hésiter comme s'il se méfiait. Il reprit, presque en chuchotant. Il semblait avoir peur qu'il y ait des micros ou qu'un espion caché quelque part puisse l'entendre.

— J'y viens ! Il y a un manuscrit, bien à l'abri des regards, dans le scriptorium. Il est très ancien, très abimé par le temps. Parmi des milliers d'autres, c'est le seul qui est protégé de l'air sous une coiffe de verre. Mais ce qu'il y a de plus étrange, c'est qu'il raconte l'histoire de personnages qui ont vécu au château de Montagnac, au Moyen Âge.

— S'il est si bien protégé, comment peux-tu savoir tout ça ? demanda Marc plus intéressé par la forme que par le fond.

— C'est un novice qui m'en a parlé. Pourquoi ? Je ne sais pas mais croyez-moi, il n'était pas tranquille. Il est venu me voir en cachette, en pleine nuit. Comme je devais partir le lendemain, j'ai choisi de transgresser les règles imposées par le prieur à mon arrivée. Je n'ai pas respecté l'engagement de confidentialité que j'avais signé. En vous révélant tout ça aujourd'hui, je peux être poursuivi pour violation du secret du prieuré. D'ailleurs, à un moment, j'ai craint le pire. Ils ne plaisantent pas ces moines !

Une vibration interrompit le flot d'explications.

Annabelle consulta ses messages. Le gardien de l'hôtel lui signalait qu'il avait déposé plainte à la gendarmerie comme convenu. Tous trois devaient passer rapidement pour signer le procès-verbal. Le SMS était long et donnait d'autres précisions. Elle le lut intégralement, serra les lèvres, referma son téléphone et choisit de ne rien dire.

— Qu'est-ce que c'est ? demanda Marc.

— Oh, rien d'important ! On en parlera plus tard. Poursuivez !

À bord du véhicule, l'atmosphère était tendue. Une sorte de procès à huis clos se déroulait. Ils étaient confinés dans l'habitacle, immobiles et les vitres embuées ne laissaient rien paraître de l'extérieur. Seul le chien, qui sentait leur présence, se manifestait de temps en temps. Il levait alors le museau dans leur direction, humait l'air, donnait de la voix et, comme il ne se passait rien, il se recouchait.

— J'avoue que pendant un moment, tout s'est bousculé dans ma tête : l'obligation de secret, les notes intéressantes que j'avais déjà prises et ce livre caché. Je ne voulais pas risquer de tout compromettre mais en même temps j'étais très intrigué. Je ne sais pas ce qui m'a poussé à désobéir : peut-être l'étrangeté de la situation avec ce moinillon qui vient me faire des révélations, peut-être l'impression qu'on m'avait volontairement dissimulé l'essentiel ou en tout cas quelque chose d'important...

Jonathan s'arrêta un instant. Il se frotta machinalement les mains et reprit :

— C'était plus fort que moi. Une fois seul, je n'ai pas hésité une seconde. Je suis sorti de ma cellule pour me rendre au cloître, unique point de repère qui me permettait de situer le scriptorium. J'ai longé les murs, la peur au ventre, en priant pour ne pas croiser les moines qui faisaient des rondes. Une fois sur place, il n'y avait personne alors j'ai pris la clé dans le tiroir du bureau, comme je l'avais vu faire dans la journée. Heureusement, elle était à sa place. Ni une ni deux, je me suis retrouvé dans l'escalier et je suis descendu. Je n'y voyais rien et même la petite lampe frontale à LEDS, que j'ai toujours sur moi, avait du mal à percer l'obscurité. À l'intérieur de la bibliothèque, j'ai facilement retrouvé la galerie décrite par le novice et qui m'avait intrigué des heures avant mais dont on m'avait interdit l'accès. Tout au bout, j'ai vu une faible lueur. Je me suis approché. Il y avait une boîte en verre posée sur une sorte d'autel. Elle était fermée hermétiquement. Au centre trônait un manuscrit.

Impatient d'en savoir plus, Raphaël intervint.

— Quel genre de manuscrit ? Un livre d'heures, une chanson de geste[16]… ?

Jonathan continua son récit, ignorant la réflexion de Raphaël.

— J'ai bataillé pour ouvrir le caisson sans rien abimer. Mais après j'ai pu feuilleter le livre en prenant mille précautions !

Il avait remarqué que son auditoire l'écoutait avec beaucoup d'attention, ce qui le rassura. Même s'il avait l'habitude de s'exprimer en public lors de conférences, il ne savait pas comment aborder l'essentiel.

— Comment vous dire ? C'est un livre assurément très ancien qui dégage une aura très particulière. Mais peut-être que j'ai ressenti cela à cause de l'endroit et du moment. À ce que j'ai pu voir, il s'agissait d'un récit mais vous vous doutez bien que je n'ai pas eu le temps de tout lire. En revanche, j'ai remarqué que des passages manquaient, que des phrases étaient effacées et que la fin, si elle avait bien été écrite par le scribe, était quasiment illisible.

— Si je comprends bien, le coupa Annabelle, tu t'es introduit en pleine nuit dans la bibliothèque en prenant des risques, tout ça pour voir un livre qui finalement ne présente aucun intérêt.

— Vous plaisantez quand vous dites aucun intérêt !

---

[16] Un livre d'heures est un livre liturgique. Une chanson de geste est un récit versifié relatant les exploits des guerriers du Moyen Âge. C'est en quelque sorte l'ancêtre du roman.

— Non ! surenchérit la jeune femme. Et puis qu'est-ce qui nous dit que c'est la vérité ? Quelles preuves as-tu ? À ta place, moi, j'aurais pris des photos avec mon portable…

— Des photos ! s'indigna-t-il. Et puis quoi encore ? J'aurais aussi bien pu leur signer un bon de sortie pendant que vous y êtes !

Bien qu'en position d'accusé, Jonathan commençait à s'agacer des questions d'Annabelle qui doutait de sa sincérité et remettait en question sa bonne foi. Lui était accoutumé à être cru et elle n'avait pas l'habitude d'accorder facilement sa confiance aux étrangers.

Elle s'adressa à ses deux compagnons :

— Laissez tomber les gars ! J'ai comme l'impression qu'il nous mène en bateau. Nous perdons notre temps avec lui !

Comme le ton commençait à monter, Marc s'interposa :

— Calmons-nous !

La remarque glissa sur chacun.

Le chercheur, mis en cause, se retourna et s'adressa directement à elle. Le ton sérieux qu'il employa ébranla la suspicion de la jeune femme à son sujet.

— Ce manuscrit est exceptionnel, mademoiselle ! Je l'ai parcouru pendant des heures mais, à part le fait qu'il est vraiment très vieux, je n'ai pas réussi à comprendre, à l'époque, ce qu'il avait de si spécial pour que les moines le rangent à part et le protègent ainsi ! Ils le conservent comme un trésor. Pourtant, il y a dans le scriptorium de nombreux exemplaires qui me semblent tout aussi anciens et intéressants !

— Bon, admettons ! Et ce livre, qu'est-ce qu'il raconte ?

— Je viens de vous le dire ! C'est l'histoire de personnages qui ressemblent à ceux qui ont vraiment vécu au château de Montagnac, au Moyen Âge. Pour le peu que j'en ai lu, il s'agit d'une reine, dame Flore qui…

La jeune femme et Raphaël répétèrent le même nom au même moment :

— Flore !

— Oui, dame Flore. Ça y est, vous commencez à comprendre ?

— Oui ! confirma Raphaël dont le front barré par de profondes rides d'expression témoignait de sa surprise. Des questions affluaient dans son esprit en ébullition.

Jusque-là assis de profil sur le siège conducteur et toujours accoudé au repose-tête, il se tourna complètement vers Jonathan. Il se pencha brusquement vers lui. Ce dernier prit peur quand le libraire lui dit sur un ton pressant et involontairement menaçant :

— Et le titre du livre ? Tu t'en rappelles au moins !

L'étudiant eut un brusque mouvement de recul qui le plaqua à la portière fermée. Il bafouilla.

— Je... je crois que vous le savez !

Comme si les mots qu'il allait prononcer étaient maudits, le libraire se tut.

— *Le - Serment - des - oubliés* ! finit par articuler Annabelle en détachant chaque mot solennellement.

— C'est ça, confirma Jonathan toujours réfugié dans un coin de l'habitacle. Vous comprenez maintenant pourquoi j'ai eu cette réaction quand mon ami m'a parlé de trois touristes qui possédaient deux manuscrits anciens portant ce même titre.

— Oui, mais cela n'excuse pas ton geste. Tu t'es quand même glissé dans ma chambre pour voler nos livres !

L'autre ne dit rien.

— Trois livres, il existerait donc trois livres anciens, trois exemplaires du *Serment des oubliés*, répéta Marc complètement abasourdi par ce qu'il venait d'entendre. Et maintenant, quel est le programme ?

— Je crois que c'est évident ! On change de voiture et toi, tu viens avec nous ! dit Raphaël qui joignit le geste à la parole en désignant Jonathan.

Déjà, il sortait du véhicule.

— Nous avons une longue route à faire.

Les quatre portières claquèrent en même temps et une fois dans la rue Jonathan hésita avant d'emboîter le pas aux trois autres. Encore sur la défensive, il osa à peine leur poser une question :

— Et où m'emmenez-vous ?

Raphaël, sarcastique, lui répondit toujours en le tutoyant :

— On ne t'emmène nulle part. Tu viens, c'est tout !

— Où ça ?

La peur ressentie face à eux avait probablement affecté sa capacité à réfléchir car les autres avaient compris où ils allaient.

— Direction l'abbaye de Saint Ambroisius ! Ça va de soi !

Jonathan s'arrêta au beau milieu de la chaussée. Il refusait de les suivre.

— Vous êtes fous ! Je travaille et si je ne prends pas mon service, je vais avoir des problèmes !

— Tu préfères peut-être qu'on prévienne la police ! Choisis !

La menace était claire, mais un souci d'un autre ordre semblait retenir Jonathan.

— Ça ne va pas être possible de toute façon ! Ils ne seront pas d'accord !

— Qui ne sera pas d'accord ? Qu'est-ce que tu racontes ?

— Je suis parti dans de telles conditions… continua Jonathan.

— Je ne comprends pas, le coupa Raphaël. Tu es sur le coup depuis des années, tu nous as volé les livres et maintenant tu renonces !

— Vous ne pouvez pas vous imaginer ! Je me suis fait virer d'une telle manière de cette abbaye... Nous risquons d'être très mal accueillis. Le prieur refusera de nous laisser entrer. J'en suis certain. Il vaut mieux renoncer ! J'aimerais bien vous accompagner, mais je vous conseille vraiment d'y aller sans moi ! Ce sera plus facile ! Et encore...

Quand Raphaël l'empoigna par la manche de son vêtement pour le tracter, il se mit à gesticuler, essayant de se dégager de l'étreinte, mais sans y parvenir.

— Arrêtez, vous n'avez pas l'air de comprendre ! Je suis entré par effraction dans la bibliothèque, j'ai violé toutes les règles de confidentialité qu'ils m'avaient imposées, j'ai feuilleté le livre interdit et ils m'ont expulsé *manu militari*. Ni le prieur, ni personne n'acceptera plus jamais de me laisser entrer et si c'était le cas, certainement pas de ressortir ! Vous n'avez aucune idée de ce qui vous attend là-bas !

Malgré la fraîcheur matinale, des gouttes de sueur perlaient à son front. Le ton de sa voix était devenu fébrile, sa respiration s'était accélérée. Il présentait tous les symptômes d'une personne angoissée, sur le point d'être jetée dans la fosse aux lions.

— Mais bon sang, écoutez-moi..., s'obstinait-il.

Marc tenta de le raisonner :

— Cette fois, tu ne seras pas tout seul !

— Si vous croyez que ça me rassure ! bougonna-t-il.

— Et puis, je suis sûr que tu veux percer le mystère de ces livres autant que nous et on a plus de chances de le résoudre à quatre. On avisera sur place.

Jonathan n'avait plus les cartes en mains et même s'il imaginait le pire des accueils une fois à l'abbaye, au fond de lui, il brûlait d'envie d'élucider cette énigme et d'en savoir plus sur ces trois manuscrits.

Il oublia momentanément sa peur.

— OK, je vous suis mais je vous aurais prévenus !

Raphaël lâcha prise et l'autre en profita pour réajuster son vêtement qui bâillait de toutes parts. Sans prononcer le moindre mot, il prit place à l'arrière du véhicule.

37 QUATRE SUSPECTS

Partis à deux, rejoints par Marc en hélicoptère, ils étaient désormais quatre à bord du véhicule puisqu'ils avaient interpellé le voleur.

Ils roulaient à peine depuis quelques minutes quand Annabelle brisa l'atmosphère un peu tendue qui régnait dans l'habitacle.

— Mince, j'ai complètement oublié de vous dire. Le gardien de l'hôtel…

— Quoi le gardien de l'hôtel ? interrogea Marc qui se demandait où elle voulait en venir.

— Tout à l'heure, le message, c'était lui. Il voulait juste nous dire qu'il avait déposé plainte suite à l'effraction du coffre et au vol des manuscrits.

Jonathan ravala sa salive. Il n'en menait pas large. Ce dépôt de plainte ne l'arrangeait pas. Il était dans de sales draps.

Raphaël absorbé par la conduite ne mesura pas vraiment l'importance des propos de la jeune femme :

— Tant pis, ce n'est pas grave !

— Au contraire. Maintenant qu'on les a récupérés, c'est embêtant. On a avec nous les livres dont le gardien a déclaré le vol.

— Tu as raison, rectifia aussitôt le libraire. Nous irons signaler que nous les avons récupérés, dès que possible. On dira qu'il y a eu un quiproquo. Mais ça peut attendre !

Annabelle paraissait embarrassée.

— Il a aussi précisé que les gendarmes étaient très intéressés par sa plainte parce que d'autres cambriolages ont eu lieu ces derniers temps dans le secteur et dans des hôtels notamment. Une bande, parfois armée, écume les environs paraît-il. Enfin c'est ce que disait le SMS.

L'inquiétude de Jonathan envahissait son visage même s'il n'était pas concerné par ces braquages Il se sentait de plus en plus pris au piège et en même temps innocent. Oui, il avait bien volé les manuscrits, mais il les aurait restitués à un moment ou à un autre. Et puis, il n'avait jamais enfreint la loi de toute sa vie.

— Il paraît qu'ils vont mettre des barrages sur les routes, vu la description assez précise des suspects qu'il leur a faite, poursuivit Annabelle.

— Les choses se corsent, mais en même temps on s'en fout : ils cherchent une personne seule et nous sommes quatre. En plus, d'ici que ça se mette en place, on sera loin !

— Les gendarmes étaient optimistes, paraît-il, pour retrouver les coupables.

— DES suspects ! LES coupables ! Pourquoi le pluriel ? Jonathan était seul !

— Oui mais les gendarmes ont parlé d'une bande de jeunes, trois gars et une fille.

Sans le vouloir, Raphaël appuya sur la pédale de frein. La voiture ralentit brutalement, chaque passager retenu par sa ceinture de sécurité.

— Tu plaisantes ! ironisa Marc.

— Non, pas du tout !

Visiblement contrarié par ce qu'il venait d'entendre, Raphaël réenclencha une vitesse et accéléra à nouveau, comblant rapidement l'écart qui s'était creusé avec le véhicule qui les précédait. Tous avaient instantanément compris le problème.

Au détour d'une courbe, les feux-stops de la voiture de devant s'éclairèrent. Un peu plus loin, des gyrophares clignotaient et plusieurs voitures arrêtées sur la chaussée venaient d'être autorisées à reprendre leur chemin tandis que d'autres devaient s'arrêter. Posté en plein milieu de la nationale, un gendarme sélectionnait les voitures et leur indiquait la direction à prendre : arrêt sur le bas-côté ou poursuite de la route. Deux autres hommes en uniforme attendaient sur l'accotement, observant consciencieusement chaque véhicule et ses occupants. Ils ne jetèrent qu'un coup d'œil à l'intérieur du SUV blanc qui précédait la voiture des jeunes gens avant de l'autoriser à circuler. Visiblement, il ne correspondait pas au profil qu'ils recherchaient.

Quand Raphaël arriva à son tour à hauteur du gendarme, celui-ci tendit un bras pour lui signifier de se ranger et de s'arrêter. Ses deux collègues approchèrent tout en restant à bonne distance. De toute évidence, quelque chose clochait et leur voiture les intéressait plus que les autres.

Le jeune libraire coupa aussitôt le moteur et appuya sur un bouton pour baisser sa vitre.

— Gendarmerie nationale. Bonjour monsieur. Contrôle d'identité. Permis de conduire et papiers du véhicule, s'il vous plaît.

Tout en leur parlant, l'homme scrutait l'habitacle, pistolet arrimé à la hanche, mais bien visible. Il lui restitua les documents du véhicule après vérification tandis que ses collègues tournaient autour de la voiture.

— Veuillez ouvrir le coffre, s'il vous plaît.

Quand Raphaël actionna la commande qui débloquait les accès, il entendit Annabelle murmurer :

— Pas de chance !

Au même moment, on entendit le hayon arrière se lever.

— Rien dans le coffre ! déclara d'une voix assez forte l'un des deux gendarmes.

— Qu'est-ce qu'il y a dans ce paquet que vous tenez sur vos genoux mademoiselle ?

— Des livres, rien de bien important, la devança Marc croyant ainsi se débarrasser du problème.

— Ça, c'est à nous d'en décider ! Faites voir le contenu du sac !

Mais l'homme d'affaires n'était ni décidé à abandonner ni à se laisser impressionner.

— Je suis désolé, mais vous n'avez pas autorité pour voir le contenu de nos effets personnels. Seules les douanes peuvent...

Il n'eut pas le temps d'ajouter quoi que ce soit. Annabelle, moins rebelle, avait déjà extirpé les deux livres du sac et, dès leur apparition, les choses s'accélérèrent.

— C'est eux ! fit l'un des gendarmes, la main juste au-dessus de son arme, prêt à dégainer s'il le fallait.

— Sortez tous de la voiture ! Mains en évidence, vite ! exigea celui qui avait contrôlé les papiers.

Marc tenta à nouveau de calmer la situation et, peut-être plus habitué que ses compagnons de voyage aux positions embarrassantes, il reprit la parole :

— Je crois que vous faites erreur, messieurs. Nous pouvons tout vous expliquer.

Sans attendre d'en apprendre davantage, les trois hommes leur passèrent les menottes.

La situation, le *clic* de la fermeture, le contact du métal avec la peau puis l'interrogatoire à la gendarmerie rappela à Raphaël le jour où il s'était présenté au poste de police croyant simplement y faire une déposition. Annabelle, quant à elle, croyait revivre la scène de l'aéroport. Elle dut se rendre à l'évidence : depuis qu'elle avait trouvé ce livre, rien ne se déroulait normalement et la rencontre avec le jeune libraire était un épisode de plus, riche en rebondissements dont elle se serait bien passée.

38 L'ESPION

L'abbaye était en effervescence depuis quelques jours. Jamais les moines n'avaient connu cela, même les plus anciens.

Tous tentaient de comprendre quelle était la cause de ce remue-ménage, mais rien ne filtrait des murs millénaires.

Dans cette tourmente, chacun y allait de sa supposition et au détour des couloirs sombres ou dans les recoins de certaines salles de travail, on pouvait voir de petits attroupements de soutanes qui semblaient comploter. Le vœu de silence était foulé aux pieds tant la situation était exceptionnelle. Si un étranger avait pu se glisser parmi eux, à ce moment-là, il aurait pu entendre les rumeurs les plus folles. Quelques-uns annonçaient que le pays était en guerre, d'autres qu'une pandémie sévissait à l'extérieur et que l'isolement de l'abbaye les protégeait, temporairement. Des noms plus terribles les uns que les autres fusaient : SRAS, H1N1, choléra… Les moinillons récemment admis s'inquiétaient pour leur famille et cherchaient désespérément un moyen de contacter leurs parents. Mais l'intervention du prieur soutenu par sa garde rapprochée avait été ferme : le calme devait régner dans la communauté et chacun devait vaquer à ses occupations sans rien demander.

Les encoignures chuchotaient. Les oreilles se tendaient démesurément. Les murs écoutaient. Les yeux cherchaient des réponses dans les autres regards. Mais personne n'avait d'explication.

La seule certitude, c'était que le doyen avait rassemblé autour de lui les plus anciens moines de l'abbaye et aussi les plus qualifiés, comme s'il avait convoqué un conseil d'administration afin de prendre la plus importante des décisions. Pourtant, l'origine de cet état de guerre provenait d'un simple coup de téléphone que le prieur avait reçu, un soir, dans son bureau. Cette simple communication semblait l'avoir ébranlé, lui d'habitude si serein, lui qui affichait en permanence une assurance à toute épreuve. Il ne semblait pas inquiet outre mesure, mais tenaillé par une urgence incontournable, bousculé par l'imprévu.

Rien ne filtra de cette réunion au sommet, mais le scriptorium fut fermé à l'ensemble des moines, excepté à ceux qui excellaient en écriture. Ces experts y descendaient chaque matin pour n'en ressortir que le soir, visiblement épuisés et surtout muets comme des tombes. Ils ne pouvaient rien dire et rien ne filtrait. L'âme de Saint Ambroisius retenait dans ses chairs le plus grand des secrets.

Quelques jours plus tard, pourtant, trois moines parmi les initiés discutèrent un peu trop fort de leurs travaux, à l'occasion d'un repas accompagné de vin miellé dont ils avaient probablement abusé à l'insu du doyen. Il était très tard et l'ensemble du prieuré dormait. Seule une oreille indiscrète et suffisamment proche aurait pu entendre ce qu'ils se disaient :

— Le prieur avait raison.

— Oui, il savait que ça arriverait. Il a su anticiper longtemps auparavant. Je n'aurais jamais eu l'idée, moi, de placer un espion là-bas !

— Un espion, tu y vas un peu fort !

— Et comment appelles-tu un homme dont tout le monde ignore la mission réelle, qui agit sous couverture, chargé d'écouter, de noter, de rendre scrupuleusement compte de tout ce qui se passe ailleurs, si ce n'est un espion !

— Tu le connais ?

— Non, mais je sais qu'il a été envoyé au château de Montagnac, je ne sais plus quand. Mais ça fait un sacré bout de temps ! Il fait partie de l'équipe d'archéologues en charge du monument et il paraît qu'à la suite d'une visite, il a appris par hasard l'existence de deux manuscrits que l'abbaye convoitait depuis des lustres. Sans ça, ils seraient passés inaperçus.

— C'est certain. En tout cas, j'ai l'impression que les anciens de notre communauté se préparaient depuis toujours à ce moment.

— Oui, mais ça a drôlement secoué le prieur !

— Si j'ai bien compris, nous sommes les premiers à qui ça arrive et si tout se passe bien, nous sommes à l'aube de quelque chose d'unique, de fantastique. Cela ne s'est jamais produit, nulle part.

— L'abbé a même dit que nous n'aurions qu'une seule chance. Nous n'avons pas le droit de la manquer !

— Et c'est pour quand ?

— Ça, personne ne le sait, même pas lui. Il n'y a plus qu'à attendre.

— Et tu penses que, s'ils viennent, ils ne se rendront compte de rien ?

— Cette mission, il nous l'a confiée parce que nous sommes les meilleurs scribes de l'abbaye !

L'un d'eux tamponna ses lèvres à l'aide de sa serviette, se leva et débarrassa la table, aidé des deux autres.

Ils quittèrent la pièce où ils se trouvaient et s'éloignaient déjà poursuivant leur discussion à mots couverts, de crainte d'être entendus.

Comme la mer se retire au gré des marées, leurs voix se retirèrent aussi plongeant la salle dans un profond silence.

Cette nuit-là, comme les précédentes depuis le début de l'agitation dans l'abbaye, ils dormirent à l'écart des autres moines, dans un endroit protégé, surveillé, connu seulement du prieur qui en maîtrisait l'accès.

Le plan échafaudé par le doyen reposait sur la place de chacun au sein d'un stratagème qu'il avait conçu, planifié dans les moindres détails et qu'il comptait voir se dérouler jusqu' à ce qu'il arrive à ses fins.

Une telle opportunité ne se représenterait jamais.

39 L'ABBAYE DE SAINT AMBROISIUS

Interrogés séparément par les gendarmes, Annabelle, Marc, Raphaël et Jonathan, refusaient de modifier leurs déclarations, malgré la pression. Comme elles concordaient, les forces de l'ordre finirent par se demander s'il n'y avait pas eu méprise sur les personnes. Les suspects avaient des professions stables, des revenus confortables et leur profil collait mal avec de petits malfrats. De plus, ils n'étaient en possession d'aucune arme.

Le gardien de l'hôtel convoqué sur les lieux confirma leurs déclarations, présenta les bulletins de réservation de ses clients, ainsi que leur note réglée par carte bleue. Force était de constater que le scénario des quatre jeunes gens coïncidait en tous points avec ses affirmations. Les gendarmes durent les relâcher.

— C'est un concours de circonstances. Nous recherchons quatre individus dont une jeune fille et votre profil correspondait. Désolé pour le dérangement et bonne route.

Ils ne demandèrent pas leur reste même s'ils avaient envie de protester. Ils étaient en retard. Il ne fallait plus traîner.

Jonathan trouva la route longue, mais la compagnie des trois autres n'était finalement pas si désagréable que ça. Calé dans le siège, alors que le paysage défilait et s'estompait progressivement avec la baisse de luminosité, il pensait aux dernières heures qui venaient de s'écouler et regrettait le vol qu'il avait commis. Mais il était trop tard. Comment effacer ce qu'il avait fait ? Il aurait dû entrer simplement en contact avec eux pour leur parler de sa découverte au monastère et de l'intérêt de leurs livres respectifs. Ils étaient sympathiques et Raphaël compétent en matière de livres anciens. Ils auraient compris sa démarche. Ils auraient certainement collaboré.

Les aiguilles de la montre digitale du tableau de bord avaient parcouru plus de la moitié du cadran quand la voiture quitta l'autoroute non loin de l'abbaye. Les automobilistes pressés ne se doutaient pas qu'à proximité d'un axe routier aussi important existait un lieu à ce point hors du temps.

Ils empruntèrent ensuite diverses départementales. Le véhicule roula encore un peu, s'aventurant sur des routes de plus en plus étroites, qui restaient carrossables même si le revêtement laissait à désirer. Finalement, après une succession de virages, Jonathan reconnut l'endroit désert où le taxi l'avait déposé. Comme s'il sortait d'un rêve trop long dans lequel la situation lui avait toujours échappé, il se frotta les yeux et dit :

— C'est là !

Le ton qu'il employa disait à lui seul toute sa résignation et plus encore son angoisse, qu'il essayait vainement de dissimuler.

Les trois autres réagirent aussitôt. Ils jetèrent un coup d'œil aux alentours et ne purent s'empêcher de laisser échapper, de concert : « c'est là ! Tu es sûr ! ».

— Eh oui ! Je vous avais bien dit que c'était le bout du monde, de notre monde du moins !

La voiture ralentit et finit par s'arrêter.

— Et maintenant ?

Sans un mot cette fois, Jonathan désigna le chemin empierré qui s'enfonçait à travers la forêt. Les lieux lui rappelèrent instantanément la crainte qu'il avait ressentie à l'aller, seul, ne sachant pas ce qu'il allait découvrir derrière les murs épais de l'abbaye et surtout la honte qu'il avait éprouvée au retour, lorsque les moines l'avaient chassé. Tout lui revint en mémoire à cette différence près qu'ils suivirent la longue piste en voiture, non à pied. Le temps n'était pas meilleur que dans ses souvenirs, à croire qu'un microclimat hostile encerclait en permanence ce lieu isolé. Même s'il se laissait rarement impressionner par l'environnement ou par les gens, ce jour-là, il redoutait de franchir à nouveau l'enceinte du monastère et surtout de subir le regard inquisiteur des moines voire d'essuyer leurs réflexions liées à sa présence. Ils ne s'en priveraient pas.

Quand ils arrivèrent, tout était rigoureusement identique. Le temps semblait n'avoir aucune emprise sur le monastère.

Ils stoppèrent la voiture dans la clairière et frappèrent à la même porte monumentale à l'aide du même marteau au visage tourmenté qu'avait utilisé Jonathan lors de sa première visite. Cette impression, connue de chacun, de revivre un moment que l'on a déjà vécu s'imposa à lui et il ne put s'empêcher de frissonner. Face au silence, comme s'ils n'étaient nulle part, comme s'il n'y avait pas âme qui vive à cet endroit, ils durent manifester leur présence à plusieurs reprises. Finalement une petite grille s'entrouvrit, enchâssée dans une sorte de poterne elle-même encastrée dans l'entrée principale. Le visage du moine redouté et bien connu de Jonathan apparut : celui de frère Bastien. Il était là en personne, semblant l'attendre pour l'accueillir comme il savait si bien le faire.

Le jeune chercheur ravala sa salive.

— Vous êtes sur une propriété privée, interdite au public. Partez !

De toute évidence, il avait reconnu Jonathan qu'il fixa brièvement d'un regard impitoyable. S'il avait renoncé à son sempiternel « suivez-moi », il ne connaissait toujours pas les formules de politesse. Il claqua la grille sans plus d'explications.

L'accueil particulièrement glacial n'étonna que ceux qui venaient pour la première fois. Pourtant, Jonathan les avait prévenus et ils avaient longuement débattu sur la conduite à tenir lorsqu'ils seraient confrontés à la situation.

La réalité les rattrapait. L'épaisseur et la noirceur des murs étaient accentuées par la nuit sans lune. De plus, l'hostilité du moine affichée au travers de la petite lucarne, associée au ton de sa voix leur fit rapidement comprendre que toutes les stratégies qu'ils avaient échafaudées s'effondraient.

— Eh bien, ça commence mal ! fit l'un d'eux.

Jonathan, quant à lui, observait la bâtisse, intrigué par la présence de frère Bastien derrière cette porte. Il avait le sentiment que sa présence n'était pas le fruit du hasard. On l'avait probablement envoyé en personne, ce qui voulait sans doute dire qu'on les observait peut-être de l'intérieur ou même qu'on s'attendait à leur arrivée. Il ne repéra pourtant aucune caméra dirigée vers eux. Les murs devaient malgré tout en être pourvus, il en était certain, sans pour autant parvenir à les localiser. Cela ne le surprit pas. Il avait déjà été confronté à cet antagonisme entre modernité et austérité monacale.

— On n'a pas fait toute cette route pour renoncer au pied du mur ! fit Marc en s'emparant du marteau pour recommencer à tambouriner à la porte.

Il se mit à marteler, à marteler encore, le visage tourmenté de bronze coincé au creux de sa main, dérogeant à ses propres règles de politesse. L'homme d'affaires avait cédé la place à un véritable forcené.

— Ils finiront par ouvrir, assura-t-il énergiquement.

Annabelle, bien que déterminée à entrer, s'étonna de son attitude. Elle le pria d'être moins virulent mais il ne l'écouta pas et la suite lui donna raison. La porte resta close, mais un nouveau moine entrouvrit la grille. Derrière lui, Jonathan aperçut encore frère Bastien qui semblait mener la conversation par personne interposée.

— On n'entre ici que sur autorisation du prieur. Adressez-lui une lettre et…

Raphaël ne le laissa pas finir sa phrase.

— Vous vous trompez. Nous sommes ici parce que vous avez besoin de nous. Nous avons des informations qui intéresseront le prieur. Mais si vous préférez, on s'en va ! Après tout, nous…

Sur ces mots, Raphaël fit demi-tour, entraînant les autres sur ses pas.

Annabelle crut défaillir. Elle lui murmura :

— Mais qu'est-ce qui te prend ? Tu es fou ! Tu ne veux pas renoncer quand même !

— Laisse-moi faire ! murmura-t-il.

Ils n'eurent pas le temps de faire trois pas que Jonathan reconnut la voix de frère Bastien :

— Attendez ! De quelles informations parlez-vous ?

S'approchant à nouveau Raphaël reprit :

— Regardez un peu ça !

Il farfouilla rapidement dans leur sac et exhiba un des deux livres dont il plaqua la couverture devant le nez de son interlocuteur, contre la grille.

— *Le Serment des oubliés,* ça doit vous dire quelque chose, non ! Mais maintenant si vous insistez pour qu'on reparte, pas de problème !

Il fit mine de ranger le manuscrit et de tourner les talons pour s'en aller avec ses trois camarades qui venaient de comprendre sa tactique.

Mais en s'éloignant, il parla volontairement plus fort :

— Vous avez raison. J'enverrai une lettre au prieur pour lui dire que vous n'avez pas voulu nous ouvrir et que j'ai dû chercher auprès d'autres personnes ce que je n'ai pas trouvé ici.

Il n'avait pas fini sa phrase que la porte s'ouvrit largement.

— Suivez-moi ! grogna frère Bastien qui les dévisagea avec un regard noir lorsqu'ils franchirent le porche.

Jonathan revivait les mêmes moments que le jour de sa première visite, aux mots près. Alors qu'il s'apprêtait à emboîter le pas à ses camarades, une main puissante fermement posée sur sa poitrine l'empêcha d'avancer. Un moine aussi impressionnant que Ronald, le demi-frère de Lisbeth Salander dans *Millénium,* s'interposa. Il était jusque-là dissimulé dans l'ombre et personne ne l'avait remarqué.

— Pas vous ! ordonna-t-il tandis que les autres se retournèrent.

Jonathan n'en menait pas large, impressionné par ce garde du corps en robe de bure contre lequel il ne pouvait pas lutter.

Raphaël intervint :

— C'est nous quatre ou personne sinon nous rebroussons chemin !

Les moines se concertèrent et, sans un mot, braquèrent leurs regards dans l'angle supérieur droit situé derrière eux où un petit voyant lumineux et rouge clignotait. Ils attendirent. Pour les quatre visiteurs le temps parut très long. Ils jouaient leur va-tout et n'avaient plus aucune carte en main. Quelqu'un d'autre, sans doute le prieur qu'ils ne pouvaient voir, tirait les ficelles du jeu qui commencerait ou ne verrait jamais le jour, tué dans l'œuf.

— Dis-moi, combien de temps es-tu resté dans cet endroit lugubre ? glissa Annabelle à l'oreille de Jonathan.

— Je t'en parlerai plus tard, mais je te rappelle que ce n'est pas le temps qui compte mais plutôt la manière dont on m'a expulsé et la pression que j'ai subie. J'en ai perdu le sommeil pendant des mois !

Au même moment, un autre frère apparut à l'opposé de la cour et, même s'ils l'apercevaient à peine étant donné le peu de lumière, chacun remarqua son geste qui les invitait à avancer.

Un instant plus tard, ils attendaient dans une pièce froide que Jonathan reconnut. Le long banc en bois était toujours appuyé contre le même mur noir. Leurs guides disparurent comme des fantômes mais sans bruit de chaînes, les draps blancs remplacés par des soutanes.

— Eh bien, vous parlez d'un accueil ! ironisa Annabelle dont les mains étaient glacées. Où sommes-nous ?

— Je suis déjà venu là et sauf erreur, je pense qu'on va nous amener auprès du doyen.

Il se trompait. On ne les conduisit nulle part. Le doyen en personne entra dans la salle, poussant devant lui les deux battants de la porte avec énergie. Il prit la croix de bois qui pendait sur sa poitrine, l'embrassa puis s'adressa à eux.

— J'étais en prière, mais je veux bien vous accorder audience... pas longtemps. C'est par ici.

Il se retourna, les invitant à le suivre dans le dédale de couloirs de l'abbaye.

40 FACE À FACE

Arrivé devant son bureau, il les précéda dans la pièce. Il s'immobilisa à l'entrée et leur désigna les sièges où ils devaient s'asseoir.

Lorsqu'ils passèrent devant lui, il scruta chacun d'eux de pied en cap. Le bleu particulièrement perçant de son regard les décontenança. Marc dont l'imagination était débordante se mit à broder un bref instant. Il était bien dans une abbaye en compagnie du prieur, mais il avait plutôt l'impression qu'il venait de pénétrer dans l'antre du comte Dracula au plus profond de la Transylvanie. Seule la tonsure ne collait pas.

Leur hôte contourna le bureau et s'assit, sans les quitter des yeux.

— Monsieur Gentil… Jonathan, si j'ai bonne mémoire, dit-il de façon sarcastique puisque le chercheur savait qu'il avait une mémoire hors normes.

Un chat et quatre souris. Le prieur commençait la partie et savait exactement ce qu'il voulait. Il n'avait rien oublié !

— Ainsi vous êtes de retour parmi nous. Veuillez me présenter vos amis, je vous prie.

Le jeune homme allait se plier à son injonction quand il le coupa :

— J'espère qu'on peut leur faire confiance, à eux !

C'était comme autant de griffes acérées que le félin venait de planter dans les chairs de sa proie. Il pesait assurément chacun de ses mots.

La partie serait serrée.

Les présentations faites, l'abbé entra dans le vif du sujet.

— Bon, montrez-moi ce que vous avez apporté.

L'assurance qui émanait de sa voix, de sa personne, la prestance de son attitude et le caractère apaisé du moindre de ses gestes étaient aussi rassurants qu'inquiétants. Derrière l'habit de l'ecclésiastique se cachait un homme redoutablement impressionnant, d'une finesse d'esprit remarquable et sans doute efficace. Raphaël comprit qu'il ne fallait pas le sous-estimer et qu'il devrait jouer finement pour obtenir ce qu'ils voulaient. Il commença sur un ton courtois :

— Nous sommes désolés de vous déranger, mais si nous nous sommes présentés au seuil de votre abbaye, sans invitation, c'est parce que nous avons quelque chose qui va sûrement vous intéresser.

— Allons donc ! se gaussa sans aucune gêne le prieur en s'enfonçant lentement dans le moelleux dossier de son fauteuil qui jurait avec l'environnement spartiate.

Il était particulièrement à l'aise. Il écoutait le jeune homme parler sans faire paraître quoi que ce soit, mais son visage se barra soudain d'un sourire narquois. C'était sans nul doute intentionnel de sa part. Il jaugeait Raphaël tout en examinant les trois autres.

— Pour que vous compreniez bien ce qui nous amène, poursuivit le jeune libraire, je suis spécialisé dans l'expertise de manuscrits anciens et…

Il expliqua en détail quelles études il avait faites et quelles étaient ses compétences.

Son interlocuteur avança le buste, cala ses coudes sur le bureau, croisa ses doigts, attentif à ce qu'il entendait. Raphaël venait peut-être de marquer un point et la connaissance qu'il avait des livres les plus anciens, sembla intéresser le prieur.

Mais la cause n'était pas gagnée. Comme dans une partie d'échecs, l'adversaire avait encore des pions à jouer. Il restait sur ses gardes et tenait ses postions, bien à l'abri de toute intrusion dans ses lignes. Raphaël le comprit immédiatement.

— Monsieur Gentil est étudiant et paléographe, vous dites être un expert reconnu Et alors, vous pensez peut-être m'impressionner ! Que croyez-vous jeune homme ? Il y a dans cette abbaye des moines théologiens, archivistes, médiévistes, archéologues, sociologues pour ne citer que ceux-là. D'autres sont des copistes dont le travail vous laisserait pantois tant il est difficile de faire la différence avec les œuvres originales sur lesquelles ils travaillent. Ils résident ici et sont tous aussi compétents que vous, si ce n'est plus, chacun dans leur partie. Et vous prétendez pouvoir nous apporter une aide ! Je crois, moi, que vous êtes plutôt venus chercher quelque chose.

Annabelle et Marc ne bronchaient pas, dépassés par la situation. Leurs domaines de spécialités étaient respectivement l'informatique pour la première, les affaires internationales pour le second. Ils n'entendaient rien aux domaines de spécialités évoqués. En revanche, le prieur n'était pas un moine rétrograde comme ils auraient pu l'imaginer. Sa maîtrise de la conversation les impressionnait. Il aurait tout aussi bien pu être un ténor du barreau. En venant, ils pensaient prendre facilement d'assaut la forteresse, mais elle leur résistait.

Raphaël attaqua de nouveau :

— Nous n'avons jamais douté des compétences des moines de Saint Ambroisius. Cependant, si vous n'espérez rien de nous, pourquoi avez-vous accepté de nous faire entrer et de nous recevoir en personne ?

Sa question rhétorique, véritable flèche bien dirigée, atteignit son but.

— Vous êtes bien sagace, jeune homme, mais vous faites erreur. Nous ne vous demandons rien, car nous n'attendons rien de vous. Nous avons appris à être patients. Nous existons depuis des siècles et il en sera ainsi encore longtemps. En revanche, vous semblez pressés, comme beaucoup de jeunes, alors que pour nous le temps est un allié. Je vous rappelle que c'est vous qui êtes venus jusqu'à nous, c'est vous qui avez demandé audience.

— Peut-être, mais je suis persuadé que derrière l'abbé que vous êtes il y a un homme curieux, avide de connaissances qui aimerait avoir des réponses maintenant et pas dans des siècles !

Le prieur se détendit et recula dans son fauteuil, les avant-bras postés sur les accoudoirs élimés par le frottement. Il se tut et ce silence imprévu acheva de déstabiliser ceux qui jusque-là n'avaient pas encore ouvert la bouche dans ce duel verbal. Que fallait-il comprendre ? À quoi pensait ce fin stratège et que leur préparait-il ? Seul Raphaël, l'esprit vif et toujours sur ses gardes, s'apprêtait à rétorquer, prêt à contrer la salve que le prieur allait sans nul doute tirer.

Il voulut parler, mais le doyen le devança :

— Cessons de jouer et soyons pragmatiques ! Je vois que vous êtes habile et déterminé. Vous voulez voir notre livre et nous voulons consulter les vôtres. Je ne vous ferai qu'une proposition, à prendre ou à laisser et ce sera définitif.

Il se dévoilait enfin en évoquant pour la première fois le manuscrit de l'abbaye. Il jouait désormais cartes sur table. Tous tendaient l'oreille vers lui, vigilants et inquiets. Il déclina les modalités de son offre :

— Je vous autorise à consulter, en notre présence, le manuscrit que votre ami a déjà eu en main en dépit de l'interdiction formelle de s'en approcher que nous lui avions clairement exposée.

Habitué aux sermons et bien décidé à poser ses conditions, il ne lésinait pas avec les remontrances à l'encontre de Jonathan.

Il continua :

— Vous nous faites part de vos remarques, de vos analyses, de tout ce qui vous semble essentiel. Parallèlement, vous nous confiez vos exemplaires pour que nous puissions les examiner.

Le prieur était un homme avisé. Mais Raphaël surenchérit, certain que sa suggestion le séduirait.

— Bien, mais je pense qu'il serait profitable pour vous comme pour nous de confronter les trois manuscrits en même temps. Ainsi nous pourrons croiser nos remarques et vous aurez un contrôle total sur votre manuscrit et nous sur les nôtres.

Souriant pour la première fois, le doyen se leva, contourna lentement son bureau, saisit la main de Raphaël qu'il enserra dans les siennes en lui disant :

— Je me souviendrai de votre ténacité, jeune homme. J'ai confiance en vous, mais j'espère que je n'aurai pas à le regretter !

Raphaël ne triomphait pas. Ils étaient simplement sur la même longueur d'onde et le doyen n'avait cédé sur rien. Seule la façon dont ils allaient procéder avait suscité l'approbation de l'ecclésiastique mais à présent le jeune libraire voyait clair dans la personnalité de son interlocuteur. Il n'en parla pas à ses amis mais il restait étonné que le prieur cède si vite. Que leur réservait-il ? Ils devaient rester sur leurs gardes.

— Vous avez probablement fait une longue route pour venir ici et il est très tard. J'ai déjà donné des instructions pour que vous puissiez vous restaurer et qu'on vous prépare quatre cellules où vous pourrez dormir. Nous nous retrouverons demain matin. On va vous conduire. Si vous voulez bien…

Il leur fit signe de le devancer et de se diriger vers la porte où deux moines les attendaient. Ils allaient franchir le seuil quand le prieur les interpella :

— Ah, j'oubliais : pour votre sécurité, deux frères resteront toute la nuit en faction dans le couloir, à proximité de vos chambres. Évitez d'en sortir, vous pourriez vous égarer et puis on ne sait jamais ce qui peut arriver dans une bâtisse aussi vieille que notre abbaye. Si vous avez besoin de quoi que ce soit, ils pourront immédiatement répondre à votre demande.

Les jeunes gens n'étaient pas dupes. Les précautions annoncées par le prieur étaient cousues de fil blanc.

Il leur souhaita une bonne nuit et referma la porte de son bureau sans autre mot.

*

Seuls dans l'immense salle à manger qui rappela à Jonathan bien des souvenirs, ils purent discuter autour d'une soupe aux croûtons et d'une omelette. Leurs guides s'étaient retirés dans une pièce adjacente et les surveillaient d'un œil.

— Impressionnant le prieur ! fit remarquer Annabelle.

— Comme le monastère, compléta Marc qui ne paraissait pas très rassuré.

— Je vous l'avais dit ! C'est un endroit vraiment spécial et attendez de voir où nous allons dormir !

Raphaël appréciait la chaleur de l'assiette de soupe qu'on lui avait servie. La nourriture était bonne, sans doute préparée par les moines eux-mêmes.

— Je ne sais pas si vous avez remarqué à quel point le doyen était habile. À un moment, j'ai cru que tout était perdu. Mais quand il a dit que les cellules et le repas étaient prêts, j'ai compris qu'il avait anticipé notre conversation et je me demande s'il a cédé ou s'il a obtenu ce qu'il voulait. C'est comme s'il attendait notre venue. En tout cas, il a une personnalité exceptionnelle et il émane de lui une force remarquable combinée à un charisme peu commun. Nous devons rester vigilants si nous ne voulons pas être roulés dans la farine comme des débutants.

Marc, accoutumé à traiter avec des hommes de cette envergure, approuva d'un hochement de la tête tout en se demandant ce qu'il faisait là, dans ce monastère. Il se sentait prisonnier de ces remparts, privé de son libre arbitre et il détestait ça. Annabelle, de l'autre côté de la table, le regardait, surprise de lire sur le visage de son petit ami quelque chose qu'elle n'avait jamais vu : il semblait inquiet, tracassé et ceci n'était pas pour la rassurer.

Quand ils quittèrent la table, les deux moines les rejoignirent pour les conduire dans l'aile du bâtiment où ils passeraient la nuit.

41 LE SCRIPTORIUM

Ils dormirent paisiblement. Seul Jonathan eut des rêves agités. Le croassement incessant des corbeaux freux nichés dans un arbre juste devant sa fenêtre et l'atmosphère lugubre des lieux lui rappelèrent les moments désagréables qu'il avait passés là. Il avait cru alors que son dernier instant était venu. Il ne fallait pas plaisanter avec ces moines et ses trois camarades ne l'avaient pas encore compris.

Au matin, les cernes qu'il affichait sous ses yeux bouffis le trahirent.

— Tu n'as pas bien dormi ! fit remarquer Annabelle qui venait juste de sortir de sa cellule.

— Probablement la présence des moines dans le couloir et le souvenir de mon précédent séjour ici.

Il était très tôt. Au loin, une cloche résonna sur un ton sépulcral. Du moins, ils le perçurent ainsi.

— Six heures ! compta Marc.

Précédés de leurs gardiens, ils se dirigèrent vers la salle des repas pour prendre le petit déjeuner. Quand ils entrèrent, contrairement à la veille, tous les regards se braquèrent sur eux. Jonathan reconnut frère Bastien mais il chercha en vain frère Guillaume. Comme il le craignait, il n'était pas là. Qu'était-il devenu ? Résidait-il toujours dans l'abbaye ? Peut-être était-il simplement occupé à autre chose, ailleurs. Mais son absence le perturbait. Qu'avait-on fait de lui ?

Le prieur lui-même les attendait à leur sortie du réfectoire.

— Bonjour ! Avez-vous passé une nuit agréable ?

Sans attendre leur réponse, il ajouta, toujours un brin ironique :

— Apparemment pas tous ! Pourtant, le calme qui règne ici est particulièrement reposant.

Jonathan eut l'impression qu'on venait de braquer sur lui un puissant projecteur et piqué au vif, il répliqua :

— Vos cellules monacales sont certes propices à la méditation, mais pas vraiment idéales pour un repos récupérateur. Les gardes devant nos portes et les corbeaux, j'ai vu mieux en termes de cinq étoiles. Mais dites-moi, je n'ai pas croisé frère Guillaume !

— Il avait besoin de retrouver les fondements de la foi qui l'avaient mené à Saint Ambroisius et qu'il avait de toute évidence oubliés. Il a donc décidé de se retirer et de s'isoler dans une partie de notre abbaye mieux adaptée, pour prier. Vous ne pourrez pas le rencontrer !

Ces propos jetèrent un froid sur le groupe. Ils avaient compris que frère Guillaume avait été écarté. Que lui était-il réellement arrivé ? Ils étaient inquiets sur son sort, mais le prieur coupa court à leur réflexion comme si l'intérêt qu'ils portaient au jeune moine n'avait pour lui aucune importance.

— Revenons aux manuscrits. Vous les avez avec vous ?

Raphaël exhiba le sac dont il ne se séparait plus et dans lequel se trouvaient les deux livres.

— Très bien. Donnez-vous la peine de me suivre.

Assurément, le doyen était plus révérencieux que frère Bastien dans la tournure de ses phrases quand ce dernier guidait Jonathan dans le dédale des couloirs de l'abbaye lors de sa première visite. Mais dans les faits, c'était bien lui le maître incontesté des lieux, celui qui décidait du destin de chacun.

— Frères Gérôme et frère Antoine nous accompagneront dans le scriptorium. Ce sont deux éminents spécialistes comme vous pourrez le constater. Leur aide vous sera précieuse.

Le prieur s'adressait aux nouveaux venus et semblait ignorer Jonathan. Il ne lui parlait que lorsque c'était nécessaire. Il employait parfois des termes désobligeants comme pour lui rappeler sa faute. Il montrait ainsi que le pardon n'était pas sa principale qualité et il ne l'épargna pas pendant la descente.

— Monsieur Gentil vous a-t-il raconté l'effervescence qu'il a provoquée dans l'abbaye avant que je ne le congédie ? Nous vivons ici dans un climat de sérénité et de confiance, mais votre camarade, en bafouant nos règles, a dû être reconduit à la porte par des moines qui veillent à préserver la paix de ces lieux. Nous lui avons interdit de revenir à Saint Ambroisius. Mais je vois qu'il fait fi de nos exigences.

Jonathan en avait assez d'être traité ainsi sans pouvoir répondre. Le doyen parlait de lui à la troisième personne, comme s'il n'était pas là, avec eux.

— Toutefois, je dois bien admettre que sans la trahison de frère Guillaume et malgré la malhonnêteté de votre ami dont nous avons été victimes, nous n'aurions jamais eu connaissance de l'existence de vos deux exemplaires du manuscrit et comme Dieu pardonne…

Ces dernières paroles étonnèrent le jeune chercheur

Était-ce possible ? L'abbé s'était-il radouci ? Non, de toute évidence, il cherchait plutôt à amadouer ses visiteurs pour atteindre un autre objectif, encore plus important, que ses hôtes ne percevaient pas encore.

L'accès au scriptorium laissa les trois jeunes gens sans voix. Comme à Jonathan la première fois, la descente leur fit forte impression. Annabelle avait le sentiment de rejoindre le monde chtonien. Elle serrait la main de Marc autant pour se rassurer que pour éviter une chute en manquant une marche tant l'escalier était abrupte. Raphaël était partagé entre l'impatience de pénétrer dans la salle que lui avait décrite Jonathan et l'angoisse liée à ce plongeon dans les abîmes de l'abbaye.

— Voilà, nous y sommes, fit le prieur parvenu devant le scriptorium.

Il s'effaça, laissant aux deux autres moines le soin de pousser l'épaisse porte. L'instant était solennel, l'atmosphère digne d'un film d'angoisse ou d'aventures, lorsque les héros s'apprêtent à découvrir le Graal. Raphaël avait conscience du privilège de se trouver là. Annabelle se sentait mal à l'aise dans les entrailles de la Terre. Marc n'avait pas lâché sa main, peut-être aussi pour se rassurer lui-même. Lorsque la porte en chêne s'ouvrit, elle révéla un gouffre encore plus noir que ce que Jonathan leur avait décrit.

Puis la lumière jaillit. Tous sauf les moines, le doyen et Jonathan restèrent figés devant la beauté des lieux, devant l'immensité de l'endroit, devant les trésors qu'il devait receler.

— C'est encore plus extraordinaire que je l'avais imaginé, s'exclama Raphaël sans trop savoir où regarder tant il était subjugué par ce qu'il voyait !

Le prieur inclina la tête montrant ainsi qu'il appréciait la remarque du jeune libraire et la considérait comme un compliment.

Jonathan voyait le scriptorium avec d'autres yeux, des yeux nouveaux, des yeux auxquels on ne cachait plus rien.

Contrairement à la première fois, des moines étaient au travail. Certains, installés face à des plans inclinés, s'appliquaient à recopier des pages d'écriture, d'autres se concentraient sur des enluminures, appliquant les couleurs avec le plus grand soin.

— Je peux ? osa Raphaël. Juste un instant s'il vous plaît !

— Allez-y, accepta le prieur.

Il s'approcha suffisamment pour observer le travail de ces experts occupés à écrire ou à restaurer des pages abîmées. Il se déplaçait d'un pupitre à l'autre, se penchait parfois au-dessus de l'épaule des scribes qu'il ne voulait surtout pas déranger. Il reconnut différentes écritures que ces spécialistes s'appliquaient à reproduire avec la plus grande minutie : caroline dont les lettres étaient toujours nettes et faciles à lire, rotunda réservée aux documents juridiques ou théologiques, fraktur aisément reconnaissable car de petite taille et dont la lecture est toujours complexe... Plus loin, un enlumineur complétait des manques dans un ouvrage dont il prenait grand soin. Quand il sentit la présence de Raphaël derrière lui, il apposa à la hâte un buvard sur les lignes qu'il venait d'achever, attendit quelques secondes et referma le manuscrit. Voulait-il cacher quelque chose à ce visiteur ? Peut-être ! Le fait est que le jeune libraire put ainsi lire le titre de l'ouvrage. Il s'agissait du *Bréviaire de Belleville* de Jean Pucelle. Un trésor qui ne se cachait pas à la Bibliothèque Nationale de France comme il le croyait ! Alors qu'il progressait dans une allée, les copistes interrompaient leur tâche mais l'un d'eux oublia de dissimuler à ses yeux une page, désolidarisée du reste du livre qu'il venait de ranger. Les premiers mots et l'enluminure qui occupait la moitié du parchemin ne faisaient aucun doute : « *Aprés l'ascencion de nostre seigneur Jhesu Crist, quant la sainte foy catholicque eust commencié a flourir es parties de Galice...* ». Il avait devant lui l'original de l'*Histoire de Pierre de Provence et de la belle Maguelone*. Raphaël revint ensuite sur ses pas. Il n'y avait plus rien à voir. Tolérés en ces lieux, on ne voulait pas qu'ils en voient trop, qu'ils en sachent trop... C'était une certitude.

Comme Jonathan l'avait fait la première fois, son regard se perdit ensuite lorsqu'il voulut suivre la ligne de fuite des étagères qui semblaient s'étirer indéfiniment en une multitude de rayonnages. Ils abritaient des manuscrits indénombrables. Le nez en l'air le jeune homme lâcha un :

— C'est prodigieux, c'est... Les mots me manquent !

Il chercha le regard bleu du doyen et lui renouvela avec sincérité ses remerciements. Le bas de la robe de ce dernier virevolta grossièrement dans l'air lorsqu'il fit demi-tour pour s'éloigner, marquant la fin de moment exceptionnel. Tous durent le suivre.

Au fond d'un petit décrochement, une faible lueur brillait.

— Installez-vous ici, fit-il en désignant une grande table, je vais chercher ce pour quoi vous avez fait tant de kilomètres.

Sa remarque était étrange. Jamais ils ne lui avaient dit d'où ils venaient. Mais la splendeur des lieux s'imposa à eux, effaçant toute autre pensée. Même Marc et Annabelle, néophytes en la matière, étaient sous le charme de l'endroit, comme ensorcelés car ils avaient l'impression d'avoir fait irruption dans le passé.

Le doyen revint quelques instants après et posa sur la surface de bois un manuscrit sur lequel, incrusté profondément dans le cuir épais de la couverture, apparaissait fièrement le titre doré à l'or fin mais légèrement terni par le temps : *Le Serment des oubliés*. Il s'agissait bien du même livre et il fallait l'observer attentivement pour percevoir des différences avec les deux autres. Annabelle se fit involontairement la porte-parole du groupe et souligna :

— C'est bien le même titre, mais ce livre paraît beaucoup plus vieux que les nôtres, pas tant au niveau de la couverture qui est épaisse et a résisté mais au niveau des pages.

Marc, qui l'observait avec émerveillement comme si c'était un joyau ou la peinture d'un grand maître, intervint :

— Ils ne datent pas de la même époque, c'est tout !

Au même moment, Raphaël sortit leurs deux exemplaires et les posa côte à côte. Ils étaient effectivement mieux conservés et paraissaient plus récents mais il fallait regarder de près pour percevoir ce qui les différenciait. La forme, les dimensions correspondaient exactement avec l'exemplaire de l'abbaye dont le cuir était le même, à peine un peu plus usé par endroits. La tranche de gouttière, celle de tête et les pages du manuscrit avaient en revanche davantage souffert, soumises à de multiples manipulations auxquelles les livres d'Annabelle et de Raphaël semblaient avoir miraculeusement échappé. En fin de compte, si on n'ouvrait pas les trois volumes ou si on ne les examinait pas dans les détails, ils se ressemblaient.

Pour la première fois, ils étaient réunis, là sur une table, sous leurs regards admiratifs. Une aura lumineuse semblait émaner d'eux, peut-être due à la magie du moment.

— Il faut les étudier pour en avoir le cœur net.

Les moines ajustèrent des masques de coton sur leurs visages et enfilèrent des gants. Raphaël et Jonathan prirent eux aussi les précautions qui s'imposaient pour protéger plus particulièrement l'œuvre de l'abbaye, vraisemblablement plus ancienne donc plus fragile. Il fallait tourner les pages sans risquer de les détériorer.

Puis chacun se livra à l'examen approfondi du manuscrit qu'il n'avait jamais eu entre les mains.

Sous le contrôle du prieur, ses deux assistants parcouraient les exemplaires de Raphaël et d'Annabelle. Tous trois se concertaient régulièrement. Ils allaient de pages en pages avec des gestes d'une grande délicatesse, presque religieux.

Le doyen guidait leur lecture et leurs recherches. Ils murmuraient, prenaient des notes. S'ils s'efforçaient de chuchoter, Annabelle perçut quelques paroles :

— C'est prodigieux. Je comprends mieux ! Vous aviez raison, prieur !

Tout en découvrant les manuscrits, le doyen ne manquait pas une miette de ce qui se passait dans l'autre groupe. Il était à l'affût des moindres remarques. Peut-être craignait-il que Raphaël et Jonathan ne lui cachent une découverte importante !

De leur côté, Annabelle et Marc, ignorants en la matière, admis à pénétrer en ce lieu sacré par un concours de circonstances incroyable, s'enivraient de la beauté de tout ce qui les entourait. Seule la jeune femme restait attentive aux recherches des cinq hommes. À la différence de Marc, elle se sentait directement concernée par l'histoire de dame Flore.

Elle se souvint tout à coup de la façon dont ce manuscrit lui était tombé entre les mains, du saccage de son appartement et surtout de l'inconnu à l'origine de tout cela, cet homme dont la présence demeurait toujours un mystère.

Marc, qui n'avait pas pris le soin de parcourir la moindre ligne de ces livres, s'intéressait davantage aux trésors fabuleux qui l'entouraient qu'aux réflexions de ses nouveaux amis. Il les écoutait de façon distraite, s'efforçant parfois de suivre l'avancée de leurs investigations. Mais peu familiarisé avec ce langage de spécialistes, il perdait le fil de leur discussion lorsqu'il les entendait parler de laisses bifurquées, assonancées, de réglure, de rubrique, d'enluminures, de coutelures, de liants, de palimpseste, de décoration marginale… Cela le dépassait. L'aspect technique et historique des œuvres l'intéressait peu.

Muni d'une loupe, Jonathan totalement investi dans cette quête du Graal, examinait une page depuis dix bonnes minutes tandis que Raphaël s'aidait d'une pincette et d'un microscope qu'on lui avait apportés. Il confirmait parfois :

— Tu as raison, ça ne fait aucun doute !

Les deux experts, chacun dans leur partie, semblaient s'accorder sur leurs constats et de temps à autre Marc attrapait au vol leurs paroles qu'il n'arrivait pas toujours à remettre dans leur contexte.

— Fin du IXe siècle ou début du Xe siècle, mais haut Moyen Âge, c'est sûr !

— Oui ! Je crois qu'il faut maintenant le comparer aux deux autres manuscrits. Je ne les ai feuilletés que peu de temps, remarqua Jonathan.

Raphaël quitta son siège pour se rapprocher du prieur.

— Pouvons-nous à présent consulter simultanément les trois ouvrages ? demanda-t-il. C'est essentiel pour déterminer si votre volume est vraiment antérieur aux autres et pour comprendre pourquoi les trois n'ont pas vieilli de la même façon. Certains pourraient n'être que des réécritures comme c'était l'usage à l'époque.

— Bien entendu, fit l'abbé en relevant le nez surmonté d'une paire de lunettes rondes.

Ils se regroupèrent, les trois manuscrits grands ouverts devant eux.

Annabelle tentait de suivre le déroulement de leur travail, mais les spécialistes s'acharnaient pour l'instant à détailler les variations orthographiques des mots ainsi que la particularité des encres employées. Elle tendait l'oreille par moments, espérant qu'ils évoqueraient les épreuves vécues par dame Flore et Richard et les différences propres à chaque exemplaire. Mais ils n'en firent rien, focalisés essentiellement sur l'aspect technique de la réalisation des manuscrits. Son compagnon, guère captivé par le discours trop complexe des spécialistes, avait fini par se lever pour fureter à proximité, sous le regard réprobateur d'un moine qui semblait davantage dévolu à la surveillance et ne pouvait plus se concentrer sur son analyse.

En quelques heures, le prieur, les deux moines, Jonathan et Raphaël avaient rempli des pages de remarques. Ce dernier avait même réalisé un tableau comparatif des trois manuscrits.

Les premières réticences de chacun avaient fini par céder la place au plaisir de la recherche, à l'analyse fine et scrupuleuse des ouvrages d'exception dont ils disposaient.

Plus loin, les autres religieux silencieux, occupés à leurs tâches, ne leur avaient pas prêté la moindre attention jusque-là. Ils cessèrent toute activité lorsqu'une cloche retentit et rangèrent aussitôt leur matériel. Les livres regagnèrent les coins des tables ou la place qui leur était dévolue dans la bibliothèque et les moines s'éloignèrent sans bruit en direction de la sortie. Cela ressemblait à un rituel qu'ils devaient accomplir quotidiennement.

Il était déjà midi, mais rien ne permettait de s'en rendre compte, car la lumière du jour ne pénétrait jamais dans ce lieu étreint par les profondeurs de la Terre.

Un peu plus tard, quelqu'un se présenta dans le scriptorium avec quelques bouteilles d'eau, des verres et des sandwichs qu'il déposa sur un petit meuble, dans un recoin.

Annabelle comprit qu'ils ne remonteraient qu'en toute fin de journée et devraient se contenter de ce repas frugal.

Les moines reparurent vers quatorze heures sans même jeter un œil dans leur direction, comme si le prieur, ses deux aides et les inconnus n'étaient pas là. Ils avaient dû recevoir des ordres dans ce sens et ils les respectaient à la lettre. Ils reprirent immédiatement leur travail.

Au milieu de l'après-midi, progressivement écartée de la discussion trop pointue qui lui échappait totalement, la jeune femme lasse commença à somnoler. Une réflexion de Raphaël lui permit de recoller à ce qui se passait :

— Pour répondre à Marc qui affirmait ce matin que les livres ne datent pas de la même époque, je crois qu'à ce stade de nos recherches nous pouvons dire que c'est faux. Les résultats de nos premières analyses ne laissent aucun doute. Une conclusion et une seule s'impose à nous : aussi déconcertant que cela puisse paraître, ces trois manuscrits ont bien été écrits au même moment.

— C'est impossible, coupa Marc à nouveau intéressé, vos conclusions sont trop hâtives et probablement erronées ! À l'exception des couvertures qui pourraient nous induire en erreur, il n'y a qu'à regarder l'état de décrépitude des pages de l'exemplaire de l'abbaye qui ne mentent pas sur son âge. Il est plus ancien. Les deux autres volumes semblent en revanche avoir été publiés hier. C'est évident ! Il n'y a pas besoin d'être un expert pour le voir. Nos deux exemplaires sont presque neufs alors que celui-ci paraît provenir d'un autre siècle pour ne pas dire d'un autre millénaire !

Il s'était approché de la table et désignait, devant eux, les livres pour preuve de ce qu'il disait.

— Je sais et je n'arrive pas à me l'expliquer, rétorqua Raphaël embarrassé. Pourtant, ils datent bien de la même époque, le Moyen Âge.

— Pourquoi sont-ils si différents alors ? insista Marc songeur.

— C'est comme s'ils n'avaient pas traversé le temps de la même façon…

— Pas traversé le temps de la même façon ! Qu'est-ce que tu veux dire ? Ils datent de la même époque oui ou non ?

— Tout me laisse penser qu'ils ont effectivement été écrits au même moment, mais l'exemplaire de l'abbaye a subi les affres du temps. Les manipulations au fil des siècles ne l'ont pas épargné même s'il est remarquablement conservé. Tout a vieilli et c'est normal : les pages, l'encre et je suis sûr qu'une datation scientifique pratiquée en laboratoire le confirmerait. Ces deux-là en revanche ont été préservés comme s'ils nous étaient parvenus directement du Moyen Âge sans passer par la case des siècles. Je sais, c'est fou, mais les moines confirment notre conclusion, aussi surprenante soit-elle. Nous sommes tous formels : ils ont bien été écrits en même temps.

— Nous avions approximativement daté l'origine du manuscrit de l'abbaye, car il n'a jamais quitté ces lieux, ajouta le prieur ! En revanche, si nous savions qu'il avait un lien avec le château de Montagnac où nous avons dépêché des moines pour mener leur enquête, nous n'avons jamais rien trouvé et nous ignorions l'existence de deux autres exemplaires tout aussi anciens même si les apparences sont trompeuses.

— Mais pourquoi cet exemplaire a-t-il débarqué dans ma vie et celui-ci dans celle de Raphaël ? Est-ce le hasard ? Et pourquoi les histoires de nos deux livres sont-elles différentes ?

— Elle a raison, continua Marc. Et moi je me demande quelle version de l'histoire l'exemplaire de l'abbaye raconte et comment elle s'achève.

Frère Gérôme qui paraissait surpris intervint. Il voulut tirer les trois exemplaires à lui, mais le doyen interrompit son geste. Plus rapide, le vieil homme avait déjà rassemblé les trois œuvres qui disparurent de la vue de tous un instant, cachées par ses grandes manches qui balayaient la table.

— Laissez frère Gérôme, dit-il. Je vais m'en occuper.

Au même moment, le scriptorium subitement plongé dans le noir absolu arracha un petit cri à Annabelle et quelques remarques étonnées aux autres.

— Ce n'est rien, les rassura la voix du prieur. Cela arrive parfois ! Cette abbaye est très vieille et l'installation électrique laisse à désirer à certains endroits. De tels édifices se prêtent difficilement au confort moderne !

La lumière revint un moment après.

Un échange de regards. Tout le monde était là et les trois exemplaires reposaient côte à côte, bien en vue sur la table.

— Allez-y maintenant !

Frère Gérôme les feuilleta précautionneusement et les ouvrit à la même page. Il parcourut quelques lignes de chaque ouvrage, le buste penché sur les livres, le nez froncé comme pour mieux voir. Une presbytie précoce le guettait sûrement.

— Pourquoi dites-vous que ces histoires sont différentes ? Pour le peu que je viens de lire, on retrouve la même situation initiale, les mêmes personnages, le même élément perturbateur, les mêmes…

Frère Antoine poussa un peu son binôme afin de se faire une idée à son tour. Il consulta les premières pages et d'autres choisies au hasard puis il se redressa et dit :

— Je confirme. Cela ne fait aucun doute. Ces histoires correspondent parfaitement. Il n'y a aucune différence.

Raphaël, certain du contraire, se leva et s'imposa entre les deux moines pour vérifier.

— C'est impossible. Le livre d'Annabelle et le mien sont divergent. J'en suis sûr. J'ai eu l'occasion de les comparer moi aussi. Je suis formel !

— Ils l'étaient, l'interrompit frère Antoine, mais ils ne le sont plus !

42 C'EST IMPOSSIBLE !

Raphaël abasourdi réagit aussitôt à cette remarque. Il se leva brusquement entraînant avec lui la chaise qui bascula et se renversa au sol dans un fracas, rompant le silence ambiant.

— Comment ça ? fit-il.

Le prieur intervint sur le ton calme et posé que tous lui connaissaient :

— L'exemplaire de Saint Ambroisius n'est certes pas aussi bien préservé que les deux autres, mais l'écriture effacée ici ou là reste lisible. Seule la fin a disparu, fin que vos deux livres nous révèlent pour la première fois.

Frère Antoine qui avait à nouveau récupéré les ouvrages se déplaça et remit les manuscrits au doyen désormais installé au centre du petit groupe. Jonathan était assis à sa droite, Raphaël à sa gauche.

— Effectivement, Frère Gérôme a raison. Les trois histoires sont identiques. Je connais par cœur notre exemplaire et cette journée passée à étudier les vôtres a été suffisante pour que je me fasse une idée. Je vais vous montrer.

Il ouvrit précautionneusement l'œuvre de l'abbaye, aux dernières pages.

— Regardez par vous-même, si l'encre est eff...

Le livre reposait ouvert entre ses mains. Lui-même venait de s'immobiliser. Pour la première fois, les autres virent cet homme si sûr de lui hésiter, douter.

— C'est impossible ! déclara-t-il à son tour.

Il tournait les pages, doucement, les passait les unes après les autres pour se livrer au même constat : la fin était écrite, les vides étaient partiellement comblés, le texte présentait moins de manques qu'auparavant.

Juste derrière lui, les deux moines se signèrent à plusieurs reprises par peur ou par habitude.

— Que se passe-t-il ? Qu'est-ce qui est impossible ? demanda Annabelle qui à présent était bien éveillée.

— Notre exemplaire ne présente presque plus de blancs. Les parties effacées sont maintenant partiellement comblées comme si l'histoire s'était complétée toute seule. Même la fin apparaît ! fit le prieur.

Encore sous le coup de cette découverte, il invita ceux qui étaient installés auprès de lui à écouter la lecture qu'il s'apprêtait à faire à haute voix. Il releva légèrement son exemplaire, le laissant reposer sur l'extrémité de ses doigts et commença une longue traduction de l'excipit qu'il lisait, lentement, de façon presque cérémonieuse. Raphaël et Annabelle attentifs l'écoutaient.

« — Sa Majesté le roi ! annonça triomphalement un officier de la garde tandis que les olifants retentissaient.

Gaétan était de retour de Constantinople !

Des chevaliers envahirent aussitôt la cour du château. Dame Flore qui brodait à la lumière d'une fenêtre accourut pour accueillir son époux, suivie d'Aénor sa servante et des chiens, Rainouart et Roxane. Elle avait tant attendu ce moment. Dame Orable, restée un peu en retrait, attendit qu'on l'invitât à avancer

— Je suis heureux de vous voir ma reine, fit Gaétan en la serrant dans ses bras. Où est mon ami Richard ?

— Votre joie n'a d'égal que la mienne, Sire, mais comme nous ne vous attendions pas avant demain, le seigneur Richard est parti avec Lancelin et Béatrix pour... »

Médusé, Raphaël entreprit de survoler rapidement les récits des deux exemplaires qu'ils avaient apportés, pour vérifier. Il ne lui fallut que quelques instants pour parvenir au même constat que le doyen : les histoires coïncidaient, les trois manuscrits ne faisaient désormais plus qu'un.

Si quelques mots et quelques phrases manquaient toujours dans le livre de l'abbaye, l'histoire était devenue compréhensible.

Annabelle et Raphaël se regardèrent, ébahis, ne sachant que faire ou que penser de tout ceci. Le récit qu'ils venaient d'entendre ne coïncidait avec aucune des deux histoires qu'ils avaient lues. Il n'existait plus qu'une seule version des faits, l'issue était heureuse même si ce qui s'était passé était inexplicable.

— Je n'y comprends rien ! remarqua le libraire sidéré.

Annabelle, restée sans voix pendant un instant susurra, du bout des lèvres :

— Je me demande s'il faut chercher à comprendre !

Aucune menace ne pesait plus sur Richard, pas plus que sur Flore. Auprès de Gaétan vivant, elle conservait son trône. Béatrix et Lancelin avaient grandi et le comte Alstuf regrettait amèrement ses complots en prison. L'histoire des deux exemplaires du *Serment des oubliés* était à présent la même et rejoignait celle du manuscrit de l'abbaye. Seules les deux lettres sur le dos permettaient de les différencier : RF pour Richard et Flore, FR pour Flore et Richard. Le manuscrit de l'abbaye ne comportait pas ces deux majuscules gravées.

Le prieur venait de refermer son exemplaire. Il en caressait la couverture machinalement, songeur, comme libéré d'un poids qui aurait pesé sur ses épaules depuis des années. Frère Gérôme s'approcha d'Annabelle et de Raphaël qui n'avaient plus dit un mot, plongés dans leurs pensées.

— Il ne peut y avoir qu'une seule explication ! Puis-je vous demander de prononcer vos noms ?

La jeune femme le regarda, interloquée, sans pouvoir répondre. Raphaël déclina clairement leurs identités. Certes, chacun les connaissait, mais les entendre en ce lieu, à cet instant précis, prenait une autre dimension.

— Annabelle Béatrix et moi Raphaël Lancelin.

— Oui, leurs noms correspondent aux prénoms des enfants des personnages de ces livres, déclara Marc, mais ceci n'explique rien du tout ! Vous pensez bien que cette coïncidence nous a déjà interpellés. Mais pourquoi un homme aurait volontairement oublié un livre sur un banc public afin qu'Annabelle le trouve ? C'est complètement fou ! Et n'allez pas me dire que cet homme aurait aussi offert un manuscrit à Raphaël alors qu'ils ne se connaissent pas ! Ça ne tient pas debout !

Si Marc restait sceptique et l'exprimait, Jonathan observait le prieur partagé entre l'admiration, la crainte et le doute. Pouvaient-ils avoir confiance en cet homme particulièrement habile, médiéviste de surcroît et expert en la matière ?

— Je crois, fit calmement le prieur, qu'ils sont tout simplement de lointains descendants de ces familles qui ont réellement existé. Nous en avons la preuve avec le château de Montagnac. De plus, aussi surprenant que cela puisse paraître, il semble que le temps présent que nous vivons n'est pas le seul qui soit important. La vie de dame Flore et celle de Richard étaient effectivement menacées. C'est ce que racontent les trois livres, quelle que soit leur version. Seule la fin de l'exemplaire de l'abbaye n'était pas écrite ou du moins des laisses entières manquaient. Pour que l'histoire s'achève, il fallait d'une part que les descendants de ces lignées se retrouvent, d'autre part que les trois livres se rejoignent ici. Voilà ce que je crois. Chacun devait être en possession d'un livre et il était essentiel de remonter jusqu'à notre exemplaire pour que l'histoire puisse s'achever. À présent, c'est chose faite, ce qui expliquerait que les trois manuscrits soient désormais concordants. Tout est rentré dans l'ordre. La boucle du temps est bouclée.

— Peut-être, mais admettez que c'est difficile à croire, conclut Marc.

Plus romantique que son compagnon, la jeune femme présenta sa façon de voir les choses :

— Si je vous comprends bien, Richard et Flore peuvent s'aimer ainsi que le roi Gaétan et la princesse Orable !

— Non pas « peuvent », coupa Marc, mais « ont pu s'aimer » ! C'était il y a mille ans je vous rappelle. Enfin, si on peut dire ! Je suis consterné par tant de bêtise. Je vous signale qu'il ne s'agit que de livres et d'histoires imaginaires. Je n'y crois pas un instant. Nous nageons dans l'irrationnel.

— Détrompez-vous ! assura le prieur. Ce qui se passe actuellement est bien réel. Nous sommes tous présents pour en témoigner. Notre confrérie a compris depuis très longtemps, sans pouvoir le prouver, que ce qui arrive à quelqu'un il y a mille ans se passe pour lui maintenant. Les deux moments partagent le même espace mais dans un temps différent même si c'est difficile à admettre !

Le doyen ne s'exprimait jamais à la légère et dans le scriptorium silencieux ce qu'il venait de dire prenait une dimension singulière.

Marc se permit malgré tout de douter encore.

— Je suis quelqu'un de pragmatique et même si ce qui se passe autour de ces trois livres bouscule mes certitudes, j'ai quand même du mal avec cette théorie de l'espace-temps. C'est impossible !

Sans s'offusquer et toujours aussi sereinement l'abbé reprit :

— Votre trouble est légitime, jeune homme, mais n'y a-t-il pas un autre détail qui aurait dû tous vous interpeller et que vous n'avez pas remarqué ?

Les quatre jeunes gens se regardèrent manifestement perplexes.

43 ADMETTRE LA VÉRITÉ

Ils avaient fait attention aux moindres détails. Comment quelque chose aurait pu leur échapper ? Le prieur devait se tromper.

— Je ne vois vraiment pas, remarqua Annabelle.

Raphaël, de son côté, semblait réfléchir. Les mains croisées, presque crispées, posées sur la table, le visage baissé, il tentait de rassembler ses souvenirs.

L'intervention du doyen l'éclaira :

— Regardez à nouveau les livres.

Il poussa devant lui trois manuscrits les isolant des autres qui se trouvaient sur la table. Ils disparurent momentanément de la vue de chacun, recouverts par ses manches amples qui virevoltaient au gré de ses mouvements. Les couvertures reparurent ensuite, pratiquement identiques. Il était difficile de les reconnaître, mais le prieur les manipulait comme s'il lisait à travers les cuirs épais, identifiant parfaitement chaque exemplaire. Tous avaient l'impression qu'il les distinguait à l'aide d'un repère dont lui seul avait le secret. Les néophytes, passifs, ne parvenaient pas à identifier les ouvrages sauf en regardant les lettres situées sur le dos.

Marc le regardait faire, intrigué. Il avait l'impression d'avoir devant lui un escamoteur, habile au jeu du bonneteau.

Il se leva pour faire quelques pas. La tension montait en lui et il avait besoin de se détendre. Finalement, il s'installa de l'autre côté de la table, en face d'Annabelle, comme s'il voulait se mettre un peu en retrait, pour observer.

Raphaël et la jeune femme étaient déjà plongés dans les manuscrits qu'ils feuilletèrent pendant quelques instants.

— Et alors ! Moi, je ne remarque rien de particulier, constata Annabelle.

Le doyen s'adressa plus particulièrement à elle :

— Mademoiselle, voudriez-vous vous prêter à une petite expérience ?

— Pourquoi pas ! Mais je ne vois pas où vous voulez en venir.

C'était cette douceur, cette disposition d'esprit que Marc appréciait particulièrement chez elle. Femme au caractère bien trempé, elle n'était pas contrariante, mais s'arrangeait pour faire comprendre aux autres qu'ils se trompaient quand tel était le cas.

Le prieur s'éloigna, fit quelques pas, emprunta deux livres choisis apparemment au hasard dans le scriptorium et revint auprès des autres, toujours aussi calmement.

— Voilà ! fit-il en les déposant devant elle. Prenez l'un ou l'autre de ces deux livres, ouvrez-le où bon vous semble et lisez à haute voix s'il vous plaît.

Annabelle s'exécuta, humecta ses lèvres et commença à lire :

« *Carles vent de cachar del gau d'Ardenie.*
Furent o lui cent conte d'une jovenie ;
Caus treit vautre o lebrer en s cadenie,
E portent aurions a la fort peine ;
E sec l'autre maisnade quel ris ameine.[17]

---

[17] *La Chanson de Girart de Roussillon,* anonyme, laisse XLVIII, vers 668 à 672. « Charles vient chasser dans la forêt d'Ardenne. Il était entouré de cent comtes, tous jeunes, et chacun d'eux tenait un veautre

Malgré les efforts déployés, la jeune femme ânonnait, perdue dans un récit dont elle ne comprenait pas le moindre mot. Déconcertée, elle renonça finalement à poursuivre sa lecture. Marc, qui tira le livre à lui, s'avoua vaincu en quelques secondes. Seul Raphaël put déchiffrer et traduire le passage.

— C'est normal, je ne sais pas lire l'ancien français ! crut-elle bon de préciser face à son échec.

Le doyen reprit la main pour achever sa démonstration comme dans un jeu dont il maîtrisait l'issue.

— À présent, mademoiselle, veuillez prendre cet exemplaire du *Serment des oubliés*, l'ouvrir à une page de votre choix et nous en faire la lecture à haute voix.

Il dirigeait toujours la séance et nul ne pouvait interférer.

Où voulait-il en venir ? Apparemment, il venait de lui proposer le manuscrit qu'elle avait trouvé sur le banc dans le parc. Mais elle n'en était pas certaine. Tous les livres posés sur cette table se ressemblaient à s'y méprendre !

Elle avait lu l'exemplaire trouvé sur le banc une première fois. Donc, une seconde ne lui poserait aucun problème. Seules les circonstances changeaient :

« *D'abord Flore au clair visage, au noble maintien, au doux regard approche. Son père lui a fait apprendre les arts libéraux : elle sait traduire en roman le chaldéen et le grec, expliquer le latin et l'hébreu. On ne saurait trouver sa pareille au monde pour l'intelligence, la beauté et l'éloquence.* »

---

ou un lévrier en laisse. Ils portent des alérions aux ailes fortes. Après eux, venait le reste de la compagnie du roi. »

— Je continue ou pas ? demanda-t-elle.

Sans prendre la peine de lui répondre, le prieur tendit les mains vers elle, masquant la surface de la table à chaque passage de ses généreuses manches. Aucune poussière n'aurait pu résister au ballet incessant et harmonieux de ses bras. Il récupéra le livre en un éclair, le referma et le reposa à nouveau parmi les autres volumes.

Tous levèrent le nez vers les lustres quand la lumière se mit à clignoter.

— Toujours ces problèmes d'électricité, fit-il. J'espère qu'elle ne sera pas coupée !

Marc, qui avait écouté la lecture avec une attention particulière, ne comprenait toujours pas où le doyen voulait en venir. Il releva un peu la tête pour constater que ses grands yeux bleus étaient braqués sur lui. Il le fixait comme s'il attendait une réaction.

— Et alors, fit Marc. Je n'ai rien entendu ni vu de spécial !

Le doyen lui sourit et fit glisser un volume devant lui. Il distribuait toujours les cartes et maîtrisait la situation.

— Tenez ! À votre tour. Voudriez-vous nous lire un passage ?

— Laisse XIX, intervint Annabelle. C'est celle que je lisais.

Le jeune homme ouvrit le manuscrit et tourna quelques pages avant de commencer !

« *Premerement Flore o le vis clar,*
O le gent cosïer, au bel esgar.
Sos paire li a fait les ars parar ;
Sat caudiu e gregeis e romencar
E latin e ebriu tot declarar.
Entre sen e baltat e gent parlar,

Ne pout nus om el munt sa par trobar.[18]

Tel un enfant apprenant la lecture, il tentait d'articuler, détachait chaque syllabe, s'arrêtait, hésitait et reprenait avec la plus grande difficulté.

— Et alors ! répéta Marc pour la seconde fois. Je ne peux pas lire. Je n'ai jamais étudié l'ancien français ! Où voulez-vous en venir ?

— Vous avez parfaitement raison, jeune homme. Pourtant, je viens de vous tendre le même livre que votre amie Annabelle a lu à l'instant !

Le silence qui régnait déjà, entrecoupé de paroles, envahit davantage les moindres recoins du scriptorium. L'atmosphère devint pesante et Annabelle eut soudain du mal à respirer. Ils étaient là, sous terre, perdus dans les tréfonds d'une abbaye retirée du monde et elle avait l'impression d'être ensevelie vivante dans un tombeau gigantesque sur lequel une chape de plomb descendait doucement. Mais elle avait le sentiment de voir encore la lumière du jour par une fente imaginaire qui se rétrécissait au fur et à mesure.

Le prieur rassembla à nouveau les manuscrits et intervint encore une fois pour tenter d'expliquer ce que certains refusaient d'admettre.

— Tous ces livres que vous voyez sont bien écrits en français, mais en ancien français que Marc ne connaît pas comme il vient de nous le confirmer. Quant à vous mademoiselle, si ce parler du Moyen Âge vous est hermétique comme à tous les néophytes, il ne l'est plus dès que vous lisez un de ces trois livres : le vôtre, celui de votre ami ou l'exemplaire qui provient de ce scriptorium.

---

[18] *La Chanson de Girart de Roussillon,* (modifiée pour correspondre au *Serment des oubliés*), anonyme, laisse XIX, vers 235 à 6241.»

C'en était trop.

Annabelle commençait à suffoquer. La lumière ! Elle devait s'accrocher à cette lumière créée par son esprit pour ne pas sombrer. Elle la percevait toujours à travers la fente que son esprit matérialisait, mais qui finirait par disparaître dès lors que ce tombeau serait scellé. L'irrationnel la submergeait, elle se noyait dans l'incompréhensible.

Elle ! Comment expliquer et croire qu'elle parvenait à lire et comprendre ce qui impliquait des années d'études ? C'était inconcevable et cette incohérence la déstabilisait.

Elle était blême, livide, et son chemisier blanc avait des allures de linceul. Mais les lumières trop blafardes du scriptorium estompaient sa pâleur donnant même à son visage des teintes chaudes alors que les certitudes qui l'avaient désertée achevaient de décomposer la jeune femme qu'elle était.

Seul Marc remarqua qu'elle était sur le point de vaciller.

— Tout va bien, Annabelle ?

Elle ne répondit pas essayant de retrouver le souffle qui lui manquait.

Autour d'elle, Raphaël chuchotait et Jonathan l'écoutait tandis que le prieur s'entretenait avec les deux moines.

Marc lui prit la main et la caressa comme pour la rassurer.

— Veux-tu qu'on remonte et qu'on s'en aille ? lui proposa-t-il au bout d'un moment.

— Non, non, merci. Ça va mieux maintenant. Elle se racla la gorge avant de demander :

— Je voudrais encore voir les trois manuscrits

— Croyez-vous que ce soit raisonnable mademoiselle ? remarqua le prieur. Vous semblez si troublée.

Ses mains tremblaient effectivement encore et ses gestes mal assurés exprimaient toujours une certaine fébrilité. Elle était bouleversée.

— Je crois qu'il est préférable de ne pas insister. La démonstration est faite ! Vous lisez ces livres et vous les comprenez comme Raphaël l'aurait fait. Pour votre santé, il vaut mieux que vous pensiez à autre chose.

L'affirmation du doyen tenait du surnaturel. Elle était pourtant vraie. Elle avait lu des pages en ancien français.

Une remarque de frère Gérôme acheva de la convaincre qu'elle devait renoncer.

— Le prieur a raison, mademoiselle. À votre place, je m'en tiendrais là ! Vous devriez écouter votre ami Marc et quitter le scriptorium. L'air frais de l'abbaye et la lumière naturelle des jardins vous feront le plus grand bien.

Lorsqu'Annabelle releva la tête, elle vit que tous les visages la fixaient, suspendus à sa décision.

— OK !

— C'est un miracle que vous sachiez lire l'ancien français. Moi, il m'a fallu des années avant de parvenir à le comprendre et encore plus pour le traduire ! fit l'autre moine. Vous avez de la chance !

— Je ne dirais pas cela, le contredit le prieur qui avait autorité. Ce n'est pas un miracle, mais vous avez raison en un point, c'est difficilement concevable.

— Il y a forcément une explication logique ! insista Marc qui refusait d'admettre la vérité.

Le doyen se leva, s'approcha d'Annabelle tout en lui prenant paternellement les mains pour les placer dans les siennes. Comme pour la rassurer il lui dit :

— Sachez apprécier cette connaissance à sa juste valeur. C'est un présent de Dieu qui vous a été fait !

Elle aurait voulu lui répondre, mais ce regard si bleu, si profond, si intense, plongé dans le sien la fit hésiter.

Marc formula tout haut ce qu'elle n'arrivait pas à exprimer :

— C'est quand même surprenant qu'elle comprenne l'ancien français du *Serment des oubliés* mais pas celui des autres manuscrits de cette bibliothèque !

L'abbé se contenta de lui répondre que les voies du Seigneur sont impénétrables. Le jeune homme faillit hausser les épaules mais il s'abstint. Il n'en pensait pas moins.

Raphaël, qui était resté en retrait, avait parfaitement suivi la conversation et les explications du prieur. Il savait qu'ils ne resteraient plus très longtemps dans ce scriptorium où ils ne reviendraient sans doute jamais.

— Avant que nous partions, m'autorisez-vous à jeter un œil à quelques ouvrages ? C'est important pour moi !

— Je vous en prie, regardez mais avec précaution !

Tenir entre ses mains des manuscrits qu'il croyait oubliés était magique. Jamais il n'aurait imaginé pouvoir consulter ces trésors dont il avait seulement repéré les titres sur l'écran de son PC. Il avait pleinement conscience que les instants qu'il vivait étaient exceptionnels et qu'ils ne se reproduiraient pas. Il devait en profiter. Les couleurs prodigieuses des enluminures flattaient ses pupilles et les extraits écrits qu'il puisait au hasard étourdissaient son esprit. Comment aurait-il pu imaginer, le jour où il avait trouvé ce curieux livre, *Garin le Loherenc,* chez le bouquiniste, livre qui avait mystérieusement disparu ensuite, qu'il se trouverait des années plus tard dans un scriptorium en train d'admirer des exemplaires médiévaux uniques ? Il savourait ce moment qu'il savait éphémère, conscient du privilège que le prieur lui accordait.

Jonathan, toléré en ce lieu, était resté muet jusque-là. Même s'il brûlait d'envie de rejoindre Raphaël, le prieur ne lui fit pas ce cadeau. Il ne l'invita à aucun moment à faire de même. Il se contenta de regarder de loin le trésor de l'abbaye.

Lorsque la porte du scriptorium se referma sur eux définitivement, Raphaël eut un pincement au cœur et alors qu'ils empruntaient les escaliers, il s'approcha d'Annabelle pour lui toucher deux mots.

— Tu te souviens, quand nous étions chez toi, juste après l'arrestation à l'aéroport, je vous ai dit que quelque chose que je ne pouvais pas expliquer me tracassait. Eh bien, c'était ça. Je me demandais comment tu pouvais lire ton propre livre écrit en ancien français. Mais j'ai probablement supposé que tu l'avais appris.

— Eh bien non ! Je n'ai jamais étudié cette langue et tu comprends pourquoi je suis si désorientée. Je ne sais plus où j'en suis et je n'ai pas envie d'en parler davantage pour l'instant.

*

Avant de prendre congé de ses hôtes, le doyen leur fit visiter l'abbaye. Sans doute souhaitait-il ainsi apaiser des relations qui avaient débuté de façon conflictuelle.

Dans la salle des repas, il leur offrit une dernière collation. Il n'était plus question d'évoquer les livres, le prieur avait été clair à ce sujet. Rien de ce qu'ils avaient découvert ne devait filtrer.

Comme ils s'apprêtaient à partir, avant de franchir la porte, Annabelle osa une dernière question. Elle demanda timidement :

— Et l'homme balafré, celui qui a transmis ces livres et qui appartient à l'histoire elle-même…

Jonathan heureux de quitter les lieux se sentit renaître.
Il compléta :

— ... celui dont on retrouve le tombeau si bizarrement scellé puis, semble-t-il, ouvert à plusieurs reprises au château de Montagnac ? Quel lien a-t-il avec tout ça ?

— Sans prétendre savoir comment cela se peut, je suis convaincu qu'il a la possibilité de franchir la barrière du temps, comme le suggère le livre d'ailleurs : « lui seul peut traverser » « il ne doit jamais rester très longtemps ». Ces lignes prennent tout leur sens à présent. Ne trouvez-vous pas ? Sa mission accomplie, il doit reposer en paix à présent. Les trois manuscrits l'affirment. Il est « celui qui retient le temps ».

Les moines qui les escortèrent aux limites de l'abbaye écoutaient le doyen comme s'ils entendaient la parole divine, mais ils ne comprenaient pas grand-chose à ses propos. Frère Bastien était de ceux-là, aussi froid qu'à son habitude.

L'accès à l'extérieur, à la vie trépidante, à la modernité venait de s'ouvrir. Le prieur en personne serra la main de chacun et avant de remettre à Raphaël un sac contenant leurs manuscrits. Il leur adressa un sourire serein et confiant en leur disant :

— Allez en paix mes enfants !
Et la porte de l'abbaye se referma derrière eux.

44 L'ILLUSIONNISTE

Alors qu'elle s'éloignait, Annabelle ne put s'empêcher de se retourner pour jeter un dernier regard, par-dessus son épaule. Non, personne ne la suivait. Non, elle n'avait rien à craindre. Mais elle laissait dans ce prieuré de nombreuses questions demeurées sans réponses.

Les hauts murs d'enceinte qui s'éloignaient lui faisaient davantage penser à une forteresse qu'à un lieu de méditation et de prière. C'était comme si elle venait de quitter un autre monde. Un monde où il est difficile d'entrer. Un monde que l'on quitte perplexe. Un monde où l'on ne revient jamais.

Tout l'avait impressionnée dans cette abbaye : le scriptorium évidemment, mais aussi la cellule où elle avait passé la nuit, l'atmosphère mystique, le silence pesant, le sentiment d'être épiée en permanence et surtout la personnalité hors du commun du prieur en charge de cette communauté hors du temps. Il émanait de lui un charisme, une force spirituelle qu'elle n'avait jamais rencontrés chez personne.

Elle frissonna.

Leur voiture, qui marquait le retour à la civilisation moderne, était sagement restée là, à les attendre un peu plus loin. Un *bip*. Les quatre feux clignotèrent simultanément à plusieurs reprises. Ils s'installèrent à bord, aux mêmes places qu'à l'aller. Sans un mot. Encore troublés !

Le refuge confortable, mais dérisoire de tôles, n'offrit qu'une impression de quiétude relative à Annabelle. Elle ne parvenait pas à s'expliquer pourquoi elle éprouvait ce besoin de se sentir en sécurité. Qu'avait-elle à redouter ?

Ses idées bouillonnaient : les deux livres, non les trois livres fallait-il dire désormais, l'écriture effacée qui réapparaissait, le fait qu'elle soit capable de lire l'ancien français sans avoir étudié la paléographie et puis cet homme qui avait déposé le manuscrit sur le banc dont elle ne savait toujours rien...

Proches d'elle, les garçons semblaient avoir recouvré leurs esprits. Ils plaisantaient, parlaient de tout et de rien, mais pas de l'abbaye. C'était certainement une façon comme une autre de dissimuler leurs véritables états d'âme, une façon trompeuse de prendre du recul par rapport à tout ce qui s'était passé.

Ils roulaient déjà depuis un bon quart d'heure quand Marc fit une remarque pour le moins inattendue :

— Il est fort ce prieur !

— Fort ? Qu'est-ce que tu veux dire ?

— Rien de plus : il est fort !

— Sois plus clair, demanda Annabelle qui se tourna vers lui, surprise.

— Je ne sais pas si vous vous vous rendez compte qu'on vient d'avaler de sacrées couleuvres quand même !

— Allons bon ! Des couleuvres maintenant.

Marc rassemblait ses esprits et semblait préoccupé. Depuis qu'ils avaient quitté Saint Ambroisius, il participait à la conversation, mais paraissait absorbé.

— Quelque chose me dérange. En fait, tout me dérange, rectifia-t-il aussitôt. Pas vous ?

Cette fois, il avait réussi à captiver l'attention des passagers de la voiture qui attendaient des explications. Il se lança alors dans une tirade digne d'une pièce de théâtre à ceci près qu'il devait limiter sa gestuelle à quelques effets de mains.

Dans cet espace restreint, tout autre mouvement était impossible.

— Oui il est fort, même très fort ! Je vous signale qu'il a réussi à nous faire croire à des choses surnaturelles quand même. Récapitulons : un manuscrit effacé qui, par enchantement se complète tout seul ou peut-être grâce à l'intervention du Saint-Esprit.... Deux livres différents qui s'avèrent en finalité être rigoureusement identiques. Et, cerise sur le gâteau, Annabelle, que je connais bien et qui jusqu'à aujourd'hui n'avait aucune connaissance en ancien français, eh bien la voilà capable de déchiffrer les écritures d'un livre écrit il y a mille ans ! Ça fait beaucoup quand même ! Alors permettez-moi de dire que j'ai plus que des doutes sur ce qui s'est réellement passé. Je suis quelqu'un de pragmatique et quand je repense à tout ça, je me dis que je suis le seul à avoir gardé les pieds sur terre. Pendant tout le temps où nous sommes restés dans les entrailles de l'abbaye je trouvais que quelque chose clochait ! Je n'ai été convaincu à aucun moment et d'ailleurs, je ne suis plus sûr de rien du tout. Franchement, à bien y réfléchir, ce n'est ni raisonnable ni possible. Enfin, réveillez-vous ! Le prieur nous a fait prendre des vessies pour des lanternes et nous avons gentiment tout gobé. L'atmosphère de l'abbaye et du scriptorium y est probablement pour beaucoup. Avouez que nous étions sous le charme, subjugués par cet univers inconnu et surtout par les paroles de ce mythomane ou de cet affabulateur, comme vous voulez ! Réfléchissez bien ! Ne croyez-vous pas que tout ceci n'est qu'une chimère ? Nous sommes victimes d'un tour de passe-passe de la part d'un prestidigitateur. Le prieur est habile, intelligent et rusé. Moi, je le vois maintenant comme un illusionniste qui nous a fait voir ce qu'il a voulu et ce qu'il a voulu seulement ! Et ça a marché ! Nous avons vu et nous y avons cru. Mais je trouve quand même bizarre que chaque fois que quelque chose nous dérangeait ou chaque fois que nous n'allions pas dans son sens, il soit intervenu pour nous enfoncer un peu plus dans son délire ! Il avait réponse à tout. Enfin, reconnaissez-le !

Raphaël avait de plus en plus de mal à rester concentré sur la route. Il voulait que tout ce qu'ils avaient vécu soit vrai, mais les propos de Marc étaient censés. Il n'avait peut-être pas tort. Qui tenait les rênes dans le scriptorium ? Certainement pas eux !

— J'admets que ton point de vue se tient, reconnut Annabelle. Mais là où je ne te rejoins pas, c'est que je n'ai jamais su lire l'ancien français. Le vieux français à la rigueur, mais pas ce qu'il m'a mis entre les mains !

— Que tu saches lire ou pas l'ancien français, on s'en moque, continua Marc. Là n'est pas la question ! Si je récapitule les événements depuis le tout début, tu n'as pas toujours eu le livre sous les yeux ! Rappelle-toi, tu as été cambriolée et tu l'as retrouvé au beau milieu de ton lit. Étrange non ! Ensuite, tu étais malade quand tu as commencé à le lire. Comment peux-tu être sûre de l'avoir lu en ancien français ? Tu avais de la fièvre. Mais passons ! Je me souviens très bien que quand tu as voulu le faire expertiser, tu pensais l'avoir rangé quelque part, mais tu l'as retrouvé ailleurs. Or un livre ne se déplace pas tout seul et nous n'étions que tous les deux dans l'appartement. Ce n'est pas moi qui l'ai déplacé, je peux te le certifier ! Une bizarrerie de plus que j'aimerais bien m'expliquer. Enfin, tu dis avoir perdu le manuscrit de vue dans la librairie quand tu l'as confié pour expertise à l'employé. Eh bien, je ne serais pas étonné si j'apprenais que tu n'as pas toujours eu le même livre entre les mains. Quelqu'un — ne me demandez pas qui — t'a peut-être manipulée sans que tu t'en aperçoives. Quant au prieur, tu viens de le dire toi-même, c'est lui qui te l'a remis. Le livre que tu as su lire, c'est lui qui est allé le chercher dans la bibliothèque.

Quand j'ai voulu vérifier, c'est encore lui qui a déplacé les manuscrits qui étaient sur la table et qui en a poussé un vers moi. Je me demande maintenant si c'était bien le même que le tien. Moi, j'ai perdu les livres de vue à cause ses grandes manches. En fait, c'est toujours lui qui était aux commandes ! Tu ne crois pas que j'ai raison, Annabelle ?

— Je ne sais pas ! Je ne sais plus, insista-t-elle abattue. Je ne comprends plus rien à rien. Je suis dépassée ! Tu as peut-être raison. Peut-être que tu as tort ! Je renonce…

— Admettons, remarqua Jonathan, mais lors de ma première visite à l'abbaye j'ai bien vu que le livre n'était pas complet. J'en suis certain ! Et cette fois, les manques étaient en partie comblés ! C'est curieux tout de même.

Marc trouva à nouveau une explication :

— Rien de plus simple ! Le manuscrit de l'abbaye ou une copie a dû être complété par les moines entre ta venue et la nôtre. Ils ont largement eu le temps et je crois qu'ils ont anticipé notre venue. Leur hésitation devant la porte du prieuré n'était qu'une manœuvre pour nous faire croire que c'est nous qui voulions les rencontrer. Je suis convaincu qu'ils nous attendaient, que le prieur nous attendait de pied ferme. Je pense qu'il le savait depuis notre visite à Montagnac voire même avant. Il n'avait pas forcément besoin de connaître ceux qui viendraient mais il se préparait à leur visite, donc à la nôtre, depuis plus longtemps que vous pensez ! Et puis il y a… non rien, laissez tomber !

— Tu as commencé maintenant, il faut finir. fit Annabelle. Qu'est-ce qu'il y a d'autre ?

Marc secouait la tête et se frottait les mains sans raison, comme si cela l'aidait à réfléchir.

Dans la voiture, la tension montait.

— Je pense à frère Guillaume.

Jonathan eut une réaction incontrôlée. Il haussa les sourcils de surprise.

— Frère Guillaume !

— Oui, frère Guillaume.

— Mais que viendrait-il faire dans cette manigance ?

— Justement, c'est ce qui m'intrigue. Tu nous as dit qu'il était venu te faire des révélations en pleine nuit et en prenant tous les risques. Tu ne trouves pas bizarre qu'un moinillon, novice de surcroît, coure de tels risques pour un parfait étranger, même s'il s'intéresse à ses recherches. Vois-tu, je doute qu'il ait compromis cinq ans de probation pour tes beaux yeux. En supposant qu'il était bien novice – mais avoue qu'il n'y avait rien de plus simple que de se faire passer pour tel auprès de toi – il s'apprêtait tout de même à prononcer le vœu d'obéissance. Et comme par hasard, la clé qui permet d'accéder au scriptorium est bien rangée là où tu l'as repérée et tu ne croises pas les surveillants qui font leur ronde… Non, c'est trop ! Ce moine aurait dérogé aux règles de l'abbaye pour te révéler le plus grand de ses secrets et tu as réussi à accéder au manuscrit sans encombre ! À d'autres ! Je suis d'avis qu'il a obéi aux ordres de ses supérieurs et sûrement à ceux du prieur. C'est cousu de fil blanc ou clair comme de l'eau de roche ! À vous de décider !

Personne n'avait envie de parler. Tous étaient en proie à d'intenses réflexions, pesaient le pour et le contre des accusations portées par Marc, sans parvenir à faire la part des choses. Ils avaient le sentiment d'être au cœur d'une situation inextricable dont d'autres qu'eux possédaient la clé.

— Et que fais-tu de la pierre gravée dont l'inscription a disparu ? demanda le jeune libraire pourtant absorbé par la conduite.

— Je n'ai pas vraiment d'explication, mais Annabelle était très jeune à cette époque et elle a visité tellement de châteaux avec ses parents qu'elle s'est peut-être mélangé les pinceaux. Cela n'aurait rien d'étonnant !

Raphaël conduisait vite mais restait attentif à la conversation. Jonathan lui aussi ne manquait pas une miette du raisonnement alambiqué mais plausible de Marc. Annabelle quant à elle venait de s'écraser contre le dossier de son siège, cherchant dans le paysage monotone qui défilait quelque chose à quoi elle pourrait se raccrocher.

De son côté, Marc n'en avait pas fini avec sa démonstration.

— Il y avait d'autres livres sur la table. La substitution était facile ! Et je ne vous parle pas de la coupure d'électricité… Moi, je me perdais dans toutes ces manipulations. Pas vous ? Les manches des moines me cachaient toujours une partie de la surface sur laquelle vous travailliez. Vous ne croyez pas que le prieur a pu en profiter pour interchanger les manuscrits ?

— Même nos deux livres ?

— Même nos deux livres ! C'était facile, ils se ressemblaient ! D'ailleurs quand il nous a remis le sac, aucun d'entre nous n'a pensé à vérifier le contenu. C'est dingue comme nous lui avons fait confiance, une confiance aveugle ! Il nous a peut-être refilé des copies spécialement écrites à notre intention. Il a eu tout le temps de les préparer avant qu'on vienne. Je me rappelle exactement ses paroles : « vous semblez pressés alors que pour nous le temps est un allié ». Ses moines copistes sont tout à fait capables d'avoir réalisé ces ouvrages à la perfection. De toute façon, les nôtres étaient comme neufs. Ce n'était pas bien compliqué de les imiter à partir de l'exemplaire que l'abbaye possédait. Et puis nos cellules étaient déjà prêtes. Il avait donc déjà donné des instructions, bien avant notre arrivée, ou alors ces moines sont très rapides. Vous ne trouvez pas ça curieux ? Croyez-moi, on s'est fait berner !

Alors que personne ne s'y attendait, Raphaël enfonça la pédale de frein, laissant une longue traînée noirâtre sur le goudron. En voyant ces traces, d'autres automobilistes penseraient probablement à un freinage d'urgence pour éviter une collision avec un animal sauvage sorti des bois qui bordaient la route. Plaqués à leurs sièges par leurs ceintures de sécurité, les trois passagers se demandaient ce qui se passait. Ils avaient le souffle coupé.

— Tu es fou ! Qu'est-ce qui t'arrive ? s'exclama Annabelle.

— Désolé, mais il faut vérifier ! déclara le chauffeur tracassé par les dernières révélations de Marc.

Il semblait particulièrement inquiet.

Jonathan sortit précautionneusement, l'un après l'autre, les deux manuscrits de la besace. Raphaël tendit le bras pour éclairer le plafonnier dont la lumière opaline envahit timidement l'habitacle. Il redoutait le pire. Il observa les deux exemplaires qui reposaient sur les jambes de Jonathan puis tourna quelques pages, d'autres et encore d'autres… Intriguée, Annabelle s'était avancée sur le bord de la banquette arrière pour regarder de plus près même si elle n'était pas en mesure d'établir de conclusion. Elle voulait examiner les livres de ses propres yeux et en avoir le cœur net. Elle tenta de lire quelques mots avant de déclarer :

— Je n'y vois pas grand-chose, mais je peux vous dire malgré tout que je ne comprends rien à ce qui est écrit !

— Et voilà, je l'aurais parié, fit Marc.

Il tenta à son tour de déchiffrer quelques mots, mais il en fut incapable.

— Je vous l'avais dit : ni elle ni moi ne savons lire l'ancien français. Nous sommes victimes d'un extraordinaire tour de passe-passe ou les mauvais acteurs d'un film de série B dont le rôle principal était attribué au prieur de Saint Ambroisius. Bravo à lui !

Il applaudissait des deux mains pour accompagner le ton railleur de sa réplique.

— Je n'y vois pas assez bien pour pouvoir certifier que ce sont vos livres, intervint Jonathan. Il faudra les étudier de plus près pour pouvoir les authentifier.

Le dernier mot revenait à Raphaël. Tous se tournèrent vers lui, suspendus à son verdict d'expert. Ils attendirent et un instant après, il affirma :

— Inutile !

— Et pourquoi ?

— Ce sont bien des manuscrits, mais ce ne sont pas nos livres. Il s'agit apparemment d'une autre histoire. On s'est fait doubler !

— Quoi ? Qu'est-ce que tu dis ? s'offusqua Annabelle.

Elle avait du mal à parler. Sa voix chevrotait comme si quelqu'un était en train de l'étrangler.

Quelque part furieux, mais aussi fier d'avoir été le seul à percer la supercherie dont ils étaient victimes, Marc ne voulait pas s'en laisser compter.

— Demi-tour ! On retourne à l'abbaye et on va récupérer les livres !

Jonathan prit la peine de lui répondre, certain que les autres ne le contrediraient pas. Son air affligé n'était pas bon signe.

— Cette fois c'est toi qui n'as pas compris, Marc. On ne mettra plus jamais les pieds à l'abbaye. C'est fini ! Tu as vu quelles difficultés nous avons eues pour y entrer et comme elle est protégée, tu as senti que nous n'étions pas les bienvenus et qu'on nous a constamment surveillés... Il m'a fallu des mois avant que le prieur m'autorise à pénétrer dans son fief. Et encore, je pense aujourd'hui qu'il avait déjà une idée derrière la tête en m'acceptant entre ces murs. Même si ce ne sont pas vos livres et si, comme tu le dis, il avait tout prévu, je crains fort que nous ne puissions plus jamais franchir le seuil du prieuré de Saint Ambroisius. En fait, j'en suis persuadé. Vous ne récupérerez jamais vos livres, jamais !

Il fallait l'admettre, il disait vrai, mais ses paroles résonnaient comme une sentence profondément injuste.

Sans trop savoir pourquoi, Raphaël éteignit le plafonnier, plongeant le véhicule dans une semi-obscurité. Le silence devint épais et lourd.

Il remit le moteur en marche et commença à rouler. Abattu, il s'efforçait, comme les autres, de garder son calme. Il aurait voulu faire exploser sa colère intérieure, mais elle refusait d'émerger. Il avait le sentiment d'être plongé dans un mauvais rêve dont il était impossible de s'extirper.

— On rentre ! se contenta-t-il de dire en enclenchant la première vitesse comme un automate.

Personne n'osa le contredire.

Personne ne savait ce qu'il fallait faire.

Personne ne savait plus que penser.

45 MACHINE ARRIÈRE

Un coup de frein aussi brutal que le précédent propulsa à nouveau tous les passagers vers l'avant de la voiture. Une longue traînée noirâtre s'imprima sur le bitume.

— Qu'est-ce que tu fous ? protesta Annabelle. La ceinture de sécurité vient de m'écraser la poitrine comme un étau ! C'est une habitude chez toi de freiner comme ça !

Tels des pantins contraints de subir les mouvements imposés par un marionnettiste, les trois jeunes gens se sentirent plaqués au dossier lors du freinage puis soudainement rejetés sur le côté droit du véhicule, conséquence inévitable du coup de volant violent que le chauffeur venait de donner, propulsant la voiture en sens inverse.

Ils rebroussaient chemin.

— Mais qu'est-ce que tu fais ? s'écria Marc surpris par ce virement de bord inattendu.

— On n'a pas dit notre dernier mot ! répondit Raphaël une fois la manœuvre de demi-tour achevée. Il est hors de question de rentrer avec de simples copies de nos manuscrits. Je ne sais pas vous, mais moi je veux les récupérer et ce n'est pas un abbé qui va…

Jonathan qui se tenait à la poignée latérale fixée au plafond de la voiture lui coupa la parole :

— Ce n'est pas un abbé qui va t'en empêcher ! C'est ce que tu veux dire ! Tu rêves ! Ils n'ouvriront jamais les portes de l'abbaye pour nous laisser entrer. Récupérer les livres encore moins. Crois-moi, il vaut mieux renoncer !

— Jamais ! Mais comment ai-je pu être aussi stupide ? Je m'en veux, mais je m'en veux !... On y retourne, c'est pour le principe ! On vient quand même de nous voler nos livres. En plus, compte tenu des richesses qui se trouvent dans le scriptorium, nos manuscrits doivent avoir une sacrée valeur pour qu'ils veuillent les garder.

— Et comment obtiendras-tu obtenir le sésame pour entrer cette fois ? fit Jonathan ironique.

— Je ne sais pas encore, mais on avisera le moment venu. De toute façon, je remuerai ciel et terre s'il le faut, mais crois-moi, il nous ouvrira. Il va voir de quel bois on se chauffe ! Ce n'est pas …

— Voilà, le coupa Marc d'un ton triomphateur, c'est ça la solution !

— Quelle solution ?

Annabelle, moralement toujours éprouvée, ne parvenait plus à réfléchir de façon constructive. Elle secoua la tête comme si ce que disaient les autres était des inepties.

— S'ils refusent de nous laisser entrer et de nous remettre les livres, nous les menacerons de tout divulguer à la presse. Le prieur l'a répété à maintes reprises : il tient à ce que l'abbaye reste à l'écart du monde, que rien ne soit ébruité. La clé est là ! Je suis certain qu'il n'aimera pas que son prieuré soit jeté en pâture aux médias. Les journalistes sont toujours en quête d'un scoop et ils adorent le sensationnalisme. C'est le point faible de cette abbaye et c'est là qu'il faut appuyer.

— Génial ! conclut Raphaël.

— On verra, ajouta Jonathan plus dubitatif. Mais il faudra rester sur nos gardes. Je vous rappelle que le moinillon qui m'a révélé l'existence du manuscrit, à l'occasion de ma première visite, a disparu sauf si Marc a raison et qu'il obéissait aux ordres du prieur. Est-il vraiment dans une annexe de l'abbaye comme le doyen l'affirme ? Peut-être. Peut-être aussi qu'ils ont fait en sorte de le faire taire définitivement s'il m'a vraiment fait des révélations. Comment savoir ?

Sa dernière supposition jeta un froid dans la voiture.

Et il se cala dans son siège en pensant qu'il n'aurait jamais imaginé retourner en ce lieu une troisième fois.

*

Pan !Pan ! Pan !

Marc tambourina trois fois, sans retenue, à la porte de l'abbaye en criant :

— Nous savons que vous nous avez déjà repérés. Ouvrez ! Rendez-nous nos livres !

— Dis donc, tu n'y vas pas par quatre chemins, remarqua Annabelle.

— Ne t'inquiète pas, je sais ce que je fais !

Et il recommença, soutenu dans son remue-ménage par Raphaël qui, à l'aide du marteau, donnait des coups successifs et ininterrompus sur la porte. Cela expliquait probablement pourquoi cette pièce métallique représentait un visage tourmenté.

— Ça doit être l'effervescence là-dedans, souffla Jonathan à la jeune femme qui était restée quelque peu à l'écart.

La petite grille insérée dans la porte monumentale finit par s'ouvrir.

— Non, mais ça ne va pas de faire tout ce bruit ! C'est une abbaye ici, un lieu de prière.

— Un repaire de voleurs plutôt ! Bon, poursuivit Raphaël, maintenant économisez votre salive et écoutez-moi attentivement parce que je ne me répéterai pas. Vous voyez ce téléphone portable que j'ai entre les mains...

Le moine se tordit le cou pour tenter d'apercevoir l'objet que le jeune homme brandissait.

— … eh bien j'ai déjà composé le numéro de téléphone d'un ami qui travaille pour un journal à scandales et qui sera ravi de savoir ce qui se trame dans « votre boutique à prières ». Nous pourrons aussi lui parler de notre visite, de tout ce que nous avons vu et entendu mais surtout du vol de nos manuscrits. Bref, j'ai envie de tout déballer si vous voyez ce que je veux dire ! Et je vous garantis que sous peu Saint Ambroisius, si protégée jusqu'ici, sera bientôt assaillie par une horde de journalistes. Vous verrez que…

Une voix supplanta nettement les protestations que le moine ne cessait de répéter espérant faire taire les visiteurs indésirables. Il s'agissait de celle du prieur en personne. Il n'avait pas tardé à se manifester et il donna l'ordre d'ouvrir afin de les laisser entrer.

Il se tenait droit, dans la cour, près de la fontaine, les mains jointes, seul, lorsque les jeunes gens pénétrèrent d'un pas déterminé dans l'enceinte de l'abbaye.

Il ne dérogea pas à ses habitudes et leur lança un pic à sa façon :

— Je ne pensais pas vous retrouver de sitôt !

Immédiatement après il sembla les complimenter, preuve qu'il ne se réfugierait pas dans le déni.

— Vous comprenez vite.

Il n'ajouta pas d'autres mots, mais Jonathan interpréta son silence comme un « suivez-moi ! » dont il était coutumier.

Le doyen tourna les talons et prit la direction de son bureau. Frère Gérôme était là, debout, comme une arrière-garde. Il était aussi l'homme de confiance du doyen ou son bras droit, susceptible d'entendre ce qui allait suivre.

— Asseyez-vous !

— Nous ne resterons pas longtemps, anticipa Raphaël. Nous voulons récupérer nos livres, c'est tout.

— Je comprends parfaitement !

Annabelle ne put s'empêcher d'intervenir. Elle reprenait peu à peu pied dans la réalité.

— Mais comment avez-vous pu nous faire ça ? Substituer des copies quelconques à nos manuscrits... Je n'aurais jamais imaginé que vous en seriez capable. De toute évidence, je me trompais sur votre compte.

— C'est plus compliqué que cela mademoiselle, bien plus compliqué !

— Compliqué ou pas, nous ne repartirons pas sans nos livres !

Pour la première fois, le prieur paraissait embarrassé. Il perdit de sa superbe comme si soudain il avait vieilli de plusieurs années. Il ne semblait plus en position de force. Il ne semblait plus jouer. Il ne semblait plus maîtriser la situation, mais au contraire devoir s'y soumettre.

— Je vous dois des explications ! Mais d'abord, écoutez-moi attentivement. Vous déciderez après de la conduite à tenir.

Convaincu qu'il ne devait pas se laisser impressionner une seconde fois, Raphaël intervint à nouveau :

— D'accord, mais nous n'avons pas tout notre temps alors soyez concis et clair comme vous savez l'être quand vous le voulez. Nous vous écoutons.

— Je vous remercie.

Les remerciements dans la bouche du maître des lieux étaient sincères et il ne semblait pas feindre l'embarras qui l'animait. Il se leva avec difficulté comme si des mains invisibles l'en empêchaient et appuyaient sur ses épaules. Il joignit ses mains dans son dos, leva le menton au ciel et se lança dans une justification qui, de toute évidence, lui coûtait :

— Si vous voulez bien, je préfère rester debout pour vous révéler ce que vous ignorez. Mais avant tout, sachez que j'ai décidé de ne rien vous cacher. Je parle donc en toute franchise et vous ne devez pas perdre de vue que ce que je m'apprête à vous confier est la stricte vérité, même si pour me croire vous devrez dépasser vos préjugés et faire preuve de largesse d'esprit.

Il y mettait les formes, préparant ainsi son auditoire à entendre ce qui normalement ne devait pas sortir de ces murs.

— Tout vient de « celui qui retient le temps » au sujet duquel vous m'avez déjà questionné. S'il a surgi dans vos vies, c'est que vous avez un lien avec sa mission. Ne me demandez pas laquelle car je n'en sais rien. Je peux simplement vous dire que sa présence a été remarquée ici ou là, hors de nos frontières parfois et qu'il vient parce des vies sont en danger. Est-il une personne faite de chair et de sang ? Bien aise celui qui pourrait le dire ! Est-il un personnage fictif tiré de l'histoire du *Serment des oubliés* ? Personne ne peut l'affirmer. Que fait-il exactement ? Nous l'ignorons.

Le préambule en soi était intrigant.

— Comme vous vous en doutez déjà, nous étudions ce manuscrit depuis longtemps et nous savions beaucoup de choses le concernant bien avant votre arrivée. Cependant, il nous manquait des éléments importants puisque notre exemplaire a toujours été incomplet. Notre abbaye existe depuis plus de mille ans et le manuscrit lui appartient depuis aussi longtemps. Nos anciens subodoraient déjà que l'histoire des personnages de ce livre était liée à la vie et à la mort de personnages réels. Des pages d'écriture témoignent d'études poussées, menées par nos vénérables prédécesseurs et ont été patiemment retranscrites pour nous être transmises ou plutôt pour nous être confiées. Ils mentionnent leurs doutes sur l'importance de cet homme trop grand pour son époque qui faillit être victime du tribunal de l'Inquisition. En revanche, ce dont nous sommes absolument sûrs c'est que c'est à ce moment-là que tout a basculé.

Le prieur pesait chacun de ses mots et arpentait la pièce lentement. De temps à autre, il s'adossait à un mur ou prenait appui sur le dossier de son fauteuil, mais jamais il ne s'asseyait véritablement. Raphaël comprit que les moines de cette abbaye devaient boire ses paroles pendant ses sermons ou lorsqu'il disait la messe. Il avait l'art de la rhétorique et une nouvelle fois la magie de ses propos opérait auprès des quatre jeunes gens pourtant sur leurs gardes. Au Moyen Âge, il n'aurait pas eu son pareil pour réciter des vers ou conter aux seigneurs les laisses des chansons de geste. Il savait captiver son auditoire.

— Qui était-il vraiment ? Les théories les plus folles nous sont parvenues à son sujet depuis l'époque médiévale. Selon nos anciens, il a été successivement perçu comme l'incarnation du Diable sur Terre mais il a évité le bûcher grâce à l'intervention du roi Gaétan dont certains en ont profité pour dire qu'il était lui-même possédé. D'autres ont prétendu qu'il venait peut-être d'une autre planète. Enfin, des allégations consistent à faire de lui un homme venu du futur doté, par conséquent, d'une vision sur l'avenir de chacun… Vous pouvez penser ce que vous voulez, douter, opter pour une proposition plutôt que pour une autre, qu'importe ! Le fait est que personne ne sait ce qu'il est exactement. Ce qui est certain en revanche c'est qu'il a existé dans le passé et qu'il existe aujourd'hui. Vous en êtes la preuve puisqu'il a croisé votre chemin. S'agit-il d'un seul homme, de descendants, de frères, de jumeaux, d'héritiers, des membres d'une confrérie ou même d'un pur hasard… ? Personne ne le sait.

Il s'interrompit.

— Peut-être désirez-vous boire quelque chose. Je manque à tous les devoirs d'un hôte !

Cinq verres attendaient sur le bureau qui avaient été posés là à leur intention avant qu'ils entrent. Ils déclinèrent l'offre, mais le prieur prit la bouteille d'eau, se servit et but longuement avant de reprendre.

— En ce jour, grâce à vous et à l'intervention inexplicable de cet homme, je crois que nous touchons au terme d'une longue quête. Le rapprochement des trois volumes du *Serment des oubliés,* a rendu possible l'achèvement d'un récit jusqu'alors inachevé.

Marc et ses amis écoutaient le prieur, dubitatifs. Pouvaient-ils le croire une nouvelle fois ? Peut-être, car ils avaient l'impression qu'en face d'eux, ce n'était plus le même homme. Il ne composait plus, il parlait franchement et la sincérité de ses aveux résonnait dans son bureau comme une confession, une expiation dont il voulait se libérer. Mais ses propos étaient si surprenants que les jeunes gens avaient tout de même du mal à croire à ses allégations.

Jonathan, que l'on n'avait pas entendu jusque-là, réagit le premier :

— Ne nous emballons pas ! Comment pouvez-vous corroborer ces théories fantastiques sur les origines de cet individu ?

Il semblait tenir enfin sa vengeance pour avoir été chassé de l'abbaye. Le prieur était déstabilisé par la question et les propos qu'il tenait paraissaient extravagants pour un homme d'église responsable d'une abbaye.

Le doyen hésita, soupira longuement, leva les yeux au ciel comme pour y chercher l'inspiration à défaut de réponse. Il avait repoussé ce moment le plus longtemps possible, mais il était au pied du mur. Quand ses quatre interlocuteurs s'étaient à nouveau présentés à la porte de l'abbaye pour demander réparation, il avait immédiatement compris que, pour protéger de la presse le prieuré et plus particulièrement cette découverte majeure, il lui faudrait les intégrer dans le cercle très fermé des initiés.

Il tira son fauteuil et s'y abandonna cette fois, avant de glisser ses jambes sous le bureau. Il prit ensuite appui sur ses coudes, croisa les doigts et dévisagea ceux qui lui faisaient face de son regard bleu métallique.

Ses interlocuteurs ne bougeraient plus. Ils attendaient des réponses et des précisions.

— Jeunes gens, aussi incroyable que cela puisse paraître, cette histoire n'est pas unique ! Dans d'autres pays, d'autres abbayes, des personnes comme vous et moi sont en possession de tels documents sous des formes différentes certes, dans d'autres langues – cela va de soi – mais avec la même problématique : la présence de cet homme particulièrement grand qui apparaît chaque fois. Est-ce le même ? Est-ce un autre qui lui ressemble ?

Les quatre jeunes se regardèrent furtivement comme pour vérifier que tous avaient bien entendu la même chose.

— Qu'il s'agisse d'écrits sur soie, en Chine, avant le IVe siècle, de volumen, de rotulus à déroulement vertical, de papyrus, de parchemin, on peut lire une histoire inachevée qui ne demande qu'à trouver une fin, grâce à l'intervention de « celui qui retient le temps ». Il est omniprésent, quelles que soient l'époque et la civilisation. De façon inexplicable j'en conviens, mais de façon irréfutable. Je pense qu'aujourd'hui nous faisons partie des privilégiés qui ont pu assister à l'aboutissement de l'histoire et par conséquent à la rectification du passé, car je suis intimement convaincu – sans pouvoir en apporter la preuve – que telle est la mission de cet homme.

Il marqua une pause avant de poursuivre :

— Vous êtes libres de me croire ou de douter, mais que vous le vouliez ou non vous appartenez désormais à l'écriture du *Serment des oubliés,* car vous avez permis l'achèvement de ce qui demeurait en suspens depuis le Moyen Âge. Je n'ai pas volé vos manuscrits, je n'ai pas voulu vous déposséder. Mais il fallait que je les mette à l'abri et la seule solution que j'ai trouvée était de vous remettre des copies. Oui, j'avais anticipé votre arrivée, oui je vous ai manipulés, mais à ma place vous auriez procédé de la même façon ! Je cherche à résoudre cette énigme depuis que je suis entré dans ce prieuré, et cela fait longtemps que je suis ici ! Et puis un jour, frère Guillaume m'a parlé d'un jeune étudiant, vous Jonathan, qui demandait à être reçu et multipliait les courriers. Je ne souhaitais pas qu'un étranger pénètre à Saint Ambroisius mais j'ai finalement appris que son travail portait sur le château de Montagnac. C'est à ce moment-là que j'ai supposé, même si je ne pouvais pas établir un lien direct entre ses recherches et le manuscrit, qu'il pourrait faciliter, sans le savoir, notre quête. J'ai donc accepté sa demande comme on jette une bouteille à la mer… La finesse de son travail a été au-dessus de mes espérances mais il ne devait pas se douter de quoi que ce soit. Alors nous nous sommes livrés à une petite mise en scène en la personne de l'intrigant frère Guillaume qui a parfaitement joué son rôle. Vous avez mordu à l'hameçon, jeune homme, mais ce que nous ignorions alors c'est que votre curiosité intellectuelle vous pousserait encore plus loin une fois hors de l'abbaye. Un des moines de notre paroisse est aussi en poste à Montagnac, comme guide. Il y exerce depuis des années et récolte toutes les informations susceptibles de nous aider. C'est aussi votre ami, jeune homme.

À ces mots Annabelle décrocha un bref instant de l'exposé et songea à la tonsure du guide qu'elle avait remarquée et qui l'avait amusée lors de leur récente visite au château. Elle ne s'était pas trompée en l'assimilant à celle d'un ecclésiastique. Jonathan, de son côté, était stupéfait de l'anticipation dont avait fait preuve le doyen, particulièrement pugnace et habile. En pénétrant dans cette abbaye, il n'avait été qu'un jouet.

Le prieur s'adressait curieusement à lui à la troisième personne et par moments lui parlait directement, ce qui ne changeait rien aux révélations qu'il faisait.

— Mais notre envoyé piétine ou plutôt il piétinait, jusqu'à votre visite du château. Il m'a aussitôt appelé pour me dire que trois jeunes gens étaient en possession du livre que nous attendions. En fait nous ne savions pas qu'il existait deux exemplaires. Fort heureusement, j'avais anticipé ce moment depuis des années et quelques moines experts avaient déjà rédigé des copies du *Serment des oubliés.* Comme des parties manquaient et que nous ne connaissions pas la fin nous les avons simplement inventées pour combler les manques, peu de temps avant votre venue. Vous voyez, ces trois manuscrits ont autant de valeur, si ce n'est plus, que ce que l'on a pu découvrir dans les pyramides, que les hiéroglyphes déchiffrés par Champollion... Notre mission est cependant la même : décoder les messages qui nous viennent du passé. L'homme étrange n'est qu'un passeur que vous avez eu la chance de croiser, que dis-je le privilège, privilège que je n'aurai jamais. Certes ces manuscrits sont les vôtres et vous y êtes attachés mais comment aurais-je pu vous laisser partir avec les originaux alors que même vous deux qui êtes des spécialistes, ne pouviez pas vous douter de la véritable valeur de ces pièces uniques et irremplaçables, valeur autre que celle liée à leur âge. Ils sont plus importants à nos yeux que tous les manuscrits de ce scriptorium réunis.

Il venait de s'adresser plus particulièrement à Raphaël et Jonathan qui ne savaient que répondre.

Il s'adossa ensuite à son fauteuil et se tut un moment. Il regarda brièvement un tableau sombre de la passion du Christ, presque dissimulé dans un recoin et que personne n'avait remarqué. Il avait pris une décision.

— Vous pouvez rester dans notre abbaye le temps qu'il vous plaira pour consulter les documents dont je viens de vous parler qui attestent tout ce que je vous ai révélé. Vous pouvez partir et revenir plus tard pour les feuilleter. Les portes de Saint Ambroisius ne vous seront plus fermées. Je vous en fais le serment. Mais attention à vous, car d'autres que moi, plus influents, aux méthodes je dirais plus convaincantes, ne vous laisseront jamais divulguer les secrets de cette abbaye. J'espère que vous me comprenez et que vous respecterez le silence de ces murs. Ce n'est pas un ordre, je ne me permettrais pas, c'est un conseil, celui d'un père à ses enfants si je puis m'exprimer ainsi. Maintenant si vous le voulez bien, il est important que nous conservions vos manuscrits, car il faut les protéger et quoi de mieux que cette abbaye-forteresse, que ce scriptorium enfoui, caché, à l'abri de tout et de tous. D'ailleurs, certains moines de notre confrérie n'y descendent jamais. Je vous promets l'accès aux trois exemplaires du *Serment des oubliés* et à d'autres manuscrits uniques si vous le souhaitez, mais laisser ces trésors à Saint Ambroisius nous permettra d'avancer dans notre quête et peut-être qu'un jour nous saurons qui est vraiment « celui qui retient le temps ». Il ne tient qu'à vous !

Le moine en faction avait tout entendu, sans sourciller. Sans doute connaissait-il déjà le sujet. Comme le prieur, il attendit la réponse des hôtes, quelque part impatient.

*

Le lendemain, quand ils regagnèrent leur véhicule, Annabelle se retourna comme elle l'avait fait la veille. Le paysage avait changé.

Il y avait toujours ces murs austères et gris, élevés vers le ciel pour interdire tout accès.

Il y avait toujours cette porte monumentale qui s'imposait, puissante, pour prévenir toute intrusion inopportune. Mais elle demeura grande ouverte pour la première fois.

Elle vit le prieur qui esquissait un sourire discret, sincère, mais surtout bienveillant. Elle lui adressa un léger signe de la main comme l'aurait fait dame Flore en quittant Richard ou Gaétan.

Elle monta dans la voiture, auprès de Marc, claqua la portière et ils prirent la route l'esprit apaisé.

Comme elle, Raphaël éprouvait un pincement au cœur en laissant derrière lui cette abbaye. Mais il n'osait pas se l'avouer. Il était conscient qu'il abandonnait là un manuscrit auquel il était lié, à la vie à la mort, conscient aussi qu'il s'écoulerait du temps avant qu'il ne feuillette à nouveau ses pages. Il avait le sentiment de renier les personnages avec lesquels Annabelle et lui avaient un très lointain lien de parenté. Du moins il lui plaisait de s'en convaincre comme pour se consoler.

46 CELUI QUI RETIENT LE TEMPS

Quelques mois plus tard.

Dehors, appuyé contre un réverbère, un homme tirait sur sa cigarette semblant l'apprécier comme si c'était la dernière. Des volutes de fumée s'élevaient au-dessus de lui, ondulaient au rythme de la brise puis mouraient. Il demeura ainsi assez longtemps puis il écrasa son mégot contre le montant métallique du poteau avant de le jeter. À ce moment-là, l'éclairage public illumina son visage comme l'aurait fait un projecteur pour un acteur qui vient de donner la réplique de sa vie et s'apprête à quitter la scène.

— *M'an*, tu as vu le bonhomme là-bas ? fit un adolescent qui passait.

— Qui ça ? demanda machinalement la mère perdue dans ses pensées.

— Ben y'en a qu'un, il est là-bas. Il est hyper grand !

— Ne montre pas les gens du doigt, Kévin, je te l'ai déjà dit et cesse de le dévisager.

— Je sais, mais il est vraiment spécial. Tu as vu sa tête ? Il a une sacrée blessure sur la joue. Comme les pirates !

— Arrête, ce n'est plus de ton âge !

L'homme marchait paisiblement sur le trottoir et les précédait de quelques mètres à peine. Il tourna au premier coin de rue.

Quand la femme et son fils arrivèrent à la même intersection, ils pensèrent le trouver juste devant eux, mais il avait disparu.

La mère regarda tout autour d'elle. Il n'y avait pas de porte cochère, pas d'entrée d'immeuble où il aurait pu rapidement se glisser.

Quelque peu inquiète, elle accéléra le pas pour vite rentrer.

Elle remarqua cependant qu'il flottait dans l'air un parfum à la fois boisé et chargé d'effluves d'oranges amères. Ce n'était pas désagréable. C'était comme une curieuse odeur, une odeur ancienne !

47 LE TOMBEAU

Le temps de se remettre de ses émotions, Jonathan se rendit avec son ami, le guide, dans la crypte du château de Montagnac. Quelque chose le tracassait encore.

Dans le décrochement sombre de l'absidiole, le gisant de l'homme sans nom lui parut plus grand, plus imposant. Mais ce n'était qu'une impression. Rien n'avait changé. Rien à part un détail que le faisceau de leur lampe torche révéla. Les marques des multiples ouvertures du tombeau s'étaient estompées comme si cette sépulture n'avait été ouverte que pour y accueillir son hôte puis éternellement refermée. On aurait dit que quelqu'un avait effacé les traces pour faire croire qu'elles n'avaient jamais existé.

48 IL Y A MILLE ANS

Pendant ce temps-là, au même moment, mille ans plus tôt.

Dans la grande salle du château de Montagnac, sa majesté a réuni ses plus fidèles sujets.

On a disposé des tréteaux sur le pourtour de la pièce, pour dresser les tables recouvertes de nappes blanches qui abondent en gibiers, pâtés et denrées exotiques épicées que le roi Gaétan a fait venir de Constantinople. Le vin coule à flots et des ménestrels préparent leur entrée pour divertir les convives.

Le souverain a pris place sur le trône d'honneur, entouré de dame Flore son épouse, leur fils Lancelin, dame Orable, Richard et sa fille Béatrix. Rainouart et Roxane dorment devant les tables, aux pieds de leurs maîtres, à même le sol. Comme toujours, ils veillent. Ils ouvrent de temps à autre un œil, dès que quelqu'un approche un peu trop de leurs protégés.

Derrière eux, un homme énigmatique, particulièrement grand, sourit. Il apprécie le spectacle et applaudit les jongleurs avant de disparaître dans l'ombre.

Table des matières

Audrey Degal, *LE LIEN*, 2015, éd BoD (roman-thriller)

Norah et Paul achètent une maison en Ardèche, presque bradée par le député, Norbert De Belfond désireux de s'en débarrasser. Pourquoi est-il si pressé de la vendre ? Ses deux filles échapperont-elles à la menace qui plane sur leur famille ? Raoul, son avocat, homme sans scrupules, arrivera-t-il à le défendre lors du procès retentissant qui le vise ? Qu'a fait son client ? Que viennent faire Shaïma et Chris, pourtant si heureux, dans ce même tribunal ou encore Leila et Tony qui ne peuvent louer qu'une ancienne morgue pour tout logement ? Ces personnages ne s'étaient jamais rencontrés et ils se retrouvent pourtant au cœur de la même affaire ! Qu'ont-ils en commun ? Et si l'origine de tout ceci remontait au passé, en 1875, à l'époque où Marie s'est vue contrainte d'épouser Pierre, qu'elle haïssait ! Le destin tisse UN LIEN entre tous, sans qu'ils le sachent et leur vie bascule, l'imprévisible surgit, l'esprit de vengeance jaillit et l'envie de tuer apparaît.
Un suspense haletant et une intrigue originale.

Audrey Degal, ***DESTINATIONS ÉTRANGES***, 2015,
éd. BoD. (recueil de 12 nouvelles à suspense)

- Atterrissage à Saint-Exupéry. Une passagère est inquiète car elle ne sait pas ce qu'elle fait là. Elle écoute les autres passagers dans l'espoir d'en savoir plus. Problème : elle s'aperçoit qu'ils ne savent ni d'où ils viennent, ni où ils vont. Que font-ils tous à bord, frappés d'amnésie et que leur est-il arrivé ?
- Un jeune homme vit dans une structure gigantesque avec des milliers d'autres. Ils ont le gîte, le couvert, un travail mais les livres sont interdits et ils ne sont jamais sortis. Un jour l'un d'entre eux trouve la page d'un livre et se rend compte qu'il y a autre chose ailleurs. Il veut voir et savoir. Une seule solution pour partir : suivre le chemin de la nourriture. Bonne idée ? Il va partir mais arrivera-t-il là où il pense ?
- L'hiver arrive. Elle doit se réfugier dans une maison et s'y cacher sinon elle mourra de froid dehors. Ses habitants ne doivent ni la voir ni la croiser. A-t-elle choisi la demeure idéale ? Que se passera-t-il si les propriétaires découvrent qu'elle vit chez eux à leur insu ?
12 histoires différentes au suspense exceptionnel. Les personnages ne partent pas toujours d'où ils pensent et n'arrivent pas nécessairement où ils croient. Pourquoi ?

Audrey Degal, *LA MURAILLE DES ÂMES*, 2017, éd.
BoD. (roman policier)

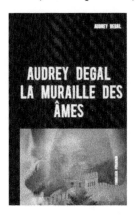

Paris. L'héroïne vient de vivre un drame qui a bouleversé sa vie.
Pour oublier, elle s'offre un voyage en Chine et part avec sa
meilleure amie. Une fois là-bas, le guide ne se comporte pas
avec elles comme avec les autres touristes. Pourtant elles ne le
connaissent pas. Leur groupe est pris en filature, un homme
armé les guette. La Chine devait être la plus fabuleuse des
destinations. Ce sera la plus dangereuse. Et si elle quelqu'un
avait fait en sorte qu'elles choisissent ce voyage. Qui et
pourquoi ? L'inspecteur Zhao leur permettra-t-il d'échapper au
sombre destin que d'autres ont tracé pour elles ?
Les arcanes de ce thriller emmènent le lecteur dans la Chine
actuelle et plongent l'héroïne au cœur d'une intrigue où les
superstitions côtoient le monde moderne. De la Grande Muraille
à la province du Sichuan, en passant par Pékin et la Cité
Interdite, **les 384 pages de ce roman vous tiendront en
haleine.** Vous serez happé, dès le premier chapitre par **une
lecture palpitante** et addictive. Les rebondissements vous
emporteront jusqu'à **un dénouement renversant !**
Un **roman policier passionnant** et un véritable voyage en
Chine pour le lecteur. Des paysages fabuleux.

Audrey Degal, *RENCONTRE AVEC L'IMPOSSIBLE*, recueil de nouvelles, à paraître **prochainement**, éd. BoD.

4 nouvelles intenses, comme 4 romans courts !

« **Paroles de pierres** » 50 pages de suspense absolu autour de personnages confrontés à un chantier qui pourrait bien changer l'Histoire du genre humain.

« **Autopsie d'une histoire** » 30 pages à 100 à l'heure. Laura et Evan adorent les réseaux sociaux. Mais les pages du Web sont-elles aussi innocentes qu'ils le croient ?

« **L'Envers du décor** » 30 pages dans lesquelles vous douterez de tout. Elle affirme qu'il y a un intrus chez eux. Lui ne le voit pas. Lequel des deux a raison ? Deux personnages attachants que vous suivrez jusqu'à un dénouement grandiose.

« **Le Train à destination de…** » 30 pages pour une destination improbable. Pourtant prendre le train est en général banal. Oui, sauf si l'on fait d'étranges rencontres et que le train n'emprunte pas le trajet prévu. Comment est-ce possible ?